Le bal des ombres

Du même auteur

Les bons chrétiens, Phébus, 1996
Libretto, 2010

Desperados, Phébus, 1998
Libretto, 2000

À l'irlandaise, Robert Laffont, 1999
« Pavillons », Robert Laffont, 2007

Le dernier des Iroquois, Phébus, 2000

Inishwomen, Phébus, 2001
Libretto, 2003

L'Étoile des mers : adieu à la vieille Irlande, Phébus, 2003
Éditions 10/18, 2007

Redemption Falls, Phébus, 2007
Éditions 10/18, 2009

Muse, Phébus, 2012
Éditions 10/18, 2013

Les âmes égarées, Phébus, 2014
Éditions 10/18, 2016

Maintenant ou jamais, Phébus, 2016
Éditions 10/18, 2019

Joseph O'Connor

Le bal des ombres

Traduit de l'anglais (Irlande)
par Carine Chichereau

Rivages

Retrouvez l'ensemble des parutions
des Éditions Payot & Rivages sur

payot-rivages.fr

Collection dirigée par Nathalie Zberro

Édition originale :
Shadowplay, Harvill Secker, 2019

Pour Carole Blake

Abraham « Bram » Stoker, fonctionnaire, puis administrateur de théâtre, écrivain, né à Dublin en 1847, mort à Londres en 1912 sans avoir jamais connu la gloire littéraire.

Henry Irving, né John Brodribb en 1838, mort en 1905, il fut le plus grand acteur shakespearien de son temps.

Alice « Ellen » Terry, née en 1847, morte en 1928, adulée par son public, elle fut l'actrice la mieux payée de son époque. On dit que son fantôme hante le théâtre du Lyceum.

En chaque personne existe un second moi, auquel très peu de gens ont accès. Vous qui lisez ces lignes, vous possédez cette seconde personnalité, inconnue, cachée derrière celle que tout le monde voit – et c'est la part la plus intéressante de votre être, la plus curieuse, la plus héroïque, celle qui permet d'expliquer que parfois vous nous déconcertiez. C'est votre moi secret.

Edward Gordon Craig (fils d'Ellen Terry), *Ellen Terry and Her Secret Self*

ACTE I

Amour éternel

Victoria Cottage Hospital,
Près de Deal,
Kent.
20 février 1908

Ma très chère Ellen,

J'espère que tu excuseras ma lenteur à te répondre. Ainsi que tu le devineras en lisant cet en-tête, je n'ai hélas pas été au mieux ces derniers temps. Les soucis d'argent et le surmenage dû à l'excès de travail m'ont affaibli tout au long de ce triste hiver, jusqu'à ce que je m'effondre, pareil à un vieux cheval de trait sur le bord de la route. La bonne nouvelle, c'est que d'après eux, il y aura peu de conséquences à long terme. Ma sainte épouse, l'infortunée, a quitté Londres pour s'installer ici, également, dans une petite pension en bord de mer, et elle vient chaque jour en autobus me faire la lecture, si bien que nous continuons de nous délecter de nos chamailleries ainsi que seuls les gens mariés savent le faire. Nous aimons à nous quereller pour de petits riens, comme des sandwiches, ou la démocratie. Je parviens malgré tout à taper à la machine, tu peux le constater.

La nuit dernière, j'ai rêvé de Tu-sais-qui – il jouait l'acte III d'*Hamlet* – et, étrangement, tu es venue à moi toi aussi, telle la rumeur des arbres vers un oiseau trop las, donc me voici, en retard mais dûment présent.

C'est magnifique que tu aies décidé de rassembler tes mémoires, mais cette perspective va terrifier les maris insouciants. Tu me demandes s'il me reste encore des documents comme des programmes du Lyceum, des dessins de costumes, des portraits d'Henry au crayon ou en photographie, des listes d'invités aux premières, des menus, etc. Je crains fort de ne plus rien avoir en ce domaine. (Es-tu encore en contact avec Jen ?) J'ai fourré presque tout ce que j'avais dans mes *Souvenirs personnels d'Henry Irving*, et puis j'ai tout laissé (cinq valises pleines) à la British Library après la parution, hormis quelques papiers personnels sans aucun intérêt ni utilité pour personne. Tu ne te trompes pas quant au paquet de lettres de ce pauvre Wilde que j'avais à une époque, mais j'ai jugé plus sage de les brûler lorsqu'il a commencé à avoir des ennuis.

Tu trouveras dans ce courrier les derniers éléments que je possède, il s'agit des pages d'un journal et d'une liasse de notes prises au fil des années, sans constance réelle : j'avais commencé à travailler dessus dans le but d'en tirer un roman qui s'écarte un peu de ma manière habituelle, ou peut-être une pièce de théâtre, je ne sais pas. J'espérais terminer ce fichu texte avant que mes facultés se détériorent. Mais je ne vois plus comment y parvenir à présent que j'ai perdu ma vigueur d'antan. Puisque je n'ai pas d'économies et que la maison de Londres est lourdement hypothéquée, je dois rassembler mes dernières forces afin de trouver un emploi bien payé, ce qui n'a jamais été le cas avec mes misérables écrits. Pour l'instant, nous envisageons d'aller nous installer en Allemagne, à Hambourg ou Lübeck, le coût de la vie y est moindre, et Florence parle allemand. Dieu sait que nous sommes un peu âgés pour émigrer à ce stade de notre vie, mais bon.

Je reviens sur ces brouillons : certaines parties sont achevées, d'autres encore sous forme de journal. J'avais l'intention de changer les noms, mais je ne suis pas allé jusque-là – ton nom fait partie de toi, et il est trop beau pour le changer – et puis, il y a quelques mois, je suis tombé sur un curieux volume d'un Américain, un certain Adams, dans lequel il écrit sur lui à la troisième personne, ainsi qu'un personnage de fiction, cette approche m'a émoustillé, aussi ai-je décidé de laisser les noms tels quels.

Comme tu es également engagée dans ce processus, observer ces vestiges au moins te divertira, et t'arrachera peut-être un sourire de temps à autre en retrouvant la flamboyance et la gloire de ces jours anciens, la folie de ce temps-là. Parmi ces pages, tu trouveras aussi quelques bribes d'un entretien donné il y a longtemps par une actrice sans pareille au *Spectator* : la transcription de ses réponses se trouve ici sans les questions, j'ignore pourquoi. Si jamais quelques planches de ces épaves t'étaient utiles (j'en doute) pour tes mémoires, tout droit d'exploitation t'est accordé. Enfin, vois peut-être d'abord avec moi.

L'essentiel ici est écrit en sténo Pitman, que tu connais me semble-t-il. Sinon, tu dénicheras sûrement au village une jeune fille qui sache le lire, ou encore tu peux t'adresser aux services de secrétariat de Miss Miniter près de Covent Garden – je revois la rue comme si j'y étais, mais je suis incapable de me rappeler le nom. Tu te souviens peut-être d'elle. Elle est dans l'annuaire.

Une partie est écrite dans un langage codé que même son inventeur a oublié. Je me demande vraiment ce que j'essayais de dissimuler, et à qui.

Eh bien, vieille branche, amie vénérée, c'est une pensée sacrée que d'imaginer mes mots parvenant jusqu'au plus profond de ton cœur, car alors une partie de moi rejoindra une partie de toi, et nous demeurerons ensemble sous l'averse pendant un moment, à l'abri du même parapluie.

Toute mon affection à toi et à ta famille, mon étoile étincelante et chérie.

Et bon anniversaire avec une semaine d'avance, n'est-ce pas ?

À jamais tien, Bram.

P-S : Comme dans la crème de la crème des bonnes histoires, ça démarre dans un train.

I

Où deux hommes de théâtre quittent Londres pour Bradford

Peu avant l'aube, 12 octobre 1905

Le monstre noir rugit à travers les volutes de brume, dans un crissement il éructe sa fumée âcre et bilieuse, d'une écœurante puanteur d'explosif. Cendre et tonnerre, machiniste et chauffeur, fonte noire et métal à blanc, qui filent sur le chemin de fer et de chêne, tandis que des gouttes de rosée grésillent sur ses flancs. Les renards regagnent leurs terriers. Les faons furtifs s'enfuient. Dans les buissons les faucons se retournent et observent.

Dans un compartiment de première classe mal éclairé du premier train en partance de King's Cross, deux hommes de théâtre sont assis face à face, emmitouflés dans des couvertures et des écharpes miteuses, des moufles usées et les miasmes grincheux du matin. Leur souffle, bien que léger, forme des nuées de fumée. Pas encore sept heures. Ce sont des gens de la nuit, peu accoutumés à être dehors d'aussi bon matin, sauf quand ils rentrent de leur club.

Les pieds d'Henry Irving reposent sur le siège d'en face tandis qu'il étudie vaguement le script d'un mélodrame à vous glacer le sang, *The Bells*, qu'il a joué des centaines de fois au cours de sa remarquable carrière, de Londres à San Francisco, en passant par Copenhague et Munich, à se demander à quoi lui sert ce script, et quel besoin il éprouve de l'annoter encore, après toutes ces années, de marmonner des morceaux de dialogues, les yeux mi-clos, tandis que les champs défilent à la fenêtre. Son compagnon de voyage se tient très droit, comme s'il exécutait une posture de yoga afin de redresser sa colonne vertébrale. Il tient dans la main un livre à la manière d'un bouclier. Le train avance en grinçant vers les confins du nord de Londres.

Plusieurs siècles sont passés sans qu'ils échangent le moindre mot, sans parler de ces regards pesants, réticents, grimaçants, auxquels excellent tous les gens de théâtre. Les pieds de mouton et la gelée d'anguille achetés en hâte à King's Cross demeurent intacts – suant malgré le froid – entre les replis graisseux d'un vieux journal. Par terre, une bouteille de Madère a subi un sérieux assaut. Quelques gouttes demeurent au fond, histoire de rassurer ces messieurs : non, ils ne sont pas du genre à entamer avant sept heures du matin une bouteille dans le fiacre qui les emmène à la gare, pour la finir dans le train alors qu'il n'est pas encore huit heures. Il y a entre eux cette camaraderie particulière des vieux couples qui depuis longtemps naviguent dans les latitudes étranges et les archipels escarpés de la monogamie, qui ont beaucoup appris, beaucoup vu, pardonné presque tout, et se sont dit il y a des lustres tout ce qu'ils avaient à se dire – au fond pas grand-chose.

« Quelles sottises lis-tu donc ? demande Irving de ce ton de maître affectant un *ennui sophistiqué* face à une salle facile à divertir.

– L'histoire de Chislehurst, répond Stoker.

– Doux Jésus.

– Chislehurst est à bien des égards une ville intéressante. Napoléon III y est mort en exil dans d'atroces souffrances.

– Et aujourd'hui beaucoup de gens y vivent dans d'atroces souffrances. »

La journée risque d'être longue et intense.

Ciel pourpre taché de sang, marbré de traces de doigts noires et d'une poignée d'étincelles d'or. Puis une aube laiteuse se lève au-dessus des marais, des bleus pâles, des gris, des verts boueux, pareils à l'aurore sur une aquarelle de jeune vierge. Hêtres vacillants ici et là, sorbiers, grands érables, puis une rangée royale d'ormes battus par les vents, et le V d'une volée d'oies sauvages s'élançant à travers le vaste ciel, telle une flèche pointée vers quelque immensité.

Au-delà des vitres embuées et grasses, le début des Midlands : lueurs lointaines de villages, cheminées et clochers, briqueteries et carrières desservies par les nouvelles routes. Entre les villages, les prés mûrs recouverts de rosée, avec leurs granges et leurs étables, leurs épouvantails crucifiés, les chemins de halage le long des canaux verts et calmes, les manoirs, les vergers, les murets de briques rouges qui marquent les frontières, les loges, les labyrinthes, les presbytères. Cela ressemble tant à la campagne irlandaise, et pourtant ça n'est pas du tout pareil. Il y a quelque chose de différent, d'indéfinissable, une certaine qualité de lumière, une tristesse, peut-être, une absence qui est présence. Bienvenue dans une absence qui s'appelle l'Angleterre.

Le train grommelle en grimpant Stubblefield Hill, il tressaute et oscille avec mollesse lorsqu'il se lance dans la descente et file de l'avant, vitesse déconcertante dans le virage du bas, et puis de temps en temps, une lourdeur soudaine, une sorte de drame inquiétant quand la voiture fait un bond tremblant ou pousse un crissement métallique. La malle attachée par une corde bouge dans le compartiment à bagages au-dessus d'eux – le bagagiste voulait la ranger dans le wagon réservé aux marchandises mais Irving a refusé –, à présent les abords d'une ville.

L'arrière de petites maisons défile sous la pluie. Des cordes à linge accrochées aux rebords des fenêtres ou tendues au-dessus de tas d'ordures où des chiens furieux chantent la sérénade. Une enfant à la frimousse crasseuse fait bonjour depuis une fenêtre sans vitres. Un lévrier d'une maigreur effarante tire sur sa laisse. Le ciel bleu-noir, une lune en forme de rognure d'ongle, et une averse si soudaine et violente qu'elle pousse les deux hommes à regarder dehors.

Massif, barbu, pas encore soixante ans, Stoker ressemble toujours à l'athlète qu'il fut autrefois. À l'université de Dublin, il a pratiqué la boxe, la natation, l'aviron. Un jour, il a sauvé un homme de la noyade. Il porte un costume trois-pièces en tissu à chevrons de chez Gieves & Hawkes, sur Savile Row, qui était à la mode il y a trente ans. Son épais manteau de chez Huntsman ressemble à celui d'un général. Il porte ses vêtements avec talent, semble toujours à l'aise, même si tout ce qu'il a sur lui aujourd'hui a été plus d'une fois recousu, repris pour gagner ou perdre une taille, rapiécé, un peu comme l'amitié. Les brogues sur mesure, sans doute ressemelés, ont été reteints en noir. Ses mains sont noueuses, les veines apparentes, un peu obscènes, à croire qu'elles sont taillées dans du morta.

Irving est plus frêle, décharné depuis qu'il a été malade, son visage chevalin émacié est squelettique. Il a dix ans de plus que Stoker mais il fait davantage. Pourtant il a toujours l'air flamboyant, dégingandé. Fez de velours violet, écharpes de lin et d'organdi, cape bordée de fourrure, pince-nez de nacre. Des traits de khôl entourent les lacs de ses yeux sombres et fatigués, chaque matin, y compris aujourd'hui, son valet boucle ses cheveux teints en noir. Canne au pommeau à tête de mort (« la tête réduite de George Bernard Shaw »). De même que tous les grands acteurs, il est capable de décider quel âge il veut paraître. Il a joué Roméo, quatorze ans, et Lear, un vieil homme, lors de la même tournée, parfois le même soir.

Il allume un petit cigare épais, observe la pluie. « *Die Todten reiten Schnell* », déclare-t-il. Les morts voyagent vite.

Stoker lui décoche un regard réprobateur.

Le train entre dans un tunnel. Éclat intermittent sur les visages.

« Renfonce tes yeux dans leurs orbites, misérable garde-malade, dit Irving. Je fumerai si je veux.

– Le docteur t'a conseillé d'arrêter. Tu le sais très bien. J'ajouterai que ce fut un conseil coûteux.

– Qu'il aille se faire foutre.

– Si tu pouvais rester en vie jusqu'à la représentation de ce soir, je t'en saurais gré.

– Et pourquoi ça ?

– Il est trop tard pour annuler la location de la salle et nous ne pourrions pas récupérer l'acompte.

– Que je sois pendu, quelle considération tu as pour moi !

– Mais si tu as envie de te suicider, c'est ton affaire. Le plus tôt sera le mieux, si telle est ton intention. Ne dis pas que je ne t'ai pas prévenu.

– Oui, maman. Que tu es attentionnée, ma poule ! »

Stoker ne relève pas. Irving tire sans entrain sur son cigare, ses yeux chassieux s'emplissent de larmes de whiskey pur. Il semble avoir mille ans, caricature de lui-même.

« Peut-être que j'aurai de la veine, mon vieux Bramsie.

– À propos de quoi ?

– Peut-être que je vais me retrouver comme le gars dans ce bon vieux navet que tu as commis. Le mort-vivant, mes chéris. Ce cher Dracucu. Qui se pavane à Piccadilly en plongeant ses crocs dans la chair fraîche. Y a pire, comme fin, pas vrai ?

– J'essaie de lire.

– Ah, oui, Chislehurst. La Byzance des faubourgs.

– Nous envisageons de nous y installer, si tu veux tout savoir.

– Tu veux dire que ta petite femme songe à emménager là-bas, et que toi tu envisages d'obéir, comme d'habitude.

– Ce n'est pas ce que je veux dire.

– Oh, la dame proteste un peu trop.

– Ferme-la.

– Ça lui irait bigrement bien de porter la culotte, je le lui accorde. Dis-moi, comment fais-tu pour entrer dans son corset ?

– Tes prétendus traits d'humour sont lassants. Désormais je ne t'écoute plus. Adieu. »

Irving émet un gloussement douloureux de fond de gorge, puis il s'installe dans un nuage de fumée et de somnolence. Stoker se penche pour attraper le cigare entre ses doigts, et l'éteint dans une boîte de fer-blanc en forme de losange qu'il emporte toujours avec lui, précisément pour ce genre d'occasions. Ce type d'inconséquence peut causer des accidents.

Il contemple le paysage d'hiver, le tourbillon de neige entre les chênes, les longs murs de pierre et les haies. Les quantités sans fin de poésie que ces visions ont inspirées. Brûlez l'abbaye d'un Irlandais, et il prendra les armes. Brûlez celle d'un Anglais, et il prendra la plume.

Ellen est avec lui à présent, son doux rire plein de gentillesse, un soir où ils se promenaient le long de la rivière à Chichester, un de ces cours d'eau qui s'assèche quand vient l'été. Comment cela s'appelle-t-il, déjà ? Il ferme les yeux pour la renvoyer dans les prairies dorées d'où elle est sortie.

Toute la matinée, l'a accompagné une vieille chanson entendue à Galway il y a des années, comme un fantôme.

Les requins des mers sombres
Mangent le cœur aimé.
Son corps gisant se meut,
Son âme jamais plus
Ne connaîtra la paix.
« Toute la nuit, je marcherai jusqu'au royaume
Pour expier mon crime.
John Holmwood, je me nomme
Mon sort fut bien cruel. »

Comment expliquer qu'une chanson puisse ainsi devenir une compagne de voyage revenant vous hanter ? Dans l'obscurité du petit matin, cette étrange ballade a tournoyé vers lui, sortant de son bol à raser, ou peut-être lui a-t-elle renvoyé son regard depuis cette contrée qui s'étend de l'autre côté du miroir, sans qu'il en comprenne la raison. Et maintenant, il le sait, elle va l'accompagner toute la journée durant. Il tente de se rappeler la première fois où il l'a entendue.

Tous les écrivains ratés – et celui-là a échoué plus que les autres – sécrètent une amnésie curative sans laquelle leur vie serait insupportable. Seulement aujourd'hui, ça ne marche pas.

Carna. Comté de Galway. Son vingtième anniversaire. Près du village d'Ardnaghreeva. Il s'y était rendu pour le travail, il assistait à un procès, prenait des notes, et puis on avait annoncé l'ajournement du procès pour meurtre de l'agent des terres de lord Westenra, un certain Bannon. Les vingt minutes prévues étaient devenues une heure, puis deux. Il était sorti chercher quelque chose à boire.

Les gens parlaient en gaélique. Il se sentait perdu, mal à l'aise, effrayé par quelque chose qu'il ne pouvait nommer. Beaucoup étaient pieds nus. Les enfants émaciés semblables à de vieilles clés. Il n'y comprenait rien. Vingt ans étaient passés depuis leur maudite famine ; pourquoi étaient-ils toujours aussi cadavériques et en haillons ? Et d'ailleurs que faisaient-ils là tout simplement ?

Une fille, si maigre qu'on voyait les os de ses bras, chantait une ballade, mais en anglais. « Little Holmwood », avait-on dit que ça s'appelait. C'est alors que la terrible nouvelle était arrivée depuis le tribunal. Le magistrat avait rendu l'âme, seul dans son cabinet, assis à son bureau, prêt à signer la sentence de mort, mais à l'instant où il avait ôté sa perruque noire, son cœur et ses yeux avaient lâché. Le sang avait jailli par torrents, inondant le plancher, jusqu'à ce qu'il ne lui reste plus que la chair et les os, comme un costume vide. Le prisonnier s'était évadé. « L'œuvre du démon » s'était accomplie. Certains avaient hoché la tête froidement, tandis que d'autres se signaient ou s'éloignaient. La fille n'avait pas cessé de chanter.

En rentrant à Dublin, il s'était senti nerveux, secoué par ce qu'il avait vu. L'indifférence de cette chanteuse avait quelque chose de terrifiant, s'il s'agissait bien de cela. De sombres murmures ne cessaient de lui revenir, à croire que ce chant était porteur de mort.

Incapable de dormir, il avait pris un peu de laudanum, mais ça n'avait pas marché, et son état avait empiré, il se sentait flotter, en proie à des visions rougeoyantes. Le lendemain soir, il se rendit au théâtre, et arriva un peu en retard à son bureau, au Château de Dublin. Quelques mois plus tôt, il avait commencé à rédiger des critiques dans les pages littéraires d'un journal. Cela ne lui rapportait rien, mais lui évitait de payer sa place.

La pièce en était au troisième acte lorsqu'il entra. Dehors rugissait l'orage. Trempé, frigorifié, il ne put trouver sa place dans le noir, aussi resta-t-il debout dans l'allée, près du premier rang. Les éclairs étincelaient à travers les hautes fenêtres du théâtre – qui, comme beaucoup de salles anciennes, avait jadis été une église. Le public foudroyé était bouche bée.

Henry Irving s'arrêta au beau milieu d'une scène et les toisa d'un air lugubre, les yeux rouges dans la lumière des becs de gaz. Son maquillage coulait sur les contours de son visage, telle une teinture éclaboussant une carte, les gouttes tombaient sur ses bottes, son pourpoint et ses longues boucles étaient trempés de sueur, son épée de bois, peinte couleur argent, brillait dans la lumière, scintillant ainsi que sa cotte de mailles sous l'éclat des éclairs. Pendant un temps qui parut très long, il ne dit rien, les toisant toujours, louvoyant vers le bord de la scène, la main gauche sur la hanche, essuyant ses lèvres humides du revers de sa manche. Il les regarda en ricanant. Puis cracha.

Le public eut un mouvement de recul, et il reprit son monologue, insistant pour se faire entendre, se moquant de leur révulsion, parce que en réalité elle était essentielle, elle faisait partie du spectacle, et sans cette réaction, cette pièce sur le mal n'avait aucun sens.

« *Voici l'heure propice aux sorcelleries nocturnes, où les cimetières BÂILLENT* » – il ouvrit toute grande la bouche et laissa échapper un grondement – « *où L'ENFER LUI-MÊME souffle la contagion sur le monde !* » Il se mit à trembler, porta la main à sa gorge, à croire qu'il allait vomir. « *Maintenant je pourrais boire du sang tout chaud et me livrer à ces actes amers* » – il éructa les mots terribles – « *que LE JOUR TREMBLERAAAIIIIT DE REGARDER.* »

À présent les gens criaient. Il se mit à crier à son tour. Ce n'était pas un hurlement, pas un beuglement – c'était un cri de femme. Tirant le glaive de son fourreau, il décrivit des moulinets dans l'air tout en braillant comme une furie. C'était un spectacle effrayant, trop déconcertant. Un homme ne devrait pas crier ainsi. Dans la salle, certains le huaient, essayaient de s'en aller, d'autres s'étaient levés et lui faisaient le triomphe des grands soirs, au paradis résonnait le tonnerre des talons qui claquent sur le parquet. Stoker, dans son allée, avait soif, se sentait mal.

Il se retourna et regarda le public du poulailler.

Voyous, ivrognes, rebut et dégoût. Vagabonds contrefaits et couverts de verrues, tapineurs travestis. Femmes de mauvaise vie, échappées de l'asile, voleuses en devenir. Escrocs, faussaires, permissionnaires, gitons, avortons, Kitty rachitiques, Bridget en goguette. Buveurs, baveurs, batteurs, bateleurs, mangeurs de lotus aux yeux exorbités, rescapés du burlesque et des monstres de foire. Et cette odeur. Ô doux Jésus. Ça vous fouette comme une bourrasque, par strates fétides et féroces, ça vous fait larmoyer telle la fumée du train partant au Purgatoire.

Pourquoi viennent-ils là ? Stoker n'en sait rien. Il sait juste qu'ils viennent, et qu'ils viendront toujours. S'ils hurlaient face à la douleur de leur insignifiance, nul n'écouterait. Ils ont besoin que quelqu'un hurle pour eux. Henry Irving.

Dans le train vers Bradford, les souvenirs lui reviennent au présent, à croire qu'il se rappelle cet autre que tout homme abrite en lui.

Affaibli, tremblant, le jeune critique ressort dans la rue et fait le tour du bâtiment jusqu'à l'entrée des artistes.

Déjà une foule s'assemble. La pièce n'est pas terminée – on entend les cris étouffés des acteurs – mais les gens sont là, sous la pluie. Par dizaines, par douzaines, bientôt par centaines. Un fiacre fermé arrive, les chevaux nerveux frappent la chaussée de leurs sabots, le cocher crie au public de se ranger, qu'il va y avoir un accident. La police débarque, tente de les retenir, la foule se presse vers la porte en criant son nom.

Irv

Ing.

Irv

Ing.

Soudain deux videurs sortent brusquement, l'un tient un parapluie, l'autre une matraque, ils exfiltrent Irving comme un boxeur du ring, à travers la tempête des petits carnets quémandant un autographe, la forêt macabre de ciseaux tendus lui demandant une boucle de ses cheveux, jusqu'au marchepied dépliant du fiacre. Il porte toujours ses vêtements de scène, mais avec un imperméable pardessus et il tient une bouteille de champagne à la main.

La voiture démarre dans Sackville Place, et la police réussit à contenir la foule.

« Veuillez rester où vous êtes s'il vous plaît monsieur, cette rue est fermée.

– Je travaille au Château de Dublin, dit tranquillement Stoker en sortant ses papiers de son portefeuille. Je m'occupe d'une affaire pour le gouvernement. Merci de me laisser passer. »

Pourquoi le suit-il ? Que fait-il donc ? Le dernier tram pour Clontarf va quitter Pillar, il devrait être dedans, seulement il n'y est pas. Un peu plus loin devant lui, le fiacre aborde le pont. Stoker marche lentement d'abord, trébuche sur les pavés gras, plisse les yeux pour mieux voir, puis il force l'allure.

Au sud du pont, la voiture est arrêtée par un troupeau de vaches qu'on emmène au marché aux bestiaux, et il rattrape son retard. Quand le véhicule repart à travers un champ de mines de bouses, il poursuit. Le tour de Trinity College, où il a obtenu médiocrement son diplôme, par Nassau Street, Dawnson Street, St Stephen's Green, où les vitrines luisent sous la pluie.

Sous les branches d'un peuplier dégoulinant en bordure du parc, il voit le conducteur en chapeau haut de forme descendre et ouvrir la porte du fiacre. L'hôtel Shelbourne brille de tous ses feux comme un palais sur une illustration de Noël, les lampes de cristal flamboient sur les colonnes.

Pour une raison quelconque l'action se fige. Il imagine les pièces, se voit les traverser, la splendeur de la salle de bal avec ses marbres italiens et ses dorures, l'orchestre qui joue « Fanfares avec une suite de symphonies » de Mouret, les portraits des juges et des aristocrates dans les alcôves, les seaux à champagne, les bouteilles retournées, les huîtres ouvertes, les pommes innocentes, les femmes de chambre qui époussettent avec tact des statuettes nues. Dans sa tête, il voit Irving traverser à grands pas cette opulente fournaise, le personnel lui prend son chapeau, sa canne, le maître d'hôtel l'emmène jusqu'à une table discrète derrière une fougère.

Pluie sur les peupliers. Un concierge et un page sortent en hâte par les portes vitrées avec des parapluies. Du fiacre descend une femme gracieuse en long manteau de fourrure. Elle s'arrête un instant, regarde le ciel, entre dans l'hôtel. La voiture repart dans un bruit de sabots.

Arroyo : cours d'eau qui s'assèche en été.

II

Où une critique est rendue et un visiteur indésirable évité

Dans la taverne de fortune destinée aux gens qui travaillent la nuit, tout au fond de la ruelle près du marché aux fruits, il commande une tasse de ce qui doit être du café arrosé d'une lampée de rhum de la Jamaïque, un tord-boyaux de l'espèce la moins chère et la plus féroce. Il est là au milieu des prostituées et des soldats gris, dans la lie de la nuit, le rebut de la ville. Il aime les écouter jacasser, il aime cette énergie, cette méchanceté. Ils lui donnent du « Votre Honneur », ce qui n'est pas entièrement ironique. Ils le considèrent telle une anomalie, une sorte de mage étrange ; ça les déconcerte qu'il écrive en sténo.

Parfois ils lui demandent de leur expliquer les runes qu'il note dans son carnet, ils ont du mal à croire que ces symboles griffonnés puissent être des mots. Ils ont raison. C'est difficile à croire. Il prend soin de s'adresser à tout le monde avec respect, ici. Être parmi les gens de la nuit apaise quelque chose en lui. Chez lui, dans sa chambre, il est incapable d'écrire. Les mots se transforment en cendres. Ici, ils bouillonnent et jaillissent dans le sillage du rhum.

Il aime voir les paysans las arriver de la campagne, de la tourbe plein les yeux, avec leurs charrettes, les marchands revenir des quais avec leurs chargements, poussant des pommes venues d'Amérique, des fleurs de Hollande, de la farine de maïs anglaise ; les bouchers aux tabliers tachés de sang. Penser que la ville dort pendant que toute cette vie bat son plein – il a l'impression d'appartenir à une conspiration.

En se penchant sur sa page pour continuer d'écrire, malgré tous ces inconvénients, la crasse, la malice délicieuse, il s'aperçoit que la chanson est toujours avec lui, qu'elle tourne autour de lui comme un fantôme de chez Dickens, imprécation de culpabilité, et il se demande si elle le laissera jamais en paix.

Mère, où est le beau gars
Venu chez nous hier soir ?
« Mort aux enfers, y a pas d'histoire
À raconter », lui dit son père.
« Alors père, en public,
Père cruel, tu périras
Pour le meurtre de John Holmwood,
Qui labourait les basses terres. »

À présent, il arpente les quais nord de la Liffey, se taillant un chemin dans la poussée du vent, à travers un tourbillon de goélands crasseux et de vieux journaux. Cette atmosphère étrange d'abandon qu'a Dublin la nuit en milieu de semaine, désert, hanté, meurtrier. Le week-end, on peut espérer que lady Wilde donnera une de ses soirées, jeunes hommes et femmes cultivés, traits d'esprit, mets raffinés, flirt dans l'élégant escalier où l'on pourrait rencontrer une belle personne, voire une version supérieure de soi-même. Mais un mercredi soir, Dublin est la ville la plus solitaire au monde, fenêtres obscures, portes closes, magasins fermés, bureaux vides, pensées nocturnes qui se jouent de lui si jamais il essaie de dormir. La seule façon de le supporter, c'est d'aller marcher.

Les premières lueurs apparaissent. Des bateaux de pêche descendant l'estuaire, traînant leurs jupons de filets vers l'immensité de la mer. Les dernières filles de joie débraillées s'en retournent chez elles. Il a peur de regarder sa montre de gousset, ne veut pas savoir l'heure.

La baie s'étend dans son esprit, surgissement des brisants, complainte lugubre de la corne du phare. Le fantôme d'un marin noyé, enchaîné au mât d'un navire dans sa gangue de glace, à la voile confectionnée grâce aux suaires des pendus. Image issue d'une pièce qu'il a tenté d'écrire. Mais il n'a pas encore trouvé la forme.

D'autres écrivains irlandais s'intéressent à leur pays, il les connaît. Il a essayé de les lire, de se sentir à l'unisson avec eux, en vain. Ils se sont organisés en clubs, en petites académies mystiques où l'on fume la pipe, qui se retrouvent le lundi soir pour s'imprégner du crépuscule celtique, ou traduire des poèmes épiques qu'aucune personne saine d'esprit ne voudrait lire, quelle que soit la langue, avant que tout ce beau monde prenne le tram pour rentrer chez soi dans les faubourgs. Les légendes, les mythes, les fées, les sorcières, toutes ces histoires que sa mère, originaire de Sligo, se mettait à marmonner jadis après un ou deux verres de sherry. Toutes ces vieilleries poussiéreuses et pompeuses d'Hibernia, dont seuls les défunts et les fous se souviennent. Il voit bien qu'elles contiennent une force d'une certaine nature, à bas bruit, mais cela ne le touche pas, c'est comme observer la bruine. Les mannequins qui hurlent et font les folles sur cette île dégoulinante d'échecs, dont on ne dit jamais qu'ils sont des voyous bouffis d'orgueil, dont on prétend qu'ils sont admirables, héroïques – mais même pas dignes selon lui de figurer dans le théâtre d'ombres, pâles imitations de ce qui n'est pas vraiment nommé, dessins d'enfants quand il faudrait un Caravage. Au moins, au théâtre, il faut un public. Si la salle est vide, la pièce se termine plus tôt.

Il longe les douanes, entre dans un vieux bâtiment lugubre abritant des bureaux qui depuis cent ans méprise son reflet dans la Liffey, traverse le dallage, grimpe l'escalier sombre et raide, son corps puissant perclus de fatigue. Au troisième étage, il arrive devant une porte où une plaque annonce RÉDACTION DE NUIT. Elle s'ouvre avant même qu'il ait frappé. Mr Maunsell le contemple.

« Bram, mon brave. Vous êtes là de bonne heure. Ne fait-il pas horriblement froid ?

– Mieux vaudrait dire que j'arrive tard.

– Voulez-vous entrer un moment, je m'apprêtais à faire du thé ? Qu'avez-vous donc là ? Je n'attendais rien cette semaine.

– Ma chronique. Henry Irving. Dans *Hamlet*, hier soir. »

Le rédacteur se frotte l'œil droit et pousse un bâillement terriblement lugubre en regardant les pages. Sa pipe en terre est vide, mais il tire pourtant dessus ; ce bruit fait partie de ces choses plus dures à supporter lorsqu'on est fatigué. C'est un petit homme qui, étrangement, semble plus petit encore entre chien et loup, un modeste dandy qui utilise une ombre à paupières vert émeraude, un gilet miteux aux boutons de porcelaine et des bretelles rouges. On raconte qu'il a une bonne amie à Kimmage.

« *Hamlet*, hein, Bram ? Être ou ne pas être, telle est la question.

– En effet.

– Je ne sais pas, mon garçon, je ne sais pas. C'est un peu riche pour notre régime ? Les lecteurs du *Dublin Mail*, qu'ils soient bénis, ne sont guère des experts du Barde.

– Il n'est pas nécessaire d'être un expert pour apprécier une pièce de théâtre. Moi-même, je ne suis pas expert. Shakespeare ne l'était pas non plus.

– Shakespeare n'était pas un expert de Shakespeare ?

– Il se voyait comme un artisan. Pareil aux menuisiers de son théâtre.

– Je voulais justement vous toucher un mot au sujet du théâtre, Bram. Pas tout à fait notre rayon. On est à la limite de l'inconvenant, les dames y sont légères, et les garçons un peu… vous savez.

– Un peu quoi ?

– Un peu chochottes. Moi-même, je suis un homme qui connaît la vie, mais je dois penser à mes annonceurs. Peut-être pourriez-vous élargir vos horizons ?

– Comment cela ?

– Vous n'auriez pas un chat ?

– Non.

– Les lecteurs adorent un petit article émouvant au sujet d'un chat. Surtout s'il lui manque une patte.

– Je garderai cela en tête.

– Ou ce pauvre chien fidèle qui refuse de quitter la tombe de son maître ? Ils se délectent de ce genre d'histoires et ils en redemandent. Ou ce gars travailleur, sérieux et respectable, mais il a de mauvaises fréquentations et se met à boire, jusqu'à ce que ça lui monte à la tête et le fasse dérailler et qu'il étrangle sa fiancée, vous voyez, la fable morale ? Ou il la déshonore, et elle n'a plus d'autre choix que de poursuivre sur ce chemin. La tempérance, ça fait vendre des tonneaux de papier de nos jours.

– Dans de nombreuses interviews, Irving a affirmé qu'il voulait rendre le théâtre respectable.

– Une rose quel que soit son nom, néanmoins. J'espère que la franchise ne vous dérange pas. D'aucuns disent que votre bien-aimé Irving est un peu olé olé.

– Vous voulez dire ?

– Un cabotin imbu de lui-même, une sorte de bateleur de carnaval.

– Je le considère comme un grand artiste, un génie sans égal.

– C'est charmant. Je le considère comme du pipi de chat.

– Je peux aller proposer mes critiques ailleurs. Puisque vous ne me payez pas, vous ne m'en voudrez pas. »

Mr Maunsell glousse. « La reine ne vous paie-t-elle pas déjà, mon beau ? Elle peut, Dieu le sait.

– Donc vous le prenez ?

– Rien ne presse. Vous avez le temps, venez prendre un thé.

– J'ai besoin de savoir. Tout de suite.

– Vous êtes un drôle de pistolet, mon jeune Stoker. »

Le réveil, son appel de crécelle à briser les carreaux. Stoker tâtonne à travers le lit et l'éteint. Un instant, son père décédé se reflète dans le miroir de l'armoire, une cage à oiseau noire à la main ; reliquat d'un rêve dérangeant. Des remugles remontent du pot de chambre dans le coin, la neige fondue fouette la fenêtre avec colère. Quarante minutes de sommeil, c'est mieux que rien. Mais ce n'est que quarante minutes.

Un quart d'heure plus tard, il court sur la plage de Clontarf, pieds nus, en pantalon de jockey et débardeur. Il court un peu plus de trois kilomètres tous les matins, quel que soit le temps, depuis des années, cela fait partie de sa routine. Enfant, il a souvent été malade, il est resté alité pendant des mois, des années. Cela ne se reproduira plus.

Il écoute ses pieds qui martèlent le sable, les éclaboussures des vaguelettes qui jaillissent lorsqu'il traverse les ruisselets, le vent qui souffle, le sifflement de l'écume crémeuse, le métronome intérieur de son souffle. Il s'arrête et se met à boxer tout seul, puis il fait cent pompes et plonge dans l'eau. Choc du froid, piquant du sel.

Au-dessus de lui, l'immense coupe du ciel irlandais, placide, vitreux, guère changeant, une cloche de verre sous laquelle des spécimens se tortillent en attendant la toute dernière expérience. Il aperçoit le ferry de Kingstown, là-bas loin dans la baie, qui va son bonhomme de chemin vers les Muglins avant de prendre la direction d'Holyhead.

Londres exerce sur lui un tel pouvoir d'attraction que ce magnétisme est un véritable danger. Ses quelques visites à la capitale, pour le travail, l'ont laissé étourdi, fiévreux, comme si quelque chose dans la poussière de Piccadilly était capable de faire renaître de ses cendres l'enfant qu'il fut. Là-bas, il a eu trop chaud l'été, s'est trouvé pétrifié l'hiver, a eu soif dans les vastes parcs, faim dans les galeries, est resté bouche bée dans les grands musées remplis à ras bord du butin impérial, craignant de dire quoi que ce soit de peur que les indigènes ne s'imaginent des choses à cause de son accent. Les mendiants d'Holborn sont pleins d'ardeur, à croire que ce sont eux qui en secret gouvernent, et que l'aristocratie ne représente que des figurants inconscients.

Et Londres possède trop de rues cachées, trop de ruelles et de venelles où tout est disponible à condition d'y mettre le prix. Les taudis derrière Paddington Station, les jardins d'agrément de Chelsea, la carte secrète de la ville déborde de possibilités. Un murmure dans un club, un coup de coude, un hochement de tête : ce sont des indications à suivre. Or il craint ce genre de destinations.

Il a déjà envisagé d'aller aux États-Unis, peut-être à Chicago, Boston, New York. On dit que les hommes et les femmes peuvent se réinventer là-bas, prendre un nouveau départ avec de nouvelles perspectives et manières, une nouvelle façon de parler, et même un nouveau nom au besoin. Nul ne se soucie d'où vous venez. Vous écrivez votre propre histoire. Il se demande si c'est vrai.

Lorsqu'il rêvasse ainsi, il voit les grands immeubles, les longs canyons des avenues, il entend le fracas aux mâchoires de fer des usines, les noms de lieu présomptueux et vulgaires : Cincinnati ! Le Bronx ! Baton Rouge ! Mais cette énergie galvanisante, cette réclame pour la nouvelle république ne lui plaît guère. Il se lasserait très vite.

Ce qui est rassurant en Irlande, c'est qu'il ne s'y passera jamais rien. Le temps de la lutte est passé, les années de guerre et de révolution. La potence a triomphé en Irlande, aux Indes, partout. Affirmer que la plume est plus forte que l'épée, c'est alimenter une fiction, un moyen d'encourager le genre de révolte qui ne change rien à rien.

Il s'entraîne à boxer seul sur la plage, tandis que passe le ferry, et que le garçon d'écurie emmène promener les chevaux. Nul ne se préoccupe de ce que vous faites, car vous ne faites rien. Et quand bien même vous feriez quelque chose, tout ça n'aurait aucune importance.

De retour dans sa petite chambre à la pension, sur le front de mer, il met la bouilloire sur le réchaud dans le coin près de la cheminée, et s'apprête à se raser. Son neuvième lieu de vie en six mois, toujours de petits appartements ou studios dans les villages de la côte nord, des chambres en haut des escaliers. Il va sûrement bientôt déménager.

La pensée du repas du soir avec les autres pensionnaires retombe comme la poussière. Un quintet de misère, d'échec, de mime et de mauvaise haleine, dans une parfaite incompréhension mutuelle. Un *tableau vivant**[1] (les bons jours) dans toute la laideur des chances gâchées. Dans quelle dystopie brûlante de honte s'est-il fourvoyé pour devoir ainsi partager une table avec cette confédération de damnés qui mangent avec les doigts ? Mr Miggs, Mr Briggs, le grand Mr Lawlor, le petit Mr Lawlor et Mr Strange. Mr Miggs, les yeux beiges, comptable chez Guinness, venu d'un coin perdu du centre du pays, battu par les vents. S'arracher à cette terre a asséché en lui jusqu'à la dernière goutte d'énergie virile. Un pétoncle est plus vigoureux. Mr Briggs, disait-on, avait enseigné dans une école de filles à Exeter, mais après avoir été arrêté plusieurs fois dans les parcs de la ville, il était peu probable qu'il soit jamais autorisé à remettre les pieds dans une classe. Le petit Mr Lawlor est affligé d'une méchante peau qui pèle, et son grand homonyme indolent d'un goitre et de l'habitude de se triturer les oreilles. Mr Strange, le baveux, est certes doux, mais il ne recevra pas la terre en héritage.

---

1. Les mots en italique suivis d'un astérisque sont en français dans le texte original. *(Toutes les notes sont de la traductrice.)*

« Ah, Stoker, lui demande le déchu lorsqu'il s'assoit devant sa soupe au chou. Où en est la joyeuse vie au Château ? »

Sur le rebord de la fenêtre de guingois, ses vieux livres de Sheridan Le Fanu, Maturin, *Les Hauts de Hurlevent, Frankenstein*, les pages décollées qui s'éparpillent, ses œuvres complètes de Shakespeare souvent feuilletées. *Le Prophète noir*, de William Carleton, volé à la Marino Library. *Guide de la morgue de Munich*. Sur le tableau de liège au-dessus du lit monacal, des portraits des acteurs qu'il aime, format carte postale : William Terriss, Henry Irving, Ellen Terry.

Il a vu Irving jouer sept fois, Ellen Terry treize. Son talent, sa présence l'ensorcellent. Comme les changelins dont parlaient les livres de contes moisis de sa mère, elle dégage une magie qui semble dangereuse, venue d'un autre monde.

Dans un cadre d'étain sur le rebord de la fenêtre, un daguerréotype montre un couple le jour de ses noces : l'œil blanc, raide, vêtu d'un noir d'enterrement. Imaginer que ces deux statues de cire ont participé à l'acte qui en a fait ses parents est totalement au-delà de ses capacités. Ils ont émigré à Bruxelles il y a des années avec ses sœurs, pour faire des économies. Il a décidé de rester à Clontarf.

Rasé de frais, il prépare le thé avec les algues qu'il a ramassées et commence à soulever ses haltères en rythme, soufflant sous l'effort, poignets palpitants. Huit heures. Il faut qu'il se dépêche. Deux livres, six livres, sept… Il essaie de faire le moins de bruit possible pour ne pas gêner la propriétaire, en bas, ou sa vieille mère, car celle-ci à une ouïe de chat. (« Va dire à ce Stoker qu'il n'est *pas* dans ce genre de maison. » « Mr Stoker fait sa gymnastique, maman, pour l'amour de Dieu, cesse de crier. » « Je vais lui en donner, moi, de la gymnastique.

Du bout de ma botte. À ce bougre de protestant qui est bête comme un coin sans i. »)

La douleur remonte par vagues dans les nerfs de ses avant-bras, les tend, les raidit, et il se prend à se demander si Irving soulève de la fonte, lui aussi ; il serait sage que tous les acteurs le fassent. On joue la comédie autant avec le corps qu'avec les mots, et le corps devient paresseux, mécontent à force d'être ainsi habité. Les catholiques croient en la douleur stimulante, source de rédemption ; pareille aux contreforts d'une vieille cathédrale, elle vous empêche de vous effondrer. On punit le corps pour les dettes de l'âme. Il est bon que le châtiment serve à quelque chose.

La petite bouilloire sur le réchaud commence à siffler doucement, à croire qu'elle est intimidée par l'étalage de cette virilité à demi nue qu'on la force à regarder. En allant diminuer le feu, il aperçoit à travers les rideaux de dentelle jaunie une silhouette familière dans la rue.

C'est la démarche qu'il reconnaît en premier, le sens aigu de la mise en scène, le pas désinvolte du libertin portant les vêtements les plus chers qui existent à travers tout ce protectorat de l'Empire, l'homme qui a élevé au rang d'art le fait de se montrer.

Stoker plonge derrière le rideau. Il ne veut pas être vu. Surtout pas par lui.

Que peut-il donc faire à Clontarf de si bon matin ? Pourquoi se trouve-t-il hors de la ville ? En bas, la cloche sonne, puis suivent trois coups secs. Il entend la propriétaire qui fredonne toute seule « The Verdant Braes of Screen » tandis qu'elle traverse l'entrée en boitillant, puis le bruit de la porte dure qu'on ouvre. Ensuite, ses béquilles dans l'escalier qui grince, son souffle court lorsqu'elle frappe à la porte de sa chambre.

« C'est moi, Mr Stoker. Vous avez de la visite en bas. Vous allez partir au travail ? »

Il ne bouge pas. Cille à peine. Montre la bouilloire du doigt. « Tais-toi, espèce de saloperie », murmure-t-il.

Quelques minutes plus tard, il sort en hâte et prend au passage la carte qu'on a laissée pour lui dans l'entrée avec une note griffonnée.

Mon cher Bram. J'ai pris l'air de la mer ce matin et je suis passé à l'improviste voir si tu aimerais te dégourdir les jambes. Quel dommage* *de t'avoir raté. C'est partie remise. Mes meilleures pensées, Oscar Wilde.*

III

Où un jeune homme reçoit un conseil sur la manière d'éviter les occasions de pécher

Le village a l'air endormi, les petites boutiques sont plongées dans l'ombre, la vitrine des pompes funèbres, dévastée par la tempête, est garnie de longueurs de crêpe noir dégoulinant, de guirlandes de rosettes grises. Près de la devanture du drapier, une flaque d'eau sale semblable à un lac, que reniflent les chiens de la mère de sa propriétaire. Odeur de terre provenant du fenil, de cet espace invisible. Le vent fait claquer l'Union Jack pâli, hissé sur le toit du bureau de poste, un bruit semblable à celui d'une flamme qui vacille en s'enroulant autour de son mât tremblant.

Une fille vêtue de jaune vif sort d'une ruelle obscure près de la laiterie, sur ses épaules elle porte deux pots à lait accrochés en équilibre et elle l'observe un moment tout en avançant sur le sentier dans un sillage de savon suave et chaud. Pieds nus blancs, cheveux bruns détachés, une croix sur son sein. Il se rappelle un matin à Paris, où il s'était arrêté en chemin pour visiter la crypte de Notre-Dame, dans la rue une fille aux yeux sombres s'était approchée pour lui demander la direction de Mabillon. Elle était irlandaise, de Dublin, elle le prenait pour un Anglais et, allez savoir pourquoi, il ne l'avait pas détrompée. Il savait ce que cela signifiait, il avait lu dans son *Gentlemen's Guide to Paris* que c'était ainsi que ce genre de filles abordait les messieurs.

Elle lui avait parlé du temps, des bouquinistes de la Seine, tandis que les étudiants se hâtaient vers leurs cours magistraux à l'université, puis elle lui avait demandé, presque dans un murmure, s'il aimerait l'accompagner dans sa chambre. C'était tout près, disait-elle, rue des Canettes. Elle parlait doucement, sans honte. Il avait eu peur, l'avait repoussée. Il n'avait pas vingt francs sur lui. *Dix, alors, monsieur. Ne soyez pas timide.* Il lui avait donné quelques sous, mais ne l'avait pas suivie.

Il pense à elle à présent dans la rue presque déserte, en traversant Clontarf dégoulinant, parmi la boue et les bouses, le bourdonnement de mouches invisibles. Ce soir-là, à Paris, l'idée de ce qu'il avait refusé avait allumé un brasier en lui, si ardent qu'il ne pouvait dormir. À minuit, il s'était habillé en hâte et il était retourné vers la rue de l'Université, ivre d'une soif qu'il ne voulait pas nommer désir. La pensée de ces mains chaudes, d'un rire rauque à l'irlandaise. La pensée de se retrouver seul dans une chambre avec une autre personne.

L'entrée du commissariat de police de Clontarf est petite et mal éclairée, les murs constellés d'informations relatives au permis de posséder un chien, aux interdictions, aux règlements, ainsi que de vieilles mises en garde contre les feux d'ajoncs. Une affiche interdisant les réunions publiques a été placardée sur le mur, près d'une petite fenêtre.

Tout est calme. Il a encore le temps de renoncer. Ce qu'il s'apprête à faire est complètement fou. Un nœud d'acier se défait dans ses entrailles. Il sent battre ses tempes. Derrière le comptoir, un vieux gardien de la paix le regarde en le jaugeant, dans un recoin il tire un dossier par la ficelle et l'ouvre.

« Vous souhaitez déclarer une intrusion, monsieur. Votre adresse, s'il vous plaît ?

– Numéro 15, The Crescent, de l'autre côté du village. La maison appartient à ma logeuse. Je vis chez elle.

– Mr Stoker, c'est bien ça ?

– Comment connaissez-vous mon nom ?

– Pardi, je ne sais pas. Disons que les gens causent ? »

Le gardien de la paix sirote lugubrement une grande tasse à l'émail ébréché, il feuillette les pages rigides d'un geste méthodique, retire une lanière de cuir qui sert de marque-page. Les doigts de sa main droite sont jaunis par la nicotine.

« Quand l'incident s'est-il produit, monsieur ?

– Un peu plus tôt, ce matin même. Un type brun, musclé, vêtu de manière plutôt criarde pour un homme. De corpulence moyenne. Chapeau de feutre. Je regardais par la fenêtre et je l'ai vu qui traînait dans le jardin sur le côté.

– Et ensuite ?

– Ensuite, j'ai ouvert la fenêtre et je l'ai chassé.

– Par des cris, monsieur ?

– Bien sûr, par des cris. »

L'agent hoche la tête en écrivant.

« Continuez, monsieur. Y a-t-il autre chose ?

– Le jardinier de ma logeuse, le vieux Hoggen, il a un appentis. J'ai vu l'intrus essayer de forcer le verrou, et je l'ai immédiatement interpellé. Il est parti en proférant quelques remarques d'une nature que je vous laisse imaginer.

– De quelle nature étaient ces remarques ?

– De nature grossière et injurieuse. Au sujet des protestants, etc. Des "vendus à la couronne". Il a pris la poudre d'escampette en direction de la côte quand je lui ai dit que j'avais un fusil à la maison.

– Et vous l'avez ?

– Quoi donc ?

– Le fusil, à la maison.

– Si je l'avais eu, je m'en serais servi.

– Est-ce qu'il a barboté quelque chose ?

– Je n'en suis pas certain. Je ne pense pas. Mais je me fais du souci pour ma logeuse et sa mère. C'est une invalide.

– Quelle taille faisait à peu près notre ami ?

– Environ la même taille que moi, je dirais.

– Détail particulier ?

– Sa mise, ainsi que j'en ai déjà fait état. Il était vêtu de manière plutôt efféminée. Avec un canotier et une cape bordée de fourrure.

– À Clontarf ?

– Mais écoutez-moi, ce qui me cause le plus de souci, c'est que je l'ai déjà vu traîner aux abords de la maison. »

Le gardien de la paix lève ses vieilles prunelles d'un air grave, comme si cette information était d'importance.

« 'Scusez-moi un instant, monsieur », dit-il en se glissant dans le bureau mal éclairé derrière lui, où ses collègues fument et discutent dans un nuage de fumée violette et poussiéreuse. Il marmonne quelque chose à un homme au crâne en forme d'ogive, avec lequel la vie n'a pas dû être tendre. Il revient vers le comptoir en enfilant son imperméable.

« Je vais vous accompagner un bout de chemin jusqu'à cette maison, histoire de jeter un œil.

– Le faut-il vraiment ? Je vais être en retard à mon travail.

– Cela ne prendra que quelques minutes. Je vous demanderai d'avoir la bonté de venir avec moi. Ce sont des accusations sérieuses que vous portez là, après tout. »

À présent, il remonte l'avenue, le vieil agent à ses côtés. Ils parlent du temps, des oiseaux. Le gardien de la paix est de Galway, un « gars de l'ouest » qu'il dit, et l'expression semble ricocher sur l'air entre eux. Un garçon boiteux en chemin vers l'école, une pile de livres sous le bras, se retourne pour regarder ce curieux duo.

« Et vous travaillez au Château, monsieur, si je ne me trompe pas.

– Vous semblez en savoir long sur moi.

– C'est un endroit qui a connu son lot de souffrances au fil des années, monsieur, Dieu le sait. Les prisonniers entraient et ils ne voyaient jamais plus la lumière du jour. Murés à l'intérieur. Enterrés vivants. Mais pardon et oubli, voilà ce que je dis. N'empêche, y a encore un ou deux fantômes qui se promènent sur les remparts, j'en mettrais ma main au feu. Pas vous ?

– Je n'en ai jamais vu.

– Il se passe en ce monde plus que nos yeux ne voient. Et quel genre de travail est-ce que vous faites au Château, monsieur, si je peux me permettre de vous demander ?

– Je suis employé au bureau des délits mineurs.

– Le tribunal et tout ça ?

– En partie.

– Vous êtes dans ce cas un homme de loi, monsieur. Comme moi. »

Le gardien de la paix ouvre la petite barrière, qui grince, et fait un tour dans le jardin, contemplant en silence des tas de terre ainsi qu'on en trouve auprès d'une tombe, avant de s'approcher de l'appentis et d'examiner le verrou. Il essaie d'ouvrir deux fois, fronce le nez. Le vent agite les branches. Un filigrane de soleil l'entoure.

Les mufliers se lèchent les babines. Les orties se déploient. Un buisson de bruyère se met à baver.

« C'est ici que vous avez vu notre client, monsieur ? Par ici, près de la porte ?

– Oui.

– C'est bizarre parce qu'il n'y a pas de traces. Alors que le sol est mouillé. » Du bout du pied, il appuie sur la terre, à croire qu'il puisse ainsi découvrir quelque chose.

« J'ai vu ce que j'ai vu.

– Pour sûr, monsieur. Vous avez vu ce que vous avez vu. »

L'agent se penche avec maladresse et retire quelque chose d'un massif, testant la pointe du bout de son doigt étonnamment replet.

Sous la serre, la peau des tomates se craquelle.

« Vous devriez dire à votre jardinier de ne pas laisser un vieux piquet traîner comme ça. C'est dangereux, ça peut faire du mal, sérieusement.

– Il a installé une clôture », répond Stoker, en prenant le pieu de bois couvert de feuilles, long de trente centimètres. Le gardien de la paix se précipite sur lui en sortant *de petits ciseaux blancs...*

« Mr STOKER. »

La bouche sèche, il s'éveille en sursaut à son bureau, dans une bouffée de chaleur. Son supérieur, Mr Meates, est debout dans l'encadrement de la porte tel un fossoyeur venu encaisser ses honoraires. Natif d'Ulster et profondément religieux, il manifeste un clair mépris pour tout ce qu'il soupçonne d'être de nature humaine.

« À quelle heure nous avez-vous fait l'honneur de votre présence, ce matin, Mr Stoker ?

– Un peu après neuf heures et demie, monsieur.

– Je sais pertinemment qu'il était plus de neuf heures et demie, Mr Stoker. Je n'ai pas perdu l'usage de mes sens. Ma question, si vous aviez l'amabilité de me répondre – si je n'interromps pas votre rêverie –, c'est combien de temps après neuf heures et demie.

– Je dirais dix ou quinze minutes après, monsieur. J'ai été retardé en venant au travail. »

Mr Meates s'approche lentement du bureau, tel un vaisseau de guerre fondant sur une île rebelle. Il regarde la liasse de papiers sur le buvard, le porc-épic des plumes pas encore taillées, la haute pile de dossiers, l'intérieur du tiroir qui déborde, tout en rentrant et sortant ce qui devrait être des lèvres.

« Quand croyez-vous que je suis né, Mr Stoker ?

– Pardonnez-moi, mais je ne vous suis pas, monsieur.

– Il ne me suit pas, monsieur. N'est-ce pas totalement inhabituel ? Ne vous demandez-vous pas ce qu'on leur enseigne donc à Trinity College de nos jours ? Perdu dans la subtilité de ses pensées. »

Encore une des manières bizarres de son supérieur : s'adresser par paraphrases à un tiers invisible en résumant ce qui vient d'être dit. Lorsqu'on l'entend ainsi, on sait qu'on est dans de beaux draps, qu'il ne faudra guère attendre avant qu'il ne se mette à soliloquer sur le fait qu'il a connu votre père.

« Ce lieu, Mr Stoker, est un lieu où s'exerce l'autorité de l'État. Pas une taverne, ou » – geste vague – « une fumerie d'opium.

– Oui, monsieur.

– Le travail que nous effectuons a son importance. Cela n'est peut-être pas toujours évident pour vous, ni même pour moi. Mais il ne nous appartient pas de remettre en question la volonté de nos supérieurs de l'île principale, ni la sagacité avec laquelle ils ont organisé notre travail. »

Pitié, pas les abeilles, songe Stoker.

« Je me demande si vous êtes familier de l'apiculture, Mr Stoker. Car au sein de la ruche, Mr Stoker, tout le monde joue un rôle. Sans quoi, la reine mourrait. Et il vous incombe, Mr Stoker, de venir ici avec ponctualité, de donner l'exemple aux jeunes messieurs de votre serviabilité et de votre calme. Vous aurez noté également la présence en ces murs d'un certain nombre de femmes, dans des rôles subalternes, comme faire le ménage, etc. Que croyez-vous qu'il adviendrait si l'on donnait à ces femmes le mauvais exemple ?

– Le chaos, monsieur.

– Le chaos, Mr Stoker. Elles en perdraient l'esprit. Ce qui ne serait pas difficile.

– Monsieur ?

– Comprenez-vous l'idée même de présence ?

– Oui, je pense, monsieur.

– Ne pas rêvasser quand vous êtes payé pour être ici, au travail. Ne pas partir dans vos idées insensées que vous appelez articles pour ces torchons socialistes et païens.

– Si je puis m'exprimer, monsieur…

– Dans des publications qui, d'après ce que j'en vois, n'ont pas pour objectif l'amélioration de la société blanche et chrétienne, nous le savons, mais son renversement pour la remplacer par une sorte de Zululand-sur-la-Liffey. Bananes et anarchie. Bananarchie.

– Monsieur, je…

– Ne m'interrompez, Mr Stoker ! J'ai vu vos tentatives littéraires. Des sorcières, des gobelins, et Dieu sait quoi. Il faut vous reprendre, mon jeune ami.

– Je ne crois pas avoir jamais écrit une histoire de gobelins, monsieur. »

Mr Meates s'empourpre. Il a les yeux mouillants.

« Oh, jolie tentative, Mr Stoker. Le lettré a de l'esprit. Que se passerait-il selon vous si nous nous abandonnions tous à notre paresse humaine et nous adonnions à l'oisiveté chaque fois que l'envie nous vient ? Si moi, par exemple, je restais à la maison toute la journée, à jardiner ou jouer du violon, ou à jouer à me faire peur ? Que croyez-vous donc qu'il arriverait *si je ne venais pas du tout ici* ? »

Question injuste à tous les niveaux.

Sans attendre de réponse, le Seigneur des Momies poursuit : « J'ai connu votre père, Mr Stoker. Nous avons servi bien des années ensemble dans ce bureau. C'est à sa demande, je peux vous le dire franchement, que vous avez obtenu ce poste. Je refusais de vous accepter, vous ne me plaisiez pas, mais j'ai fait fi de mon jugement par loyauté envers un homme responsable et ponctuel. Un homme qui ne gaspillait pas le temps que le Tout-Puissant lui avait alloué à s'acoquiner avec des bouffons, des jouisseurs, des foutriquets.

– Et en quoi pensez-vous que…

– J'aimerais que vous ne souriez point de cette manière arrogante, Mr Stoker. Dublin est une petite ville. On m'a dit que vous fréquentiez les théâtres. Ne le niez pas.

– Je vais parfois au théâtre.

– Il va parfois au théâtre. Le cabinet de recrutement de Lucifer.

– Si je puis ajouter quelque chose, monsieur, je crains que vous ne preniez les choses un peu trop au sérieux.

– Diantre, le ciel nous en préserve. Voilà un défaut qui ne risque point de vous affecter. Y a-t-il jamais eu aucune femme dans votre théâtre qui ne soit à deux doigts de sombrer dans la luxure ? Pensez à votre père, monsieur. Pensez à vos responsabilités. Le théâtre est l'antre du mensonge, le temple de l'idolâtrie. Sur ce point, le cinquième chapitre aux Éphésiens est clair : "Et ne prenez point part aux œuvres infructueuses des ténèbres, mais au contraire condamnez-les." Que ressentirait votre père en voyant son fils pris dans les rets de distractions douteuses, destinées à bouleverser de pauvres demeurés et la lie des bas-fonds ?

– La dernière pièce que j'ai vue était de Shakespeare, monsieur. Hier soir.

– Et cela vous absout-il ?

– Shakespeare était chrétien, monsieur, d'après ce que je sais.

– Et Lucifer était un ange. »

Mr Meates quitte la pièce à reculons tel un Mathusalem sur roulettes, vision de l'admonestation garnie de pinces à vélo. Les autres employés le dévisagent. Déprimés, ils se remettent au travail. Stoker rassemble une épaisse liasse de dossiers juridiques reçus de province et se remet à consigner les verdicts et sentences. Toutes les amendes et peines d'emprisonnement, chaque misérable mesure d'incarcération : tout doit être dûment enregistré. Échecs, vols, diffamation, loyers impayés, usurpations d'identité, incendies, expropriations. À Sligo, une fille affamée a brisé une vitrine d'un coup de poing pour voler une miche de pain. La femme qui était au comptoir a saisi une machette et lui a tranché la main d'un coup en pensant qu'elle « avait le choléra ».

Parfois il se demande pourquoi le feu de ces luttes et de ces souffrances qui déborde de ces documents ne se propage pas à ses histoires, mais pour une raison inconnue, cela ne se produit jamais. Rassembler tout le matériau pour l'ouvrage de référence qu'il doit rédiger est une tâche titanesque, la date limite approche, et puis il y a aussi le travail sur le recensement. Le secret de l'Empire est que tout est écrit.

Au moment du déjeuner, il se rend sur les quais et s'assoit sous les grands érables pour observer les bateaux, écouter l'appel des débardeurs. L'odeur âcre du houblon monte des brasseries. Des gosses des rues se rassemblent pour regarder les tonneaux de Guinness qu'on embarque à destination de mondes qu'ils ne verront jamais. Des images et des scènes de la pièce de la veille lui reviennent sans cesse, tels des reflets d'objets trop lumineux. Il attend presque une heure, mais Florence ne vient pas. En retournant au Château, il tombe sur sa domestique qui achète du poisson sur Usher's Quay : « Mademoiselle est souffrante aujourd'hui, monsieur. Une de ses migraines. »

De retour au bureau, il est à son tour assailli de maux de tête, mais il n'y a rien à faire et il doit poursuivre son travail. Le garçon chargé du courrier lui apporte le sac rempli des lettres de l'après-midi, de centaines d'enveloppes contenant les résultats du recensement. L'horloge, dans l'angle, son solide tic-tac. Au loin, la sirène de l'usine à gaz fait entendre son hurlement plaintif. Il commence à trier les enveloppes, remplies de liasses de documents qui nécessitent tous une transcription, quand il découvre un étrange objet.

Ce courrier-là est différent, plus petit, d'allure luxueuse, pareil au papier à lettres pour condoléances fait à la main qu'on vend à Paris. Gris, bordé de noir, avec une croix à l'envers dans un cercle, peinte à l'aquarelle. L'écriture est d'une élégante calligraphie, gracieuse comme le cou d'un cygne.

Personnel
Mr Bram Stoker
Critique de théâtre

Il l'ouvre, lit, et des perles de sueur se forment sur son front.

La première pensée qui lui vient est que c'est un canular, une farce d'un collègue, le mordant typique de la malicieuse cruauté dublinoise qui voudrait passer pour de l'humour. Mais lorsqu'il se retourne, personne ne le regarde, ni ne guette sa réaction. Toutes les têtes sont penchées sur leur bureau.

Sa vie durant, il se rappellera ce moment. Ces têtes penchées, l'horloge, la lettre.

À sept heures ce soir-là, il se trouve dans le parc de St Stephen's Green, où il fume et fait les cent pas près de l'étang. Son costume de seconde main est trop serré et il n'a pas trouvé de col de chemise propre, or comme son salaire ne lui sera pas versé avant dix jours, il n'a pas les moyens d'en acheter un autre. La chemise qu'il porte a déjà été retournée, les poignets sont un peu jaunis et usés. Dans sa tête, il a répété ce qu'il voulait dire tel un acteur qui attend son tour.

Cela ne va pas durer longtemps. Il est important de ne rien oublier. Vital de ravaler cette anxiété qui le paralyse. Peut-être un petit verre de gin pour la route ? Non, à éviter. Ce serait terrible de mal articuler. En relevant les yeux, il aperçoit ce grand braque de Yeats qui franchit d'un pas traînant l'arche du petit pont, gorille portant monocle.

N'entre pas, lui dit l'hôtel Shelbourne. *Tu n'as rien à faire ici. Tu vas te rendre ridicule. Pauvre fou. Sauve-toi.*

Il entre par la porte à tambour, traverse le hall qui fait cent kilomètres, longe l'alcôve du portier toute tendue de cuir, grimpe les marches du vaste escalier de marbre, tandis que des femmes à genoux brossent les tapis violets, que des bonnes en gants blancs astiquent les poignées de porte en porcelaine, et qu'un serveur pousse un chariot chargé de plateaux d'argent, harcelé par un maître d'hôtel replet. Les riches aiment le silence. Tout le monde chuchote. Il entend le sang battre dans ses tempes.

Au moment où il pénètre dans le lugubre couloir, il entend résonner quelque part un rire de femme apaisé. Les becs de gaz sifflent. Il parcourt le corridor, comptant les chambres, impaires à droite, paires à gauche, jusqu'à ce qu'il soit devant la porte du numéro 13.

Il frappe. Pas de réponse. Recommence. Silence. Il s'aperçoit alors que la porte est entrebâillée. Il la pousse et elle s'ouvre en grinçant.

Dans la grande pièce, les lourds rideaux de brocart sont tirés. Un feu crachote et crépite dans l'âtre. Sa lumière rouge et orange joue sur le papier peint sombre et moiré, sur les pendeloques du lustre, les verres en cristal et la carafe, l'argenterie qui a été placée en deux endroits sur la petite table d'acajou. Des têtes de cerfs au regard fixe et vitreux montées sur boucliers. Une bougie noire unique verse des larmes de cire sur le cône de son chandelier d'albâtre.

« Bonsoir ? » tente-t-il.

Ombres, crépitement du feu.

À présent il comprend que cette pièce fait partie d'une suite, il distingue une lourde porte, un cercle de métal en guise de poignée dans le lambris de chêne à droite de la cheminée.

Que faire ? Doit-il s'approcher ? Ressortir et frapper à nouveau ?

« Il y a quelqu'un ? » demande une voix derrière lui.

Il sursaute, se retourne.

La lumière du feu frémit.

Près de la porte d'entrée de la suite, une autre porte, un étroit couloir d'où provient la pâle lueur jaune d'un chandelier, vers lequel il se dirige calmement.

Au bout, dans un salon, Irving est assis sur une chaise longue, vêtu d'une robe d'intérieur gris foncé. Trois bougies noires posées sur des soucoupes de cuivre brûlent sur une étagère garnie de livres, une cigarette turque se consume dans un cendrier en onyx noir. Il ne lève pas les yeux vers son visiteur mais continue de fixer les cartes étalées devant lui sur un pouf.

« Vous êtes dans l'ombre, dit-il doucement.

– Monsieur ?

– J'ai une mauvaise vue. Reculez un peu, voulez-vous ? »

Stoker s'exécute. Irving lève les yeux, ses iris brillent telles des pièces de monnaie fraîchement frappées, ses cheveux noirs luisent comme de la peau de phoque.

« Le magicien des mots doux.

– Je… ne savais pas si je devais accepter votre invitation. Je ne voulais pas vous déranger.

– Oh, je savais que vous viendriez. Je l'ai vu dans les tarots. Vous n'aviez pas le choix, tout était préétabli. Regardez. »

Il fait virevolter les doigts de sa main gauche et tire la carte du pendu de l'air. Il claque les doigts, et elle disparaît. Sourire doucereux. « Un petit truc de magicien, Stoker. Ce sont des choses que j'admire. Vous trouverez une photo de moi dédicacée sur la table, à l'intérieur. Tous mes remerciements pour votre critique pleine de sensibilité de mon Hamlet d'hier soir. Votre écriture est ensorcelante. Bonne soirée.

– J'ai pris la liberté, si je puis dire, de vous apporter un dossier composé d'histoires de fantômes que j'ai écrites et qui ont été publiées. J'aimerais avoir votre avis. Si jamais vous pensiez que l'une d'elles puisse être adaptée à la scène. Elles ont été publiées dans de petits magazines. Des histoires qui sont le produit de l'imagination. Mais le plus grand espoir de mon cœur, c'est d'écrire une pièce de théâtre.

– Un critique de théâtre avec de l'imagination. Vous ne pensez pas que cela perturbe l'ordre des choses ? Comme un pianiste à trois mains qui ne sait quoi faire d'aucune ?

– Je pense que la vie sans imagination serait un enfer sans fin.

– N'est-ce pas le cas de toute manière ?

– Je ne suis pas venu faire assaut de traits d'esprit. »

Le comédien bâille et se penche sur ses cartes. « Je n'ai rien décelé dans votre écriture qui me conduise à penser que vous êtes un artiste, Stoker. Si vous êtes venu à moi en quête de confirmation, vous allez être déçu. Votre critique est pleine de sensibilité, certes, mais vous n'êtes pas un créateur. Et vous devriez vous en réjouir. Le chemin de l'artiste est ardu. La solitude est la lanterne qui le guide à travers le monde.

– Peut-être… que vous pourriez jeter un coup d'œil à mes textes ?

– Vous ne manquez pas d'audace, je vois.

– Puis-je les laisser sur la table, dans l'autre pièce, en m'en allant ? Ou peut-être que je pourrais vous en lire un ?

– Il y a quelqu'un d'autre avec vous, Stoker. Il se tient entre nous. J'ai le don de sentir la présence des esprits, il préférerait que vous ne soyez pas là. Il vous supplie, pour le bien de son âme, de quitter cette pièce.

– Je…

– Vous vous demandez, je suppose, pourquoi je ne vous ai pas invité à vous asseoir avec moi. Je n'invite jamais personne ainsi. Une vieille coutume chez les gens de ma secte. Vous devez choisir entre monter sur scène ou demeurer dans les coulisses. Nous, les gens de théâtre, nous sommes attachés aux superstitions.

– Si vous êtes certain que je ne vous dérange pas, ce serait pour moi un honneur extraordinaire de m'asseoir avec vous un moment.

– Faites, alors, dit-il doucement. Je ne mords pas. »

IV

Où un jeune couple décide de se marier, peut-être pour éviter une querelle, et où l'on entend la voix d'une vieille dame

Né dans cette cage, il ne l'a jamais quittée, aussi l'orang-outan croit-il que vivre dans la cage, c'est être libre, et que ce sont les misérables de l'autre côté des barreaux qui sont en prison. Qu'ils ont l'air tristes. Ils le regardent avec envie, se divertissent en lui offrant des noix et des raisins. L'orang-outan est las à force de les accepter, mais ce sont ses esclaves. Je pourrais les tuer d'un seul coup. Mais à quoi bon ? Ces yeux vitreux, ces regards vides. Ces haillons qu'ils doivent porter. Penser que ce sont mes cousins. On dirait presque des singes.

Non loin de la Maison des singes, dans les jardins de la Société royale de zoologie, Stoker, blême, et une jeune femme qu'on a parfois décrite comme la plus radieuse de Dublin, se sont arrêtés près de la fontaine en fer forgé dans la roseraie. Florence Balcombe a la peau pâle, tel du marbre de Carrare dans une église, de grands yeux auburn, et quand elle s'exprime avec émotion, elle parle avec les mains à la manière d'une Italienne. En cet instant, ses mains ne cessent de remuer.

L'orang-outan pense parfois qu'ils forment un drôle de couple. D'ailleurs, il leur est arrivé de le penser eux-mêmes. Il s'agit de ces amours qui ne s'annoncent pas avec une carte satinée de la Saint-Valentin, mais arrivent en dépit d'autres attentes.

Ils se remettent à marcher, longent le lac aux flamants roses, la Maison aux lézards, puis reviennent en contournant la fourmilière. Nul ne prononce un mot pendant un moment. Ce qui en dit long, d'une autre manière. Ce petit entracte tacite a son utilité. Ils se connaissent suffisamment tous les deux pour savoir qu'il faut laisser les choses se calmer un peu s'ils ne veulent pas que leur rendez-vous se termine sur une querelle.

Des bonnes poussent des enfants, des enfants poussent des cerceaux. Un éléphant affublé d'un fez avance nonchalamment sur un chemin de sciure blanche, mené par un garçon vêtu d'un pagne mais aussi de bonnes bottes en caoutchouc irlandaises. Flambées d'extase des perroquets bavards qui haranguent les lions.

« En congé, vous voulez dire ? demande la jeune femme avec froideur.

– Non, ce n'est pas un congé.

– Ce personnage que vous n'aviez jamais vu auparavant, dont vous ne savez presque rien – rien qui ait une véritable importance, en tout cas – vous propose de tout abandonner séance tenante, comme on lâche une fourchette brûlante, pour filer à Londres.

– En tant que secrétaire, Flo, dans son nouveau théâtre.

– En tant que secrétaire à temps partiel. Avec un salaire en conséquence.

– Ce serait un nouveau départ dans le monde des lettres. Qui sait où cela pourrait me mener ? Peut-être parviendrais-je à écrire une pièce digne de ce nom.

– Parce que vous ne pouvez pas écrire une pièce digne de ce nom à Dublin ?

– J'ignore si je le peux. En tout cas, je ne l'ai pas fait.

– Bram…

– Ni personne d'autre d'ailleurs.

– A-t-il le capital nécessaire pour investir dans ce théâtre ? Un acteur ? À la tête d'une entreprise ? Qui a jamais entendu pareille sottise ? Cela reviendrait à demander à l'un de ces chimpanzés de diriger un jardin d'enfants.

– Tout est déjà en place, il m'a montré les plans. Il s'agit du vieux Lyceum, près du Strand, c'est un merveilleux emplacement. Il a des investisseurs, des soutiens influents – sa banque est la Coutts –, une programmation de premier ordre avec des places déjà vendues. Shakespeare, les Grecs, des contes classiques de l'Europe. Son idée, c'est de rendre le théâtre respectable.

– C'est ambitieux, en effet.

– C'est admirable.

– Mon problème, Bram, c'est que je ne comprends pas. Tout cela semble si soudain, si inattendu. Vous connaissez à peine cet homme.

– J'ai l'impression de le connaître depuis toujours.

– Je suis abasourdie quand je vous entends proférer de telles absurdités.

– Je le vois sur scène, et quelque part j'ai l'impression de le connaître. Tout le monde éprouve cela, c'est là son génie.

– Si c'est là son génie, ce dont je doute, cela me paraît assez répandu, et assez artificiel aussi. Comment peut-on être réellement connu par plus d'une poignée de gens ?

– Vous savez ce que je veux dire. C'est la même impression que lorsqu'on entend une grande symphonie, ou qu'on voit un tableau magnifique.

– Vous ne vous enfuyez pas à Londres pour tenir compagnie à un tableau.

– Je ne fuis nulle part, Flo, tout cela reste temporaire. Je pensais juste que nous pourrions en discuter, vous et moi.

– Vous donnez l'impression d'être un peu amoureux de lui, de votre symphonie ambulante. Ma rivale.

– Vous n'aurez jamais de rivale, sotte que vous êtes, allons donc. C'est difficile à expliquer. Je ne sais pas ce que j'ai aujourd'hui, ne trouvez-vous pas qu'il fait chaud ici ? »

Il l'emmène dans le froid lugubre des pingouins et des macareux, mais l'écho bizarre et l'odeur désagréable de poisson mort retombe, pareille au brouillard, et la misérable maladresse de ces créatures hors de l'eau ressemble à une rebuffade, une cruauté, alors il désire à nouveau voir le soleil. En sortant de cette vision municipale de l'Antarctique, ils trouvent un banc sous un saule pleureur et observent un moment un paon. Mais le froid les a suivis.

« Vous avez une vie ici, à Dublin, Bram. Un emploi qui vous assurera une retraite. Cela ne paie guère pour l'instant, je le sais, mais c'est un poste sûr, et vous grimperez les échelons. Vous avez des amis…

– Je n'en ai pas.

– Vous en avez. »

Il se tait.

« Vous pourriez avoir davantage, si seulement vous essayiez. Si vous n'étiez pas si sérieux, si réservé. Tout est posé là devant vous, comme un costume sur un lit. Pourquoi vous en détourner ? Vous n'aimez même pas Londres !

– Ce n'est pas que je ne l'aime pas, je ne m'y suis jamais senti à ma place, c'est tout. Le ciel y est si vaste et les Londoniens si maîtres d'eux-mêmes, qu'on a l'impression d'être un chien dans un jeu de quilles. Par ailleurs, je rêve de Londres. De même que tout écrivain qui aspire à être davantage qu'une note de bas de page dans l'histoire de la littérature. Je crains que cette chance ne se représente pas, Flo.

– Et vous et moi ?

– Quoi, vous et moi ?

– Notre relation n'est-elle pas une chance elle aussi ?

– C'est beaucoup plus que ça, bien sûr.

– Vous n'en avez pas l'air si certain.

– Je le suis.

– D'accord, soyons clairs, je comprends mon rôle mineur dans le délicieux drame héroïque conçu et proposé par vous-même et ce Grand Manitou de Mr Irving. Je suis censée trottiner sur le quai de Kingstown pour vous faire adieu en agitant mon petit mouchoir de dentelle comme le bon petit toutou obéissant que doit être une jeune fille bien élevée. C'est cela ? Pour que vous puissiez vous lancer dans la trépidante vie londonienne. Tandis que moi je rentrerai à petits pas faire de la broderie et étudier la Bible en buvant du cacao.

– Flo, je vous en prie… »

Ses yeux s'emplissent de larmes. « Que je sois maudite, vous semblez tellement sûr de ma patience, mon vieux. »

Il lui prend la main. « Londres n'est pas loin, mon trésor. Je reviendrai un week-end sur deux. Et je ne compte pas rester là-bas plus de six mois.

– Cesse de battre ainsi, ô mon cœur.

– Mon inconséquence vous a blessée. J'en suis navré. Discutons de cela une autre fois. Venez, ne gâchons pas cette journée.

– Naturellement, une jeune fille n'est pas autorisée à dire les choses avec franchise. Ce qui est extrêmement confortable pour l'homme, évidemment, et c'est d'ailleurs la raison pour laquelle le monde est ce qu'il est. Vous êtes mon soupirant. Je suis à vous. J'espérais que nous pourrions nous marier. J'imagine que vous le savez. Enfin. Voilà.

– Mais je souhaite la même chose, Flo. Ceci est un malentendu, je vous l'assure. Je désire être à vos côtés. Je l'ai toujours désiré. »

Triste, elle lui touche le visage. « Si seulement vous pouviez voir mes rêves, Bram. »

Il se penche pour l'embrasser. Elle lui rend son baiser avec passion.

« Bram ?

– Trésor ?

– Quelle est donc cette marque dans votre cou ?

– Ce n'est rien, mon amour. Je me suis coupé en me rasant. »

VOIX D'ELLEN TERRY

Enregistrée en 1906 sur un cylindre phonographique par la costumière et journaliste Alice Comyns Carr, en guise de matériau préparatoire à une série d'articles pour The Spectator.

Pourquoi l'a-t-il fait ? Nul ne le sait… Il faudrait lui poser la question à lui… Abandonner toute sa vie, se précipiter à Londres sur un coup de tête. Nous n'en avons jamais parlé. Je sais que c'est difficile à croire. Vous n'avez jamais le sentiment que les questions les plus évidentes sont celles qu'on ne pose jamais ?

Peut-être que vous pourriez demander à sa femme. Non, je ne l'ai jamais beaucoup connue. Une femme brillante, très cultivée. Elle m'intimidait un peu.

Tout ce que je peux vous dire, c'est qu'Harry – je veux dire le Chef – exerçait sur les gens une espèce d'effet hypnotique. Et il ne s'agit pas d'une métaphore, c'est presque une vérité littérale. Posez la question à n'importe qui, il vous le dira. Il, ou elle. C'est pareil.

Vous alliez le voir en ayant préparé avec soin votre discours afin de lui expliquer pourquoi vous ne vouliez pas faire ce qu'il vous demandait, et dix minutes plus tard en repartant, vous étiez d'accord avec lui. Voilà ce qu'il était. Il avait un véritable talent pour vous faire croire que ce qu'il voulait était votre idée à vous. Un peu comme un homme écrivain se représente une épouse.

Un de ces gars capables de vous faire croire que c'est le froissement des feuilles qui cause le vent. On l'adorait, bien sûr. Fichu manipulateur.

... Et il y a ce passage au début du livre de Bram, vous savez. Où il parle de Londres. J'ai toujours pensé que c'était ainsi qu'il se sentait, lui. Vous en avez un exemplaire, ici ? Mazette, vous êtes très préparée. C'est ce morceau, au début. Ce vieux buveur de sang est fou de littérature britannique, vous l'avez remarqué ? Oh, oui. Il avait pratiquement sa carte à la bibliothèque Boot's. Allons. Voyons voir. Je chausse mes lunettes. Ah, oui. C'est un extrait de *Dracula*, à la page 24.

« Tandis que je regardais les livres, la porte s'ouvrit et le Comte entra. Il me salua chaleureusement, espérant que j'avais goûté une bonne nuit de repos. Puis il reprit.

“Je suis heureux que vous ayez poursuivi votre chemin jusqu’ici, car je suis certain que vous y découvrirez bien des choses qui vous intéresseront. Ces compagnons, dit-il en posant la main sur les livres, ont été de bons amis pour moi, et depuis des années que j’ai formé ce projet d’aller à Londres, ils m’ont offert de longues heures de plaisir. Grâce à eux j’ai appris à connaître votre noble Angleterre, or la connaître, c’est l’aimer. J’ai hâte de me promener dans les rues pleines de monde de la puissante ville de Londres, de me retrouver au milieu de ce tourbillon, de ce flot humain, de partager sa vie, ses changements, ses morts, et tout ce qui la fait telle qu’elle est. Mais hélas ! Jusqu’ici, je ne connais votre langue qu’à travers les livres.” »

On a l’impression qu’il se représente lui-même, d’une certaine manière. Une sorte de gars de province. « Au milieu de ce tourbillon, de ce flot humain. » C’est plutôt bon. Toutefois ce n’est qu’une supposition, très chère, je pourrais complètement me tromper. C’est vrai. Cela arrive souvent. Mais sapristi, Dublin n’avait pas l’air très folichon à l’époque, n’est-ce pas ? On a beau adorer les Irlandais, très chère, leur romantisme et tout et tout, ce délicieux sens de la fatalité, la pluie qui sent le whiskey, et tout ça, mais qui aurait voulu vivre là-bas ? Trop de gris. Et c’est toujours pareil. J’imagine que c’est un peu comme Hull, mais avec un rosaire.

Et ce qu’ils peuvent être assommants, les Irlandais, à discourir encore et toujours, en s’imaginant que vous vous intéressez à ce qu’ils disent alors que vous vous montrez juste polie la plupart du temps. C’est vrai, les chéris s’imaginent qu’ils sont terriblement différents des autres. De même que les Américains, d'ailleurs. Que ce doit être fatigant.

Je crois que j'aurais mis les voiles à toute vitesse, sans demander mon reste. C'est à ça que sert la jeunesse, n'est-ce pas ? Le jeune Bram et sa femme, ils ont joué la fille de l'air. Bonne chance à eux.

Tandis que le ferry noir sort laborieusement du port de Kingstown, on peut voir un jeune couple, marié le matin même, près des canots de sauvetage, sur le pont supérieur, cherchant un peu d'intimité derrière une ombrelle de soie blanche.

À présent il est assis sur un bollard, et elle, juchée sur ses genoux. Tous deux regardent en direction du cap d'Howth au clair de lune, de ses lèvres il lui caresse la nuque jusqu'à ce qu'elle se mette à rire en rougissant et porte son poing à sa bouche. Les phares jumeaux clignent comme s'ils en savaient plus. Des grappes de gros guillemots planent.

La lune est presque pleine. Son éclat scintille sur les flots. Des flocons se mettent à voltiger, et cette beauté soudaine les électrise, ils n'ont jamais vu la neige tomber sur la mer, spectacle qui d'après les marins porte chance.

Plus tard, dans la cabine, si petite que depuis la couchette on touche les quatre murs, ils se serrent dans les bras l'un de l'autre. Il aimerait qu'il n'y ait jamais de secret entre eux, lui murmure-t-il, elle doit pouvoir tout lui dire, il sera son meilleur ami. La lampe-tempête oscille, accrochée au plafond de chêne. La lumière dorée vacille, plonge les angles dans l'ombre.

Les gémissements et craquements du navire s'amplifient à mesure que la nuit avance. Peu avant l'aube, ils aperçoivent la masse de Snodownia à travers le hublot semé de bruine. Ils s'habillent, prennent ensemble un petit déjeuner, des tranches de leur gâteau de mariage avec du thé chaud et une gorgée de champagne.

Holyhead, la ville la plus laide de Grande-Bretagne. Une fumée chargée de suie s'élève de la locomotive qui n'a pas encore quitté la gare. Ils se hâtent à travers la crasse éructée, la vapeur colle une mèche de cheveux sur le front de Florence, et il lui caresse le visage avec tant de tendresse que le porteur, méthodiste, détourne les yeux et songe à au moins deux des dix commandements tandis qu'il tire leur malle vers les voitures de troisième classe.

De grandes nuées de lumière jaune au-dessus de l'horizon. À travers les gorges de Snowdonia, les tunnels et les cols, les ponts miraculeux que le monde leur envie, puis les grandes plaines, jusqu'à la capitale de l'Empire. Ils dorment pendant presque tout le voyage, se réveillant seulement à la fin, dans le long crissement qui les amène à la gare de King's Cross.

Fatigués, affamés, ils traînent leurs bagages dans les marches jusqu'à la rue où des milliers de gens s'en vont travailler. Cochers, coursiers, banquiers, policiers, chandeliers, terrassiers creusant la chaussée, gratte-papier en chapeau melon, tailleurs, ramoneurs, porteurs de télégrammes, boutiquières, domestiques, marchands des quatre saisons, maçons chargés de tas de briques et seaux de plâtre chaud, employées de la fabrique de fleurs en papier, marins américains en permission, dont les argots et patois s'élèvent en l'air telle une brume douce et chaude, bénissant Euston Road. Une équipe d'ouvriers à genoux, armés de seaux et de brosses, tentent d'effacer un slogan peint sur le mur d'une bibliothèque. DROIT DE VOTE AUX FEMMES.

La petite pension sur la ruelle, qui donne dans une artère plus grande, non loin du Strand, n'a pas la vue sur la Tamise escomptée, mais les deux pièces sous les toits que leur fait visiter la logeuse italienne sont propres, sans un grain de poussière, et le poêle est allumé. Le panorama des toits et des cheminées est joli, façon tableau français. Loin à l'horizon, le dôme de St Paul, telle une montagne.

Tandis qu'il range ses papiers et ses livres, sa jeune épouse se rend au marché, dont elle revient avec une brassée de fleurs : de grands lys, du myosotis et des reines-des-prés. Il prépare le thé sur le poêle, retire avec soin les rideaux, les descend dans la cour pour les battre avec sa raquette de tennis. Au bout d'un moment, il s'aperçoit qu'elle le regarde d'en haut, alors il se met à danser en frappant, maudit, insulte, menace les rideaux, ce qui la fait rire. Quel homme imposant, son mari, comme un ours curieux, débordant plus qu'aucun autre d'une tendresse simple. Tout en lui aspire à la paix. Il n'évoque jamais son enfance, et elle en conclut qu'il fut malheureux. Il laisse entendre qu'il ne souhaite pas en parler.

De temps en temps, en rangeant les vêtements de son mari dans la commode de style rustique et la vieille armoire – les lourdes bottes, les pantalons de tweed, un *deerstalker*, un pardessus râpé –, sa présence s'élève à travers les étoffes, légère, propre, intime, derrière la senteur de thym du savon et de l'amidon du blanchisseur. Elle presse un ourlet contre son visage, sent son odeur pénétrer son corps, le battement de son essence couler en ses veines.

Ses boutons de manchettes et épingles de cravate, une chaîne de montre, une brosse à habit au revers de velours, une bourse de cuir usée contenant un peigne d'ivoire et son nécessaire à raser, une brosse en poils de zibeline, un coupe-ongles, un rasoir et un cuir à rasoir. Que le monde des hommes est étrange.

Dans une très jolie boîte en ivoire, le peigne de nacre, souvenir de son père ; dans une poche latérale de la malle, un rouleau de timbres postaux, un manuel intitulé *Connaissance de la sexualité à destination des maris* et une lettre en français. Elle se demande quoi faire, si elle doit montrer ou non qu'elle a trouvé ces objets, lorsqu'elle remarque, derrière un vieux journal plié, que le fond de la malle est amovible. Elle le soulève et découvre un carnet de notes avec un cadenas, sur lequel est écrit à l'encre, en travers de la couverture : STRICTEMENT PRIVÉ – NE JAMAIS OUVRIR.

« Flo, mon cœur ? Que fais-tu donc ? » Essoufflé, à la porte, la barbe et les sourcils gris de poussière, statue vivante, raquette de tennis à la main, rideau posé sur le bras à la manière d'une toge.

C'est une image de lui qu'elle gardera toujours.

Tôt le lendemain matin, ils sont réveillés par le mari de leur logeuse, un Génois aux yeux incroyablement mélancoliques, qui leur apporte une corbeille de fruits, du pain et de la viande dans un bocal avec des boîtes de thés fins et une demi-bouteille de Madère. Un coursier du théâtre leur a livré le lourd panier juste avant l'aube, explique-t-il, « cadeau de bienvenue du Signor Irving ». Ils prennent leur petit déjeuner dans la cour en regardant les palefreniers préparer les chevaux. Comme la logeuse et son mari s'émerveillent devant l'odeur du thé, un mélange de qualité difficile à trouver à Londres, les heureux jeunes mariés insistent pour partager avec eux.

La matinée est froide et éclatante. Ils enfilent de gros manteaux et vont se promener à l'ombre sur le trottoir du Strand, s'émerveillant des vitrines des bijoutiers, des robes présentées, d'une telle profusion de couleurs et de coupes audacieuses. Une année de son salaire ne suffirait pas à payer une de ces robes. Ils continuent vers Piccadilly Circus – il lui montre Giuliano's – et s'arrêtent devant la majestueuse vitrine du fruitier Solomon : nectarines, reines-claudes, figues de Smyrne, boîtes d'écorces confites et de loukoums, ananas, oranges d'Espagne, baies dont ils ne connaissent pas le nom.

Vitrines sinistres d'un magasin de poupées à l'angle de Regent Street. Visages de porcelaine, minuscules bouches en bouton de rose, yeux qui cliquettent quand elles cillent, des cheveux humains, vendus par les filles des faubourgs pour quelques pauvres pennies. Mettez la poupée sur le ventre et elle dira « maman ».

Posez-la sur l'édredon. Habillez-la. Brossez-la. Elle vous regardera dormir. Presque vivante.

Retour en direction de Charing Cross, ils entrent dans Green Park, où l'air embaume, avec ses kiosques, ses pavillons, ses tonnelles et ses allées de roses, plus propre et mieux tenu qu'aucun parc à Dublin.

« Comment as-tu dormi, ma chérie ? Tu as l'air un peu fatiguée. »

Elle lui serre le bras. « Pas très bien, je le crains. Il y avait du bruit dans la rue, des gens sans manières, des ivrognes ou je ne sais quoi, qui faisaient la sérénade à leur bonne amie. Chaque fois que je m'apprêtais à sombrer dans le sommeil, cela recommençait, c'était réglé comme du papier à musique. C'en était presque amusant.

– Je crains qu'il en soit ainsi des grandes villes. Nous nous y habituerons dans un moment, je pense. Nous sommes trop gâtés en Irlande, en matière de silence.

– Et tu ronfles comme un sonneur. » Elle sourit. « Tu ne me l'as jamais dit. »

Il se sent rougir jusqu'à la racine des cheveux. « Hélas, je n'en savais rien. Étrange affaire. Ma pauvre colombe, je t'ai empêchée de dormir.

– Tu m'as empêchée de dormir d'une manière qui était beaucoup plus agréable.

– Était-ce… tel que tu l'espérais ?

– En tout point. » Elle l'embrasse. « Il n'y a pas de femme plus heureuse que moi dans toute l'Angleterre ce matin.

– Que vas-tu faire pour te divertir cet après-midi quand j'irai à mon rendez-vous au théâtre ?

– Je pensais venir avec toi un moment ? J'aimerais rencontrer mon adversaire. »

Il se met à rire. « Tu n'auras jamais d'adversaire aussi longtemps que je vivrais.

– C'est ce que jurent tous les Casanova pour conquérir le cœur des petites paysannes.

– Ne te moque pas de moi. Je serais heureux que tu viennes si tu n'as pas peur de t'ennuyer.

– Je dirai bonjour et j'assassinerai toutes les jolies actrices qui apparaîtront en petite tenue, ensuite je te laisserai, toi et ton précieux Lyceum, n'aie aucune crainte.

– Lorsque tu auras accompli ton devoir d'épouse protestante en me sauvant de la tentation, comment vas-tu passer le reste de la journée ?

– J'irais à la British Library où j'ai rendez-vous à deux heures.

– Avec une amie ?

– Non, j'ai l'intention de redorer ma grammaire allemande. Ils possèdent de merveilleux vieux manuels dans la salle de lecture. Ce sera gentiment ennuyeux d'étudier dans ce magnifique endroit, surtout s'il pleut. J'adore le bruit de la pluie sur les vitres, cela donne mal à la tête aux lettrés.

– Ne trouves-tu pas la littérature allemande un peu abstruse, Flo, qu'elle manque parfois de légèreté ? »

Elle éclate de rire. « À l'école, c'est l'austérité de cette langue qui m'attirait. Les autres filles adoraient le français, et nous étions toutes folles de sœur Marie-Thérèse, mais je n'ai jamais réussi à prononcer les "r", tu sais, ni à maîtriser le genre des noms. Et l'italien a trop de voyelles, c'est comme manger une guimauve sans fin, tu ne trouves pas ?

– Hélas, je n'en sais rien. Il faudra que tu m'apprennes. »

Elle lui serre le bras. « Et puis je vais étudier les droits d'auteur et les copyrights.

– Pourquoi donc ?

– Pour t'aider dans ton travail. Pour le jour où tu écriras un roman à succès.

– Quel honneur, tu as un emploi du temps très chargé pour une seule journée.

– Plus tard dans l'après-midi, j'ai rendez-vous avec le directeur adjoint du Mechanic's Institute de High Holborn.

– Qu'est-ce que c'est ?

– Une organisation d'hommes et de femmes et leurs familles. Je voudrais leur proposer des cours du soir, pour leur apprendre les rudiments de la lecture, de l'écriture et de l'algèbre. Il y a de gros besoins chez les pauvres.

– Tu as l'intention de donner des cours, ma chérie ? À des ouvriers ?

– Et à leurs femmes, oui.

– Quelle surprise, mon amour. Je suis stupéfait.

– Je pensais que tu serais content ?

– Rien de ce que tu fais ou penses ne saurait me déplaire, ma chérie, mais enfin, tu n'as aucune expérience…

– Oh, l'expérience, mon pauvre ami, ne sois pas si benêt. L'expérience s'acquiert facilement, c'est juste une question de répétition. Ne fronce pas les sourcils Bram. Mon Dieu que tu as l'air jaloux et fâché. »

Il lui caresse le visage. « Pardonne-moi.

– Tu n'imaginais quand même pas que j'allais rester couver le nid toute la journée comme ma mère l'Oie, à laver tes chemises en attendant que tu rentres à la maison ?

– Ah bon ? »

Elle lui donne un petit coup. « Tu seras très occupé. Et moi aussi. J'ai bien l'intention de m'épanouir là où le sort m'a plantée. Ainsi nous serons heureux tous les deux. Mais que se passe-t-il ici, Bram. Regarde ! »

Il jette un coup d'œil vers un bosquet de citronniers à une centaine de mètres sur la pelouse. Un escadron de Beefeaters en livrée rouge et noir, baïonnette en main, forme un carré humain autour d'un groupe de dames à la mise luxueuse, tandis que des domestiques déroulent un énorme tapis rouge sur la pelouse. Des majordomes déballent des paniers de pique-nique et des seaux de glace sous une forêt de parasols argentés. Parmi eux, un photographe monte son trépied et la couverture. La foule rassemblée les acclame. Certains sortent le drapeau de l'union.

« Elle fait plus jeune, dit Florence. Tu ne trouves pas, Bram ?

– Qui ça ?

– Regarde donc, pauvre idiot. Au centre. Vêtue de ces jolies mules de soie. Tu as beaucoup de talent, mon chéri, mais tu n'es guère observateur. Tu te rends compte, notre première matinée à Londres, et nous avons déjà vu la reine. Ce doit être un heureux présage, tu ne crois pas ? »

V

Où une offre d'emploi se transforme

Des mouettes survolent Waterloo Bridge, tandis qu'un grand vaisseau passe, comme dans un rêve. Les cloches de Londres sonnent l'extase de midi.

Le Lyceum est couvert de chaînes, le verre des tableaux d'affichage brisé, les marches de l'entrée recouvertes de feuilles mortes et de bouteilles cassées. Le porche sert de latrines aux gens de la rue ; les cadenas des portes principales sont noirs de rouille. Plus loin dans la rue, la splendeur de marbre de l'opéra Royal toise le Lyceum d'un air condescendant mêlé de pitié. *Pauvre trou misérable.*

Ils font le tour du bâtiment, prennent l'étroite Exeter Street, aux pavés plongés dans l'ombre des hauts entrepôts qui la bordent de part et d'autre. Il doit forcément exister une entrée des artistes, mais il n'y a aucun panneau ni aucune inscription. Des clochards roupillent dans les renfoncements. Une prostituée les regarde depuis sa minuscule fenêtre en forme de croix. Stoker se demande : qu'est-ce que j'ai fait ?

Un petit homme corpulent vêtu d'un châle de prière juif et d'un chapeau noir apparaît au coin de la rue, menant un cheval de trait et une lourde charrette.

« Est-ce que vous êtes perdus, mes amis ? Où est-ce que vous allez ?

– Nous voudrions entrer dans le théâtre, répond Florence.

– Suivez-moi. Je suis Yankel, le livreur de bois. Venez. Vous allez voir. »

Ils avancent derrière la vieille jument dont les sabots claquent sur le pavé, jusqu'à l'angle de Burleigh Street, son affable maître leur expliquant qu'il livre le bois de chauffage pour la chaudière du Lyceum, et ce depuis des années, et qu'il a vu « bien des choses amusantes ». « Là, dit-il en montrant une porte de bois recouverte de métal avec un judas. Frappez trois fois. Walter vous fera entrer. Allez, allez. »

Avant même qu'ils en aient eu le temps, la lourde porte s'ouvre, non pas devant Walter, mais devant une jeune fille d'environ treize ans au visage blanc qui, sans un mot de bienvenue, s'enfuit par le couloir sombre derrière elle. Ils entrent et referment derrière eux.

Tout est très calme ici. Seuls un bruit d'eau distant, et l'appel étouffé d'un marchand ambulant.

« *Bidoche pour chien. Bonne bidoche pour chien.* »

Au bout du couloir, un bureau courtaud, déséquilibré. Depuis le buvard, on observe leur approche : un chat noir borgne émet un grondement guttural.

« Mais ne sois pas si désagréable », lui lance Florence en riant.

Puis ils découvrent ses trois compagnons, qui les dévisagent dans l'ombre : maigres, les yeux jaunes, régaliens, pleins de ressentiment. Sur de vieilles affiches, des clowns sourient, des arlequins cabriolent. Des relents de fruits moisis montent des tissus à la crasse séculaire. Des champignons croissent sur les murs.

Escalier. Couloir tendu de velours en peluche rouge. Sur tous les murs, les tableaux sont tordus ou cassés. Encore des chats. Dans les alcôves. Sur les chaises défoncées. Qui font leurs griffes sur les murs du bar. Se faufilent entre les rideaux sales des loges. Devant : des portes battantes. Derrière : une rumeur bruyante.

La salle de spectacle, forêt de mâts, de câbles, de cordes, d'échafaudages, de fils électriques, d'échelles, de plateformes suspendues au plafond. Il doit y avoir là une centaine d'ouvriers au travail. Menuisiers, peintres de décors, tapissiers installant les sièges, musiciens sur la scène tentant de s'accorder en dépit du raffut, des grondements de tonnerre. Clarinette qui couine. Cris. Hurlement de violons. Ouvriers arrachant des loges au pied-de-biche et au levier, pulvérisant des cloisons de plâtre et de bois à grands coups de masse. Morceaux de paysages retournés – ici une falaise, là une scène de bataille. Et cette sensation curieuse que tout cela se joue exprès pour vous, qu'un instant plus tôt, il ne se passait rien.

« Eh bien. » Stoker arrête un homme qui passe en hâte, transportant une bête sauvage qui s'avère un tas de perruques.

« Qu'est-ce qu'y a pour votre service, m'sieur ?

– J'ai rendez-vous avec Mr Irving. Voici mon épouse.

– Qui ? »

Au-dessus de la scène retentit soudain un : « *attention en bas !* », et un immense décor peint représentant une tempête en mer se déploie, bleu foncé, vert argent, tandis qu'un grand vaisseau se fraie un chemin à travers les déferlantes sous un ciel zébré d'éclairs, mais la toile est semée de taches de moisissures, de trous en forme d'astérisques, et parcourue de profonds plis parallèles à force d'être restée trop longtemps roulée. En découvrant ce spectacle affligeant, les musiciens applaudissent sombrement.

« Ah, vous êtes là. »

Stoker se retourne.

Irving, sourire aux lèvres. Long visage mince noirci, bouche sensuelle sous une épaisse couche de rouge à lèvres. Il porte une robe rouge et argent au col de druide qui lui monte jusqu'aux oreilles.

« Bienvenue dans notre petite île de beauté. J'espère que vous trouverez ici le bonheur qui vous a longtemps échappé. »

Poignée de main molle, prolongée. Il dégage quelque chose d'à la fois impressionnant et absurde, telle la plus grande fille de la classe, mais à présent la bouche serrée ne sourit plus, les yeux sont morts, comme des bulots.

« Pardonnez-moi si mon costume vous a surpris. J'ai posé pour un portrait photographique ce matin en Othello. Un abruti me l'a demandé, et dans un moment de faiblesse, j'ai accepté. Pourquoi cherche-t-on à obtenir la gratitude fugitive des imbéciles ? Je n'aime pas qu'on fasse mon portrait. J'ai toujours l'air d'un autre. Les hommes devraient être ce qu'ils semblent. Avez-vous jamais posé pour un portrait, vous-même ?

– Non.

– Vous devriez. Vous avez des traits harmonieux. Virils. Surtout le menton. Sous une certaine lumière, vous pourriez même passer pour beau. »

Le feu calme de son regard se tourne vers Florence.

« Vous êtes là pour le poste de modiste, ma chère ? Allez donc montrer vos références à Mrs Reilly. Vous la trouverez en coulisses, dans sa tanière. Attention de ne pas trébucher sur son balai.

– Mr Irving, si je puis me permettre… commence Stoker.

– Au théâtre, on n'emploie que les prénoms. Les noms de famille portent malheur.

– Henry, dans ce cas, si vous insistez. Puis-je vous présenter mon épouse, Florence ?

– Votre épouse, dites-vous ? Eh bien, par la barbe de Shakespeare ! Pardonnez-moi, Mrs Stoker. J'ignorais que Bram était pris. Quel joli couple vous faites, mazette ! Que vous avez de grands yeux, Mrs Stoker. Ainsi que l'a dit un jour le loup. »

[*À ce stade du manuscrit, un paragraphe de 97 mots apparaît en langage codé, impossible à déchiffrer. Le texte reprend en sténo Pitman, sous forme de « notes brutes » comme il suit, essentiellement sous forme de dialogue.*]

Flo impassible. Qui ne le serait pas ? Il se comporte de manière étrange, refusant de nous regarder.

Lui : J'aurai pleuré à votre mariage si seulement j'avais été convié. (*Il prend Flo par le bras.*) Je sens que nous allons devenir de bons amis, vous et moi. J'ai l'instinct pour ce genre de choses. Aimez-vous le théâtre ?

F : J'aime mon mari, ce qui lui donne du plaisir et le rend heureux.

Lui : Vous n'êtes pas une épouse, mais une sainte. Et vous portez le nom de ma ville préférée parmi les grandes cités du *quattrocento*. Les astres sont alignés.

Il a évoqué brièvement les rénovations, les énormes dépenses engagées. Des contremaîtres ne cessaient de lui apporter des documents à signer, ce qu'il faisait sans même y jeter un regard. Il a demandé qu'on lui apporte des serviettes et une bassine d'eau pour se nettoyer le visage, car il ne s'agissait pas de maquillage, ainsi que je l'avais cru, mais d'aquarelle et d'huile de prunelle, un mélange qu'il avait lui-même inventé. (Mémo : le nom de son habilleur est Walter Collinson.) Un gros bullmastiff est apparu dans les coulisses, et il l'a appelé. « Voici Fussy. » La gueule pleine de bave. Visiblement, il adore son maître.

Puis je dis :

Moi : Je pensais que nous pourrions passer en revue mes tâches, cet après-midi. Si vous avez un peu de temps. Je peux aussi revenir plus tard si vous êtes occupé, ainsi qu'il me paraît.

Lui : Paraître, c'est mon fonds de commerce.

Moi : Tout à fait.

Lui : Mais comment cela, vos « tâches » ?

Moi : J'imagine, rédiger votre courrier, etc., répondre à votre correspondance ? Vous assister dans le choix des comédiens. N'est-ce pas là ce que fait un secrétaire ?

Lui : Je suppose.

Moi : Je pensais aussi pouvoir m'entretenir avec mon prédécesseur et dresser une liste des choses à effectuer. À moins que cette liste existe déjà ?

Lui : Vous n'avez pas de prédécesseur.

Moi : Mais alors qui s'est occupé de votre correspondance ?

Lui : Je n'en suis pas tout à fait certain. Puis-je vous faire visiter, à vous et votre mari, Mrs Stoker, cette vieille ruine ? Je parle du théâtre. Pas de moi.

Flo : Je suis certaine que vous êtes très occupé. J'ai déjà vu la scène.

Lui : Oh, la scène n'est que le visage, ma chère, les yeux du corps. Il faut nous familiariser avec ses entrailles. Si je puis dire. *Allons-y**.

Il nous a menés sur la gauche de la scène, dans les coulisses, qui ont grand besoin d'une armée de femmes de ménage et d'hommes à tout faire, mais qui sont magnifiques, puis là où l'on stocke les décors, une salle du XVIIIe siècle, le plafond culminant à plus de trente mètres de hauteur, avec de nombreuses passerelles et quatre cents cordes. Paysage de col de montagne (pour *Le Roi Lear*), c'est là aussi que les musiciens rangent leurs instruments. Rats et souris sont partout malgré la profusion de chats dans les parages. De nombreux seaux récupèrent l'eau qui dégouline de la charpente. Dans l'ensemble, c'est un triste spectacle de crasse et de décrépitude.

Ensuite, nous rebroussons chemin par un passage si étroit qu'une seule personne peut s'y glisser à la fois, et nous revenons dans les coulisses, assortiment remarquable de poulies, de leviers, de cordes lestées, de tiges de bois, de trappes, de treuils, de rails, d'engrenages, de grands décors accrochés à des barres, d'outils de bruitage, le tout semblable à la coque d'un navire mais éclairé à la bougie, lumière vespérale, étrange crépuscule. Me revient un mot de gaélique, *amhdhorchacht*, la fin du jour, que m'a appris il y a des années Bridget, notre bonne à tout faire de Roscommon quand j'avais six ans. Cela signifie : « l'obscurité avant qu'elle soit cuite ».

Il s'est diverti en nous montrant le Couloir du tonnerre, un long tube de bois où l'on fait rouler des boulets de canon pour imiter le fracas de l'orage. Le bâtiment, nous dit-il, au XVIIIe siècle, a servi d'église, puis de salle de réunion pour les quakers, ensuite de galerie d'art, et un siècle plus tôt on l'a converti en théâtre. Il a joué là bien des fois avant de reprendre le bail, trois mois plus tôt, « une longue histoire ennuyeuse, avec des avocats, une banque, des promesses calculées ».

J'ai saisi l'occasion pour lui demander où était située la célèbre « Lyceum Beef-steak Room » de la légende, où les libertins des temps anciens faisaient carousse, jouaient et pactisaient avec Lucifer. Il a ri comme un chimpanzé. Aurait vraiment beaucoup aimé la trouver, lui aussi, car il en avait entendu parler dans les vieux livres, hélas aucune pièce dans ce théâtre ne pouvait correspondre à la description de ces vieilles légendes extravagantes, dont il valait mieux ne pas discuter devant Flo, et il soupçonnait qu'en vérité, l'endroit n'ait jamais existé, ou encore que ce soit un amalgame de plusieurs histoires empruntées à d'autres lieux. Au théâtre, on joue tellement sur l'illusionnisme, a-t-il ajouté, en nous menant à travers les ténèbres. « Les comédiens aiment les histoires croustillantes. Ça rompt la monotonie du travail. On passe beaucoup de temps à attendre, dans notre métier. »

Lui *(nous guidant)* : Nous ne sommes pas encore au mieux de notre forme, très cher, ainsi que vous le voyez. La providence soit remerciée, vous arrivez au bon moment pour tout résoudre. Mais un brin de chaos, ce n'est pas déplaisant, d'une certaine manière, ne croyez-vous pas ? La pureté, c'est tellement ennuyeux.

En remontant un escalier en colimaçon très raide, entrée de la salle de repos des musiciens, la salle verte – « attention où vous mettez les pieds » –, à travers une espèce de longue annexe, puis redescente par des marches (de pierre) dans ce qui doit être le magasin des costumes. Pourpoints, tabards, chausses, robes modernes, de l'époque arthurienne, tous mangés aux mites. Pas de vitres aux fenêtres à barreaux.

Lui : Un freluquet comme vous ne doit pas connaître le *Vanderdecken* de Wills ?

Moi : Je vous ai vu le jouer deux fois à Dublin.

Lui : Bon sang de bon sang ! Mais c'était il y a des siècles ! Ce moment de l'acte IV où le fantôme répond à la question de Thekla ?

Moi *(citant)* **:** « Où sommes-nous ? »

Lui : « Entre les vivants et les morts. »

Puis, à l'attention de Florence :

Lui : Vous voyez, très chère, le héros est mort. C'est absolument terrifiant. On y pense toujours, en coulisses. Car nous aussi, nous ne sommes ni vivants ni morts. Idée qui me paraît étrangement réconfortante. Ne trouvez-vous pas ?

Flo : Ces pensées abstraites des artistes n'ont guère d'intérêt pour moi, j'en ai peur. J'ai choisi de vivre dans le monde réel.

Lui : Ah, le monde réel, ce vil donjon de cruauté et de privation. Je vous le laisse.

Flo : Penser cela du monde doit être un lourd fardeau.

Lui : Je ne fais pas confiance aux penseurs : ressentir, c'est la seule façon de savoir. Sans nous, les artistes, votre monde réel serait moins supportable, non ?

Flo : Je me méfie de ceux qui disent que la vie ne serait pas possible sans l'art. Elle l'est, pourtant, pour des millions de pauvres. Ils n'ont pas le choix en la matière. La vie ne serait pas possible sans ces choses superficielles que sont la nourriture. Ou un logis. Affirmer autre chose est une posture.

Lui : Vous avez de l'esprit, Mrs Stoker.

Flo : Et j'ai bien d'autres choses encore.

Lui : Évidemment. Vous avez Bram.

Flo : Et j'ai l'intention de le garder.

Lui : Le bureau à l'étage, et puis aussi mon salon privé, les vestiaires de la compagnie sur la gauche quand on approche du magasin à charbon. Puis la salle des peintures, la salle des accessoires, la salle des perruques, la salle du gaz, de la menuiserie, de la première actrice, du chœur, du chef d'orchestre. Il y a ce coquefredouille qui court partout avec son plan. Impossible de me rappeler son nom, un petit gars aux jambes arquées, avec des pellicules, un Gallois, on a toujours l'impression qu'il sort tout juste d'une tempête de neige. C'est un vieux dédale délicieux, mais vous le maîtriserez bientôt. À présent, si vous voulez m'excuser, je dois retourner à cette maudite séance avec le photographe, si j'arrive à le retrouver, et l'on doit me faire une injection de strychnine dans la gorge – l'asthme, vous savez. Vous commencerez demain matin ? J'ai pensé que vous pourriez avoir la fonction officielle d'administrateur ?

Moi : Je suppose que vous plaisantez.

Lui : Les plaisanteries sont pour les écolières.

Moi : Mais je ne puis être administrateur du théâtre. Je n'ai aucune expérience en la matière.

Lui *(haussant les épaules)* **:** Est-ce vraiment si difficile ? Alors laissez-le vous administrer !

Moi : Attendez, avec tout le respect que je vous dois, ce n'est pas ce que nous avions convenu. Vous aviez parlé d'un poste de secrétaire à temps partiel, c'est tout. Je dois songer à mes livres. Le temps…

Lui : Oh, ne jouez pas les moules à chenet, vous savez vous administrer vous-même, n'est-ce pas, et si j'ose dire personne n'est mort jusqu'ici ? Vous me semblez bien anxieux. Et avec une femme, en plus. Cessez de débiter ces royales fadaises.

Moi : Non, mais vous avez besoin de quelqu'un qui ait déjà occupé le poste d'administrateur dans un grand théâtre. Il y a énormément de travail ici.

Lui : Vous redoutez les expériences nouvelles ? Dans ce cas, comment espérez-vous devenir un artiste ?

Moi : J'espère devenir un artiste en consacrant suffisamment de temps à cette fin. Les prétentions illusoires font toujours une mauvaise base de départ.

Lui *(soudain en colère, affichant un petit sourire sans joie)* **:** Ah, Mr Stoker, laissez-moi vous dire à combien j'estime votre jugement : quelque part entre zéro et presque zéro. Mais vous ne me calomnierez pas dans mon propre théâtre, monsieur, alors que je me tiens devant vous. Cela vous gêne-t-il ? Ou préférez-vous que nous réglions cela dehors ?

Silence. Il allume une cigarette.

Lui : Veuillez m'excuser, Mrs Stoker. Je n'aurais pas dû me montrer si grossier en votre présence. Il semblerait, hélas, qu'il y ait un malentendu entre votre époux et moi-même. J'espérais lui permettre de prendre pied dans le monde professionnel du théâtre en lui offrant un poste bien payé où il pourrait apprendre, absorber les choses, et en temps voulu réaliser de grands projets. Évidemment, je me suis trompé. Peut-être que lui aussi. S'il préfère retourner à son bureau de Dublin, qu'il parte, avec ma bénédiction et une certaine déception. Vous verrez Walter pour vos défraiements. Je vous serre la main.

Flo : Pourrions-nous prendre une heure ou deux pour discuter de votre proposition, mon mari et moi ?

Lui : Naturellement. À nouveau, pardonnez-moi. Je puis vous accorder une heure. Ensuite, il me faudra trouver un remplaçant.

Moi : Quand ouvrez-vous ?

Lui : Dans six semaines, avec *Hamlet.*

Moi : Juste ciel, six semaines. Mais il y a des trous dans le toit !

Lui *(visage de marbre)* **:** Eh bien, donnez-leur des parapluies.

Moi : Il me faudrait étudier les actifs principaux de la compagnie.

Lui : Vous les avez devant vous.

Moi : Je parle des livres de compte, des registres, de votre contrat de bail.

Lui : *(rire soudain et déroutant, suivi d'une tape dans le dos)* **:** Vous me déconcertez un peu, espèce de vieille buse. Quelle étroitesse dans ce corps aussi large qu'un bœuf. Le contrat est chez mes avocats, Braithwaite, Lowrey et Klopstock, au numéro 19 sur le Strand. Vous trouverez les registres dans le bureau, immédiatement à droite quand on sort de la scène gauche. Lecture fastidieuse, j'en ai peur. Comme un essai de Bernard Shaw. Voici les clefs. Mettez-vous à l'aise. Oh, j'ai pris la liberté de demander à un des hommes à tout faire de mettre une plaque à votre nom sur la porte.

Moi : Écoutez, il faudra que je vous parle plus tard, j'aurai des questions à vous poser, des arrangements…

Lui : *Je pars, je pars ; vois comme je pars, plus rapide que la flèche de l'arc du Tartare.*

Il ouvre la fenêtre crasseuse, regarde dans Exeter Street, et il aperçoit sa femme qui hèle un fiacre pour se rendre à son rendez-vous au musée. Il regrette d'avoir perdu son sang-froid, de s'être exprimé avec une telle brutalité. Elle l'a rarement vu dans cet état. Il espérait le lui cacher, ou le surmonter.

Un chanteur de rue montre une marionnette représentant une sorcière. Les enfants se rassemblent autour de lui, ils rient, frappent dans leurs mains ; un petit garçon agite un ruban.

Elle souffla le vent
La vilaine sorcière
Enveloppa son bébé
Dans un sac qu'elle jeta
Dans l'océan
Et le vent, elle souffla
Pour toi et moi.

L'heure du déjeuner attire les foules hors des bureaux et des boutiques, l'étroite chaussée déborde, les mendiants sont à l'œuvre.

Soudain, de l'autre côté de la rue, devant la porte d'un apothicaire, il remarque la jeune fille qui leur a ouvert la porte du théâtre un peu plus tôt. Elle a l'air maladif, brisé, toute vêtue de noir, telle une petite vagabonde, traînant ses pieds nus d'un côté à l'autre en une danse d'épouvante. Elle tend la main devant les passants, mais personne ne s'arrête. Ce n'est pas bien de voir une enfant aussi jeune mendier. Et pour une fille, c'est pire, cela ne peut conduire qu'à une seule chose.

Sur Regent Street, les poupées clignent lentement.

Si elle travaille au théâtre, elle doit être payée, protégée. Dans le cas contraire, il faut l'aider d'une manière ou d'une autre. Doucement, elle lève les yeux, à croire qu'elle se sent observée. Sourire froid, d'une violence glaçante. Qu'a-t-il donc raté ? Le confond-elle avec un autre ? Elle se retourne et s'éloigne en boitant.

Il a beau être fort, il a du mal à ouvrir le coffre rouillé qui grince. Il en sort le lourd registre juridique, l'épaisse liasse de documents scellés à la cire, raidie par le temps, les dépose sur le bureau, fait de la place pour son carnet. Pendant une heure, il avance minutieusement parmi les colonnes de chiffres, corrige ici, ajuste là, jusqu'à ce que ses tempes battent sous la tension. Mais il a beau faire, les chiffres refusent de s'aligner. Il recommence, cette fois il prononce les nombres à haute voix. La différence se réduit, mais elle demeure malgré tout.

On va te rendre fou, disent les chiffres. *On va te grignoter l'esprit. Fuis, tant que tu le peux encore.*

De temps en temps, un ouvrier ou une femme de ménage passe devant sa porte ouverte. Il leur demande si par hasard ils savent combien de sièges contient le théâtre, s'il existe un plan des loges, un croquis ? Combien sont vendues les places ? Où met-on les affiches ? Paie-t-on les acteurs en argent liquide ? Où est le guichet de vente ? Où sont les toilettes ? Qui est le chef d'orchestre ? Mais comment ça marche ici ?!

Personne ne sait rien. Certains s'arrêtent à peine. C'est comme s'il était le moins intéressant parmi la galerie des monstres, ou qu'il jouait dans une pièce que nul ne voulait voir.

Ce soir-là, repas simple dans leur appartement à la pension, Florence est pâle, absente, remplie de silences. Il apporte le registre sur la table, continue de procéder à ses calculs et rééquilibrages pendant toute la durée du repas, maudissant sans rien dire ces chiffres entêtés. Elle fixe sa tasse de café. Il est une chose qu'elle aimerait lui demander.

« A-t-il fini par mentionner ton salaire ?

– Pas directement, mais il m'a envoyé un message en fin d'après-midi. Trois guinées par semaine, pour commencer, quatre dans un an.

– Mais c'est merveilleux, Bram, nous pourrons prendre une petite maison, peut-être à Chelsea ou Pimlico ?

– Je pense qu'il vaut mieux rester près du théâtre, si cela ne te dérange pas.

– Cela me dérange en effet.

– Nous en discuterons une autre fois ? »

Quelque part, un chien aboie, puis la cloche de St Mary-le-Strand sonne neuf heures du soir.

« J'ai passé une journée intéressante à la bibliothèque. Les bibliothécaires sont gentils et très professionnels.

– Très bien.

– Tu pourrais aller y passer du temps, toi aussi, Bram. Le rayon de littérature celtique est fascinant. Mieux que tout ce qu'on trouve à Dublin.

– J'irai.

– L'un des bibliothécaires m'a montré un manuscrit au sujet d'un dénommé Averock. Il tranchait la tête des gens, il faisait subir des actes barbares à des jeunes filles vierges. Ils se sont acharnés pour le tuer, mais évidemment il ne pouvait pas mourir.

– Tu te rends compte de ce qu'il a fait ?

– Averock ?

– Il a emprunté à une banque pour payer le loyer, puis il a emprunté à trois autres en utilisant cet argent comme garantie. Ensuite il y a les costumes, la menuiserie, la tapisserie, c'est à pleurer. De nouveaux accompagnements musicaux ont été commandés. Des lustres de Venise. Le rideau de la scène coûte à lui seul sept mille guinées.

– Puis-je t'aider d'une manière ou d'une autre ?

– Quelle extravagance – c'est de la folie. J'ai toutes les peines du monde à comprendre.

– Je pense que je vais aller me coucher.

– Pour les rideaux.

– Pourquoi ne viens-tu pas, Bram ?

– Je termine ça. J'arrive dans une minute. »

Un peu avant huit heures, le lendemain matin, il se réveille sur le canapé. Elle lui a laissé un message disant qu'elle partait à la bibliothèque. Le feu est allumé dans l'âtre, mais la pièce est froide. Les gouttes de pluie sur la vitre projettent des ombres étranges sur les murs.

Une heure plus tard, après être allé nager aux bains publics de Jermyn Street, dans le couloir il découvre une lettre arrivée pour lui. Il reconnaît la calligraphie petite et minutieuse de sa mère. Au moment où il l'ouvre, il s'aperçoit que sa logeuse est sur le pas de sa porte et qu'elle le regarde, inquiète, en s'essuyant les mains sur son tablier.

« *Come sta, signore ?* Tout va bien ?

– Oui, madame. Merci.

– On peut parler une minute, s'il vous plaît ?

– Y a-t-il un problème ?

– La *Signora*, elle est heureuse aujourd'hui ?

– Tout à fait. Elle est sortie faire une course.

– Je voudrais poser une question à vous, monsieur. À propos du *Signor* Irving.

– Oui ?

– Comment ça s'est passé ?

– Pardon ?

– Dans mon village, chez moi, les vieux, ils disent, il y a une raison que Dieu nous donne deux oreilles et une bouche, monsieur, du coup on écoute deux fois plus qu'on parle, monsieur, *è vero ?* Mais les rumeurs. Beaucoup des comédiens ont habité cette maison, avec les années, et leurs histoires sur lui ? *Santo Cielo !*

– Je crains de ne pas être bon public pour ce genre de commérages.

– *Sì, sì, certo.* Je dis rien, vous comprenez. Mais c'est un acteur, *signore.* Des fois ça travaille, des fois pas travail. Comme tous les acteurs. Mais il vit dans un appartement cinq pièces sur Duke Street à Saint James, non ? Fait les enchères. Achète les tableaux. Les beaux vêtements et les bottes cousues main. Ellen Terry, c'est la plus grande actrice en Angleterre, *signor*, mais elle vit pas pareil, elle vit modeste. Celui-là, il paie les vêtements ce qu'un autre homme il paie pour un an à manger. Dites-moi : comment s'est passé ?

– Si vous voulez bien m'excuser, je suis en retard pour mon travail.

– *Sì.* Un des autres, en retard souvent aussi. Et après… », elle passe l'index sous sa gorge « … *Arrivederci.*

– Un des autres ?

– Le *Signor* Irving a quatre secrétaires avant vous. Tous des jeunes messieurs. Ils restent pas.

– Je ne pense pas que cela soit exact.

– *Stai attento, signore.* » Elle plonge les doigts dans la coupe d'eau bénite qu'elle laisse sur la console de l'entrée, se signe en hâte, puis fait le signe de croix sur le front de Stoker. « *Dio ti benedica.* »

Dans la rue, il fait froid, l'air sent la pluie. Il se hâte le long des vitrines des boutiques de Covent Garden, aperçoit par instants le reflet de l'homme qu'il voudrait être. Déterminé, fort, portant chapeau melon, modéré, pressé par d'urgentes missions, pas le temps pour des sottises de paysans. L'Homme qui ne Croit Pas aux Rumeurs.

Le problème, c'est que parfois il aperçoit autre chose. Des poupées avec des cheveux humains. Leurs pieds de faïence cliquettent. Mais quand il s'arrête pour regarder, elles ne sont plus là.

VI

Où une coupure de presse arrive par le courrier du matin, et où l'on croise un personnage au nom célèbre

Extrait du *NEW YORK TRIBUNE*
30 novembre 1878
Portrait d'un acteur
G. GRANTLEY DIXON

Sur le mur de son vaste bureau étonnamment miteux au théâtre du Lyceum, à Londres, est accroché un de ces travaux d'aiguille encadrés, comme nos lecteurs ont dû en voir dans bien des foyers. Souvent effectué par des jeunes filles sur le point de devenir femmes, exercice servant à parfaire leurs talents féminins, ce genre de tableau présente de coutume une citation de la Bible, des vers édifiants ou des maximes pleines de bon sens.

Ce qui est ici accroché au mur jette un certain froid : « Qu'il est doux, l'échec d'un ami proche. »

Le visage est grave, austère, empreint d'une profondeur mélancolique, rappelant lointainement le David de Michel-Ange. Il porte longs ses cheveux noirs, tel un poète. Il a des joues tombantes, des lèvres proéminentes, une tête massive et un long nez ; les sourcils sont épais, le teint étrangement méditerranéen pour un Anglais. C'est un homme imposant, d'une beauté de granit, tel un marin ou un fermier, une personne vivant au grand air, il a parfois des mouvements fort gracieux, et à d'autres moments se montre plutôt gauche, il parle avec une rapidité épuisante, mais ce faisant sait rester assis, parfaitement immobile.

Quand on lui a demandé quel était son plus précieux trésor, il a montré à votre serviteur une photographie de Sarah Bernhardt endormie dans un cercueil, dans un cadre d'argent.

Je lui ai demandé s'il ne trouvait pas cela bien étrange qu'on eût fait circuler pareille publicité pour Miss Bernhardt, étant donné qu'elle est vivante et, semble-t-il, en parfaite santé. « Elle l'est sans doute, a-t-il répondu, mais aucun acteur n'est réellement vivant. Voilà le sens de cette photographie à mes yeux. »

Ses grands yeux gris peuvent paraître bistre à la lumière de la lampe. Il souffre d'une forte myopie, et se met parfois à plisser les yeux de curieuse manière, à croire qu'il voit un spectre que nul autre ne voit. Il lit l'allemand et le flamand et collectionne « plus ou moins » les œuvres d'art et les manuscrits médiévaux « sur l'alchimie et la nécromancie ».

« Mais je ne suis pas riche. Et ne souhaite pas l'être. On ne pourrait imaginer plus pesante infortune.

– Que d'être riche ?

– Que de posséder une richesse qui octroie à son possesseur la possibilité de ne pas travailler. Après quelques babioles, j'imagine qu'elle ne sert à acheter qu'une seule chose, une malédiction que je ne souhaite jamais posséder, c'est-à-dire trop de temps pour penser.

Ce n'est pas bon pour un homme. Il se met à s'inventer des offenses. »

Sur son bureau, lorsque nous nous sommes rencontrés, était posé un recueil de contes folkloriques d'Italie. « Au début de ma vie, j'étais un pantin, a-t-il assuré à votre serviteur sans ciller. Ensuite je suis devenu un vrai petit garçon. »

Il fume sans arrêt, ou abandonne négligemment sa cigarette qui se consume dans le cendrier tandis qu'il développe un point, ou s'amuse à ridiculiser un personnage important de cette voix feutrée et ronronnante qui a tendance à trop appuyer sur les « s ». L'extrémité de son pouce gauche a été coupée. « Un accident. Je l'ai enfoncé dans l'œil de Shaw. »

Mr Irving n'apprécie guère Mr George Bernard Shaw (qu'il surnomme « Néant d'Ennui ») car cet auteur aime à raconter des histoires sur la vie des gens ordinaires. « Cela revient à se rendre aux courses à Ascot dans l'espoir de voir des pur-sang, pour se retrouver avec deux vieilles mules pouilleuses qui s'affrontent dans le fossé. »

Votre serviteur a ouï dire qu'Irving est favorable au vote des femmes ?

« En tout cas, je suis pour qu'on le retire aux hommes. »

Ainsi que bon nombre d'acteurs en Angleterre, il s'exprime avec cette élocution parfaite qu'on subodore n'être pas d'origine, et de même que chez tous les comédiens du monde, sa modestie est une façon de se vanter. On sent qu'il a appris que le meilleur moyen de prolonger les applaudissements consiste à tomber à genoux, tête baissée.

Le voir enfiler un gant, ou se tourner lentement vers la salle, pendant les répétitions, c'est observer un artiste qui sent le poids des regards. L'assistant qu'il vient de recruter, un Irlandais, est rarement loin de lui et s'occupe de son maître comme une jeune épouse de son mari, finissant même à l'occasion ses phrases, ou lui apportant des verres de cette infusion de citron au paprika dont le Seigneur de la Scène ne saurait se passer. Le Dublinois s'exprime, mais rarement en présence des autres, il a la hauteur stoïque d'un patriote montant vers la potence. Ce qui tombe bien car son employeur ressemble de manière frappante à Robert Emmet, naguère célèbre, dont plusieurs parties furent démembrées sur le principal objet d'exportation britannique dans le monde : l'échafaud.

Détail curieux, quand votre serviteur a consulté les notes prises pendant cette interview qui a duré deux heures fort agréables, où la conversation fut passionnante et large dans son propos, sur le moment, elles lui ont semblé ne contenir que des fadaises, des éléments disparates, décousus, dont il n'y avait pas grand-chose à retirer. À croire que ces notes avaient été rédigées à l'encre sympathique. Toutefois, un passage se détachait du lot, et le voici, verbatim :

« Jouer la comédie, c'est ma profession, ce qui me nourrit. Mais l'art est aussi spirituel, c'est une chambre secrète de l'âme. Il est difficile de savoir où elle se trouve, ou encore où se trouve la clef qui en ouvre la porte, par conséquent parfois il faut briser cette porte avec violence. Voilà ce que signifie avoir du style. C'est la force. Une fois entré dans son propre style, les proportions changent. La pièce peut se transformer en n'importe quel lieu : une forêt, un océan, une cellule de prison, le monde des fées, un nombre de sphères tournant l'une à l'intérieur de l'autre, tout cela en même temps, chacune sur un axe dont l'autre ne sait rien. En tout cas, voilà comment on voit les choses ici. Être un artiste, c'est savoir que les fantômes existent. »

Tout le petit monde du théâtre londonien ne parle que de ses projets extravagants. Beaucoup aimeraient voir ce fantôme échouer.

Bureau de l'administrateur
Théâtre du Lyceum
Entrée des artistes, Exeter Street, Londres
11 décembre 1878.

Ma chère mère,

Merci pour votre lettre qui m'a fait grand plaisir, et pour l'article que vous avez joint au sujet de mon employeur, même si beaucoup de choses racontées sont d'une fantaisie ridicule. J'ignorais qu'on trouvait la presse américaine à Bruxelles. Une des surprises inattendues de la vie à Londres, c'est la découverte fréquente d'exemplaires du *New York Times* ou du *Chicago Tribune* sur un banc dans un parc, par exemple, ou dans un tram, comme si toute une escouade de facteurs fantômes venait les distribuer ici depuis l'Amérique. On voit le monde tout à fait différemment à travers les yeux des Américains. Je vous prie d'excuser cette réponse hâtive, j'écrirai davantage quand j'aurai plus de temps.

Je suis heureux de savoir que Bruxelles continue d'être bonne pour vous. Oui, mon épouse et moi-même sommes à présent installés et tout se passe à merveille. J'étais navré que vous et mes sœurs ne puissiez venir à notre mariage, mais je comprends que vous deviez surveiller vos dépenses. Je suis certain que, lorsque vous rencontrerez Florence, vous l'aimerez beaucoup et en viendrez à la considérer comme votre fille.

C'est une jeune femme réfléchie, prudente, drôle, fine mouche, de nature optimiste et généreuse, dotée d'une grande intelligence. Elle est également pleine de compassion et ressent les choses avec intensité. Je ne dirai pas que chaque moment fut heureux entre nous ces derniers temps, surtout depuis que nous sommes arrivés à Londres, mais je suppose ou espère que cela n'est pas si rare chez les jeunes mariés, qui ne se connaissent pas encore si bien que ça. Et puis le changement nous a perturbés. Je crains d'avoir pris toutes sortes d'habitudes au fil des années, et peut-être suis-je trop accoutumé à ma propre compagnie. Mon épouse est compréhensive et tolérante, mais nous avons connu des moments difficiles, chaque fois par ma faute. J'aimerais être un meilleur mari, et j'aspire à le devenir.

Mon travail au théâtre s'avère plus exigeant que je ne l'avais anticipé, et je souhaite que cela s'allège avec le temps et que je parvienne à m'acclimater. Dieu merci, la première a été repoussée de quelques semaines, autrement j'aurais fini chez les fous. Pour l'instant, j'écris jusqu'à cinquante lettres par jour, et je supervise toutes sortes de tâches avec lesquelles j'ai dû me familiariser très rapidement. J'ai l'impression de parler toute la journée, et je rentre à la maison moulu de fatigue. Mon employeur se comporte d'étrange manière, phénomène qui n'a rien d'étonnant chez les artistes, qui selon mon expérience peuvent faire preuve d'excentricité et de pompe, et puis, qui n'a pas ses particularismes ? Tout le monde a ses petites manies, qu'on soit barbier, plombier ou roi. J'ai souvent entendu dire que les femmes étaient imprévisibles. Cela ne me semble pas juste.

Notre situation ici est agréable, même si nous n'avons pas encore beaucoup de place. Nous avons l'intention de bientôt déménager, lorsque nous nous serons un peu accoutumés. J'entends ce que vous dites au sujet des dangers moraux de la vie auprès des gens de théâtre, mais vous n'avez pas à vous inquiéter. Mon poste est essentiellement administratif.

En accord avec mon employeur, celui-ci lira les pièces que je pourrais écrire ou adapter pour la scène, aussi espéré-je ardemment réussir sur ce front à un moment donné. J'ai songé à écrire une pièce sur la guerre de Sécession, peut-être « L'Assassinat du président Lincoln » (meurtre barbare qui s'est lui-même produit dans un théâtre, comme vous le savez, le tueur étant un comédien déçu), ou l'histoire de la lutte entre deux frères, etc., mais nous verrons. Il est peut-être encore décemment trop tôt.

Eh bien, chère mère, voilà les nouvelles les plus fraîches. Je ne suis pas au mieux, ces derniers temps, j'ignore pourquoi. Priez pour moi.

Je glisse deux livres sterling dans cette enveloppe.

Pardonnez mon écriture brouillonne. C'est pire depuis que nous sommes à Londres.

En hâte, mais avec tout mon amour respectueux envers vous et mes sœurs.

VOIX D'ELLEN TERRY

Bizarrement – vous n'auriez pas une cigarette, très chère ? – merci – non, bizarrement, j'ai très peu de souvenirs du bâtiment lui-même… (*inaudible*)… À force de passer du temps dans les théâtres, vous savez, ils finissent tous par se ressembler. Mais je sais que ce cher vieil Harry a dépensé une fortune pour sa rénovation. Enfin, c'est ce qu'on racontait. Il avait sûrement exagéré, ce qui ne me surprendrait guère. Il aimait donner le sentiment qu'il vous dissimulait quelque chose d'un peu choquant.

En fait, je ne me rappelle pas exactement quand j'ai rencontré Harry, il a toujours été là, comme le ciel. Nous avons joué *Roméo et Juliette*, je crois, à Cirencester ou quelque part par là, j'avais dix-neuf ou vingt ans. Il était gentil, un vrai havre personnel. D'une beauté fracassante. Et il avait un faible pour les vieux acteurs, ce qui m'a toujours touchée, il leur parlait avec le plus grand respect, avec camaraderie, même si pour certains l'heure de gloire était passée depuis longtemps – ce qui en toute honnêteté n'avait peut-être pas été grand-chose. Des comédiens itinérants – que Dieu les bénisse tous autant qu'ils sont. Il les emmenait se promener le matin, après le spectacle, s'asseyait en leur compagnie dans les parcs. Il leur témoignait une attention exagérée, écoutait leurs anecdotes. Il prenait soin de s'adresser à eux en disant Monsieur ou Madame. Ces petits détails comptent, pour moi.

Au sujet de Harry, il me faut toujours préciser, car c'est important, qu'il a été très pauvre à une époque. Un jeune comédien allant par les routes – à l'époque, on savait ce que c'était d'avoir faim. Il savait aussi ce que c'était d'être épuisé, d'avoir froid, et peut-être même de parcourir cent kilomètres à pied pour travailler, en n'ayant ni lit ni lieu où se laver. Un hiver, il était trop pauvre pour s'acheter des vêtements de dessous, et il dormait dans les champs, sous les portes cochères. Voilà pourquoi les vieux acteurs étaient ses héros. Il avait connu le même sort.

Après, nous nous sommes croisés régulièrement, parfois dans des lieux affreux au fin fond des campagnes. Il était amusant, charmant, savait vous donner l'impression d'être la seule personne présente dans la salle, et ça, même quand vous connaissez le truc, c'est très agréable si c'est bien fait.

Sa pièce maîtresse, c'était une interprétation satirique de lui-même dans le rôle de lady Macbeth. « Regardez-moi, je ne me prends pas vraiment au sérieux », ce genre-là. Ce qui montre exactement le contraire, évidemment.

Une autre de ses ruses, à ce pauvre bougre, consistait à vous faire des compliments sur vos cheveux. « Oh, quelles magnifiques anglaises brunes, mon ange, ce sont des anglaises, n'est-ce pas ? » En fait, il savait que tous les autres hommes présents dans l'assistance, s'ils vous faisaient des compliments, évoqueraient vos yeux, parce que c'est ce qu'ils font tous. Par conséquent, avec Harry, c'étaient les cheveux.

De cette manière, vous étiez obligée de constater qu'il était différent des autres. Terriblement sensible, sentimental, raffiné. Je l'ai vu faire mille fois. Monsieur Cheveux. Cela pouvait être très tôt le matin, ou après la fête suivant une première, vous pouviez ressembler au portrait de Dorian Gray remisé dans le grenier, il était toujours en admiration devant « votre merveilleuse chevelure » (*rire*).

Oh, oui, il était amoureux, terriblement, ardemment, et il se serait tiré une balle si vous ne répondiez pas à ses sentiments, et hop, trois minutes plus tard, il tombait amoureux d'une autre. Le temps de faire cuire un œuf, et il avait juré une dévotion éternelle à une autre et s'apprêtait à sauter du pont de Londres si son amour se voyait rejeté. On ne peut qu'admirer pareille énergie.

Il s'est beaucoup réjoui quand la compagnie du gaz de Westminster a ouvert, en je ne sais quelle année. Cela lui a fourni une nouvelle possibilité de chantage au suicide.

À force de taper dans des balles de golf, il y en a bien une qui atteint son but. Voilà le genre de garçon qu'il était. Sa stratégie : tirer sur tout ce qui bouge.

C'était ainsi avec lui comme on attend le lever du soleil. Mais dès que vous lui aviez clairement fait comprendre que vous ne vouliez pas coucher avec lui, il paraissait soudain étrangement soulagé et se calmait. Et jamais plus il ne réessayait après cette première tentative, je dois le lui concéder. Il savait se tenir. Ce drôle de vieux blousier. Jamais on ne s'ennuyait avec lui. Chez certains hommes, il ne faut surtout pas prêter attention à ce qu'ils disent après dix heures du soir s'ils ont bu une bière. Harry appartenait à cette race de mammifères.

Ils ne veulent absolument pas faire les idiots. Seulement cela revient à demander à un catholique de ne pas se sentir coupable. Autant dire au ruisseau de remonter la colline. Sauf que ça, on peut encore le concevoir, à la rigueur. Avec une pompe.

Un jour, il a proposé à ma sœur de s'enfuir avec lui, à Rotterdam, je crois. Elle a dit non, alors il a proposé à mon frère. C'est ça qu'il faut comprendre au sujet d'Harry. Dans le fond, ce qu'il voulait – et, très chère, qui ne le voudrait ? – c'était quelqu'un qui s'enfuie avec lui à Rotterdam.

C'est ce que nous souhaitons tous, n'est-ce pas ? Mais bien sûr, personne ne le fait. Sans doute même pas ces misérables qui sont déjà à Rotterdam. On se demande d'ailleurs où ils voudraient s'enfuir, eux. À Crouch End, en banlieue de Londres ?

Mais lorsqu'il a repris le Lyceum, il avait mûri et il avait un peu plus de plomb dans la cervelle. Quel âge ? Oh, vers le milieu de la trentaine, je dirais, mais très chère dans notre profession on ne fait pas très attention à ces choses-là. Trente-six, peut-être ? Il a longtemps eu trente-six ans (*rire*). Et à trente-six ans, il avait acquis tout le mûrissement – ça se dit ? – d'un écolier parfois perturbateur qui a besoin qu'un professeur lui administre une bonne claque sur la tête une fois par trimestre. C'était un rapide, notre Harry. Pour un homme.

Je pense que l'atout principal du Lyceum, c'était d'être situé en plein cœur de Londres. J'ai joué dans un nombre effrayant de villes, au nord, au sud, à l'étranger. Cologne. Berlin. Paris. Sydney. De magnifiques théâtres, Dieu du ciel, et puis il y a New York. Mais, je ne sais pas du tout pourquoi, je ne peux m'empêcher de croire que le théâtre, c'est à Londres. Ça doit avoir un lien avec le climat.

Et Shakespeare. Quand on sait qu'il a peut-être arpenté les mêmes rues, ça fait bouillir le sang. Vous voyez la Tamise, et vous vous dites, nom d'un chien, le Globe était juste là-bas. Peut-être a-t-il eu l'idée de *Macbeth* sur Southwark Row, ou à Embankment. Samuel Pepys. Christopher Marlowe. Ces fantômes-là se trouvent partout autour de nous. Voilà en tout cas ce que j'ai découvert à l'époque où j'étais une jeune comédienne montante. Mais c'était il y a trente siècles, très chère. À l'époque j'étais tellement… quel est le mot ?

Non, je n'étais pas là lorsque Bram est arrivé, même si bizarrement je crois souvent que j'y étais. D'une certaine manière, il a toujours été là, de même que cette lumière pluvieuse qui entre par la fenêtre. C'était un homme adorable, assez obsessionnel, délicieusement sérieux. Il pouvait aussi être distrait, du genre à sortir avec deux chaussures différentes. Jadis, je me disais souvent qu'il aurait fait un moine merveilleux.

Ce n'était pas du tout le type de personne qu'on emploie pour administrer un théâtre. Il avait un peu la tête dans les nuages, et pas la moindre idée de ce qui comptait réellement, comme l'argent, les billets, la nécessité de s'assurer que les gouttières soient nettoyées, qu'on balaie le foyer, et que les acteurs ne tentent pas de s'empoisonner les uns les autres. Un petit peu, ça va, ça aide à garder le moral. Si c'est trop, alors le public finit par s'en apercevoir.

Harry était un bon à rien, l'administration, il se croyait au-dessus de ça, par conséquent Bram n'a pas eu, comment dirais-je, de mentor, en aucune sorte. Il se montrait impérieux, Harry. Il savait qu'il était Harry.

« Le roi Henry IX », je l'appelais parfois, par moquerie.

Mais une ingénue peut jouer un rôle de composition, après tout. C'est sans doute ce qu'a fait Bram. Dieu sait comment.

Au deuxième balcon, il essaie de compter les sièges avec précision, mais avec sa gueule de bois, c'est difficile. Le total ne cesse de lui échapper, les nombres s'interchangent, scintillent. Trois fois, il a dû recommencer du début, le plan qu'il a trouvé est inexact, il a quarante ans de retard, et le fracas qui monte d'en bas vient s'écraser contre les remparts de sa solitude.

Un trompettiste se querelle avec un ouvreur de Liverpool, le bruit est une aria tout droit sortie des enfers. Des équipes de plâtriers échangent cris et plaisanteries tout en moulant putti, blasons et chérubins dorés au-devant des nouvelles baignoires. On dirait que les fauteuils bougent dès qu'il a le dos tourné, tels des garnements cherchant à désarçonner leur nouveau maître d'école.

Nous sommes innombrables, disent les rangées de sièges de velours. *Vous croyez que la poussière s'abat sur nous. En fait, c'est nous qui la créons. Nous grinçons quand vous vous levez, gémissons quand vous vous asseyez. Nous sommes des Manhattan de bois qui puons le pantalon humide. Nous saurons vous châtier pour ces longs siècles de servage assis, quand les basses engeances de votre race pesaient sur nos faces de velours strapontines. Mais notre jour approche. Et nous nous assoirons sur vous. Si vous nous piquez, ne saignons-nous pas ?*

Il va jusqu'au bord du balcon. Regarde le parterre. Vertige qui l'invite à sauter.

Des équipes d'ouvriers sèment des écorces de citron et des poignées de cannelle – quelqu'un a dit que l'odeur faisait fuir les chats de gouttière –, tandis que des femmes de ménage à genoux pellettent des tonnes de crottes félines. Pendant ce temps, trois gros matous hideux les observent depuis la scène, en se léchant les pattes de temps à autre. Difficile de ne pas savoir qui sont les spectateurs, et qui se donne en spectacle.

C'est alors qu'un jeune garçon très mince au museau de renard, vêtu d'un costume trop serré, arrive derrière lui, en haut des marches du deuxième balcon.

« Mr Stoker, c'est bien vous ?

– Lui-même. »

Le jeune homme descend.

« Je m'appelle Jonathan Harker. » Mélodieux accent cockney. « Peut-être avez-vous reçu mon message ?

– Je suis nouveau ici, Mr Harker. Je suis en phase de découverte, pour ainsi dire.

– J'ai pris la liberté d'écrire à Mr Irving, monsieur, au sujet d'une place d'apprenti peintre de décors. J'ai mon portfolio avec mes esquisses, vous voudriez y jeter un coup d'œil ? »

Forêts, déserts, de beaux portraits de soldats, labyrinthes minutieux réalisés à l'encre, marines, bazars turcs.

« C'est de la belle ouvrage, Mr Harker. Où avez-vous appris à dessiner ?

– À Paris, de temps à autre, monsieur, chaque fois que j'en avais les moyens. Mais j'ai surtout appris sur le tas, en fait, on pourrait dire.

– Il y a longtemps que vous pratiquez ?

– Depuis que je suis tout petit.

– Vous êtes d'un niveau un peu trop élevé pour ce théâtre, nous n'avons pas besoin de choses aussi détaillées. N'avez-vous pas cherché une place à l'*Illustrated London News ?*

– C'est le théâtre que j'aime, monsieur. Pour sûr que je le sais, ça. Ça m'intéresse pas de travailler dans un journal.

– Et pourquoi donc, mon garçon ?

– C'est trop triste, monsieur. Toutes ces explosions et ces tremblements de terre et ces guerres que personne veut. Un de mes potes est allé au pays des Zoulous pour le *News*, monsieur, chaque semaine il envoyait des dessins. À force, il est rentré en lui-même, je vous mens pas, et il est plus jamais ressorti.

– Je ne suis pas certain que nous ayons quoi que ce soit à vous confier pour le moment. Revenez peut-être dans quelques mois, quand nous aurons trouvé notre équilibre ?

– Je travaille bien, et vite, monsieur. Vous ne le regretterez pas.

– Je n'en doute pas, mon jeune ami. Vous avez l'air d'un garçon intelligent. Quel âge avez-vous ?

– Vingt ans, monsieur, à mon prochain anniversaire. Je travaillerais tout le temps, monsieur, jour et nuit, alors donnez-moi ma chance.

– Je ne sais pas. Je ne sais pas. Combien voudriez-vous ?

– Ce que vous jugerez correct, monsieur, ce que je cherche, c'est l'expérience. Pas la fortune. Mettre le pied à l'étrier, et me faire assez pour me payer une bière.

– Savez-vous compter, Mr Harker ? »

Il se met à rire. « Je crois que oui, monsieur.

– Alors vous allez compter tous les sièges qu'il y a dans ce théâtre. Considérez que vous êtes embauché. »

Trois heures du matin. Le Londres comme-il-faut est au lit.

C'est l'heure où les statues commencent à grincer, animées de mouvements convulsifs, et descendent de leurs piédestaux recouverts de lichen dans des nuages de poussière de rouille.

Un lord lieutenant de bronze, masque mortuaire en guise de visage. Un vicomte de marbre craquelé aux terrifiants yeux blancs. Un général sur son cheval, gâté par le temps, les fientes de goélands, au galop dans Hyde Park, pour noyer des bébés dans le lac Serpentine, qui filtre à travers les cauchemars de la ville.

Les statues ne reculent devant aucune cruauté. Elles endurent la corrosion de pluies d'indifférence, supportent le passage de millions de passants.

Des gargouilles descendent d'un beffroi, des anges de la mort des mausolées, des christs minuscules de dix mille pierres tombales. Des comtes morts et leurs douairières se lèvent sur leur sépulture de granit. Des aigles impériales juchées sur des piliers austères au-devant des palais battent de leurs ailes sculptées dans le ciel de Whitechapel.

Dans des lits de mort, du Kent jusqu'à Camden, un sort écrasant s'abat. Les docteurs l'appellent attaque, infarctus, crise cardiaque. Les statues ont frappé à nouveau.

Son épouse entre dans la salle du petit déjeuner avec un paquet que lui a envoyé un cousin qui travaille au consulat britannique à Berlin. Il s'agit d'une édition piratée en allemand d'une anthologie, *Best English Ghost Tales*, qui contient une de ses anciennes histoires de fantômes.

« Surprise plutôt flatteuse, dit-il.

– Dans quel sens ?

– Eh bien, que quelqu'un prenne la peine de me traduire. Ou même simplement de me lire.

– Et cela ne te gêne pas qu'on ne t'ait pas demandé la permission ? En outre, je suppose que tu ne seras pas payé.

– Les droits d'auteur sont une forme d'orgueil, voire d'égoïsme d'une certaine manière. Comment pourrait-on être propriétaire du travail de l'imagination ? Autant mettre des droits d'auteur sur les chants d'oiseaux. Ou l'aube.

– Des centaines de millions de fois par jour, on rend hommage à l'auteur des chants d'oiseaux et de l'aube.

– C'est différent, ma chérie, là, cela n'en vaut pas la peine.

– Comment peux-tu dire ça ?

– La plupart des livres meurent jeunes. C'est triste, mais c'est la vérité, hélas. En littérature, le taux de mortalité infantile est élevé.

– Toute naissance vaut la peine d'être consignée, Bram.

– Belle idée. Seulement ça ne marche pas ainsi.

– Mais un ouvrage pourrait avoir une seconde vie dont l'auteur ignorerait tout.

– Comment cela ?

– Il pourrait trouver des lecteurs des années plus tard, voire après la mort de l'auteur.

– Je n'ai jamais entendu parler d'une telle chose.

– Et alors ? Ça pourrait arriver.

– En théorie, oui, mais…

– Il y a aussi le bien et le mal, Bram. À moins que cela n'ait aucune importance ?

– Je dois aller travailler. Ne te ronge pas les sangs pour ça. »

Peu après onze heures, il assiste à la réunion qu'il a organisée avec le personnel du théâtre. Vendeurs de billets, ouvreuses, petites mains de la scène, retoucheuses, machinistes, peintres, musiciens, quatre-vingt-sept personnes en tout. Il distribue les emplois du temps, répond aux questions des employés, dont la plupart concernent les salaires en retard, même si quelques-unes portent sur les chats. « Tout ce qu'il y a à faire, monsieur, c'est mettre la main sur quelques litres de pisse de renard. Ça les fera fuir. » Les raisons pour lesquelles un administrateur préférerait ne pas arroser son théâtre avec de l'urine de renard sont clairement exposées, ainsi que la difficulté probable de trouver plusieurs litres dudit liquide.

Il espérait qu'Irving assisterait à la réunion, mais il n'a donné aucun signe de vie, ni envoyé de message. « Le Chef reste au lit jusqu'au coucher du soleil », plaisante quelqu'un.

À l'heure du déjeuner, un marteau dans la tête, Stoker monte dans un fiacre pour se rendre à Green Park où il se rafraîchit le visage dans une fontaine et griffonne quelques notes sur ses manchettes.

Ce vieux monsieur dans son fauteuil roulant que pousse une domestique. Les deux écoliers qui font courir une baguette le long d'une grille. Cet homme déchaussé étendu sous l'orme blanc, somnolent sous le froid soleil. Quelles sont leurs histoires ? Où se rendent-ils ?

Il se représente sa Florence dans le silence sépulcral du Museum, entourée de livres et de feuilles de papier. Puis sa Florence quittant sa chemise de nuit, la laissant tomber autour de ses chevilles, venant vers lui. Comme c'est étrange, le mariage. Tout le monde éprouve-t-il la même chose ? Ainsi qu'une musique qu'on ne peut pas tout à fait lire.

Retour au bureau, un paquet l'y attend accompagné d'une note : « Regardez ça, si vous voulez bien, et dites-moi s'il y a une pièce à en tirer. Si c'est le cas, vous pourriez peut-être vous en charger. Vôtre, Henry. P-S : J'imagine que vous lisez le français. Vous me paraissez être de cette espèce-là. »

Il s'agit d'un recueil de nouvelles enfiévrées d'un auteur américain qu'il ne connaît pas, publié par une petite maison d'édition parisienne. Étranges récits malades à vous faire trembler. Des gens emmurés dans des caves, des cœurs défunts qui battent encore, des hommes tourmentés par un double maléfique qui les hante. Une ou deux nouvelles pourraient être adaptées sur scène, mais elles tomberaient aussitôt en poussière, pourtant dans son esprit, une idée jaillit de la poussière, telle une odeur, une histoire de fantôme qui ne se situerait pas dans le passé, mais aujourd'hui, à Piccadilly.

Comme ce serait terrifiant pour les spectateurs de voir leur propre ville sur scène, proie d'une goule malfaisante. Ce monstre serait habillé tel un aristocrate chez les meilleurs tailleurs de Savile Row, il aurait sa loge à l'opéra, une voiture, serait membre d'un club de Mayfair, aurait l'accent des meilleures écoles. La nuit, il gravirait les cent marches qui grimpent dans la tourelle de sa maison, s'assoirait dans un cabinet de verre donnant sur High Holborn, le cœur en proie à un perpétuel tourment. Puis il descendrait dans les rues, un rasoir caché sous son gilet. Alors, ô mes chéris, viendrait la vengeance.

Tour de passe-passe – oui –, le monstre n'est pas un homme mais une femme qui s'habille en homme, les hommes se sont servis d'elle toute sa vie. D'abord elle commence par leur voler leurs femmes. Puis, tard dans la nuit, elle frappe.

Cela marcherait-il ? Cela inquiéterait-il les gens, causant des troubles, des questionnements malvenus ?

Jamais assez de temps pour aller jusqu'au bout d'une histoire. Jamais assez d'argent pour prendre le temps d'y réfléchir. L'argent est tout. Il ne le savait pas auparavant. Ce dont un écrivain a besoin, c'est de temps, d'avoir la permission d'échouer s'il le faut, de s'abstraire des tourments que vous inflige la nécessité de payer un loyer. L'argent est une fiction, mais elle est tout de même nécessaire. C'est la seule fiction qui existe.

La costumière insiste pour lui parler, le chef d'orchestre est fâché car le second violon n'a toujours pas été engagé, les acteurs menacent de se rebeller car beaucoup de perruques sont infestées de poux. Deux des fenêtres du vestiaire de scène sont cassées. L'imprimeur chargé des programmes s'est fait la malle avec l'argent. C'est comme être debout sur une digue au centre d'un tourbillon de vents en se demandant lequel vous emportera.

Il achète un sifflet d'arbitre et l'apporte aux réunions. Quand ils menacent de partir en vrille, ce qui arrive chaque fois, il siffle de toutes ses forces. Rien ne peut aboutir s'ils crient tous en même temps, explique-t-il. Voici mon chapeau. Vous allez le mettre sur votre tête. Seule la personne qui le porte a le droit de parler. Tous les autres membres de la compagnie écouteront dans un silence respectueux.

« … Mr Stoker, Mr Stoker, j'étais là la première…

– Un par un ! Respectons les règles !… »

À regret, la costumière du vestiaire principal accepte le chapeau, puis annonce sa démission immédiate.

Il rêve qu'il est dans un théâtre de la taille d'une cathédrale taillée dans la glace, dans un silence polaire, une basilique translucide. Irving est assis au balcon, il pèle une grenade avec une dague, et distribue les grains sanglants par poignées à son chien.

VII

Tout lecteur qui se respecte sur le plan moral souhaitera sauter ce chapitre, dans lequel sont présentées des pages d'un journal écrit en sténo, avec force expressions inconvenantes.

5 janvier 1879

Aujourd'hui mon premier livre est arrivé de Dublin par la poste, il m'avait été commandé par mes anciens employeurs du Château alors que je travaillais pour eux.

Les Devoirs de l'employé au service des délits mineurs en Irlande

Il est aussi captivant que son titre le laisse espérer.

Mais Florrie était ravie. Nous avons sorti le champagne.

6 janvier 1879

Ai dit à H.I. que j'avais envisagé différentes manières de réaliser des économies. L'une de ces mesures consisterait à ne pas cirer les souliers des acteurs à la cire d'abeille avant chaque représentation, ainsi qu'il le souhaite, mais seulement une à deux fois par semaine, et juste pour les rôles principaux, en utilisant du cirage ordinaire, qui est bien moins cher.

H.I. : Toutes les chaussures seront cirées à la cire d'abeille chaque jour, deux fois les jours où l'on donne des représentations en matinée.

Moi : Est-ce vraiment nécessaire ?

H.I. : Absolument.

Moi (*avec réticence)* **:** Comme vous voudrez.

H.I. : Toutes les épées, les couronnes et les armures seront fourbies avant les représentations, tous les costumes nettoyés et repassés, les comédiens seront mis à l'amende avec retenue sur salaire s'ils les tachent. Il ne doit jamais y avoir la moindre once de saleté sur ma scène. Les gens veulent voir de la magie. Mieux vaudrait qu'ils y trouvent leur compte.

Ceci, au moment même ou derrière lui, sur ladite scène, un chat gris crasseux a bondi d'une caisse sur un étui à violon, pour sauter ensuite sur la tête d'une statue grecque, où il s'est assis en me toisant avec froideur dans un nuage de poussière cendreuse avant de faire sur Athéna.

Une image qui je crois va me rester longtemps en tête.

J'ai passé commande de trente livres de cire d'abeille.

7 janvier 1879

Cet après-midi après le déjeuner, j'ai quitté les répétitions (qui s'avéraient tout à fait fragmentaires), pour aller à la librairie Hatchard à Piccadilly afin de voir où en était le livre que j'ai commandé il y a un certain temps, mais j'ai été horripilé en apprenant, d'une manière un peu hautaine, qu'il n'était pas encore arrivé des États-Unis, ou bien qu'il était retenu à la douane à Southampton. On pourrait imaginer qu'ici, dans la capitale du monde civilisé, une exigence aussi modeste puisse être aisément satisfaite. Fichtre, que c'est frustrant.

Mais alors, fait surprenant, au moment où je sortais, le jeune homme (bouche impudente, cheveux noirs lustrés) m'a rappelé au comptoir et, *mirabile dictu*, m'a annoncé que le paquet qu'il venait d'ouvrir contenait le livre en question.

Il s'agit de *The Principles and Science of Modern Theatrical Effects and How They Are Contrived*, d'Edward Helsing et Edmund Lagrange. En le feuilletant très brièvement sur le moment, il m'a paru mal écrit – à leur manière d'utiliser l'anglais, on dirait que ces gens des anciennes colonies l'accusent de meurtre ! –, mais il contient une série d'illustrations fascinantes et détaillées sur des techniques modernes pour provoquer des effets spéciaux tels que les éclairs, le fracas d'une rivière, la charge d'un régiment, les coups de canon, les tremblements de terre, le rugissement de la tempête, les tornades, les typhons, les fantômes, les tourbillons de fumée, et ainsi de suite. La plupart reviennent horriblement cher – le genre de choses qui n'inquiète guère un directeur de théâtre américain, naturellement, à lire ce livre, on croirait que l'argent tombe du ciel –, mais certains m'intriguent et peuvent être mis en œuvre même dans un théâtre qui n'a pas des millions à sa disposition.

Le chapitre sur le maquillage est particulièrement intéressant et donne toutes sortes d'astuces pour créer l'apparence crédible d'un « Marocain », d'un « Arabe », d'un « Irlandais simiesque », d'un « Méditerranéen (mat) », d'un « criminel », d'un « Espagnol », d'un « aristocrate », d'un « meurtrier », d'un « homme dénué de morale », d'une « femme de petite vertu » ou d'une « jeune fille innocente déshonorée par un duc ». Il y a en outre un chapitre utile et tout à fait fascinant sur la manière de créer un « coucher de soleil », ou encore une « aurore avec chants d'oiseaux », cette dernière est une merveille, et ce qui est tout à fait redoutable et susceptible de fortement impressionner le public, c'est cette astuce qui permet à un comédien de disparaître (pour ainsi dire) sous les yeux des spectateurs. Cela repose sur une triangulation très précise des miroirs placés derrière un ensemble de voiles de gaze en mouvement.

J'ai l'intention d'étudier cet ouvrage et d'autres du même genre car je suis convaincu que les amateurs de théâtre se lasseront vite des anciens procédés. À Londres, ce désintérêt commence déjà à se faire sentir. Le public veut des sensations nouvelles, modernes, appartenant à notre monde. Si nous parvenons à nous hisser une marche au-dessus de nos concurrents sur ce plan, nous pourrions bien triompher. « On accomplit beaucoup de choses en détournant l'attention du public ou en se cachant à découvert », énonce Helsing dans sa préface, parfois presque lisible. Comme si on ne le savait pas.

En retournant au théâtre, j'ai découvert que Piccadilly Circus était fermé par la police à cause d'une atteinte à l'ordre public – une femme a jeté de la peinture sur un fiacre où se trouvait le premier Ministre –, et j'ai fait un détour par Leicester Square, ce que j'ai regretté. Une armée de pauvres gens s'était rassemblée là dans des conditions d'une indigence à vous briser le cœur, ils sont tous très émaciés et dans un terrible état. Voir les hommes privés de leur dignité est une chose atroce, pire encore, certains s'adonnent à l'alcool ou à l'opium, quant aux femmes et aux enfants, c'est consternant. Beaucoup de ces infortunés étaient irlandais, ainsi que je l'ai compris en entendant leurs supplications. J'ai donné ce que j'ai pu. J'aurais voulu faire plus.

Comment peut-on laisser une telle misère exister dans un royaume aussi riche et généreux ? Comment pouvons-nous croire que ces gens aient des sentiments, des besoins différents des nôtres ?

Un instant, je me suis trouvé au bord des larmes. Un pigeon sautillait sur un carré d'herbe sale, il avait subi ce genre de blessures qui rend l'usage d'une aile impossible, et l'agitait en vain en tentant d'avancer pitoyablement. Un petit chien errant a tout à coup jailli d'un tas d'ordures et s'est précipité sur lui en grondant. Un enfant en haillons a alors bondi en criant comme un fou : « oh, oh, va-t'en ! », en agitant les bras, aussi le chien a filé, tandis que le pauvre pigeon poursuivait son chemin vers Dieu sait quelle autre mâchoire métropolitaine. Cela m'a ému au plus profond de moi-même de constater que même chez un tout petit enfant, qui n'a guère connu la justice ou la miséricorde en ce bas monde, demeure le désir de rétablir une certaine égalité.

Poursuivant toujours mon chemin vers le théâtre, j'ai tourné dans Charing Cross Road, puis St-Martin-in-the-Fields Church Path jusqu'au Strand, c'est là que j'ai remarqué derrière la vitre du French Café à l'angle de Villiers Street, la silhouette inimitable du Chef. Il était assis, seul, et lisait le *Manchester Guardian*. Levant les yeux, il m'a vu et avec un sourire chaleureux m'a fait signe de venir.

« Et comment va le princier Mr Stoker par cette belle matinée, sapristi ? »

J'ai répondu que j'allais bien.

« C'est ce que je vois. Tel l'impétueux Cortés quand, de son regard d'aigle, il fixait le Pacifique. »

Il m'a demandé si je souhaitais boire un café kopi luwak en sa compagnie.

J'ai répondu que j'avais énormément de travail au théâtre, mais il a insisté en disant que le Lyceum s'était débrouillé tout seul pendant deux cents ans et qu'il pouvait bien continuer sans nous pendant encore une demi-heure.

« Vous ferez un intermède appréciable après la lecture de ce maudit journal, a-t-il dit avec amabilité. Je ne sais pas pourquoi je l'achète. On n'y voit jamais rien qu'on ait *envie* de lire, vous ne croyez pas ? Juste ce qu'on nous dit qu'on *devrait* lire pour notre propre gouverne. »

Je le trouvais d'humeur plus animée que dans les occasions précédentes, agréable, attentionné, presque charmant. Il mangeait une assiette de porridge, sur laquelle il a versé quelques gouttes d'une flasque. « Du whiskey de Bourbon County, a-t-il expliqué. *Nunc est bibendum, mon brave**. »

Ses manières matinales étaient encore empreintes de sommeil, ce qui peut être délicieux chez un homme.

« J'ai passé une sacrée nuit, a-t-il dit avec un sourire de regret. Je me suis retrouvé en mauvaise compagnie, dans les bas-fonds. Le genre d'endroit où un homme peut s'adonner aux plaisirs qu'il préfère. Un marteau dans la tête. D'habitude, je ne bois pas.

– Pourquoi donc ?

– Ça me rend ordinaire. »

J'ai dit qu'il devait être le seul homme de théâtre à ne pas être adepte de la vigne.

« Eh bien, voyons voir, si je fais l'état des lieux. Le matin, vous l'avez vu, je mets un peu de bourbon dans mon porridge, comme un bon vieux cheval. Ensuite, un verre ou deux de vin du Rhin avec de l'eau pétillante vers onze heures, pour me revigorer. Une bouteille de bordeaux avec le déjeuner, puis un beaumes-de-venise, une flûte de champagne frappé vers trois heures pour alimenter la chaudière, un bon verre de bière ou deux juste avant de monter sur scène – ils aiment vous voir transpirer –, ensuite pas de grog avant la fin du spectacle. Après, c'est vrai, je prends un petit verre de liqueur ou deux. Je me considère pratiquement abstinent. »

Je me suis mis à rire, et je me suis alors rendu compte que c'était la première fois que je le voyais complètement en dehors de la scène. On aurait cru un autre homme.

« Vous avez un visage plaisant quand vous riez, a-t-il dit. Vous devriez le faire plus souvent. Vous mettre la bobine en vacances. »

Mon café était arrivé, avec une assiettée de boudin noir.

« Alors, mon brave, vous vous habituez ?

– Ah, les défis sont nombreux. Mais ça vient, enfin, je le crois.

– Les répétitions avancent bien ?

– Il me semble. »

Nous avons brièvement évoqué une innovation qu'il voulait apporter à *Hamlet*, pièce dans laquelle il n'y a que deux rôles féminins. Il veut faire preuve d'audace, augmenter la cour d'Elsinore, « qu'elle soit remplie de filles comme de garçons, autant que nous pourrons. Il n'y a rien de plus ennuyeux sur scène qu'un tas de types qui se tapent sur les cuisses. Autant assister à un match de football ».

J'ai dit que je m'en occuperais dès que possible.

« Je songeais à quelque chose, a-t-il poursuivi, votre charge est lourde. Dites-moi comment l'on pourrait vous assister, si un secrétaire vous serait utile, par exemple. Votre enthousiasme est très important, je ne veux pas le perdre. En attendant, nous devons avoir une petite discussion au sujet de la racine du mal. »

Je l'ai dévisagé.

« Je veux dire le flouze. Je veux vous augmenter, disons à quatre guinées par semaine. Pour l'instant, je ne peux pas, mais ça viendra, bientôt.

– Merci, je suis déjà payé de manière plus qu'honnête, généreuse, même.

– Permettez-moi d'insister. Tout travail mérite salaire.

– Nous verrons comment les choses se passent, dans quelque temps.

– Très bien. Des difficultés dont je devrais être informé ? Des acteurs qui essaient de s'entre-tuer ? Mettez-leur un bon coup de pied dans le croupion, si besoin. »

J'ai répondu que je souhaitais en effet lui dire un mot au sujet des acteurs, une question qu'il aimerait peut-être examiner de leur point de vue à eux.

« Je ne pense pas. Cela ne m'est jamais arrivé. »

Il fait partie de ces hommes qui aiment se montrer impénétrables.

Nous avons évoqué son habitude, très étrange à mes yeux, de ne pas assister aux répétitions, mais de laisser les comédiens se débrouiller sans lui, et d'être le plus souvent absent du théâtre. Son sentiment est qu'il faut éviter une trop grande familiarité, que « l'étincelle » qu'il cherche à créer au cours de ses spectacles ne peut jaillir que de « la fraîcheur et du danger ». Qu'en pensais-je ? Je me suis aventuré à répondre que, tout en comprenant et en respectant son parti pris, qui résultait de sa longue expérience, j'étais convaincu que les jeunes acteurs en particulier pourraient bénéficier de sa présence parmi eux, et peut-être avaient-ils besoin d'un ancrage, d'un phare, d'une sorte de père. Il a hoché la tête.

« Je n'apprécie guère cette fichue habitude qu'ont les Anglais de tout préparer, a-t-il répondu. Les choses les meilleures sont spontanées, elles se déroulent, elles se contentent d'arriver. Mais vous le savez, nous sommes entre Celtes.

– Entre Celtes ?

– Ce n'est pas un Saxon qui se tient devant vous. J'ai du sang de Cornouailles, que je tiens de ma mère. Nous avons nous aussi notre ancienne langue celte, et puis notre folklore ainsi que nos coutumes.

– Je l'ignorais. »

Nous semblions nous fourvoyer dans une impasse. Le silence est tombé, troublé seulement par le cliquètement des cuillères sur les tasses, puis il a repris la parole : « Mrs Stoker va bien, j'espère ? Il va lui falloir s'accoutumer à la vie à Londres et tout le reste. Il ne faut pas nous consacrer tout votre temps, vous savez.

– Non, naturellement.

– Une épouse peut se décourager si elle est trop fréquemment seule. Je l'ai vu souvent dans notre profession. Faites attention à ça.

– J'y veillerai.

– Je ne peux pas vous dire ce que cela signifie pour moi, vieille branche, que vous ayez accepté de vous embarquer dans cette aventure. On se sent moins en danger quand on est entouré d'amis.

– Je suis très honoré que vous me considériez comme un ami », ai-je répondu, un peu perplexe.

C'est alors qu'il a ajouté cette chose curieuse.

« L'amitié, pour moi, c'est se reconnaître. Une sorte de retour vers les siens. Ça ne s'explique pas. Pourtant, tous les humains en ont fait l'expérience une fois ou deux. Quand nous nous sommes rencontrés, je vous ai reconnu. Voilà tout ce que je peux dire. Vous ressentez cela, vous aussi ?

– Mais oui.

– La nuit, je rentre en moi-même. Il s'agit là d'une sorte de confession. Je prends un peu de laudanum, de temps à autre, à cause d'une vieille douleur, je me suis cassé le dos dans ma jeunesse. Il se trouve que cela m'entraîne dans un royaume peuplé d'âmes et non de corps. J'y rencontre des gens. Je me suis rencontré moi-même. Cela va vous mettre mal à l'aise, mais je vous y ai également retrouvé. En fait, nous avons été mariés dans une vie antérieure, vous et moi, nos autres nous-mêmes. Ou peut-être que ce sera dans une vie postérieure. Qui sait. »

Stoker a ri. « Qui de nous deux était le mari et qui était la femme, je me demande ? »

Il a souri en retour. « Que vous êtes bête, parfois, bête comme un chou et trop planté en terre. Eh bien, nous voilà en train de glander et de jacasser telles deux écolières écervelées. Allons, au travail. Fissa. »

Dans la rue, il a sifflé un fiacre pour aller à son rendez-vous à la banque. Pour je ne sais quelle raison, m'est revenue en tête la vision de ces misérables que j'avais aperçus un peu plus tôt sur Leicester Square.

Je lui ai demandé : « Puis-je vous poser une question ?

– Tout ce que vous voulez.

– Le premier matin où nous sommes venus au théâtre, ma femme et moi, une jeune fille de douze ou treize ans nous a ouvert la porte, sur Exeter Street. Elle avait l'air affamée, maltraitée. Qui est-ce ?

– Il n'y a aucune jeune fille, mon vieux.

– Mais nous l'avons vue comme je vous vois. »

Il a secoué la tête. « Il est interdit de faire travailler des enfants au théâtre, c'est une condition stricte du bail.

– Que c'est étrange. Je l'aurais juré.

– J'ignore ce que vous avez vu. Mais ce n'était pas une jeune fille. »

Le fiacre est arrivé et il est parti en me faisant au revoir.

J'ai décidé de changer de direction et de prendre par Soho. J'étais à la recherche d'un certain « cabaret », The Drakes, dans une ruelle donnant sur Dean Street, dont j'ai entendu parler entre eux des garçons l'autre jour au théâtre, il s'agit d'un club privé où les hommes se rassemblent tard le soir pour chanter et trouver un peu de compagnie. Mais peut-être avais-je mal noté l'adresse car je ne l'ai pas vu.

Dommage. J'aimerais être sous terre, à chanter en bonne compagnie tandis que Londres dort.

Je chercherai peut-être à nouveau.

12 janvier 1879

Ce matin, mon cher Harker est venu, bien que ce soit dimanche. Il m'impressionne de plus en plus et j'aimerais avoir une armée de Harker. Mais en avoir un, c'est assez pour me satisfaire.

Lui et moi avons tenté une petite expérience tirée du livre, en essayant de produire de la fumée chimique, hélas sans succès, à part celui d'avoir noirci nos nœuds papillons. Nous devons ajuster les proportions et recommencer incessamment. En attendant, il m'apporte une aide considérable, c'est un garçon calme, bien fait de sa personne, toujours de bonne humeur. Nous avons passé une heure ensemble sous le plancher de scène, couverts de poussière et d'huile, à réparer les engrenages de la trappe hydraulique et ses manivelles, terriblement rouillés. Je suis fier de dire que nous avons réussi en fin de compte. Me servir d'un marteau m'a paru très agréable et vivifiant. Il n'est rien de plus revigorant qu'une bonne et honnête suée entre hommes.

Harker, que j'apprécie beaucoup, fait preuve d'une curiosité tout à fait admirable, d'un désir aigu d'apprendre.

Je pense qu'il a aussi des choses à enseigner aux autres.

13 janvier 1879

Mon cher Harker a dessiné pour moi un plan détaillé et charmant du théâtre, avec tous les sièges, les baignoires, les premier et deuxième balcons. Dorénavant, à n'importe quelle date, nous pouvons savoir quel est le degré de remplissage de la salle. Nous n'avons plus qu'à insérer un bouton de gilet marqué d'une croix pour chaque siège occupé. Autre innovation capitale dont il est l'auteur : placer un tableau noir tel qu'on en trouve dans les salles de classe, dans les cintres, afin que les cintriers aient la trace écrite de chaque opération qu'ils doivent effectuer. C'est une fontaine d'idées brillantes.

Sur un coup de tête, je lui ai demandé s'il s'était jamais rendu dans un cabaret qui s'appelle The Drakes. Sans me regarder, il a répondu que non, mais qu'il connaissait des garçons qui y étaient allés. J'ai dit que j'avais essayé de trouver l'endroit, l'autre jour, mais que je n'avais vu aucune enseigne ni affiche. « Y en a pas, monsieur, m'a-t-il expliqué en détournant toujours les yeux. On dirait que ceux qui cherchent The Drakes y arrivent tout seuls.

– C'est une clientèle principalement constituée de messieurs célibataires, diriez-vous Harker ?

– Je dirais, de gentlemen qui préfèrent la compagnie des gentlemen, monsieur. En quelque sorte.

– Comme dans tous les clubs de Londres, alors, ai-je dit pour plaisanter.

– D'une certaine façon, monsieur.

– Quel genre de chansons y chante-t-on ? ai-je fait avec tact.

– Molly Cockleshells donne un tour de chant le mardi, vers trois heures du matin. Des chansons comiques, on m'a dit.

– A-t-elle une jolie voix ?

– Elle, c'est il, monsieur.

– Ah.

– En vérité, on y chante pas tant que ça, monsieur. C'est seulement quand débarquent les condés, les gars se mettent à chanter, c'est une couverture.

– Je vois.

– Oui. The Drakes, c'est pas un endroit où les gentlemen veulent se faire agrafer, monsieur. Il y a d'autres établissements où vont des gentlemen de catégorie supérieure parce que c'est plus sûr.

– Par rapport à la police, vous voulez dire ?

– Et aux maîtres chanteurs.

– Des gentlemen plus prudents. Et où se rendent-ils ?

– J'ai entendu parler d'un endroit près de Portland Place, monsieur. Mais il faut être invité, et ça coûte mille guinées par an. Je ne sais pas du tout comment on fait pour y rentrer.

– J'en parle par pure curiosité, bien sûr, vous le comprenez.

– Bien sûr, monsieur. J'ai déjà oublié cette conversation. »

Au passif de la vie du Lyceum, il semble que ma suggestion au Chef d'assister aux répétitions de *Hamlet* (ce qu'il a commencé à faire cet après-midi) n'a pas été couronnée d'un enthousiasme universel.

J'étais dans les coulisses avec le jeune Harker, nous déroulions un nouveau lot de cordes de chanvre en plaisantant, quand cet échange édifiant a eu lieu sur scène entre le rôle-titre et l'esprit du père défunt.

Le Chef : Vous jouez le roi du Danemark relevé de sa tombe, pas un ramoneur ivre qui se branle derrière une haie. Encore une fois, espèce de vieux débris ! Faites-nous peur, bon sang ! Par les pantoufles du Seigneur, vous êtes à peu près aussi surnaturel qu'un crachoir dans un lupanar.

Mr Dunstable *(dans le rôle du fantôme)* **:** « L'heure est presque arrivée où je dois retourner dans les flammes sulfureuses qui servent à mon tourment. »

Le Chef *(impatient)* **:** « Hélas, pauvre spectre ! »

Mr Dunstable : « Ne me plains pas, mais prête une oreille sérieuse à ce que je vais te dévoiler. »

Long silence. Il devient manifestement évident que le spectre a oublié son texte.

Le Chef : DÉVOILEZ, pour l'amour du Christ, mais qu'est-ce que vous attendez, un télégramme ?

Mr Dunstable : Monsieur, je suis désolé, si je pouvais faire une petite pause...

De rage, le Chef donne un coup de pied dans un coûteux fauteuil.

Le Chef : Cinq minutes, bougre d'âne. Allez donc brouter votre avoine ! Si vous revenez ici et qu'il vous manque la moindre syllabe, je vous arrache le cœur pour vous le fourrer quelque part. Vieille chochotte asexuée à la gueule de raie, SORTEZ !

À ce stade, j'ai dit à Harker d'aller s'occuper ailleurs, et je suis entré sur scène avec tact. Des regards pleins de ressentiments dardaient le Chef, en particulier chez les jeunes. Il n'est pas bon que le général perde son sang-froid devant ses troupes. Quand cela arrive, elles commencent à se demander à quoi il sert.

À présent, il était descendu de la scène côté jardin, jurant tout seul de manière si obscène que je ne puis le rapporter, buvant à grandes lampées une bouteille de whiskey que son habilleur lui avait apportée. Son chien est arrivé sans bruit, tirant derrière lui une laisse de métal, et il a glissé son museau entre ses cuisses de façon piteuse, tel un homme costumé en chien. En me voyant, le Chef m'a adressé un signe de tête que j'ai appris à reconnaître. Il ne s'agit ni d'une invitation, ni d'un rejet. Que faire ?

Un détail amusant m'était apparu durant la journée. Cela m'avait diverti, et j'espérais à présent l'utiliser pour le divertir à son tour et aspirer le poison qui gangrenait l'atmosphère. Ensuite je trouverais bien un endroit où le recracher.

Je lui ai demandé si je pouvais lui dire un mot au sujet d'une petite chose.

« Quoi ?

– Votre femme a écrit pour dire qu'elle et certains membres de sa famille aimeraient avoir des places pour la première.

– Donnez-les-leur.

– J'ai remarqué que Mrs Irving, comme ma sainte épouse, se prénomme Florence.

– Et alors ?

– Je… Non, rien. Simple coïncidence. »

Son visage était à l'orage. « Nous sommes séparés. Au cas où cela vous regarderait. Y a-t-il quelque chose qui vous soucie et sur lequel vous deviez me consulter ? »

Cette abrupte façon de me congédier m'a désarçonné et j'ai dû chercher autre chose. « Il nous faut d'autres menuisiers » – voilà tout ce qui m'est venu.

« Alors embauchez-les.

– Il semble que nous soyons à court d'argent en ce moment. Un chèque a été refusé ce matin. Peut-être pourriez-vous solliciter une nouvelle avance de la banque ? »

Il a répété ma dernière phrase en prenant un accent irlandais guttural et ridicule, ce qui ne m'a pas plu, puis il a continué : « Il ne vous est pas venu à l'esprit que j'avais sur les bras des tâches plus importantes que de sortir à nouveau pour vous ma sébile ?

– Pour moi ?

– Pour vous tous ! *Vous tous !* Êtes-vous donc obligé de m'importuner sans cesse avec ces vulgarités triviales ? Ne voyez-vous donc pas que je suis occupé, faut-il que vous me pressiez jusqu'à la dernière goutte ? Vous êtes payé pour administrer ce théâtre. Alors administrez-le. Et cesser de me tordre comme un foutu torchon ! »

La laisse du molosse s'est tendue, il me montrait à présent ses mâchoires sales et dégoulinantes. Certains des acteurs ont eu peur, et moi aussi. Le Chef a claqué des doigts, et le chien s'est calmé.

« Je fais de mon mieux dans des circonstances difficiles, ai-je dit avec mécontentement. Je continuerai ainsi, bien sûr, tant que vous voudrez. Si mes services ne sont pas tels que vous l'exigez… »

Il m'a coupé : « Vous appelez votre mieux cette pitrerie, monsieur ? Je serais curieux de voir le pire. Nous ouvrons dans une semaine, et le décor n'est même pas peint. Sans doute est-ce parce que je ne l'ai pas fait moi-même. »

Piqué au vif, je me suis retourné en criant : « Mr Harker, s'il vous plaît, êtes-vous prêt ?

– Oui, merci, Mr Stoker », a-t-on répondu quelque part dans les cintres ; alors, dans un froissement tonitruant, le grand décor s'est déployé.

Par terre, la poussière s'est lentement soulevée autour de la toile, qui a oscillé quelques instants avant de s'immobiliser. Jamais on n'avait vu un plus bel Elsinore que celui du jeune Harker, les remparts d'un noir de nuit, les créneaux vertigineux, les rangées de couleuvrines gueules béantes, les fenêtres illuminées en hauteur, les gargouilles noir et argent, le ciel d'un gris lumineux sur lequel les feux de la rampe feraient s'épanouir un lustre somptueux et inoubliable. Dix-sept mètres par vingt-cinq, il semblait pulser d'une vivacité si électrique qu'on parvenait presque à l'entendre. Les acteurs, les menuisiers, les ouvriers dans la salle, tout le monde s'est tu d'admiration, et alors de toute part les applaudissements ont commencé à crépiter, les femmes qui nettoyaient les loges, les électriciens qui s'occupaient des lustres, les plâtriers, les gaziers, les chauffeurs qui s'occupaient de la chaudière sous la scène, et les violonistes qui ont frappé leurs instruments de leurs archets. « Bravo à cet homme ! Hourra pour le peintre ! Hourra pour le théâtre du Lyceum ! »

Tous, sauf un.

Je voyais bien qu'il était impressionné comme n'importe quel témoin l'eût été, mais pareil à un écolier fâcheux, il ne pouvait souffrir de l'admettre. Il n'a point participé à l'admiration générale, mais s'est dirigé vers les coulisses, son chien sur les talons, et il a pris tout de suite l'escalier étroit qui mène à son salon privé. Me hâtant après lui, j'ai dit qu'un mot d'encouragement aux hommes et à Harker serait bienvenu.

« Je paie leurs salaires, a-t-il froidement répondu d'en haut. Je ne suis pas leur mère, Dieu merci. Qu'ils aillent téter leur lait ailleurs. »

Là-dessus, il est entré dans ses appartements et a claqué la porte derrière lui, si fort que l'emploi du temps affiché à côté de moi sur le mur est tombé.

Il n'y a pas eu d'autre répétition aujourd'hui.

Chose curieuse, il semble que les chats aient émigré en masse, à croire qu'un seigneur quelconque leur en a donné l'ordre.

17 janvier 1879

4 h 33

J'ai pris des gouttes pour dormir, deux pincées de poudre de morphine et de camphre, mais cela m'a donné des cauchemars effrayants. Le Chef expirait du brouillard, en nuées jaunes et crasseuses, qui s'enroulaient autour de lui, semblables à la fumée d'un cigare, mais paraissaient vivantes. Elles se sont épaissies et dispersées, filtrant horriblement par les fenêtres. Ceux qui les respiraient tombaient raides morts, ou se déchiraient les uns les autres. Je me suis réveillé trempé de sueur. Seul dans la maison.

Florence est rentrée à Dublin hier soir pour le baptême de son neveu à St Ann's Dawson Street, l'église où nous nous sommes mariés, ainsi qu'elle me l'a froidement rappelé.

Nous nous sommes querellés avant son départ, et nous n'avons pas eu le temps de nous réconcilier.

Elle s'est mis martel en tête à nouveau à propos de quelque chose qui n'a pas d'importance, le piratage de mes écrits, en Hongrie cette fois. Comme à l'accoutumée, je souligne que cela ne rapporterait que quelques sous et que ça ne vaut pas la peine de s'en préoccuper, ce qui ne laisse de la fâcher. Quoi qu'il en soit, je le lui rappelle *ad nauseam*, il est très difficile de faire reconnaître officiellement ses droits d'auteur sur un texte.

Elle m'a rétorqué qu'elle avait étudié la question à la bibliothèque nationale et qu'elle avait même consulté un notaire. La solution consiste dans le fait de donner une représentation théâtrale de chaque histoire, une seule suffit, et de cette manière, l'œuvre acquiert la protection légale des droits d'auteur dont jouissent les pièces de théâtre. J'ai dit que c'était ridicule, et qu'elle n'aurait pas dû engager un avocat sans mon autorisation. Elle a poursuivi : « Un inventeur dépose ses idées pour obtenir une patente, tu le sais sûrement. Un livre n'est-il pas une invention de même qu'une balance à peser ou la mule-jenny ? » J'ai répondu : « C'est moins utile, j'en ai peur. » De colère, elle a quitté la pièce en disant : « Grandis un peu ! » et n'est revenue qu'après avoir bouclé ses valises. Elle m'a demandé si cela me dérangeait qu'elle aille à Dublin. J'ai répondu que non (ce qui était faux). On aurait cru que nous cherchions à obtenir la permission l'un de l'autre pour autre chose, ou que nous nous posions des questions déguisées. Puis j'ai eu l'impression d'avoir dit ce qu'il ne fallait pas. Et ensuite, elle m'a manqué.

J'ai marché tard dans la soirée, jusqu'à l'East End, à Shadwell Stair. Je suis longtemps resté à contempler le fleuve.

Je croyais que tout ça, c'était terminé, que cela prendrait fin après notre mariage.

Peut-être que je ne l'ai jamais pensé. Déguisement.

Mes pensées gazouillaient et grondaient. Je n'aime pas l'aube. Si les poupées se lèvent, c'est bien à cette heure.

18 janvier 1879

Minuit et demi.

Hier matin, j'étais sur le Strand avec Harker et quelques apprentis comédiens (en costume), à distribuer des affichettes de *Hamlet*, la première a lieu demain soir, que Dieu nous vienne en aide, et c'est alors que j'ai remarqué dans la vitrine du papetier Atkinson l'une de ces nouvelles machines à écrire portatives qui ravissent tant certaines personnes. Après avoir fait de notre mieux pour attirer les spectateurs, ce qui a ressemblé à un joyeux brouhaha bon enfant et sympathique – je crains que nous n'ayons pas vendu grand-chose, mais notre joie nous a rapprochés –, je suis entré pour observer l'engin de plus près. La flèche de Cupidon m'a transpercé le cœur.

Mr Atkinson m'a laissé l'emporter au théâtre pour la tester, et je suis en train d'écrire avec en ce moment même. Que je sois pendu, tant c'est amusant ! Je trouve tout à fait agréable le petit cliquetis qui se produit quand on appuie sur les touches. En utilisant du papier carbone entre deux feuilles on peut taper deux exemplaires à la fois. C'est épatant.

Juste avant, j'ai tapé la note suivante à afficher pour la troupe :

MERCI POUR TOUT LE MAL QUE VOUS VOUS ÊTES DONNÉ CES TEMPS DERNIERS, QUE DIEU VOUS GARDE ET VOUS BÉNISSE TOUS, LE CHEF.

Mais cela prend du temps de taper toutes les lettres, aussi préféré-je retourner à la plume pour l'instant.

Grâce à cette machine, on peut être n'importe qui.

VIII

Où l'on donne de nouveaux extraits d'un journal, où des bagues sont échangées et où une visiteuse de marque débarque en coulisses

19 janvier 1879

Une journée et une nuit extraordinaires. Je ne les oublierai jamais.

En coulisses, l'atmosphère était électrique, les comédiens virils en armure, maquillés et dotés de leurs accessoires, les adorables ingénues se prenant les pieds chaussés de mules rouges dans leurs magnifiques robes de soie, vision délicieuse tel un jardin d'été ivre, ou une vitrine de bijoutier à laquelle un magicien aurait donné la vie – même si j'ai dû demander à notre Ophélie de cesser de jurer comme un charretier et de répandre sur elle les cendres de ses cigarettes. À un moment où je passais, elle riait avec l'actrice qui joue Gertrude : « Oh, chérie, c'est un bon remède de coucher avec un homme. La meilleure façon d'oublier un gars, c'est de s'allonger sous un autre. » Quand on travaille avec de jeunes gens, mieux vaut parfois être un peu sourd. Tout cela n'est que licence innocente.

Jusqu'à 19 h 00, notre flotte de peintres et celle des vernisseurs trimaient encore tels des Égyptiens, finissant ici, retouchant là Dieu sait quoi. La salle entière sentait la peinture fraîche et les nouveaux tapis, si bien que j'ai demandé à Harker de brûler de l'encens sur scène.

À 19 h 29 précises – j'ai consulté ma montre de gousset –, j'ai appelé le chef des ouvreurs, que j'avais soigneusement disposés sur les balcons, dans le parterre et près des loges. Chacun m'a répondu : « Prêt, monsieur, merci. » À l'instant exact où St Mary-le-Strand sonnait 19 h 30, j'ai crié : « Sept heures et demie, messieurs, rideau dans deux minutes. Merci. »

Au moment où le public entrait, semblable à la marée, j'ai remarqué une tache d'humidité sur le mur de la loge la plus proche du souffleur, et comme je n'avais personne sous la main, j'ai pris en hâte un pinceau et j'ai moi-même donné un coup de peinture.

Les premiers ont été les pauvres, dont beaucoup, ivres et accoutrés de vieux pantalons de velours côtelé ou de coton fruste et de cabans, se sont montrés grossiers envers les ouvreurs, mais avec bon cœur. L'un d'eux m'a regardé en fronçant les sourcils, au passage, et m'a lancé : « Et alors, crème d'emplâtre, qu'est-ce que tu regardes ? » Je lui ai dit d'aller se faire voir ailleurs, et nous avons échangé quelques répliques salées. Lui et deux cents autres rustres de la même espèce ont été introduits dans une zone séparée, à l'arrière du parterre, derrière une grille en fer forgé neuve qui, je dois le dire, fait un très bel effet. Nous leur avons donné de la bière (et sur la suggestion de Harker, des bouteilles vides, pour un certain usage). Une fois le peuple en place, crachant de contentement et se castagnant entre soi, le public respectable est entré.

Siège après siège à grand renfort de grincements, rangée après rangée, la salle s'est vite remplie, les baignoires, le parterre, les balcons, jusqu'au poulailler. Le brouhaha du public qui bavardait, riait, criait, a envahi tout le bâtiment – à croire qu'on administrait une transfusion à cette pauvre vieille dame qu'était le Lyceum. Avec certains des acteurs, nous avons jeté un coup d'œil de derrière le rideau. Jamais de ma vie je n'avais connu pareille excitation. Ivre, pris de vertige, j'en aurais pleuré de joie, mais je ne devais pas me départir de mon formalisme en me laissant aller ainsi. « Oh, tatie Bram… » – voilà comment certains d'entre eux ont pris l'habitude de m'appeler – « … n'est-ce pas merveilleux ? » Et de me taquiner : « Tatie, enfilez un costume, venez sur scène avec nous, allez, ce sera vraiment bath aux pommes. »

Sept minutes avant huit heures, je me suis entretenu avec les cintriers avant qu'ils ne grimpent à leurs échelles, en leur rappelant qu'il y a dans notre version de *Hamlet* soixante-dix-neuf répliques qu'ils doivent écouter pour faire leur travail, et j'ai ajouté que je les aimais et que j'avais confiance en eux. Ils se sont écriés : « Pour tatie, trois fois hourra ! » Ensuite, les petites vendeuses de fleurs et les techniciens de plateau débutants, dont la plupart sont très jeunes et viennent des rues les plus pauvres du quartier (c'est le souhait du Chef, tout autant que le mien, que nous prenions ces gens avec nous pour leur offrir la possibilité de s'élever socialement). Je me dis souvent que ces jeunes, à qui la fortune n'a rien donné et qui n'ont reçu pratiquement aucune éducation, sont les personnes que je préfère dans ce théâtre, si ce n'est dans le vaste monde.

Je leur ai dit que nous nous attelions à une noble tâche, et que chacun d'entre nous était un représentant du théâtre du Lyceum. Il leur fallait donc se comporter avec décorum, se tenir la tête haute, en bons garçons et filles travailleurs qu'ils étaient, car leurs parents devaient pouvoir être fiers d'eux comme je l'étais moi-même. Ensuite, je leur ai serré la main, et je leur ai donné leur premier cachet, deux shillings, ainsi qu'une copie de la lettre de remerciement que j'avais tapée sur ma machine à écrire. L'amitié simple et évidente qui existe entre ces jeunes gens me bouleverse.

Je suis sincèrement heureux que le Chef ait décidé que tous les gains de cette première soient reversés à un fonds pour les nécessiteux de la paroisse. Lui-même a donné cent guinées.

Un éclair a zébré le ciel à travers nos fenêtres hautes, dessinant des ombres dans la salle et sur les splendides rideaux sombres, le public sursautait à chaque nouvel éclair en riant, en les encourageant. On aurait dit que Mère Nature conspirait avec nous pour créer une atmosphère gothique. À huit heures moins cinq, j'ai donné le signal pour que les musiciens entrent dans la fosse, ce qu'ils ont fait au milieu d'une ovation soutenue, venant de la salle tout entière. Ils ont commencé par deux arrangements légers, qui ont fait miauler les rangs populaires, puis ils ont joué le « God Save the Queen » qui a été accueilli dans un silence plein de révérence (ou presque), puis « Lilliburlero » et « The Harp That Once Through Tara's Halls ». Je m'apprêtais à donner l'ordre d'éteindre les lumières quand le chef accessoiriste est venu en hâte m'annoncer qu'il y avait un sérieux problème.

Médusé, je l'ai écouté sans dire un mot. Puis j'ai lâché une bordée d'obscénités, en vérité, il s'agissait de la répétition de la même syllabe fricative, ce qui m'a aidé à réfléchir. J'ai demandé au chef accessoiriste de garder la nouvelle pour lui, qu'il n'aille pas répandre le malaise parmi la troupe, car une fois ce mauvais génie sorti de sa bouteille, il n'y rentrerait pas facilement. J'ai fait parvenir un message dans la fosse, demandant à l'orchestre de continuer à jouer les morceaux d'ouverture jusqu'à ce qu'on lui ordonne d'arrêter, sans se préoccuper du public, et même si Jésus-Christ en personne apparaissait dans les loges, puis j'ai suivi le chef accessoiriste et son apprenti jusqu'au vestiaire numéro un en leur ordonnant de m'attendre à l'extérieur.

Il était là, près de la fenêtre, nu à l'exception de son peignoir, un poignard au long manche à la main. La pluie frappait la fenêtre, insolite simulacre d'applaudissements, et les éclairs dessinaient un étrange clair-obscur. En m'entendant entrer, il s'est tourné, l'air hagard et sans vie, pareil à un arbre dont chaque feuille a été arrachée par le vent.

« J'ai vomi, a-t-il chuchoté. Annulez la représentation. »

Je lui ai dit que nous allions lever le rideau dans une minute, que ce qu'il demandait était impossible.

« Nous ne sommes pas prêts, a-t-il ajouté. Je vous le dis. Annulez tout. »

Il avait l'air effrayé, en état de choc, tel un enfant qui frissonne après un cauchemar, ou un somnambule qui se réveille dans un parc baigné de lune. Je voyais qu'il ne cherchait pas à jouer les divas, ni à attirer l'attention, mais qu'une pulsion plus sombre était à l'œuvre.

« La salle est remplie à ras bord, me suis-je aventuré à dire. Ils vous aiment. Ne les entendez-vous donc pas ? »

Car à présent, le public criait son nom.

« Les pauvres fous. Rendez-leur leur argent. Annoncez-leur que je suis indisposé.

– C'est-à-dire ?

– Dites que je ne me sens pas bien. Que j'ai de l'asthme. Ce que vous voudrez. Je vous demande seulement de ne pas raconter à la troupe que je suis couard comme un lièvre. Je ne pourrais pas supporter qu'ils sachent que leur Chef est un froussard.

– Je ne comprends pas. Que redoutez-vous ? »

Il n'a rien dit, s'est effondré devant moi, essuyant ses larmes sans un mot. Je n'avais jamais vu cela chez lui, et je n'aurais pu l'imaginer dans mes rêves les plus fous. À vrai dire, je ne savais pas quoi faire.

« Vous pouvez avoir confiance en moi, je suis votre ami. » Voilà le mieux que j'ai trouvé.

« Vous ne vous moquerez pas ?

– Parlez en toute confiance, nous sommes entre hommes.

– Vous savez que j'ai la vue mauvaise.

– Et alors ?

– C'est pire que je craignais. Cela s'est aggravé récemment. Ce soir, en m'asseyant pour me maquiller, je voyais à peine mon visage dans la glace.

– J'imagine que cela peut être déconcertant, mais nous trouverons un oculiste dès demain matin. L'important, pour l'instant…

– Parfois, sur scène, je regarde au loin et je vois les ténèbres. Et non leurs visages. Cela me poursuit depuis l'enfance. J'ai peur des monstres. »

C'est là que j'ai remarqué sur la console, parmi les bouquets et les télégrammes, une bouteille de whisky écossais que l'on avait bien entamée. Je vois dans cet alcool la « déception dans un verre », et je me suis rendu compte alors qu'il était dans un état calédonien : on distinguait même les Hébrides à travers la brume. Partant du principe que nous étions déjà perdus, je lui ai versé une lampée, et une bonne ration pour moi aussi.

« Enfant, je bégayais. Les maîtres me battaient comme plâtre. Parfois – c'est tout à fait irrationnel –, je crois qu'ils m'attendent dans l'ombre. Attendant que j'échoue. Afin que tout le monde m'oublie. Petit garçon plein de morgue d'un voyageur de commerce. Jamais rien eu à en tirer. Voilà ce que disent mes démons.

– Les personnes sensibles ont toutes leurs démons.

– Vous ne semblez pas en avoir.

– J'en ai beaucoup.

– Je n'en vois aucun.

– Mon père et ma mère m'ont quitté. Ils ont émigré il y a des années. J'ai été un enfant très malade, je n'allais jamais à l'école. Ils me manquent.

– Je n'ai pas votre courage.

– Mais je n'en ai aucun. Je ne suis qu'un pauvre employé de bureau ennuyeux de Dublin, rien de plus.

– Il y a quelque chose dans votre cœur. N'importe qui le sent au bout de deux minutes après vous avoir rencontré. Vous savez ce qu'il y a dans le mien ? Rien.

– Ne dites pas de sottises.

– J'ai voyagé des nuits entières, mon vieux. En moi-même. J'ai bravé des tempêtes que vous ne pourriez imaginer. Des apparitions maléfiques. Si vous voyiez les pensées qui me viennent à l'esprit, vous me tueriez par simple pitié. »

À présent le tonnerre s'éloignait en clignotant, ingratitude bâtarde, et le Chef paraissait comme il se doit squelettique, telle une goule, effet qu'il augmentait en frappant régulièrement le mur couvert de liège du bout de son poignard. Je ne doutais pas de la vérité de ce qu'il me disait. Par ailleurs, je connais trop les acteurs pour ne pas savoir qu'ils sont capables de raconter les pires sornettes, surtout lorsqu'ils ont le ventre farci de malt.

« Montez sur scène, ai-je dit. Repoussez vos démons !

– Je ne peux pas.

– Je resterai en coulisses pendant toute la représentation. Regardez-moi de temps en temps. Et dites vos répliques.

– Non.

– *Contentez-vous de bander votre courage jusqu'à le rompre.* C'est votre destinée. Elle vous attend. Les hommes et les femmes qui travaillent ici vous ont tout donné. Leur direz-vous que tout n'est pas encore assez ?

– Allez leur annoncer que je ne me sens pas bien.

– Oh non, par l'enfer. Allez leur annoncer vous-même ! »

Il a acquiescé. Et là, il a fait une chose curieuse. Au majeur gauche, il porte depuis longtemps un sceau d'opale qui, dit-on, appartint autrefois à Edmund Kean, et que lui a offert il y a des années une admiratrice. Il l'a retiré, avec effort, en insistant pour me le mettre dans la main.

« Ça porte chance, a-t-il dit. Le présent d'un soir de première. »

J'ai répondu que je ne pouvais accepter un cadeau d'une telle valeur.

« C'est une vieille croyance parmi les gens de mon espèce qu'un présent de l'un d'entre nous ne peut être refusé un soir de première. Mais vous pouvez m'offrir quelque chose en échange. Je l'accepterai.

– Et qu'ai-je donc que vous désiriez ?

– Oh, tatie. » Il a gloussé, et son visage a repris un peu de couleur. « Quelle vieille séductrice vous faites. »

J'avais moi-même au doigt un anneau de Claddagh que mon père avait porté. Ils ne coûtent pas cher, on les vend deux shillings aux touristes et aux visiteurs dans les villages côtiers du côté de Galway. Je l'ai ôté pour le lui donner. Les yeux soudain larmoyants, il l'a passé à son doigt.

« La mort ou la gloire, a-t-il murmuré. Aidez-moi à passer mon costume. »

Anxieuse, ma montre de gousset creusait un trou dans mon gilet, me répétant qu'il était vingt heures vingt. Le théâtre était tumultueux, frénétique, on entendait des moqueries résonner à l'arrière. Je l'ai vêtu, du mieux que j'ai pu, tandis qu'il marmonnait quelque chose dans une langue étrange que je n'avais jamais entendue de ma vie et qui s'est avérée, d'après ce qu'il a dit, être du cornouaillais, même si pour moi, c'eût pu tout aussi bien être du javanais, car je n'en avais cure.

Il a griffonné un message et m'a ordonné de le faire porter jusqu'à la loge où se trouvaient sa femme et les siens, puis il a arraché le poignard du mur et l'a baisé trois fois. Collinson et le chef accessoiriste sont entrés pour l'amener sur scène. Il est parti en titubant, complètement ivre, et je suis resté en arrière un long moment. Un rugissement a éclaté lorsqu'il est entré en scène, et les trompettes ont retenti.

Que j'aurais voulu me retrouver au Château de Dublin, parmi les registres, la poussière apaisante, bercé par la brise des réprobations de Mr Meates, l'éternel « il n'y a rien à faire », la routine reposante, la luxuriante inanité, la déprime consolatrice, les débonnaires rots postprandiaux des employés.

La malédiction de l'homme est qu'il n'est jamais à l'aise là où le sort le pose.

Il ne restait plus de whisky dans la bouteille quand j'ai quitté la pièce.

Lorsque Stoker entra dans les coulisses, la police avait été appelée, et des agents étaient stationnés à travers le théâtre, bras croisés, ou leur matraque sortie. Dans un faisceau de lumière éclatante, Irving arpentait les planches, régalien, gesticulant avec cette ombre immense qui se détachait sur le décor de Harker. Mais sa voix était encore couverte, trop faible, incertaine, comme elle l'était depuis le début de la pièce. Son manque de confiance plongeait les autres acteurs dans la confusion. Il avait sauté sept répliques en trois minutes.

« On t'entend pas, mon vieux », hurla-t-on du fond de la salle.

Un rire sembla le mettre à terre. Il s'essuya le front. Bégaya. Déglutit.

« Mour-r-rir, dor-r-rmir… Rien de p-p-plus… »

Stoker se tourna vers Harker.

« A-t-on transmis le message à Mrs Irving ?

– Monsieur, je l'ai apporté moi-même dans la loge, mais Mrs Irving n'était pas là. Il y avait sa sœur et des amis.

– Qu'a-t-elle dit ?

– De faire ce qu'on me disait. »

La salle commençait à siffler. Irving contemplait les planches. On aurait dit qu'un gigantesque serpent s'était faufilé depuis les égouts.

« Qu'est-ce qu'on fait, monsieur ?

– Soyez patient. Laissez-le se battre.
– Mais il est en train de perdre.
– Calmez vos nerfs. Il vaincra. »

L'assistant du souffleur arriva soudain en hâte de derrière la scène, accompagné d'un petit garçon au visage sérieux et aux yeux plissés.

« C'est lui ?
– Oui, Mr Stoker.
– Viens à côté de moi, mon garçon. Voilà. N'aie pas peur. C'est plutôt excitant quand on y pense. Tiens-toi là, grand et fort, oh quel beau garçon. Il faut être sûr que ton papa te voie. Harker, allez me chercher une limonade. »

À trois mètres, en pleine lumière, Irving se retourna et vit son fils. Le garçon lui adressa un bonjour timide. Son père hocha la tête, reprit sa respiration, visage dégoulinant, et il repartit sur la scène, une main sur la hanche, levant les yeux vers le plafond. Les spectateurs avaient commencé à taper dans leurs mains, et le fracas allait grandissant à travers la salle, accompagné de sifflets, de bruit de talons, de cris, de huées.

Du poulailler, on entendit : « Irving, tu bégaies, pauvre abruti ! »

Il se retourna, tel un tireur d'élite mis au défi.

« Oh, penser que ce sommeil… » – il crachait ses mots – « … met FIN aux maux du cœur, aux mille CHOCS naturels qui échoient à la chair. C'est là un dénouement qu'on souhaite avec ardeur. Mourir, dormir… dormir, rêver peut-être – oui, voilà la difficulté, car dans ce sommeil de mort… »

« Monsieur, dit Harker, est-ce qu'on fait retomber le rideau ? »

Irving s'approcha du bord de la scène sous la tempête des quolibets. Il toisa le public. Ouvrit sa chemise en arrachant les boutons. Dans ses yeux, un éclat démoniaque.

« QUELS RÊVES POURRAIT-IL VENIR » rugit-il. L'assistance se leva. « *Quand nous serons délivrés de ces tourments fatals* », mais à présent plus personne ne pouvait entendre sa voix, noyée par le tonnerre de la foule en liesse. Il laissa cela glisser sur lui, agita ses boucles, leva les mains au-dessus de sa tête. Et alors qu'ils hurlaient, criaient, caquetaient, il fit ce que jamais acteur n'avait fait dans toute l'histoire du monde.

Il descendit dans la salle parmi eux.

Dans les allées, au milieu du public stupéfait.

Du parterre pétrifié, jusqu'à la grille en fer forgé.

Tirant de sa manche le poignard à mesure qu'il approchait.

Ricanant à leurs faces, tandis que les vaincus tentaient de le toucher.

« GÉMIR et SUER sous une vie accablante. Si la PEUR de quelque chose après la mort… ne troublait la volonté… Et ainsi la conscience fait de nous tous des LÂCHES. »

Ils beuglaient. Hurlaient son nom. Dans les coulisses, Stoker pleurait. L'ovation faisait trembler les lustres quand Harker lui donna un coup de coude. Une jeune femme vêtue d'une robe du soir ivoire scintillante était arrivée en coulisses et saluait certains membres de la troupe en silence, les embrassant ou leur serrant la main. Il y avait quelque chose de masculin dans sa façon de se tenir, mais aussi une grâce étrange. Elle semblait à l'aise dans son corps, savait rire discrètement, et elle se mouvait dans l'ombre comme si elle y était née. Ôtant ses gants, elle embrassa le visage de l'enfant d'Irving tourné vers elle, ébouriffant ses boucles rebelles.

Elle prit la cigarette des lèvres du souffleur, inspira une bouffée, puis la remit en place, et d'un sourire refusa la chaise que l'acteur qui jouait Rosencrantz lui avait apportée.

« Vraiment, murmura-t-elle à Harker en lui offrant sa main. Magnifiques décors. Je suis Ellen Terry. »

IX

Où est offert un étrange intermède, où l'on découvre une vue magnifique, et où l'on revient sur la question de la nudité

Sur scène, pendant l'épisode festif qui suit la représentation, Irving reste silencieux, il paraît épuisé, terré en lui-même.

« Comment ça, elle n'a pas attendu ?

– Je vous l'ai dit, elle n'est restée qu'un instant dans les coulisses.

– Elle ne souhaitait pas me voir ?

– Elle est partie au bout de trente secondes.

– Un message ?

– Juste cette carte de visite.

– Lisez-la-moi, je n'ai pas mes lunettes.

– "Très cher, bravo. Ton Ellen."

– C'est tout ?

– J'ai fait savoir aux journaux qu'elle était là. Venez prendre une coupe de champagne. Félicitations. »

Mais les bulles ne le raniment pas. Il fait la tête aux photographes, serre les mains et les acteurs avec sécheresse, boudant les gestes de séduction qu'on lui adresse.

Des cuisiniers ont installé des poêles pour faire frire des saucisses, bouillir des écrevisses, des accessoiristes ont recouvert les piliers de crêpe de Chine. Des ménestrels en costumes jouent du luth et de la cithare. Un seau rempli de homards se renverse et les bestioles s'enfuient, se traînant sur les planches en direction des coulisses.

« Le mieux, c'est de les plonger vivants dans l'eau bouillante, marmonne-t-il. Comme les critiques.

– Je dois partir, dit Stoker. Je suis épuisé, et je voudrais écrire un peu avant l'aube, à présent que nous sommes bien lancés.

– Vous n'avez pas la permission de vous en aller. Si vous l'osez, je vous maudis. Je vois à votre rire que vous ne croyez pas aux malédictions.

– Je crois à la science.

– La religion des imbéciles.

– La science est une vérité mesurable. Les malédictions sont pures fictions.

– Retournez lire votre Darwin, vieille canaille. Même un imbécile a raison de temps en temps. Il fut un temps dans l'histoire de la Terre où les primates ne savaient pas parler. Ensuite, certains ont découvert le pouvoir » – il avale son verre – « alors que les autres étaient incrédules.

– Et ?

– Et ainsi, à chaque génération, un petit nombre détient un pouvoir que les autres primates ne possèdent pas, ou auquel ils ne croient pas. C'est à cette élite que nous devons nos faibles progrès.

– Je trouve cette idée fantaisiste. Je suis un démocrate.

– Pensez donc ce que vous voudrez. » De son poignard, il embroche, morose, un plat de côtes et de foie à peine cuit, l'onctueux jus rouge lui coule sur le menton, tache son col. « Par trois fois dans ma vie, j'ai sincèrement souhaité du mal à un ennemi. J'ai prononcé son nom dix-neuf fois, chiffre de magie noire. Dans chaque cas, il est mort dans le mois. »

Son chien arrive vers lui depuis les coulisses. Il lui donne un steak dégoulinant. Trois jeunes actrices hilares s'approchent avec un plateau de raisin. « Tatie, vous avez l'air affamé, laissez-nous vous nourrir.

– Attention, mesdames, glousse Irving. Votre tatie est une fille respectable qui s'apprête à rentrer chez elle, au couvent.

– Oh non ! Tatie, ne partez pas !… Vraiment il ne faut pas, ce n'est pas bien… Tatie, vous voulez danser avec moi, je ferai le garçon ?

– Serveur, interpelle Irving. Encore des bulles pour ma tante.

– Je peux rester boire un verre de plus. »

L'aube est levée et, alors qu'il rentre chez lui en titubant à travers la foule des ouvriers et écoliers, il se rappelle qu'il doit acheter le journal au kiosque de Tavistock Street. Il cherche ses clés, entre dans la maison. Depuis sa chaise, à la table commune du petit déjeuner, la signora l'observe, vision d'austérité fleurie au-dessus des assiettes de porridge.

Là-haut, dans son salon, il allume le feu, met la bouilloire à chauffer, s'assoit sur la banquette le long de la fenêtre. Dehors, sur le rebord, un corbeau londonien mal en point le regarde, pareil à ces types qui glandent au coin des rues. Le ciel affiche un gris jauni envahi de fumées dégoûtantes, comme si les dieux avaient vomi.

LE TRIOMPHE D'IRVING
LE LYCEUM RESSUSCITÉ
MISS TERRY ASSISTE À LA RÉOUVERTURE
DU LYCEUM
IRVING SE RELÈVE

Il lit et ses mains tremblent, ses yeux commencent à piquer, et il s'aperçoit qu'il n'est pas seul dans la pièce.

« Florence. Mon cœur. »

Ses longs cheveux dénoués, sa robe de chambre bleu œuf de mouette.

« Tout va bien, Bram ? Je me suis un peu inquiétée.

– Nous avons... fêté l'événement après la représentation. Cela s'est prolongé. Je crains d'être passablement ivre.

– Tout s'est déroulé ainsi que tu le souhaitais ?

– Une ou deux anicroches. Il faut s'y attendre avec si peu de temps pour se préparer. Ellen Terry est venue. Je lui ai serré la main.

– Tu n'as pas reçu mon message ? J'ai envoyé un garçon te le porter.

– Nous étions si occupés, tu sais, je ne l'ai pas ouvert. Mais je te remercie.

– De quoi ?

– Pour tes encouragements. C'était gentil de ta part.

– Ce n'était pas des encouragements. Je suis allée voir le médecin hier.

– Mon amour. Est-ce que tout va... »

Elle s'assied face au feu, pâle comme le sel.

« Il dit que j'attends un bébé. »

20 janvier 1879

À midi, je suis arrivé au théâtre et je l'ai trouvé fermé, volets clos. Bouteilles vides, mégots de cigarette sur les marches, flaques douteuses. Cela faisait mauvais effet. J'ai pris une serpillière et un seau. J'ai nettoyé la pisse.

Les grands moments inoubliables de la vie d'artiste.

Un détail m'a perturbé, même s'il s'agit bien sûr d'une simple coïncidence : sur le rebord d'une des vitrines d'affichage, une chaussure de poupée.

Dans le foyer, le canapé de soie était déchiré, et trois des grands miroirs moulurés tachés, de vin rouge j'imagine. Déception, découragement en constatant tant de négligence chez les comédiens. Je suppose qu'il faut se réjouir que ces misérables ne soient pas entrés dans la billetterie pour s'emparer du butin. Dieu merci, ce sont des comédiens, donc ils sont trop stupides pour penser à pareil larcin. La plupart des acteurs ne savent pas trouver un trou dans une échelle.

Le sol de la billetterie était jonché de billets d'une livre. Tandis que j'en faisais des liasses et comptais les reçus, je me suis laissé envahir par le silence absolu qui m'environnait, à la fois surnaturel et remarquable. Pas de bruits de la rue, une atmosphère sépulcrale, comme aux tréfonds de la chambre la plus secrète et la plus morte d'une pyramide. Jamais je ne m'en étais rendu compte auparavant, mais ça devait être lié à l'épaisseur des murs. J'entendais trottiner les souris dans le plafond au-dessus de moi. En dehors d'elles, j'étais seul. Enfin, je l'ai cru.

Quand je suis entré dans la salle de spectacle, j'ai sursauté en découvrant la silhouette d'un homme de dos sur scène. Grand, large d'épaules, vêtu d'une cape. Lorsqu'il s'est retourné, je me suis aperçu que c'était le Chef, le poignard de la veille à la main.

Je l'ai salué mais il n'a pas répondu. À croire qu'il ne m'avait pas vu, ou qu'il était plongé dans une sorte de transe. Je me suis approché prudemment, au cas où il soit pris dans un rêve, ce qui, d'après Collinson et d'autres acteurs plus âgés, lui arrive parfois les jours où il est très anxieux.

« Chef, ai-je dit, c'est moi. »

Il a alors semblé remonter à la surface, reprendre conscience de qui il était. Il avait une plaie à la lèvre inférieure, qui semblait suppurer horriblement. J'ai aussi remarqué qu'il était pieds nus.

« Vous l'avez vue ? a-t-il demandé.

– Qui ?

– La fillette. Au balcon.

– Il n'y a personne, que vous et moi. Prenez un moment pour retrouver vos esprits. »

Il m'a fait signe de le rejoindre, mais quand je suis arrivé sur scène, il est précipitamment parti dans les coulisses. À présent je voyais la lumière briller dans son bureau, en haut des marches.

Il était blanc, comme de la cire, ses mains tremblaient terriblement. Dans la pièce, une atmosphère rance, d'une lourdeur oppressante, à croire qu'on avait dormi là, ce qui était peut-être le cas. Sur le buvard de son bureau, une seringue et une petite fiole contenant un liquide transparent.

J'ai compris de quoi il s'agissait, et j'ai regretté qu'il prenne de ce genre de produits, mais je sais que cet usage (excessif) n'est pas rare chez les gens qui travaillent la nuit, ou sont la proie de l'anxiété. Je suis allé tirer les rideaux et ouvrir la fenêtre.

« Fermez-les.

– Mais c'est une belle matinée revigorante, je voulais juste…

– J'ai dit FERMEZ-les. Êtes-vous sourd en plus d'être ignorant ? »

J'ai été choqué qu'il s'adresse à moi de cette manière. Je l'ai vu se montrer bourru, mais il ne m'avait jamais infligé le traitement qu'il réserve parfois aux acteurs. Quoi qu'il en soit, j'ai fait ce qu'il me demandait. Tout couple connaît sa première querelle. J'ai cru qu'il perdait l'esprit, qu'il faisait une sorte de crise de nerfs consécutive à la tension de ces dernières semaines de préparation, car son visage était déformé, c'était celui d'un autre homme. Même sa voix était différente, complètement dépourvue d'humanité ou de sentiment, telle la voix d'un chien mécanique.

« Faites donc ce que vous avez à faire, a dit la voix.

– Je suis venu m'occuper de la correspondance, c'est tout.

– Alors occupez-vous-en.

– Il y a une lettre de félicitations de Tennyson, un message de Wilde, de Beerbohm Tree et de Shaw.

– Foutus hypocrites.

– Des demandes d'interview du *Times* et d'*Illustrated News.* Mais peut-être que cela peut attendre un jour ou deux. Le temps que vous vous soyez reposé un peu.

– Rien du palais ? »

Je l'ai regardé.

« Je pensais que la reine aurait pu écrire, a-t-il dit en fixant ses mains des yeux d'une manière que je n'avais jamais vue. Elle pourrait vouloir encourager l'excellence pour une fois dans sa vie oisive et stupide. Cette catin abrutie, à l'esprit si petit-bourgeois. »

À présent, j'avais vraiment peur, et je voyais bien qu'il avait besoin d'un docteur. Mais comme je n'avais pas le choix, pour l'heure, j'ai fait de mon mieux pour le distraire.

« Vous êtes content de la soirée ? »

Il a poussé un petit rire amer. « Demandez au Christ s'il était content de la crucifixion. Je n'oublierai jamais la honte. J'ai vu dans la rue des mendiants ivres jouer mieux que ça.

– Il y avait le trac des premières, naturellement. Mais le public était plus que satisfait. J'imagine que vous n'avez pas encore lu les critiques de ce matin ? »

Il a tapoté sa tête : « Je n'en ai pas besoin. Je les vois ici. Avant qu'aucun de ces fils de chiennes écrive une ligne, je la vois. Rien ne me déplaît davantage que l'éloge d'un imbécile. »

Moi *(lisant à voix haute)* **:** « Un chef-d'œuvre ».

Lui *(sèchement)* **:** Brûlez ça.

Moi : Pour l'amour du ciel.

Lui *(plus fort)* **:** Comment osez-vous parler du ciel alors que vous m'avez plongé en enfer ? Vous et les autres médiocres qui souillent ce lieu de leur présence. L'idée qu'Ellen Terry ait pu assister à cela me rend malade.

Moi *(tenant ma place malgré son approche)* **:** Les performances de la troupe, selon moi, se sont avérées d'un niveau exceptionnel en raison des conditions difficiles dans lesquelles les comédiens ont joué.

Sa rage était telle à présent qu'elle le faisait baver, bégayer. « V-v-v-vous n'êtes plus chez les bouseux à présent. Je n'accepte pas vos standards grossiers. Tout doit être parfait ! Chaque soir. Si tout n'est pas impeccable, cela ne suffira pas.

– C'est une noble aspiration, mais ce n'est pas possible. Je vous en prie, calmez-vous. »

Il rugissait désormais de toute la force de ses poumons, le visage enflé, empourpré de fureur. « Ce n'est pas une aspiration ! C'est ainsi que les choses doivent être !

– À nouveau, je vous en prie…

– Pour tous ceux qui refusent de se joindre à moi, voici la porte, mais comprenez que je prélèverai ma livre de chair chez ceux qui partiront. » Tout en proférant ces mots affreux, il pointait son poignard vers moi, et je craignais de n'avoir bientôt plus d'autre choix que de lui casser la figure, ce que j'aurais préféré éviter, car jamais je n'ai frappé un homme qui ne fasse pas ma taille et mon gabarit. Il était toutefois bon de savoir que, le cas échéant, je pouvais le mettre à terre.

Il avait maintenant atteint un nouveau pic dans sa colère, une phase tranquille et froide. Je n'ai rien dit, car mieux vaut laisser un homme vociférer et bouillonner ainsi quand son sang s'enflamme, car plus tôt sa rage se sera déversée, plus vite il se calmera. Il a pris une cigarette dans un étui d'argent posé sur le bureau, l'a allumée et a paru la fumer tout entière en trois ou quatre bouffées. J'ai pris sa carafe et je me suis versé un petit verre d'absinthe car j'avais besoin de quelque chose de fort pour noyer mes nerfs. Enfin, nous en sommes arrivés au vrai nœud du problème.

D'un tiroir du bureau, il a sorti un exemplaire de la revue *Belgravia* et l'a lancé avec mépris sur le tapis entre nous deux, comme s'il s'agissait d'une publication de la plus vile obscénité.

« Je suppose que vous savez de quoi il s'agit, a-t-il dit sans me regarder.

– Naturellement.

– Niez-vous que ce torchon contienne une prétendue nouvelle publiée sous votre nom ?

– C'est une revue respectée parmi les hommes de lettres. Pourquoi le nierais-je ?

– Les "hommes de lettres". Bel oxymore, si jamais il y en eut.

– Vous pouvez dire tout ce que vous voudrez.

– *Vous* êtes employé – et bien rémunéré – pour m'assister dans mon travail. Pas pour composer des histoires sans esprit pour des chiennes qui viennent tout juste d'apprendre à marcher sur leurs pattes arrière. J'ai droit à toute votre attention et votre soutien, jusqu'à la dernière miette. Vous ne me les avez pas donnés. Vous m'avez trahi. De plus, vous avez associé ce théâtre à la fange publiée dans ce périodique. Qu'avez-vous à dire pour votre défense ?

– J'écris un peu dans le temps minuscule que me permet ma position ici. Je suis désolé si cela ne vous sied pas. Mais je n'arrêterai pas.

– Vous devez faire précisément ce que je vous dis, quand je vous le dis, sans poser de question.

– Sur ce point, non.

– Irez-vous jusqu'à défier votre supérieur ?

– Si besoin est. »

J'entendais des rires provenant de la scène, en bas, et le bruit des trappes qu'on ouvre. Certains des machinistes et des comédiens avaient dû arriver pour la répétition de *Macbeth*. Le chien est apparu à la porte et nous a regardés, sa longue langue pendante. Dans les coulisses, quelqu'un jouait une gigue au violon.

J'avais vu de nombreuses expressions apparaître sur le visage du Chef, mais jamais aussi volontairement chargée de haine brute.

« Hors de ma vue, a-t-il dit. Avant que je vous blesse. »

VOIX D'ELLEN TERRY

À l'époque, j'adorais assister aux premières à Londres. Et j'aimais particulièrement la tragédie.

Qui n'aimerait ça, très chère ?

Adultère, vengeance, cruauté, désir, trahison.

C'était avant de traverser le foyer.

J'espérais que vous ne poseriez pas la question. Vous voulez vraiment savoir ? Oh, je vois... Eh bien, cela remonte à si longtemps que ça n'a sans doute plus d'importance. Mais oui, je me suis rendue au Lyceum d'Harry le soir de la première.

Soyons honnête : je n'ai pas beaucoup aimé.

Harry pouvait être un terrible cabotin, un bouffeur de scène, ainsi qu'on dit entre nous. C'était ainsi quand il était nerveux, il avait le gosier en pente. Il marchait comme une autruche. La sueur et les postillons volaient. Si vous étiez assise au premier rang du parterre, vous aviez intérêt à prendre votre suroît.

Il y avait des gens qui appréciaient, mais je n'en faisais pas partie. Si j'ai envie d'entendre un homme hurler, je me marierai.

Ne vous méprenez pas, c'était un acteur hors pair. Le plus grand que j'aie jamais vu. Majestueux, puissant, à la manière d'un animal, pas d'un homme. Impossible de ne pas le regarder, même une seconde, à croire que votre cou était dans un étau et vos yeux rivés à la scène. On ne pouvait pas ciller, lorsqu'on était près de lui ! On ne pouvait pas plus bouger. Il n'y avait qu'un seul Harry, et les bons soirs, il était indépassable. Et la plupart de ses soirs étaient bons.

Je n'ai jamais vu quelqu'un doté d'une telle capacité à sortir de lui-même. Pareil à un serpent, disait-on en riant. Mais on savait que c'était le meilleur. Harry avait quelque chose de surnaturel. Voilà le terme que j'emploierais. Par tous les diables, je vous jure qu'il se métamorphosait sous nos yeux. Ça me donnait des crampes d'estomac de le voir faire. C'était magnifique.

Le problème, c'est qu'il aimait trop les applaudissements, ce qui finit par être gênant. Il y a des acteurs – les applaudi-goinfres, je les appelle – qui feraient n'importe quoi pour que le public se déchaîne, jusqu'à s'immoler par le feu. Harry était le roi des applaudi-goinfres.

Chez un comédien de moindre importance, on n'y prêterait pas attention, on pourrait même l'admirer pour cela. Après tout, on fait ce qu'on peut.

Mais cela m'irritait quand Harry s'y mettait. Il le faisait trop souvent. C'était comme regarder le plus grand pianiste du monde jongler avec des noix de coco dans une cabane sur Southend Pier. D'accord, c'est parfait. Mais il y a un Steinway derrière toi, chéri. Tu nous joues un petit morceau tant qu'on y est ?

Voilà ce qui m'est resté de cette soirée-là. « Arrête d'attirer les applaudissements, idiot. Ne sois pas si vulgaire. Sois Harry. »

Vous savez, être comédien, ce n'est pas faire semblant d'être quelqu'un d'autre, mais trouver l'autre en nous, et le mettre en avant. Ça n'a rien de compliqué, les enfants le font ; vous n'avez qu'à les regarder lorsqu'ils jouent. Ce n'est pas paraître, c'est *être*. Je l'ai appris dans mon enfance, mon père était un comédien itinérant qui jouait la pantomime. Jamais il ne me disait : « Joue à être une fée. » Non, il me disait : « Aujourd'hui, tu es une fée, Len. Envole-toi. »

Voilà pourquoi je n'aime pas voir interpréter un rôle, j'aime voir les fées s'envoler.

Mais on ne dit pas cela, bien sûr. On ne peut pas. Et on ne le doit pas. Ce qui se passe sur scène reste sur scène, il y aura une autre représentation demain soir, et *jamais* vous ne devez médire de votre sœur ou votre frère de scène. Règle cardinale. Le onzième commandement. Vous aussi, un jour, vous connaîtrez une mauvaise soirée. Cela arrive à tout le monde, et souvent lors des premières, quand les gens ont le trac. Et vous ne voudriez pas qu'on vous le fasse à vous.

Une manière de dire les choses gentiment, c'est de ne pas aller à la soirée qui suit la représentation. Voilà pourquoi je n'y suis pas allée. Je suis un peu têtue. C'est tout.

J'étais alors assez jeune pour croire qu'il était important d'avoir de grands principes. Aujourd'hui, j'irai tout tranquillement, et je me bourrerais la gueule et je balancerai un mensonge à casser des briques.

Le meilleur moment, un soir de première, n'est jamais sur scène. C'est la fête qui suit.

2 février 1879

Il est difficile d'administrer correctement certains aspects notables de la vie en dehors de la scène, sans offenser ni causer de honte aux jeunes. Nous aimerions avoir un confident auquel nous adresser.

Le fait est que durant certaines représentations, et même pendant les répétitions, il est parfois nécessaire de se changer rapidement, car le Chef veut que la troupe du Lyceum soit fière de la beauté de ses costumes et de la dextérité avec laquelle elle les déploie. Il a pour habitude de nous informer de manière fréquente que la réaction qu'il souhaite provoquer parmi le public n'est pas une phrase du genre « c'est merveilleux », ce serait plutôt : « Mais *** comment font ces *** pour arriver à ça ? »

Ce que tout cela signifie, c'est que bien des jeunes comédiens ont l'habitude d'errer gaiement dans une tenue fort peu couvrante, les filles en sous-vêtements, portant parfois des corsets qui en dévoilent beaucoup, les garçons musclés en collants, ou simplement une serviette autour des reins, sans chemise. Et comme on s'attend à une certaine dose de beauté au théâtre, il règne donc dans les coulisses une atmosphère aussi chaude que dans une serre.

Chose étrange, nos orchidées de serre ne semblent pas remarquer cette chaleur, mais continuent de se promener dans les coulisses en toute insouciance, ou à entrer et sortir des vestiaires, ou de la pièce verte pour fumer, elles sifflotent, se chamaillent, mangent des sandwiches, font les folles, leur pudeur protégée par la plus légère des tenues. En outre, elles ont pour habitude de se faire des massages les unes aux autres, parfois avec des huiles ou des onguents, et de s'entraider dans leurs exercices d'étirement.

« Ne montre point trop de zèle à prêcher la vertu », conseille l'Ecclésiaste. Avec sagesse.

Ce n'est pas que l'innocence de la jeunesse ne soit agréable à regarder, à sa manière, mais même dans le jardin d'Éden, il y avait des limites. Et nous avons tant de visiteurs en coulisses – serruriers, livreurs, maîtres ébénistes, etc. –, or ils ne sont pas accoutumés à tant d'extravagances insouciantes en pleine journée, même si l'un des ouvriers venus pour l'entretien de la chaudière a déclaré avoir « travaillé à la Chambre des lords ».

Cet après-midi, par exemple, Miss Bowe, Miss Hughes et Miss Blennerhassett répétaient sur les planches la scène d'ouverture des trois sorcières – « quand est-ce qu'on se retrouve, nous, les Trois ? Dans l'orage et l'éclair ? Dans la pluie et le froid ? » –, tandis que la cheffe costumière, à genoux, prenait leurs mesures pour ces coûteux costumes qui couvrent si peu. Son mètre à ruban attirait les regards envieux d'un tapissier de l'île de Man venu s'occuper de la loge royale : il a failli se transpercer la main avec son aiguille. Quant à moi j'entretenais des pensées différentes mais pas étrangères : tant d'argent pour si peu de soie.

Le jeune Harker se trouvait sur la scène, rouge et ravi de lui-même. Il ressemblait à un accordéon dont on a trop joué. Je crois qu'il s'intéressait à Miss Blennerhassett. Je me suis approché pour essayer de détourner avec tact son attention en lui montrant un tour de passe-passe avec des cartes et une pièce de monnaie, mais il semblait beaucoup moins intéressé par ce que je lui apprenais que par Miss Blennerhassett. Je me suis aperçu que, bien qu'elle soit sans le moindre doute agréable et pleine de vie, je ne la tiens pas pour l'un des principaux talents de notre troupe.

« Je pense qu'elle a des talents cachés, monsieur », m'a-t-il dit avec un sourire forcé.

Elle ne les cachait pourtant guère à ce moment-là.

Il est bon d'avoir atteint un âge où ce genre de sottes distractions ne vous préoccupe plus du tout.

16 février 1879

Ai résolu de ne plus écrire sur le frontispice des livres. Mauvaise habitude irrespectueuse.

Me suis réveillé de très bonne humeur, ai pris le petit déjeuner avec Flo. Lui ai fait la lecture du sonnet de Pétrarque *Aura che quelle chiome bionde et crespe.* Mon italien de « Dubelin » l'a fait rire.

Suis allé travailler rempli d'une étrange magnanimité, aurais aimé qu'une de mes relations m'ait causé quelque tort et nécessite mon pardon. Mais je n'ai trouvé personne dans ce cas.

Bonne journée de rude labeur. *Macbeth* s'annonce bien. Le Chef a été ensorcelant aux répétitions.

Après, il a demandé à me voir un moment. M'a présenté ses félicitations au sujet de Flo, a dit qu'il voulait payer toutes les factures des médecins, que le sien était le meilleur de Londres. J'ai répondu que je ne pouvais accepter son offre, si généreuse soit-elle, et il m'a dit de garder ça en tête malgré tout. J'ai dit que nous y penserions.

En milieu d'après-midi, j'étais à mon bureau, à écrire des courriers concernant notre tournée à New York qui approche, lorsque Patrick « Pigeon » O'Shaughnessy, le régisseur, est entré, telle une mauvaise odeur émanant des égouts au mois d'août. Je n'aime pas ce genre de personnes, j'aimerais me débarrasser de lui car il boit, et je le soupçonne de voler et d'ennuyer certaines jeunes femmes, mais il faut être prudent dans ce qu'on montre. Quand Pigeon se trouve dans la pièce, mieux vaudrait avoir des yeux dans le dos.

Il m'a demandé si j'avais fait quelque chose à propos de « l'autre problème, m'sieur », et j'ai répondu que je n'avais encore rien fait. Il parlait de la nécessité urgente de trouver de la place pour stocker les décors. Il entre dans la catégorie de ces Irlandais qui aiment vous laisser atteindre vous-même la conclusion.

Une heure plus tard, je fumais une cigarette dans la rue derrière les entrepôts des décors, en regardant les étoiles, lorsque est apparu le jeune Harker, ce qui m'a réjoui. Il portait son costume bleu, que j'ai toujours plaisir à lui voir, et une casquette de pêcheur qui lui donnait un air élégant. Nous avons passé un moment ensemble et je lui ai montré Orion et la Grande Ourse – il m'a dit, flirtant un peu, « C'est vous, la grande ourse, monsieur », et j'ai répondu que j'allais l'attraper sur mes genoux et lui donner une bonne fessée s'il continuait à me parler sur un ton aussi peu révérencieux, et nous avons ri tous les deux, avant d'échanger quelques bonnes bourrades viriles – ensuite j'ai dit qu'il nous faudrait réfléchir très sérieusement au problème du stockage des décors.

Je lui ai demandé où il en était à propos d'une tâche que je lui avais confiée, qui consiste à trier et ranger les clefs du théâtre. D'après mes calculs, le Lyceum compte à peu près cent cinquante portes, une vingtaine de lourdes grilles métalliques, et les douzaines de clés, longues, courtes, rouillées n'ont pour moi aucun sens. Il serait plus facile de défaire le nœud gordien. Mais mon Harker est un garçon déterminé.

Il m'a amené dans le recoin qu'il s'est approprié sous le plancher de scène, une espèce de petit espace en forme de L où il a installé des étagères pour y poser ses pots de peinture, ses esquisses préparatoires, des tissus, etc., et même un hamac, et là, sur son banc de travail, j'ai eu la joie de voir les fruits de ses efforts. Il a étiqueté chacune des clefs et acheté de nouveaux anneaux où les accrocher, aussi pouvons-nous à présent juger de ce que nous avons.

Il les a passées en revue en m'expliquant tout, jusqu'à une grosse clef noire de fer forgé, longue de plus de vingt centimètres, qu'il a dit être la clef de « l'antre de Mina ». J'ignorais à quoi cette expression étrange pouvait faire référence, et il m'a souri avec espièglerie. Dans pareils instants, on a envie de l'embrasser.

« L'antre de Mina », c'est le nom que donnent les vieux employés du théâtre à un réseau de caves situées sous les entrepôts des décors au nord-est. Je lui ai demandé si cela pouvait servir de solution à nos problèmes, si l'on pouvait nettoyer ces caves et y entreposer les autres décors. Même si cela demandait un effort considérable, le site avait le double avantage d'être sur place et de ne rien coûter. Il a secoué la tête avec beaucoup de gravité et dit que jamais les hommes n'y descendraient.

J'ai demandé pourquoi.

« Mina était servante quand elle a été assassinée, Mr Stoker, à l'époque de l'ancienne reine. Il y avait autrefois à cet emplacement une rangée de belles demeures, où sont à présent construits les entrepôts, vous voyez, mais tout a brûlé. La jeune Écossaise, qui était une petite bonne, est tombée amoureuse d'un vicomte, un bébé est né, il les a étranglés tous les deux, et les a emmurés dans les caves. Cela porte malheur de la déranger.

– Inepties et fichues superstitions, ai-je dit en riant. Donnez-moi cette clé, espèce d'éponge à sottises.

– Je préférerais ne pas, monsieur.

– Oh, que je sois pendu, donnez-moi ça tout de suite, mon garçon. »

Il a fait ce que je lui demandais, mais en montrant une telle appréhension qu'il m'a fait rire. Il était vert comme une vieille tourte à la viande. Lui, connaissait bien la vie, disait-il (ce qui m'a fait pouffer, car il est si jeune), mais les gars du théâtre, eux, n'accepteraient jamais. On racontait que la dernière fois où l'on avait ouvert cette porte, environ trente ans plus tôt, la femme de ménage qui avait tourné la clef avait pris feu et s'était jetée à travers une fenêtre fermée. Sur sa tombe, on avait planté une croix à l'envers. On racontait qu'on entendait à travers la porte des cris étranges, des gémissements, des grattements, chaque fois cela n'était pas rapporté par des gens de la troupe, mais par des personnes extérieures qui venaient au théâtre par intermittence, ou étaient là pour accomplir une mission spéciale. Un prêtre catholique de St Patrick, sur Soho Square, avait rendu visite à un acteur qui était malade et approchait de la fin. Le bon père avait demandé aux techniciens d'emmener l'homme loin de « cet endroit maudit », et on l'avait vu asperger la porte d'eau bénite et procéder à un rituel d'exorcisme. J'ai dit à Harker qu'il ne fallait pas se montrer ridicule, et que je ne le suivrais pas. Ensuite, il a trouvé une excuse pour ne pas m'accompagner, prétextant un rendez-vous avec les couturières qui fabriquaient les rideaux (je savais que ce rendez-vous n'existait pas). Alors j'y suis allé seul.

Il m'a fallu du temps pour découvrir la porte dont il parlait – il faudrait vraiment que nous leur attribuions un numéro – mais finalement, après avoir tâtonné, je l'ai trouvée : dans un étroit couloir de brique, tout au fond des espaces de chargement, une porte en chêne tachée de noir, si petite qu'il fallait se baisser pour entrer, une faille devant laquelle on passait sans la remarquer. Cela m'a amusé en regardant de plus près par le judas, de découvrir qu'un drôle avait gravé un M majuscule et un crâne avec des os croisés sur l'une des planches, il y a sans doute bien des années.

Lorsque je me suis aventuré à tourner la clé, en essayant de ne pas la casser, il m'a paru clair que cette porte n'avait pas été ouverte depuis très longtemps. Des araignées nichaient dans les moulures du bâti. La porte elle-même était terriblement lourde. Puis j'ai vu qu'elle n'était plus fixée dans les gonds du haut, et qu'en réalité, elle reposait sur le sol. Avec beaucoup d'effort, j'ai réussi à la remettre de nouveau sur ses gonds et je l'ai ouverte.

La source des bruits mystérieux m'est très vite apparue. Notre vieil ami londonien, *Rattus norvegicus*, en était largement la cause. Nous, ses concitoyens, nous nous effrayons toujours si fort de son museau, dégoûtés que nous sommes de sa façon de fouiller les ordures, de sa curiosité rapace, mais même si je ne prétends pas l'aimer, ni désirer sa présence en ma maison, je suis plutôt content de partager le monde avec lui. Qu'il fasse donc ce qu'il a à faire, il n'a pas demandé à venir là. Et contrairement à l'homme, il ne tue pas les femelles de son espèce, ni ne se montre cruel envers les siens.

Je m'attendais à découvrir un escalier descendant au sous-sol, mais ce que je discernais dans l'ombre était l'exact opposé. Dans un petit vestibule, un escalier simple et escarpé en bois brut dépourvu de rambarde ne descendait pas, mais montait au contraire. Comme un idiot, je me suis retrouvé en train d'appeler : « Il y a quelqu'un ? » Sans surprise (et c'est heureux), aucune réponse n'a suivi. J'ai allumé ma lampe et entamé mon ascension.

Bientôt je suis arrivé à l'étage supérieur, puis à un deuxième, un troisième, chacun montant au-dessus du précédent. La menuiserie était rudimentaire, ici et là des échardes se détachaient, et l'odeur intense de poussière ancienne, qui n'était pas désagréable, ne gênait pas ma respiration car l'atmosphère était froide et vivifiante. Au bout du dixième palier, j'ai perdu le compte. Plusieurs fois au cours de mon ascension, je me suis retrouvé à quelques centimètres des ardoises, et j'entendais dans la rue tout en bas les cris d'un fabricant de cols et d'un vendeur de fruits, qui me paraissaient très loin en dessous de moi, ainsi que les roucoulades des pigeons qui nichaient sur les bordures et gouttières extérieures.

Ô pays étrange et magique ! Je me sentais tel un véritable Gulliver-sur-le-Strand. Devant moi s'étendait une série de longs greniers les uns derrière les autres, sur un total de peut-être deux cents mètres, divisés ici et là par des piliers et conduits de cheminée, illuminé par les rayons d'une lumière grise qui passait par les lucarnes du toit. Par endroits gisaient de vieilles malles, des coffrets cassés, des longueurs de tapis, et partout des fourreaux de toiles d'araignées, épaisses comme des rideaux, que j'ai dû déchirer du bout de mon stylo pour pouvoir avancer. Il était évident que personne n'avait mis les pieds ici depuis des dizaines d'années.

Des alcôves à la maçonnerie croulante donnaient à cette aire une atmosphère de catacombes étranges, il s'y trouvait des boîtes remplies de livres moisis et autres rebuts abandonnés là. La réfraction de la lumière jaune-rouge de ma lampe sur les épaisses toiles d'araignées produisait un effet remarquable, s'étendant tel un lourd brouillard de silhouettes dansantes et de pénombre. Près d'une cheminée, je suis tombé sur les vestiges de ce qui m'a paru être une grande harpe brisée en trois morceaux distincts, pauvre trinité encore rattachée par les cordes rouillées, emmêlées. Ce spectacle m'a rendu triste. J'ai dit une prière de mon cru pour cette sœur harpe déchue, emblème de mon pays au bout du compte, en mémoire de ces mains qui l'avaient fait chanter.

J'ai poursuivi mon chemin dans cette étrange demi-lumière, au son des roucoulades des pigeons, des gargouillis des vieux tuyaux, avançant avec prudence car ici et là je distinguais des trous et des planches disjointes, si bien qu'on voyait le squelette des poutres et des jointures au-dessous. À nouveau, j'ai entendu des grattements et des bruits de fuite dans les ténèbres, à mesure que j'avançais en dérangeant les créatures des lieux, ce qui ne me gênait guère.

Une famille de marionnettes à l'air malicieux pendait à une poutre, le roi, la reine et un valet de pique à un œil, ils étaient complètement recouverts de fientes d'oiseaux aussi n'ai-je pas voulu les descendre, toutes leurs couleurs étaient passées, s'étaient dissipées, et ils étaient pâles, tel le bouleau ou le saule dans lequel on les avait découpés, excepté leurs joues qui demeuraient rouges comme le froid.

Encore des malles, et puis, entassés, – oh quel bruit macabre –, des grelots de bouffon s'agitant mollement dans un courant d'air. Ensuite, j'ai découvert un vieux trône retourné, les garnitures de l'assise et du dossier rongés jusqu'aux lambeaux. Je l'ai redressé, et il a semblé me regarder, solitaire, non sans une once de grâce régalienne, tandis que je poursuivais. La pluie susurrait sa mélodie plaisante sur les ardoises anciennes au-dessus de moi, mais soudain elle s'est arrêtée. Mon Lilliput est devenu silencieux.

J'étais alors arrivé à ce qui me paraissait être l'extrémité du grenier principal, mais là j'ai eu la surprise de découvrir qu'il formait un coude. Dans la partie courte du L, j'ai poursuivi ma route.

Il y faisait plus noir car il n'y avait ni lucarne ni meneau. L'odeur était différente, semblable à la paille flétrie, mais grâce à ma lampe, j'ai découvert de beaux murs de pierre – de petites pierres noires, pareilles à des pavés ou des morceaux d'anthracite – sur lesquels il n'y avait pas trace d'humidité.

Près de moi, j'ai remarqué une corde à nœuds en chanvre, pendue à ce qui ressemblait à une trappe dans le plafond. Je me suis assuré qu'elle était bien arrimée et en bon état en tirant dessus. Il ne m'a pas fallu beaucoup d'efforts (j'étais tout de même heureux de mon passé de sportif) pour y grimper, et quand j'ai poussé sur la trappe, elle s'est retournée dans un bruit sec.

Je suis monté au-dessus. Je suis redescendu par les barreaux fixes d'une échelle d'acier et là – merveille ! – je me suis retrouvé sur le toit du théâtre que caressait la brise, avec devant les yeux le panorama le plus magnifique et inspirant qu'on puisse imaginer, Londres et le fleuve, menant vers le sud-est jusqu'aux dômes de ce qui m'a paru être l'école navale de Greenwich, avec au-delà les prairies et les forêts du nord du Kent.

Giflé par le vent, toujours insatisfait, j'ai grimpé très prudemment sur les ardoises, vers le point culminant le plus proche, et je suis resté perché là, épuisé, heureux, à cheval sur le théâtre du Lyceum pour ainsi dire, les girouettes tournant sur les toits autour de moi, la brise du fleuve venant par bourrasques me donner une vive bourrade dans le dos, la beauté austère et digne des tours, des clochers, des cheminées à l'horizon fumeux, et les tourelles montagneuses des nuages noirs et roux.

Déjà un croissant de lune, sourire de fantôme, apparaissait à des milliers de kilomètres au-dessus de Piccadilly. En contrebas, par les fenêtres des bureaux, je voyais des employés et autres misérables travailleurs en plein labeur, allant et venant en hâte, mais aucun ne pouvait deviner ma présence. J'ai songé qu'à cet instant, personne au monde ne savait où j'étais, étrange pensée, qui pour une raison inconnue me plaisait infiniment. Je me suis même senti alors envahi par une telle joie d'être seul que j'en ai eu les larmes aux yeux. J'ignore pourquoi.

Mais il fallait descendre de mon perchoir. Ce que j'ai accompli très lentement, avec soin, me frayant un chemin sur les ardoises humides et moussues, passant ensuite par la trappe, que j'ai refermée derrière moi. La lumière du grenier me paraissait différente à présent, rafraîchie par l'air, ou peut-être voyais-je tout simplement les choses sous un autre angle.

Sur le pan incliné d'une étroite alcôve reposait une caisse allongée, ressemblant un peu à un cercueil, mais en plus long et plus large, d'un bois plus humble. Sans doute un coffre de déménagement. L'objet n'avait rien d'extraordinaire, pourtant il possédait une espèce d'aura, un magnétisme étrange qui m'empêchait de partir. Sur le couvercle, d'étranges signes étaient gravés, avec une précision et des proportions telles qu'ils devaient signifier quelque chose, même si j'en ignorais le sens.

Hélas, pauvre humanité. La source de tous nos maux, c'est que quand on voit une boîte, la nécessité de l'ouvrir s'impose.

Mais mes craintes d'écolier étaient mal placées. Nul besoin de s'alarmer. La caisse contenait seulement de la terre – riche, noire, argileuse –, elle avait visiblement servi de ballast à une époque.

J'y ai plongé les doigts, mais très vite je les ai retirés, car soudain j'ai vu la terre bouger sous l'effet de limaces blanches, aussi grosses que des huîtres de Weymouth et presque aussi affreuses. Et puis je me suis dit que, comme nos amis les rats, ces créatures devaient bien vivre. Nous savons traverser l'océan grâce à la vapeur, construire des ponts extraordinaires, creuser des tunnels, fabriquer de terribles machines de guerre, guérir des maladies, chasser l'ignorance, nous pouvons étendre sur le monde le drapeau rouge de l'Angleterre royale, mais nous ne savons pas créer la vie. Hormis sur la page.

C'est à ce moment-là, ou peu après, que j'ai jeté un coup d'œil à ma montre, songeant qu'il avait dû s'écouler quarante minutes environ. À mon grand étonnement, j'avais passé dans ce monde supérieur plus de trois heures et demie. Tout en bas, la pièce commençait.

VOIX D'ELLEN TERRY

… On a dit beaucoup de choses désagréables sur l'humeur changeante d'Harry. C'est vrai, il avait ses mauvais moments, ses périodes sombres en veux-tu en voilà. Pour être juste avec lui, ce que ne sont pas les gens qui ne l'ont pas connu, il était plutôt humain à sa manière. Mais il ne savait pas dissimuler.

Comment ?

Non, Harry n'était pas discourtois, très chère, je ne trouve pas cela honnête. Par certains côtés, il était étonnamment juste et ouvert d'esprit. Un détail : dans les théâtres de Londres, les coulisses étaient placées sous l'autorité du régisseur, il en avait toujours été ainsi, c'est lui qui édictait les règles et en général décidait de la manière dont les choses se passaient au jour le jour, il embauchait les extras, etc. C'était une sorte de protectorat, si vous voulez. Et c'est une tradition importante. Donc, les techniciens de plateau avaient l'habitude d'afficher dans les coulisses des cartes postales d'un genre particulier, vous savez, qui venaient de Paris. Certaines étaient assez innocentes, même si j'imagine que d'aucuns pourraient les qualifier d'olé-olé, mais d'autres étaient trop crues, à croire qu'elles sortaient d'un fichu livre d'anatomie. C'était fatigant, mais autorisé dans tous les théâtres d'Angleterre. On détournait les yeux ou on s'y habituait.

On n'accepterait plus cela aujourd'hui, très chère. Je mettrais le feu à leur théâtre. C'est écrit dans tous les contrats que je signe : « Les coulisses seront conformes aux exigences de Miss Terry. » Il faut qu'ils sachent qui est la vedette.

Ce n'est pas vous, les gars, que les spectateurs paient pour voir. C'est moi. Alors mieux vaut ne pas m'ennuyer. Sinon, rideau.

Tout à son honneur, Harry ne tolérait pas cela au Lyceum, et il le faisait savoir. Il a lancé au régisseur ou à je ne sais qui cette réplique célèbre : « Ces cartes qu'ils achètent ne me concernent pas, mais les coulisses de mon théâtre sont un lieu de travail, pas un bastringue, et il y a des femmes qui travaillent ici. Les hommes peuvent afficher ce qu'ils veulent tant que ça ne risque pas d'offenser ma mère. Et ma mère est une dame très sensible, je vous préviens. »

Le régisseur a insisté, mais Harry lui a rétorqué cette phrase qui a fait le tour des théâtres londoniens : « Il y a ici des jeunes filles de seize ans qui font le ménage, nous avons également des couturières et des actrices. Elles ne travaillent pas dans une maison de passe. »

Et il l'a fait appliquer. Il retenait une journée de salaire à ceux qui étaient en infraction. Le protectorat, c'était très bien, mais de temps en temps, l'empereur avait son mot à dire. Il faut du courage pour ça, les vieux habitués n'aiment pas ça.

Certes, on pouvait compter sur Harry. Mais pas toujours.

Enfin, tout le monde a son Mr Hyde, une autre version de soi-même. Une direction qu'on n'a pas prise, peut-être. Une route dont on ignorait l'existence, ou pour laquelle nous n'avions pas de nom. Chacun de nous porte ses propres choix, n'est-ce pas, très chère ? Et chacun de ces choix exige un rejet, quand on y pense.

Mais il existe aussi une contrée obscure où l'Autre vit toujours. Ou, en tout cas, ne meurt jamais mais perdure. Difficile de basculer dans le bonheur sans laisser derrière soi cette contrée obscure. Harry ne l'a jamais quittée. Pas plus que Bram. Ni aucun des gens de théâtre, en général. Ça va avec. Tout est tellement précaire, la plupart du temps. Il devient difficile de se poser. On reste nerveux. Et lorsqu'on est quelqu'un d'autre tous les soirs, voire deux fois le samedi, on oublie parfois ce que ça fait d'être soi.

J'ai toujours pensé qu'on avait besoin de deux mains pour ça. Une pour dire adieu, l'autre pour fermer son cœur. Un ancien poète a écrit une ode à ce sujet, mais je ne retrouve plus son nom. C'est plus facile à dire qu'à faire. Je ne suis pas sûre que quiconque y arrive.

Questionnements. Pensées de l'aube. L'esprit qui tic-taque comme une montre. Quatre heures du matin, mais vous restez plantée devant votre fenêtre. Et si j'avais épousé cette personne ? Ou si je ne m'étais pas mariée ? Et si j'avais accepté ce travail, ou émigré ? Si j'étais restée, si j'avais vécu ma vie d'une autre manière, pour être plus fidèle à moi-même, peut-être, mais j'avais peur de ce que les gens pouvaient dire ou penser ?

Vous voyez, une partie de vous a vraiment vécu tout ça. Parce qu'imaginer, c'est aussi vivre.

Par moments, cette partie de vous-même vous donne des envies de meurtre. Le moi qui s'est enfui. Qui a choisi la liberté.

Alors sort la rage. Mais déjà il est trop tard.

Voilà la seule chose qu'on apprend. Nous vivons dans une contrée obscure.

17 février 1879

2 h 15 du matin

Depuis que je me suis aventuré dans « l'antre de Mina », je suis incapable de me concentrer sur la préparation de notre tournée en Amérique. En redescendant, je me suis aperçu que je tenais une vague histoire. C'était comme si j'avais trébuché dessus, là-haut dans l'ombre, et qu'elle collait à mes vêtements, ma barbe et mes sourcils, pareille à des poils.

L'histoire se déroulerait sur dix ou douze mois, elle serait racontée sous forme de lettres et d'extraits de journaux intimes, qui ne s'accorderaient pas forcément les uns aux autres. Ce qui veut dire que le narrateur des lettres dissimule des choses ou, ainsi que dans une pantomime, il ne se rend pas compte de ce qui lui arrive, alors que le public comprend et voudrait lui crier : « Attention, derrière toi, idiot ! »

Première partie : Un jeune homme à l'éducation matérialiste, peut-être un scientifique ou un mathématicien, voyage en terre lointaine et inconnue. La Perse ? L'Afrique ? Une île du Connemara ? Un lieu, en dehors des cartes.

Disons qu'il donne des cours de médecine, mais ce n'est pas un professeur très haut gradé dans la hiérarchie. Il doit avoir ce petit grain de bêtise qu'ont les personnages efficaces, cette qualité de ne pas tout comprendre aussitôt. Disons qu'il est chirurgien à l'université de Dublin, ou bien à la Sorbonne, tellement plongé dans ses études qu'il n'a jamais acquis de bon sens, ni n'en reconnaît le mérite.

Il est à la recherche du précieux élixir, potion qui donne la vie éternelle et qui sourd d'un puits depuis longtemps perdu, ou d'une faille dans la roche. Celui qui le boit ne mourra jamais.

Il faut en faire un orphelin. Ni mère ni père, cela signifie que sa boussole morale est détraquée, qu'il n'a pas de guide, il doit lutter seul.

Arrivé dans ce pays inconnu, il découvre que les auberges sont pleines. Pris dans une violente tempête, il est recueilli par un vieil aristocrate, seigneur d'un palais austère et menaçant. Au début, l'hôte montre une hospitalité glaciale, il est excentrique, ce que le jeune médecin met sur le compte de l'isolement et des ravages de l'âge. Ou d'un mariage raté.

Cet aristocrate montre une hospitalité parfaite, étrangement généreuse. La nourriture est abondante, mais c'est toujours le même plat, composé d'une viande étrange.

Le vin de ses vignes coule à flots, mais le seigneur des lieux n'en boit pas. On ne le voit jamais manger. « J'ai pris un petit déjeuner tardif et je ne dîne point. » De lourdes portes sont verrouillées en permanence. Il y a des barreaux aux fenêtres. « Vous pourrez repartir au matin. » Mais le matin ne vient jamais. Chaque nuit, il dort d'un sommeil soporifique, qui lui ôte toute force, mais il se réveille dans l'obscurité, et son hôte lui apprend qu'il a dormi trop longtemps, que le jour est passé et, avec lui, la possibilité de s'en aller.

Plus tard

Cinq heures et quart. Je viens de m'éveiller d'un horrible cauchemar.

Je travaillais dans une forge, je frappais le fer au moyen d'un marteau. La grille noire aux pointes lancéolées d'une cathédrale ancienne, abattue et jetée dans la forge.

Ensuite, je marchais dans une ville où je suis déjà allé, avec un peu de Rotterdam, un peu de Munich, peut-être de Prague, pas exactement l'une, mais un mélange des trois. Rues lugubres, portes avides, hautes maisons d'une maigreur squelettique donnant sur des canaux. D'étranges silhouettes se pressant à travers la désuétude, grognements de loups, des flammes bleues en guise d'yeux.

Je portais une armure si lourde que je pouvais à peine bouger. Voilà ce que j'avais forgé sur l'enclume. Des gouttes de sueur grésillaient en tombant sur le fer rougi.

Ensuite, allez savoir, dans une somptueuse chambre, attaché sur un trône, mains et chevilles liées.

Devant moi, les trois jeunes filles innocentes du théâtre, à présent transformées par le ver du péché extirpé de mon imagination en créatures lascives, obscènes et pleines de moqueries. Elles m'obligeaient à les regarder tandis qu'elles s'ébattaient ensemble, leurs bouches à présent près de mon visage, leurs doigts dans mes cheveux, leurs actes indécents – je ne puis l'écrire.

« Oh, il est jeune et fort, a murmuré l'une d'elles, il y a assez de baisers pour nous toutes », en s'agenouillant devant moi et en déboutonnant ma chemise. Bientôt j'ai eu beau me démener, j'ai senti ses lèvres sur moi.

C'est alors qu'une figure dissimulée est entrée, ou est apparue. Une couronne de diamants sur son capuchon, un sceptre et un orbe entre ses mains gantées.

« Retournez à vos tombeaux, a-t-elle crié. Cet homme m'appartient à moi ! »

Mais le terme « crier » est trop faible. C'était hideux, bien plus qu'un cri.

C'était un hurlement, comme celui d'une femme. Proféré par un homme.

FIN DE L'ACTE I

X

Entracte. Où nous retournons au trajet en train par lequel a débuté notre aventure, lors d'un arrêt effectué par les voyageurs

12 octobre 1905, gare de Sheffield, 2 h 17

Avec l'aide du chauffeur, Stoker descend du train.

Une complainte de feuilles d'automne tourbillonne poussiéreusement sur le quai, humidifiant ses yeux fatigués. En ce début d'après-midi, le ciel est d'un gris de suaire et d'un froid de fer forgé. Dans l'air, la suie des manufactures de la ville.

Raide après être resté assis pendant sept heures depuis King's Cross, il se retourne et aide Irving à descendre. Plus âgé, plus frêle, celui-ci frissonne de lassitude. Stoker attache les gros boutons du manteau de l'acteur.

« Il faut faire attention, dit-il. Paraît-il qu'un cyclone va arriver.

– Sottises, répond Irving en plaquant un mouchoir sur sa bouche pour se prémunir de la poussière. J'ai vu un œuf produire plus de vent. »

Le khôl autour de ses yeux lui donne un regard égyptien. De sa canne, il frappe le quai avec impatience. Stoker siffle un porteur. Un homme s'approche, qui marche en canard, et commence à charger leurs bagages sur un chariot.

« Bradford, c'est ça, m'sieur ? Ce sera sur le quai 6 à trois heures et demie.

– Merci, répond Stoker. Y aurait-il par hasard un endroit où prendre le thé ? »

Stoker et Irving se donnent le bras face au vent ébouriffant, et suivent le porteur à travers la gare. Dans le parc, de l'autre côté de la rue, des ormes à l'écorce fissurée ploient et se plaignent. Le sol du passage souterrain rempli de flaques malpropres est glissant – les latrines ont débordé, leur confie avec tact le porteur, à cause des orages du matin. Il y en a d'autres à venir.

« Fichu Yorkshire, grommelle Irving. L'île des damnés.

– Tais-toi, veux-tu ?

– Passe-moi mon pulvérisateur pour la gorge.

– Tu ne peux pas attendre un peu ? »

Le porteur a du mal à ne pas regarder la scène. On ne voit pas souvent un homme maquillé à Sheffield.

Des gens du sud, évidemment. On les repère à deux kilomètres. Imaginez un peu ce que c'est que de *vivre* là-bas, au milieu de toutes ces fiottes. Avec pitié et incompréhension, il les emmène à la buvette, qui par chance est presque vide.

Irving prend place à la table la plus en vue, il ouvre la bouche pour produire le plus grand bâillement dont il soit capable, et pulvérise le produit au fond de sa gorge en se gargarisant. Derrière le comptoir crasseux, Big Jean, la personne qui sert le thé, les dévisage, aussi austère que Boadicée vêtue d'un cardigan. Elle essuie un verre, les yeux blancs de férocité. Un jour elle a giflé un orphelin qui pleurait trop fort.

« Crois-tu, murmure Stoker à Irving, que tu pourrais montrer un peu moins d'ostentation ?

– Pourquoi n'y a-t-il aucun journaliste ?

– Je t'en prie, ne commence pas.

– L'arrivée de sir Henry Irving dans ce trou-du-cul du monde est-elle désormais si insignifiante ?

– Je ne pensais pas que tu souhaitais voir la presse. Je sais que tu tiens à ton intimité. Alors maintenant, je t'en prie regarde la carte.

– En vérité, c'est partout pareil dans les provinces du nord, ne l'as-tu pas remarqué ? Les gens du nord se marient entre eux et ils sont toujours méchants. Darwin ou je ne sais qui l'a expliqué.

– Je t'en supplie…

– Et Darwin ou je ne sais qui a raison sur toute la ligne. Des paysans. Bêtes à manger du foin. Des cornichons qui entraînent des lévriers. Ils ne sauraient pas reconnaître un artiste même s'il leur grignotait les fesses. Ce qui ne risque pas d'arriver. »

On leur apporte des sandwiches à la langue avec un grand pot de thé. Le temps passe.

Irving commence à se ronger les ongles, puis les cuticules, tout en sifflant entre ses dents. De temps en temps, il tente d'attraper une mouche au passage, mais comme tous ceux qui s'y sont essayés, il rate son coup.

« Avons-nous des nouvelles de Chicago ?

– Pas encore. Je suis sûr que ça viendra.

– Dieu du ciel, ma tournée d'adieu en Amérique ! Mais qu'est-ce qu'ils attendent. Où exactement avons-nous des engagements confirmés pour cet été ?

– Je te l'ai déjà dit.

– Alors répète.

– Philadelphie, Boston, Detroit, Baltimore, Washington, Des Moines, puis direction San Francisco, et ensuite Helena, dans le Montana, au nouveau théâtre.

– Ni Chicago ni New York ?

– C'est ainsi que je te l'ai dit.

– Ce serait une piètre tournée si elle n'incluait ni Chicago ni New York.

– C'est pour ça que je travaille à les y inclure.

– Qu'est-ce donc que tu lis ?

– Ça n'a pas d'importance.

– Bien sûr que ça n'a pas d'importance, très cher, rien de ce que tu fais n'a d'importance. Je pensais que nous pourrions faire des folies et nous adonner à quelque interaction sociale.

– Tu sais que je lis Walt Whitman, c'est écrit sur la couverture.

– Tatie adooore éviter les disputes, ça lui donne un sentiment de supériorité, pas vrai ?

– En effet.

– Elle aime sentir quand tout se tend à l'intérieur et refuse de céder. Elle s'accroche à sa dignité comme une dame.

– Tu as fini ?

– Vous les grandes filles, vous avez toutes tendance à aimer Wally Whitman, c'est bizarre.

– Beaucoup de gens à travers le monde aiment profondément la poésie de Whitman. Il était infirmier pendant la guerre de Sécession.

– Ma bite aussi.

– Magnifique.

– Il me fait penser à un de ces gros nudistes allemands dans lesquels on se cogne de temps en temps, tu sais, dans les villes d'eaux. Les mains sur les hanches, tel un samovar, avec tout qui pendouille. Terriblement fier de lui, viril, dénué de toute pudeur bourgeoise, etc., et on se demande bien pourquoi. C'est là qu'on regrette l'absence de pudeur.

– Si tu as encore un peu de pudeur en toi, alors je t'en prie, laisse-la s'épanouir.

– Merci, mon cher. Un autre sandwich à la langue ?

– Je ne te parle plus.

– Ce sont les meilleurs du Yorkshire. »

Le courrier du jour à destination de Londres passe en grondant.

C'est quelques bons coups de canne qu'il leur faudrait, se dit Big Jean. Sauf que, vu qu'ils sont du Sud, ça leur plairait.

« En quelle année avons-nous joué à La Nouvelle-Orléans ? demande Irving. En 86 ou 87 ?

– En 88. C'était notre septième tournée américaine. On a démarré là.

– Je ne crois pas.

– Nous avons fait la traversée de Southampton jusqu'à La Nouvelle-Orléans. Nous nous sommes ravitaillés à Philadelphie.

– C'est exact, je m'en souviens à présent. Nous avons commencé par La Nouvelle-Orléans. Et nous avons fini à Washington, n'est-ce pas, Bramzie ?

– Non, nous avons fini par New York. Washington DC était l'avant-dernière étape.

– Tu en es certain ?

– Absolument.

– J'aurais juré que c'était Washington.

– Nous avons joué quatre soirs à Washington, puis nous avons terminé sur une semaine à New York. La dernière représentation, c'était *Faust*, le 20 août 1888. On a démarré tard à cause d'un accident de tramway. Tu avais un rhume.

– Je ne crois pas que cela soit juste.

– Pourtant ça l'est. »

Plus un mot, ils demeurent assis en silence à la fenêtre. Le plus vieux avec cette immobilité de crocodile, cette capacité à ne pas même ciller, tandis que son assistant tourne rarement une page.

Il ne parvient pas à lire. Pourquoi faire semblant ? Comme s'il attendait la permission, une réplique émanant de sa tasse de thé. Un signe que leur histoire peut continuer, l'arrivée d'un train dont ils doutent qu'il vienne jamais.

ACTE II

Ne saignons-nous pas ?

XI

Lettre

27 Cheyne Walk,
Chelsea
Londres.
13 août 1888

Mon très cher mari, mon Bram qui me manque tellement.

J'envoie ce courrier à l'hôtel de Washington DC en espérant qu'il y sera avant toi.

J'espère que cette tournée en Amérique se passe ainsi que tu l'escomptais, que tu prends soin de toi et que tu n'es pas trop fatigué à présent que la fin point à l'horizon. Nolly est en pleine forme, mais son papa lui manque. Six mois sans toi, c'est long pour un garçon de neuf ans. Il est fou de joie devant les paquets remplis de jouets que tu lui envoies toutes les semaines, ils lui parviennent chaque fois à point nommé quand il se sent triste.

J'ai accroché une grande carte des États-Unis au mur de sa chambre pour qu'il puisse suivre ta progression. Dès que tu arrives dans une ville nouvelle, nous plantons une épingle dessus, puis sur la suivante, et nous les rattachons par un fil noir, qui commence à dessiner un réseau extraordinaire, s'étendant vers l'ouest jusqu'à Portland, en Oregon, et San Francisco, au nord jusqu'à Chicago, en descendant jusqu'à Charlotte, Lynchburg, Richmond, en se croisant et se recroisant, si bien que cela finit par ressembler à l'antre d'un mystérieux Seigneur des Araignées. En outre, Nolly s'est mis à jouer à un jeu très amusant avec moi, il me dit : « Ce soir, mon papa est dans la ville où il y a Liberty Bell », et je dois faire semblant de ne pas savoir qu'il s'agit de Philadelphie, ou encore : « Ce soir, mon papa se trouve à la latitude 41,6, et la longitude 93,6 », et sa nounou ou moi, nous devons tenter de deviner où cela se trouve (Des Moines).

Il est grand et très fort pour un garçon de son âge – tu n'imagines pas comme il a grandi –, il sait même fendre du bois, et naturellement je préférerais qu'il évite ce genre de tâches car la nouvelle hache est très coupante, mais il fait de moi ce qu'il veut. Je vais sans doute l'emmener à Dublin quelques jours en vacances la semaine prochaine pour son anniversaire, car mes parents l'adorent. Il est un peu lent à apprendre ses lettres, mais ça viendra. Je viens de lui dire tout à l'heure : « Noel Irving Stoker, tu dois écrire à ton père. » Donc, attends-toi à recevoir une lettre de lui.

J'ai une histoire comique à te raconter, B., j'aurais aimé que tu sois là pour voir ça. Il y a quelque temps – t'en ai-je parlé ? –, l'Institut de mécanique a décidé que puisque mon cours d'alphabétisation était une telle réussite, ils voulaient engager une personne pour développer cette initiative. J'ai suggéré, ou plutôt j'ai insisté pour faire partie du jury, et ils ont accepté après avoir beaucoup grommelé et ronchonné.

Nous avons reçu deux douzaines de lettres de candidature, que nous avons réduites à trois personnes, tâche qui m'a demandé une grande abnégation chrétienne, car mes collègues insistaient pour faire passer en premier leurs amis ou leurs candidats préférés, parfois avec un manque d'égard lassant. Plusieurs fois, j'ai dû sortir, en prétextant que j'avais besoin de prendre l'air, et j'ai invoqué en vain le nom du Seigneur, ce qui m'a fait le plus grand bien.

Est arrivé le mardi où notre trio s'est présenté à l'entretien. Nous étions quatre jurés. Mr Masterson, Mr Madison, Mr Mowbray et moi-même. Mieux valait ne pas avoir de mal à prononcer le son « m ».

Les trois candidats sont entrés pour se présenter. Nous avons passé vingt minutes à discuter avec eux, et prendre note de leurs réponses. Je te montrerai ce que j'ai écrit quand tu seras de retour à la maison.

Si je te dis que la première candidate était une femme de trente ans, aussi agréable qu'intelligente, qui travaille actuellement en tant que gouvernante à Blackheath, parle couramment français, allemand et italien, le deuxième un jeune homme également très agréable, beau mais bête, qui ne cessait de croiser et décroiser les bras, et le troisième un vieux barbon scrofuleux empestant le whiskey et la médiocrité, qui est entré en titubant (mais c'était un grand ami de Mr Mowbray et un camarade de Mr Madison) : tu devineras aisément lequel des trois ont préféré mes collègues, même si, pendant un temps, ils n'en ont rien laissé paraître.

Le jeune nigaud a vite été éliminé pour des raisons diverses. Mes compagnons de jury étant âgés, ils n'appréciaient guère sa jeunesse. Quant à moi, je n'appréciais guère sa stupidité.

Il était d'une beauté à couper le souffle, ainsi que je te l'ai dit, mais on ne pouvait guère lui confier de tâche plus exigeante que de compter les boutons de son gilet. On m'a chargée d'aller lui annoncer la nouvelle, tandis qu'il attendait dans l'antichambre. Il a semblé soulagé d'être ainsi écarté, et il s'en est allé tranquillement, croisant et décroisant les bras, trébuchant sur ses lacets dans le couloir, parfaitement adorable dans l'ensemble.

Nous nous sommes ensuite arrêtés sur le cas de la gouvernante, et j'ai pris fait et cause pour elle. D'abord, elle était parfaitement qualifiée et expérimentée, et nous avions de la chance, ai-je dit, d'avoir réussi à attirer une personne aussi brillante. Elle m'avait impressionnée au cours de l'entretien par son calme, sa voix mesurée (qui m'a rappelé ta façon à toi de t'exprimer).

Enseigner aux enfants était enrichissant, disait-elle, mais ce n'était peut-être pas une profession destinée à tout le monde. Il y avait de l'honnêteté dans sa façon d'agir, et une franchise appréciable. Elle voulait changer de vie. En outre, elle était la seule des trois candidats à avoir réfléchi à ce poste, et elle a proposé que les cours soient étendus à des thèmes comme l'hygiène et le budget des ménages, ce qui intéresserait les épouses de nos membres.

« Messieurs, ai-je dit, donnons-lui cette chance. Une telle ouverture serait bénéfique pour tous. »

Eh bien, B., si tu avais entendu résonner le silence qui a suivi ! On se serait cru sur la lune. Ils ont réfléchi en fumant, et encore réfléchi, et encore fumé en regardant leurs pouces. Si l'on faisait chevaliers les gens pour leur capacité à fumer en se taisant, la reine aurait été fort occupée ce mardi-là.

Enfin, Mr Madison s'est ouvert à la parole : « Une gouvernante, vous savez, n'est pas toujours ce que l'on croit, Mrs Stoker. »

Je lui ai demandé s'il aurait l'amabilité de préciser sa pensée.

« Il y a parfois des raisons pour qu'une femme ne soit pas mariée », a-t-il répondu gravement.

En le regardant, plusieurs me sont venues à l'esprit.

« Chaque gouvernante a une histoire. Ce sont les faits. Souvent, on trouve dans leur passé un scandale ou une histoire déplaisante qu'on préfère ne pas mentionner. Il nous faut songer à notre public. Beaucoup sont de jeunes hommes.

– Je souscris », a annoncé Mr Mowbray, une grosse brute dépourvue de cou. « Pas de gouvernantes à l'Institut de mécanique. Nous avons déjà assez de problèmes.

– Et vous, Mr Masterson ? ai-je demandé avec plus d'espoir que d'assurance. Viendrez-vous à mon secours, bon chevalier ? »

Mr Masterson est un homme du Yorkshire, du genre à ne pas mâcher ses mots, et en cette occasion, il n'a pas manqué de le faire.

« Les gouvernantes, c'est des catins, a-t-il déclaré.

– Vous voulez dire qu'elles sont "décaties" à force de travailler ?

– Les gouvernantes, Mrs Stoker, c'est des pots cassés. Je dis ce que je pense. Et voilà. Et je m'en vais vous expliquer pourquoi elle a pas de mari. Elle en a pas besoin, c'est pour ça. Pourquoi elle s'encombrerait ? La voisine en a un qui fera bien l'affaire. »

J'ai ri si fort que c'en était embarrassant. Ils m'ont regardée, tel un triumvirat de troglodytes.

« Et je ne vois pas l'intérêt de cette histoire d'hygiène », a ajouté Mr Mowbray en frissonnant. Ce que toute personne présente dans son sillage avait déjà compris.

« En effet, a appuyé Mr Madison en secouant la tête. Nous ne voulons pas de ce genre de chose, pas sous notre égide. On ne peut savoir jusqu'où cela irait. »

Puis ils se sont mis à chanter les louanges de leur camarade ivrogne, qui a été qualifié de type vraiment formidable, qui connaissait le monde « comme nous ». On a affirmé qu'il s'était adressé au jury avec bonne humeur et camaraderie.

« Il croyait que nous étions huit », ai-je reparti.

Ainsi s'est écoulée une heure, où l'on a vanté ses qualités, son incohérence quasi permanente étant ramenée à la simple anxiété d'être interrogé par un groupe de personnes, expérience à laquelle la plupart des enseignants doivent se soumettre, ai-je relevé, car les classes comprennent rarement un seul élève.

Soufflant telles des baleines, ils ont éludé la question en fumant. Enfin, j'ai atteint mes limites.

« Messieurs, ai-je déclaré, je touche cinquante livres chaque année de ma dot, ainsi que vous le savez, puisque depuis plusieurs années j'en fais don à l'Institut. Dès demain matin, j'écrirai à la banque pour mettre fin à cette donation si vous continuez de vous aveugler ainsi. Ensuite j'écrirai à tous les journaux de Londres, et à tous nos membres, pour leur expliquer les raisons de cette décision. Peut-être seront-ils d'accord avec vous. Peut-être pas. Je suis prête à tenter ma chance. Messieurs, je vous souhaite un bon après-midi, portez-vous bien.

– Mais ma p'tite dame », m'a répondu Mr Mowbray, ce qui a déchaîné ma colère.

« Je ne suis pas votre petite dame, ai-je dit en prenant mon manteau et mon sac. Pas plus que vous, Mr Mowbray, vous n'êtes mécanicien. » Voilà la pire chose qu'on puisse dire à quelqu'un de l'Institut. Cela revient à dire à un Français qu'il est belge.

Je suis heureuse de t'annoncer que le poste a été proposé à la gouvernante, qui l'a accepté. Mais, très cher B., on aurait dit du théâtre, une farce. Peut-être l'écriras-tu un jour.

Bon, Nolly m'appelle, il a faim et mange comme un ogre.

Merci pour les livres que tu m'as envoyés de Chicago. Si tu as le temps, pourrais-tu chercher pour moi un recueil de Louisa May Alcott, tant que tu es là-bas ? Mais ne te donne pas trop de peine, c'est seulement si tu trouves une librairie. Je parle d'une bonne édition, ce serait si agréable de l'avoir dans notre bibliothèque.

Tu me manques, je t'aime follement, et je suis désolée que nous nous soyons querellés aussi horriblement dans les semaines qui ont précédé ton départ. Prends bien soin de toi, mon cher époux. Recommençons à zéro. J'ai le sentiment que nos meilleures années sont devant nous.

Ta Flo

XII

Où l'on rencontre une momie de l'église St Michan, à Dublin, et où l'on note une étrange masculinité chez l'acquéreur d'un livre

Se hâter le long des quais nord de la Liffey, par les ruelles de Four Courts, de Mary's Abbey, les venelles près des abattoirs et des marchés, les caniveaux illuminés par l'aube, les choux-fleurs pourrissants, les crânes de vaches. À Coppinger Row, il s'arrête, soudain il est un ver à la respiration sifflante qui se fraie un passage en serpentant avec une force sauvage dans les entrailles de la terre, les ruisseaux souterrains et les recoins, les tunnels et les déclivités, les égouts, les veines de glaise argentées, les enfants enterrés sous le secret, le granit et le schiste écrasés, les berges d'argile et les dents des Vikings, à travers les pavés de la crypte St Michan.

Au-dessus de lui, les vêpres. *Tantum Ergo, Amen.* En bas, des relents de craie et de cercueil moisi. Une goule montant jusqu'à la clé de voûte s'extirpe avec peine de sa boîte, des cheveux jusqu'au sol, un nid de corbeaux dans sa cage thoracique, des pans de cotte de mailles déchirés se balancent sur ses fémurs lorsqu'il saisit le bouclier qu'il portait au siège de Jérusalem, et qu'il beugle aux autres mercenaires de se mettre en rangs.

Stoker s'éveille dans sa cabine. L'Atlantique est agité.

Autour de lui, les craquements et grondements du bateau, de l'autre côté du hublot, la nuit qui hurle.

Le croisé est encore là, ou dans les contrées qui s'étendent derrière ses yeux, une hache plantée dans son casque, lacérant le sable de son fléau d'armes. Une déferlante s'écrase contre la coque et le renvoie à son néant. Stoker écoute les roulements de tambours, mais bientôt ils s'effacent eux aussi.

L'odeur âcre et lourde du vin de marins.

Dans la lumière rouge de la bougie, il s'aperçoit, irrité, que sa montre s'est arrêtée.

Il enfile sa robe de chambre et se traîne en se raccrochant à la corde qui sert de rampe, à travers les odeurs de vomi et de bière renversée qui piquent les yeux, il remonte les marches et franchit les portes de verre du salon sur le pont supérieur. Les lanternes brûlent, certains des acteurs jouent au poker avec les accessoiristes à grand bruit sur une table couverte de feutre. Au bar, il commande un double porto-brandy.

Dans un coin, Harker dessine la scène. Il s'approche. Elle le regarde en souriant.

« Nuit difficile, monsieur, dit-elle. Le capitaine dit que ça se calme.

– J'espère qu'il a raison, ma chère Harks.

– Vous allez bien, monsieur ?

– J'ai seulement fait un cauchemar. Dîner trop riche. Avez-vous eu le temps de faire le compte des rentrées de Boston ?

– Sept mille deux cent trente-trois dollars, monsieur. Tout est dans le coffre, en bas, dans le bureau du commissaire de bord. Il a fait venir un garde, comme vous avez dit.

– Merci de m'avoir aidé avec tout ça, Harks, j'étais crevé, complètement éreinté.

– Combien on a fait, en tout, monsieur ? Trente-deux ?

– Je pense que cela devrait monter à trente-trois mille dollars en tout, après avoir soustrait les dépenses. San Francisco nous a rapporté neuf mille, mais ça ne peut pas être toujours aussi lucratif.

– Pas mauvaise saison de braconnage, monsieur. Un autre cocktail ? Ça remet du plomb dans le crayon.

– Merci Harks, non. Le Chef est dans les parages ?

– Ça fait au moins trois heures que je l'ai pas vu. Je crois qu'il est parti se coucher, il avait un peu bu.

– Quelle heure est-il, savez-vous ?

– On approche les cinq heures du matin, monsieur, heure de Greenwich. Et on arrive près de chez vous, en fait. »

Sur le pont, il marche un moment dans cette solitude du voyageur des mers qui n'a rien de déplaisant. Il fait froid, mais l'océan houleux a ses consolations. De cette aurore où vous n'êtes rien, pas même une goutte, tout sera emporté par les flots.

Il observe les îles au large du Kerry qui lentement apparaissent, tandis que derrière lui le soleil ourle d'or les cieux. Des volutes de fumée montent des cheminées de lointaines maisons, des coracles sortent des anses, tirant leurs filets. Grâce à un phénomène étrange de l'eau, il entend sonner la cloche d'une église, mais il a beau scruter les lointains, nulle trace du bâtiment, c'est alors qu'il comprend que la cloche sonne sur le pont supérieur.

Dans les coracles, des hommes avec des lanternes, maniant de longs harpons. À quoi leur existence peut-elle ressembler, à ces gens qui habitent au milieu de nulle part ? Qui vivent à une marée de la mort. Pourquoi n'émigrent-ils pas ?

Retirons-nous, murmure le Croisé. *Jérusalem est perdue.*

Austère comme un crâne, l'île de Skellig Michael surgit des déferlantes, telle une montagne tombée du ciel. Des moines et des pénitents ont vécu là, autrefois. Tous des hommes. Comment le supporter ? Quelle idée se faisaient-ils de Dieu, pour croire que leur solitude l'apaiserait ?

Lors d'une épidémie de peste, jadis, un des ermites crut qu'il était le dernier homme vivant sur Terre, aussi grava-t-il ses adieux dans la basilique de granit en ce lieu sauvage, croyant que seuls les anges vengeurs la verraient jamais. Mille ans avant Chaucer, avant la langue anglaise. Ma mère m'a raconté cette histoire, un soir au coin du feu. Les prothèses si lourdes que je tenais à peine sur mes jambes. Mais mon père a déclaré que rien de tout ça n'était vrai.

Stoker revoit sa mère. Sept ans qu'il n'est pas revenu à Dublin. Il ne semble plus y avoir assez de temps.

Six mois de tournée au loin, quinze jours que sa femme et son fils sont partis en vacances à Dublin. À quoi ressemblera la vie avec eux, à nouveau ?

Du froissement de la mer agitée, des cris des goélands, ressurgit le souvenir de leur arrivée à La Nouvelle-Orléans. La chaleur étouffante, l'arrogance et l'étrange beauté des gens, les histoires de « zombis », le vaudou, les morts-vivants, Baron Samedi avec son chapeau haut de forme. Certains habitants de la Louisiane étaient d'anciens esclaves, d'autres portaient des diamants et de la soie. Aux yeux de Stoker, tous avaient une dignité, un calme ; ils avaient un port d'aristocrates qui venaient d'hériter. Les femmes étaient d'une beauté artificielle.

Le tombeau de Marie Leveau, certains disaient que c'était une sorcière. Pourquoi ces milliers de clous enfoncés dans le bois de sa tombe. C'est ainsi qu'on maudissait un ennemi, a expliqué le gardien. Il y avait d'autres moyens, un os de chat noir, le mojo, les pouvoirs occultes du crucifix, l'hôte consacré. Des histoires de vengeances vicieuses, bouillonnantes comme un gombo où on aurait jeté une pincée de poudre à canon.

Les épices. Les parfums. Un regard à travers une porte. L'odeur de l'okra, la mousse espagnole dans les arbres. Ce matin où avec certains des comédiens ils sont allés visiter les bayous. Les chasseurs d'alligators, les Cajuns avec leurs « junkanoos » et leurs culottes. Le lac Ponchartrain. La courtoisie chevaleresque de la langue de tous les jours. Le rugissement du Mississippi quand il entre dans la baie. Jamais il ne s'était senti aussi loin de Dublin.

Ensuite, soixante-douze villes en vingt-cinq semaines. Cent vingt-deux représentations. L'épuisement, les trains. Des chutes du Niagara de paperasse. Les reçus, les passeports perdus, les hôtels annulés, les acteurs qui souffrent de diarrhée, de rages de dent, de fièvres, ont besoin d'un médecin au milieu de la nuit, perdent leur salaire au jeu, tombent amoureux d'une jolie fille du Midwest au point de ne plus vouloir partir pour la ville suivante, se font rouler par des aigrefins, voler par des femmes de mauvaise vie, accuser, arrêter, jeter en prison, libérer sous caution, mordre par des moustiques, piquer par des frelons, ou lentement rôtir sur la braise du succès américain, chacun voulant les toucher, leur demandant de parler avec « ce drôle d'accent », et les imprésarios qui discutent chaque clause du contrat, qui marchandent, cherchent à intimider, pleurent dans plusieurs villes, refusent de payer, arguent qu'ils ont fait faillite, ont un parent mourant, sans parler des décors manquants, de l'actrice qui s'est enfuie avec un cow-boy, des techniciens qui réclament une augmentation, de cinq fractures, trois grossesses, une opération (« extraction d'une balle de la cuisse d'un acteur à la suite d'un malentendu au cours d'un bal dans une grange, 80 dollars »), et ce théâtre à Detroit détruit par une tornade.

La dernière à New York. Les techniciens en sueur, torse nu, au fond de la fosse, pompant le pétrole dans les huit cents mètres de tuyaux entre la 8e Rue et Astor Square, jusqu'aux trappes du théâtre. Le tourbillon de flammes, les cris du public, le crin-crin des cordes de l'orchestre.

Cent gosses des rues venus d'Orchard Street, dans le Lower East Side, embauchés pour jouer des démons, hurlant et griffant l'air sous leurs capuchons noirs, tandis qu'un crâne de bois haut de trois mètres descendait sur scène, Irving dans le rôle de Méphistophélès niché dans l'orbite de l'œil gauche, avec sa cape rouge et argent, ses cornes de cerf, venant chercher Faust pour l'emmener aux enfers.

Des souliers à échasses avaient été fabriqués pour lui, avec des talons d'un mètre. Il dominait la salle bavarde, pompait le sang de l'atmosphère, gesticulait, caquetait, tremblait de frénésie, il montra du doigt l'épouse du maire corrompu au premier rang, et au moment clef de la pièce, grâce à une gorgée d'essence et une allumette, cracha du feu à travers la moitié du parterre.

La police fut appelée, la troupe menacée d'être arrêtée si jamais une bouffonnerie aussi irresponsable venait à se reproduire. Mark Twain se rendit dans les coulisses pour le féliciter, le Chef s'agenouilla devant lui, lui baisa les mains. À la fin de la soirée, l'administrateur du théâtre supplia Irving de rester, d'annuler le voyage en Angleterre. Une foule de dix mille personnes s'était rassemblée sur Astor Place, criant son nom, luttant contre la police pour avoir la chance de l'apercevoir, de le toucher. Des vendeurs à la sauvette écoulaient déjà de faux billets de théâtre pour une nouvelle série de représentations, tous les imprimeurs au sud de la 14e Rue fabriquaient des faux. Le Chef déclina. « Il faut les laisser sur leur faim. » Les plaintes pour blasphème aideraient, la fois suivante.

Au-delà de Clear Island, des fjords du Kerry, des îlots à l'ouest de Cork, Sherkin, Ballyferriter, Skibbereen. Aux abords de Kinsale, le navire s'arrête et l'on entend l'éclaboussure de l'ancre qui tombe dans l'eau. Une lassitude l'enveloppe en regardant les petits bateaux de ravitaillement venant de la ville lutter contre les flots, remplis à ras bord de victuailles et d'eau fraîche. Le phare scintille bravement, étalant son rayon jaune sur les vagues. Il s'aperçoit qu'il n'est pas seul.

« Bonjour, Bram.

– Chef.

– Le bon vieux pays, hein ? J'étais en train d'observer les phoques. Quelles têtes remarquables ils ont. Presque humaines, non ?

– C'est ce qu'on dit.

– Les papiers sont terminés ?

– Harks m'a beaucoup aidé.

– Trente-deux mille ?

– Trente-trois. »

Ils demeurent tous les deux appuyés au bastingage, et regardent les lumières s'allumer dans la ville lointaine, les marins qui hissent des caisses accrochées à des cordes jusqu'aux membres de l'équipage du navire. Derrière Kinsale, le ciel se pare de riches tons d'or et de rouge.

« Bizarre, dit Irving. Depuis le temps que la petite Harks nous a confié son secret, je n'arrive toujours pas à me faire à l'idée que c'est une fille. Ni à lui pardonner complètement ce mensonge. »

Stoker accepte la cigarette américaine qu'on lui propose dans la boîte en argent. « Elle avait peur. On ne peut pas la blâmer. Il serait impossible pour une femme d'obtenir ce genre d'emploi. C'était un mensonge innocent dont nous avons tiré grand bénéfice.

– Je suis on ne peut plus en accord avec cela. Mais tout de même, c'est bizarre. S'habiller en garçon et aller et venir dans cet accoutrement. D'ailleurs elle continue, elle est plutôt dandy. Je le lui ai dit, l'autre semaine, à Seattle : "Jenny, ma chère, vous êtes le Beau Brummell de la troupe. Tu sais ce qu'elle m'a répondu ?

– "Juste après vous, monsieur".

– Ah. Elle te l'a dit.

– Comme à tout le monde.

– Elle est mignonne. Très douée. Ça la dessert quand même, en réalité. D'être un garçon en apparence.

– D'après ce que j'ai compris – non que nous en ayons beaucoup discuté – notre miss Harker ne se considère pas de celles qu'on épouse.

– Ah. D'accord. Tout est pour le mieux dans ce cas.

– En effet.

– Mais je n'ai jamais rencontré personne qui soit vraiment du genre qu'on épouse, pour être honnête.

– Jamais ?

– Peut-être un ou deux prêtres catholiques.

– Iras-tu directement à Londres depuis Southampton, dès que nous accosterons ?

– Il vaudrait mieux, pour mettre le flouze en lieu sûr ? Tu me suivras avec la troupe.

– Évidemment.

– Ah, merci pour ton aide, mon vieux Bram. J'aurais dû le dire plus tôt. Je suis tellement heureux que tout ait si bien marché à la fin. Ça n'aurait pas été possible sans toi.

– C'est un plaisir.

– Tu trouveras dans ta cabine une boîte en bois ciré de cette taille environ. Il y a un petit cadeau pour toi à l'intérieur. Je l'ai trouvé à Philadelphie.

– Ce n'était pas nécessaire.

– Et triple les salaires de tout le monde, veux-tu ? Et écris de ma part une lettre de remerciements, les mots habituels, chaleureuse, etc. ? Je suis un peu fatigué à présent, je vais aller dormir. »

TRANSCRIPTION PHONOGRAPHIQUE

C'est moi, Stoker, qui parle.

Aujourd'hui, nous sommes… Le 1er septembre 1888.

Je suis au regret de dire que ça a recommencé. J'avais franchi la porte depuis un quart d'heure, en arrivant depuis Southampton, j'avais à peine ôté mon manteau, embrassé Nolly et Flo, en leur donnant leurs cadeaux, quand a débarqué ce vieil ennemi qui a gâché ce qui aurait pu être un retour dans la joie. C'est Florence qui lui a ouvert la porte.

Les droits d'auteur.

« J'ai pris rendez-vous avec un notaire, pour demain à onze heures, a-t-elle annoncé. Il va nous emmener au Bureau de la guerre. C'est là qu'on enregistre les patentes. »

Je lui ai expliqué que j'avais du travail.

Elle a dit qu'elle décalerait le rendez-vous.

J'ai répondu : « J'ai toujours du travail.

– Pourquoi répondre si sèchement ? »

Je lui ai dit que je n'avais pas l'intention de répondre sèchement, que j'étais sans doute un peu fatigué après le voyage.

« Tu sais ce que je déteste, Bram ? C'est cette capacité que tu as à me faire passer pour l'épouse acariâtre. La harpie. La mégère. La sale bonne femme de service. Ton obstination me force à dire des choses que je ne souhaite pas, mais je n'ai pas le choix.

– On a toujours le choix.

– Tu voudrais que je ne dise rien, c'est ça ?

– Parler de soutien entre époux serait plus juste.

– Dans tout ce que son époux voudra, que ce soit grand, petit ou indifférent.

– Je crois me rappeler t'avoir entendu prononcer des vœux qui n'étaient guère différents de cela.

– Tu es en train de me faire la leçon, Bram, c'est ça, sur les vœux que j'ai prononcés ? Après avoir passé six mois loin de nous, tu pourrais réfléchir ne serait-ce qu'un petit instant sur les tiens, non ?

– *Mea culpa.*

– Absolument. C'est une certitude.

– Tu as fini ?

– Je ne tolérerai pas ta condescendance, Bram. Et je ne te laisserai pas me remettre ainsi à ma place. Ne viens pas me dire à moi des choses que tu voudrais dire à quelqu'un d'autre. Le soutien entre époux est quelque chose dont tu es parfaitement capable. Mais pas avec ta femme, semble-t-il.

– Mes écrits m'appartiennent. Un point c'est tout. Je prendrai toutes mes décisions moi-même.

– Dans un couple, tout ce qui est à l'un est aussi à l'autre.

– Vraiment ?

– Je connais un Bram qui vaut mieux que cela. Où est-il parti ?

– Au Bureau de la guerre, pour obtenir ses maudites patentes. »

J'ai quitté la maison dans un état d'exaspération, et j'ai marché longtemps, j'ai couvert les six kilomètres jusqu'à Bow, puis je suis rentré. J'avais le moral au plus bas après ce qui s'était passé, j'étais perdu et je me sentais misérable. Incapable de savoir comment nous étions arrivés dans cette impasse. C'était comme si, devant la perspective de vivre à nouveau ensemble, nous contemplions la carte d'une mer que nous ne savions pas lire.

Terrible jour pour la ville de Londres. On a appris ce matin l'assassinat sauvage d'une autre pauvre jeune fille, une certaine Mary Ann Nichols, dont le corps a été retrouvé près de Blackwall Mansions à Whitechapel, après avoir fait l'objet d'innommables mutilations. C'est la troisième en cinq mois à trouver cette mort atroce. À présent, nous savons qu'il y a un monstre en liberté dans Londres.

Tout en marchant ce soir, j'ai vu bien des femmes se hâter à travers Leicester Square, l'air apeuré, par groupes de trois ou quatre, en se donnant le bras, regardant tout autour d'elles. Des centaines de policiers sont de service, mais cela ne diminue pas la crainte. Les petits crieurs de journaux à Charing Cross, les yeux fous, qui hurlent au meurtre. Les hommes que j'entends discuter sous les réverbères, ils ne parlent guère d'autre chose que de ces crimes, envisagent de former des patrouilles pour surveiller l'East End. Le tueur est un aristocrate, il se déguise en prêtre catholique, c'est un Russe, un chirurgien, un soldat, ce sont en fait deux hommes, ou trois. Il s'habille en femme.

Ajoutez à cela le brouillard de Londres, d'une épaisseur vénéneuse et crasseuse en ce moment, avec cette horrible suie, ces poussières à l'odeur nocive, au point que certaines dames portent des voilettes, et certains messieurs des capuchons, ou des mouchoirs, et l'atmosphère devient déstabilisante. Il y a aussi un nombre incroyable de personnes ivres dans les rues, et beaucoup de jeunes femmes infortunées appartenant à cette espèce qui a trouvé une fin si indicible. On pourrait croire que la peur les aurait fait fuir. La ville semble être un carnaval pervers dont le meurtrier est l'ordonnateur, nous faisant porter un masque grotesque pour prétendre ne rien voir.

Sur Exeter Street, je suis tombé sur Harks habillée en homme, l'air pâle, malade, tel un mauvais portrait d'elle à l'aquarelle. Elle était avec son frère, qui je crois s'appelle Frank, on aurait dit un fou, l'air absent et sous le choc, à moins qu'il ait bu. Nous avons parlé un moment, puis ils ont continué.

Des histoires sur les mutilations et les atrocités qu'ont subies les jeunes filles se transmettent comme la fièvre, un délire qui se nourrit de la peur. Ainsi que bien d'autres sortes de poisons, c'est une drogue.

Suis allé à ce club en sous-sol sur Frith Street passer une heure ou deux, mais je ne m'y suis pas plu, il y avait là des garçons trop jeunes et des vieux aux yeux libidineux. J'ai dit à l'un des jeunes que je ne voulais rien, que j'étais juste là pour la compagnie. Il m'a insulté. « Alors qu'est-ce que tu fais là, grand-père ? » Dieu sait combien j'aimerais ne plus fréquenter ce genre d'endroits. Mais quand je sors à la nuit tombée, on dirait que je cherche quelqu'un. Peut-être moi-même.

Ensuite, n'ayant nulle part où aller – j'avais égaré mon portefeuille, sinon je serais éventuellement allé à l'hôtel – je me suis rendu au Lyceum.

Il n'y avait personne. C'était… attendez que je regarde… il y a environ trois heures.

J'ai trouvé une couverture dans la salle des accessoires et je suis allé au bar, où j'ai rapproché deux fauteuils, et passé le temps à me demander comment fonctionne cet ingénieux mécanisme – cadeau de Monsieur, souvenir d'Amérique – et je pense en savoir assez maintenant pour [*indéchiffrable*].

Ah, il est à présent onze heures du soir passées de quatre minutes. Tout est noir ce soir. Il n'y a personne.

Difficile de dormir dans cette salle, peut-être à cause de tous ces miroirs.

L'imagination est en marche. Je ne cesse de croire que j'entends des pas résonner sur la scène.

La conscience fait de nous tous des lâches.

Au lit.

Mal dormi, je me suis réveillé il y a une demi-heure. Très froid, terriblement soif.

Il est presque cinq heures. Mal de tête. J'ai cherché partout une bouilloire, ou un moyen de préparer du thé, mais je n'ai rien trouvé.

Cauchemars affreux. Horribles. Les pires que j'aie jamais eus.

Ces choses que j'ai faites, sans que personne le sache.

7 septembre 1888

Puisque l'atmosphère à la maison est aux turbulences, pour dire les choses avec modération, et que les crampons les plus insupportables de Londres connaissent le chemin de mon bureau au Lyceum, de jour comme de nuit, j'ai réalisé un fantasme étrange en emportant ma machine à écrire et quelques affaires essentielles là-haut, dans l'antre de Mina.

Je suis heureux de l'avoir fait.

J'imagine que certaines inquiétudes un peu stupides empêcheraient quiconque de vivre ou de dormir là-haut (hélas). Mais pour travailler, ou simplement s'isoler de temps à autre, je trouve cette nouvelle retraite auprès des araignées parfaite. Sans parler de la tranquillité qu'il m'offre, ce qui est là son trésor le plus inestimable, l'endroit est bien éclairé, silencieux, sans être trop confortable, ce qui permet de rester alerte et en éveil.

Chaque fois que j'ai habité un lieu avec une vue, j'ai tourné mon bureau dans l'autre sens.

Il fera sans aucun doute un froid de loup en hiver, mais une couverture ou deux devraient faire l'affaire face aux extrêmes. Une bouilloire et même un réchaud ne sont pas inenvisageables.

Si mon ami le toit décide d'avoir une fuite, qu'il fuie donc, je lui souhaite bonne chance. Je m'éloignerai un peu pour rester au sec. Il n'y a ni table ni bureau – en tout cas je n'en ai pas encore trouvé parmi tout ce bazar – où installer ma machine à écrire, à part deux caisses retournées que j'ai enrôlées de force pour qu'elles deviennent mon secrétaire, et l'ancien trône sur lequel un Lear ou un Hamlet a autrefois fulminé, qui est assez confortable pour servir de chaise de bureau. Oui, j'ai l'intention de me trouver un petit poêle pour me préparer du thé, ou me réchauffer une tasse de bouillon, j'en ai vu un dans une vitrine chez Army and Navy.

Donc. Idée pour une nouvelle : une machine à écrire hantée. Elle tape elle-même ses propres histoires macabres qui horrifient son propriétaire, un auteur sans talent ni succès, qui vit seul dans l'austère et humble demeure héritée de ses parents, dans un endroit sinistre et rempli de voleurs comme Deptford, et dont les tentatives pour écrire sont toujours rejetées. Chaque matin, il entre dans son bureau et trouve une nouvelle, plus effrayante que la précédente, écrite par la machine pendant la nuit. Il verrouille sa maison, renvoie son valet, fait poser des barreaux aux fenêtres, pourtant ces histoires étranges sont toujours là, chaque matin, en piles bien nettes près de la machine.

Rendu fou par ses échecs, envieux de la réussite des autres, il se met à envoyer ces textes à des revues. Elles sont publiées sous son nom et rencontrent un immense succès. La richesse et la renommée arrivent à leur tour, il est entouré de beautés, achète une maison de ville à Piccadilly, qu'il remplit de tableaux du *quattrocento* et de bibelots précieux, mais son écriture à lui reste insipide et sans force ; chaque fois il doit s'en remettre à la machine hantée et son étrange production.

Toutes les nuits, il transpire dans son lit en entendant cet affreux cliquetis, jusqu'au jour où il lit une nouvelle qui lui prédit une mort affreuse. Il détruit alors la machine à coups de hache mais, au même moment, la police défonce la porte de sa maison et l'arrête. La veille au soir, a été adressée à Scotland Yard une lettre où il confesse le meurtre d'une pauvre fille des rues. La confession est tapée sur sa machine à écrire. Il finit pendu.

Ce matin, vers onze heures, après que l'équipe est arrivée pour construire les décors de *Dr Jekyll et Mr Hyde*, je suis allé chez Hatchards pour une sorte de commission privée, après avoir revêtu une casquette épaisse et chaussé des lunettes, au cas où je rencontrerais quelqu'un. L'aventure s'est avérée intéressante, mais pas de la manière dont je l'imaginais.

Il s'est passé une chose bizarre. Je n'ai pas encore compris.

Je suis entré et, par chance, le jeune employé de service ne me connaissait pas, ce qui a rendu mon petit subterfuge inutile. Quoi qu'il en soit, j'ai pris soin de me mêler aux clients qui feuilletaient les ouvrages. En réalité, je suis même tombé sur un vieux livre qui m'a intrigué, *Varney the Vampire* de Rymer, un gros pavé que j'ai plaisamment entendu décrire par le Chef comme « le pire livre jamais écrit en Angleterre, ce qui n'est pas rien ». Par curiosité, je l'ai acheté. Peut-être en tirerai-je une pièce. Les mauvais livres font souvent du bon théâtre.

À un moment, en regardant vers Piccadilly, où traînait un certain genre de garçons en quête de travail, j'ai remarqué par la fenêtre une silhouette imposante vêtue d'une longue robe, tout en noir, recouverte d'un épais voile de brocart orné de motifs d'étoiles de mer argentés. On aurait presque dit une statue, pas tout à fait présente, sa vue me rappelant même les poèmes *aisling* que ma mère chantait naguère, dans lesquels un jeune homme rencontre une femme fantôme dans le ciel ou près d'un lac. Enhardi par cette muse, je me suis approché de la caisse pour payer et, ce faisant, je me suis lancé clandestinement dans ma mission initiale.

« Je me demandais, ai-je dit à l'employé en rougissant jusqu'à la racine des cheveux, si par hasard vous auriez en stock un roman d'un certain auteur, il est de Dublin me semble-t-il – ah, son nom m'échappe pour l'instant – mais le titre du livre est *The Snake's Pass* ? Il a reçu une bonne critique dans un des derniers numéros de *The Spectator.* »

Le neuvième cercle de l'enfer de Dante, la fosse la plus profonde, est réservée aux pécheurs les plus infâmes, traîtres à ceux qui les ont bien traités, qui dans le donjon d'Hadès le plus sale, le plus brûlant, souffre l'éternelle dégradation des ingrats. S'il existait un dixième cercle, il serait réservé aux seules créatures encore plus méprisables et impardonnables : les auteurs qui font la promotion de leurs propres ouvrages.

« Je ne crois pas en avoir entendu parler, monsieur, a répondu l'employé avec son accent chantant du pays de Galles. Laissez-moi consulter notre catalogue, voulez-vous ?

– Je crois qu'il a également reçu une critique admirative l'autre semaine dans le *Hampstead Tribune*, ai-je ajouté sans vergogne. Vous devriez l'avoir en stock, je suis sûr qu'il y aurait de la demande.

– On ne peut pas tout avoir en stock, monsieur, mais laissez-moi regarder. »

Non, la foudre ne s'est pas abattue sur moi tandis que j'attendais ainsi au comptoir, et que le petit gars de Harlech feuilletait ses listes.

« Je ne vois rien qui porte ce titre, monsieur, quel genre d'ouvrage est-ce, le savez-vous ?

– Je crois que c'est une histoire surnaturelle, *The Spectator* disait "effrayant par moments" et qui "gagne à être lu".

– Mr Huntley ? a lancé d'un ton courtois le jeune homme à un collègue plus âgé. Un ouvrage intitulé *The Snake's Pass* ? L'avons-nous ?

– Nom d'une capote irlandaise, a répondu son aîné, celui-là, je me suis traîné à travers les épreuves, quelle affreuse ripopée ! On ne l'a pas commandé. »

C'est alors qu'une voix étrange s'est élevée, juste derrière moi. « C'est un très bon livre. »

Je me suis retourné. La personne qui avait parlé était la vision en noire que j'avais aperçue par la fenêtre.

« Merci, madame, a répondu le jeune employé non sans embarras. La difficulté pour nous, c'est qu'il existe tant de livres que nous devons connaître, et tous ne durent pas.

– Celui-là durera », a-t-elle sèchement répondu.

J'ai payé et je suis sorti de la librairie, ébahi. Quelques minutes plus tard, la femme est sortie à son tour.

Curieux, je l'ai suivie alors qu'elle traversait Piccadilly en hâte, et que le vent puissant faisait voler les pans de sa longue robe noire. Des ouvriers placardaient des affiches lorsque nous avons pénétré sur le Strand : « Recherché pour un meurtre sauvage. Un homme portant un tablier de cuir. »

Ma cible a tourné dans une minuscule ruelle dont je ne connais pas le nom, une de ces allées de traverse qui mènent à la Tamise. Je la suivais à distance, mais lorsque je suis entré dans la venelle à mon tour, il n'y avait plus trace d'elle. Pris de vertige, j'ai continué, en vain. Au moment où je me retournais pour revenir vers le Strand, un grand type au crâne en forme d'ogive est sorti de l'arrière-cuisine d'un café et m'a toisé.

« Vous avez quelque chose en tête, monsieur ? »

J'ai répondu que non, que je m'occupais simplement de mes affaires.

« Et de quel genre d'affaires s'agit-il ?

– Un genre qui ne regarde personne. »

Là, il s'est approché et a sorti de sa poche une plaque professionnelle. C'était un certain Landry, inspecteur de la police métropolitaine.

Je lui ai dit que j'étais l'administrateur du théâtre du Lyceum. Ses traits ne révélaient rien, ce qui en soi était éloquent. Soudain, j'ai eu trop chaud, et j'ai eu peur.

« Seulement, moi, j'ai l'impression que vous suivez cette dame, monsieur. Depuis Piccadilly Circus.

– Je ne la suivais pas.

– Ah bon, vous l'avez pas suivie ?

– Puis-je m'en aller ?

– Levez les mains au-dessus de votre tête un moment, monsieur, s'il vous plaît. »

Je n'avais aucune raison de ne pas lui obéir, alors j'ai fait ce qu'il me demandait, en tremblant un peu tandis qu'il fouillait mes poches et ma personne. Il a pris des papiers dans mon pardessus – une scène d'une pièce dont j'essaie de jeter les grandes lignes –, les a parcourues en fronçant les sourcils, avant de les remettre là où il les avait trouvées.

« Et d'où est-ce que vous venez, monsieur ?

– Je suis de Londres.

– Vous m'avez pas l'air très londonien. Venez par là, monsieur, tournez-vous contre le mur et écartez les pieds.

– Je suis né à Dublin. J'habite ici depuis quelques années.

– La vieille Irlande. Il s'en passe des choses, là-bas. Ça nous ramène des problèmes jusqu'ici, sur le territoire national, pas vrai ? Le bouseux irlandais de service, il aime la dynamite et la bière brune. »

Il a fini de me fouiller. M'a regardé me retourner.

« Je vous ai déjà vu, a-t-il dit. Où c'était, je me le demande.

– Je n'en ai pas la moindre idée.

– Vous fréquentez Soho, le soir, monsieur ?

– Non.

– Étrange, Mr Stoker. C'est à Soho que je vous ai vu. Dans une ruelle, en face du Drakes à minuit, sauf que vous y êtes pas entré. Vous vous tâtiez. Vous avez regardé derrière vous. Vous aviez bien envie, je crois.

– Vous devez me confondre avec quelqu'un d'autre, je ne connais pas cet établissement.

– Il était moins une, Mr Stoker. On a fait une descente ce soir-là dans cet établissement. Tous ceux qui ont été "cueillis" sur place ont pris six mois. »

Je n'ai rien dit.

« Un bon conseil, monsieur. Faites attention où vous mettez les pieds. Et suivre les dames ? Pas une bonne idée.

– Je vous assure, inspecteur, je ne suivais aucune dame.

– J'espère seulement que j'aurais pas besoin de vous rendre visite chez vous un soir, monsieur, suite à cet incident, pour recueillir votre témoignage. Cela pourrait causer de la peine à Mrs Stoker.

– Je n'apprécierais guère. »

Il a acquiescé. « En fouillant vos poches, j'ai trouvé deux billets d'une livre dans votre portefeuille. Je collecte des fonds pour les bonnes œuvres de la police en ce moment. Peut-être que vous voulez faire un don, monsieur.

– Naturellement.

– C'est très généreux de votre part, Mr Stoker. Je crois qu'on va monter à trois livres. À bientôt, Mr Stoker. »

Je suis rentré au théâtre, et je suis remonté dans mon monde supérieur. J'ai écrit un moment. Puis j'ai dormi.

J'ai rêvé que je tombais sur Londres depuis une grande hauteur. Le vent qui hurle. La lune rouge.

XIII

Où l'apparition voilée est vue à nouveau à Piccadilly, et où une lettre est écrite à une figure tutélaire aux États-Unis

Cet après-midi, j'ai eu un entretien avec le Chef qui m'a un peu désarçonné, et s'est même avéré dérangeant à certains égards.

Il était dans son bureau et, quand je suis arrivé, il essayait une perruque, affublé du nez de Shylock. Nous avons évoqué certains problèmes liés à la difficulté d'obtenir le bail de l'entrepôt de Southwark, mais il était évident qu'il était encore moins attentif que d'habitude. J'en ai conclu qu'il avait bien déjeuné, et qu'il était aux mains de la viticulture germanique et de la distillerie écossaise. Enfin, il a renvoyé la cheffe costumière, et m'a appris qu'il souhaitait évoquer avec moi une certaine question.

« Ces meurtres, qu'est-ce que tu en penses ? »

J'ai répondu que j'étais choqué, comme tout le monde.

« Ce n'est pas ce que je veux dire, m'a-t-il interrompu. Je pense qu'on pourrait monter quelque chose sur scène. Ça ferait un spectacle magnifiquement terrifiant, non ? On afficherait complet pendant un an. »

J'étais si abasourdi que pendant un moment, je n'ai pas su quoi répondre. Puis j'ai dit – mauvaise plaisanterie – que je doutais qu'il soit possible d'acheter les droits pour un assassinat.

« Quel dommage », a-t-il répondu. Ensuite, il a sorti un exemplaire du *Times* de ce matin, a découpé un morceau de la première page et l'a accroché au mur. Le gros titre en était : NOUVEAU MEURTRE ATROCE DANS L'EAST END.

« Mon héros. Le prince des imprésarios. Tout Londres parle de lui. Et c'est gratuit. »

Depuis longtemps, le Chef a cette habitude lassante de choquer les naïfs dans le simple but de se divertir et d'observer leurs réactions. Mais là, nous entrions dans de nouveaux territoires.

« Les gens aiment être choqués. C'est la nature humaine, voilà tout. La peur, c'est de l'argent, ma chère tatie. Shakespeare le savait. »

J'ai répondu que, sur ma vie, je ne voyais pas ce que Shakespeare pouvait venir faire dans ces affreux événements. Quel idiot je fus de mordre à l'hameçon. J'aurais dû garder le silence.

« Ça a tout à voir avec, tatie, regarde donc ses pièces. Empoisonnements, suicides, des mères qui dévorent leurs enfants. À côté, ce tueur passerait pour un garnement qui a mis du poivre dans la confiture du révérend.

– Très bien. Notre entretien est-il terminé ?

– La terreur et la pitié. Voilà ce que disaient les Grecs. C'est le secret du théâtre. Et ils savaient de quoi ils parlaient. »

À nouveau, je me suis retrouvé, malgré toute ma sagacité, embarqué sur la pente glissante qui menait droit vers les eaux tumultueuses de ses pièges. « Les dépravations de ce monde ne sont pas des sujets dignes de l'art », ai-je dit tout en me détestant pour cela, car l'emploi du mot « art » par quiconque en dehors des peintres trahit celui qui l'utilise, qui passe aussitôt pour un poseur méritant une bonne correction.

C'est alors qu'a retenti ce rire moqueur vers lequel il tendait depuis le début, peut-être même depuis qu'il s'était levé ce matin.

« Tatie, quel incroyable hypocrite tu fais. Tu es attiré vers ce qui est sale, vers l'horreur, comme un ver est attiré par la merde. Tu rentres vite auprès de ta petite femme, pour accomplir toutes tes tâches conjugales, mais tu soupçonnes toujours qu'il existe autre chose, n'est-ce pas mon amour ?

– Tu es ivre, ai-je répondu. Retourne dormir dans ton trou. »

Avec un sourire sinistre, il a plongé la main dans la poche de son peignoir et il en a sorti un exemplaire de mon livre.

« *De Shnake's Pass*, bon sang de bon sort ! a-t-il ricané. Ça t'excite, ça, pas vrai, tatie ? De soulever la pierre. De voir les asticots qui frétillent et qui se gorgent du fumier de ta concupiscence. Dommage que tu n'aies pas la subtilité nécessaire pour l'exprimer. Ça doit te rendre fou de frustration. »

Je me suis approché et je lui ai arraché le livre, ce qui dans ces conditions n'était guère difficile. Son haleine rance aurait mis par terre un cheval.

« J'ai touché le point sensible, pas vrai, tatie ? J'ai toujours su où il était.

– Laisse-moi te dire les choses clairement et simplement : nous ne monterons pas de pièce “inspirée” de ces meurtres. »

Il a secoué la tête en imitant mon accent, et tandis que je me retournais pour prendre congé, il s'en est pris à moi de nouveau.

« Au fait, je sais qui c'est. »

Je me suis arrêté à la porte.

« Vous, les taiseux, vous pouvez être de vrais sauvages au fond de votre petit cœur furieux. Vous êtes bien plus cruels que les démonstratifs.

– Je laisse la cruauté aux spécialistes du genre, ai-je répondu.

– Ils sont gentils d'avoir publié ton portrait dans *Punch*. Tu l'as vu ? »

Il m'a montré son bureau, sur lequel se trouvait le magazine en question, montrant un dessin. Il s'agissait d'un visage simiesque, bouche ouverte, l'air d'un singe mais avec un groin de porc et des canines protubérantes, dégoulinantes, coiffé d'un bonnet de lutin portant comme emblème le *shamrock*, avec autour du cou un rosaire, pourvu d'un crucifix en guise de pendentif.

Le slogan était : LE VAMPIRE IRLANDAIS.

Il est arrivé au cours de ma vie que je me réjouisse de ne pas avoir une Winchester sous la main. Ce moment-là en fait partie.

VOIX D'ELLEN TERRY

… et vous savez, c'était l'époque de Jack l'Éventreur. Une époque terrible pour Londres. La ville ne s'en est jamais complètement remise. Je ne sais pas si vous avez vécu dans une ville avec un assassin en liberté, qui tue et tue encore, cela finit par tout contaminer, comme du poison dans les réserves d'eau, ou des saletés dans l'air.

On regarde ses voisins différemment. On commence à se rappeler de choses qui ne sont pas arrivées. Ce type qui habite dans la rue et qui m'a regardée bizarrement à la bibliothèque l'autre jour, où ce drôle de petit gars chez le marchand de tabac. On se demande si c'est lui qui a commis ces meurtres. Est-ce qu'il a découpé sa femme en morceaux, pour les emmurer dans sa cave ? Pendant un jour ou deux, j'ai cru qu'il s'agissait de notre pasteur, un homme qui ne vous regarde jamais dans les yeux quand vous lui parlez. Voilà ce qui arrive, vous voyez. On se met à soupçonner tout le monde.

Les rumeurs racontaient que c'était un étranger, ce qui paraissait logique, disaient les gens. « Aucun Anglais ne commettrait jamais des actes aussi odieux. » On trouvait des horreurs sur les juifs, peintes sur les murs. On raconte beaucoup de bêtises lorsqu'on vit dans de telles conditions. Les gens veulent se rassurer. Ce doit être un des « Autres ». L'Angleterre est drôle, pour ça. Mais c'est sans doute pareil partout.

Non, je ne dirais pas que j'avais peur. Ce n'est pas le mot.

Très chère, j'ai joué en dernière partie de soirée à l'Apollo de Liverpool, un samedi soir. Après ça, l'enfer ne m'effraie plus.

Je dirais que j'éprouvais davantage de ressentiment et de colère que de crainte. Un détail : à l'époque, je vivais dans le Surrey, à la campagne, près de Richmond, ce qui est à une vingtaine de kilomètres du West End, et je rentrais à la maison avec mon poney, chaque soir après la représentation. C'était une chose que j'adorais, cela m'aidait à garder les pieds sur terre, à ne pas perdre la tête.

Cela permettait de calmer le feu qui s'allumait lorsque j'étais sur scène. Jamais je n'ai voulu ni eu besoin qu'on me reconduise. Je préférais être seule. À minuit ou une heure, parfois à l'aube, peu importe. Je rentrais seule chez moi.

C'était apaisant de quitter le théâtre à deux heures du matin, après la discussion qui suivait la représentation, et pendant une heure et demie, nous trottinions vers la maison. Cela rince les applaudissements qui résonnent encore à vos oreilles. Étouffe les hourras. Au petit trot dans Oxford Street, personne dans les parages. Puis Park Lane, Bayswater Road, Maida Vale, ensuite en direction d'Acton. J'avais une gentille ponette à l'époque, Firefly, une coquette au cœur de chêne. Nous avons dû faire ce trajet ensemble mille fois.

Les différents oiseaux que l'on entendait en arrivant aux abords de la ville, puis par-delà, dans les prés, les petits moineaux, les mésanges, les pigeons ramiers, les pinsons, plus aucun de ces goélands londoniens qui bousculent tous les autres. On entendait le fleuve. Et cette senteur de noix de coco des ajoncs. Plus tard, vers cinq heures disons, par un tiède matin de printemps, ce chœur de l'aurore peut vous faire venir les larmes aux yeux. Le ciel doré au-dessus. Les alléluias des moineaux. Les lucioles et moi, et une bonne nuit de travail derrière nous. Un sentiment qui n'a pas son pareil au monde.

Nous nous arrêtions sur un pont de pierre au-dessus d'un méandre de la Tamise, et je lui donnais une pomme ou une carotte, tandis que je fumais une dernière cigarette. Et je lui disais : « Eh bien, encore une de passée, ma chérie, nous avons survécu à une nuit de plus. Voici Richmond au loin, nous sommes presque arrivées, ma fille. »

Jack l'Éventreur m'a volé ça.

Ma petite raison personnelle pour le mépriser.

Il a tout pris aux autres, je le sais. À moi, il a pris l'Angleterre.

Car il fallait être raisonnable, ces trajets nocturnes devaient cesser. Et c'est ce qui s'est passé. Mais je ne lui accorderai pas ma peur.

En revanche, j'avais peur pour les jeunes filles, on est vulnérable sur scène. Même lorsque tout se passe au mieux, il y a toujours quelqu'un qui traîne autour de l'entrée des artistes et qui cherche à vous ennuyer. Les hommes se font des idées sur les actrices, il en a toujours été ainsi, je ne sais pas pourquoi. C'est un jeu de miroir, n'est-ce pas, quand on y réfléchit. Ils vous voient, là-haut, dans la lumière, mais vous, vous ne pouvez pas les voir. Les femmes qui vont au théâtre, elles, comprennent beaucoup mieux que tout ça, c'est du vent. Nous nous laissons moins emporter.

Il était évident que ce poltron d'Éventreur, qui qu'il soit, visait un certain type de jeunes filles. Je n'aime pas utiliser le nom qu'on emploie si souvent à leur endroit. En tant que comédienne, on l'entend trop à notre propos. Si, c'est vrai, les gens le pensaient encore alors. Une femme qui jouait au théâtre était à deux pas du trottoir. Et vous savez, soyons honnêtes, je ne suis pas certaine que cette idée ait complètement disparu.

En ce qui me concerne, une fois que les assassinats sont devenus routiniers, j'ai commencé à prendre certaines précautions.

Mieux vaut ne pas en parler. Oh, et puis après tout, si vous insistez.

Lors de cette tournée à Baltimore en 86, j'ai acheté le revolver Smith & Wesson le plus classe qu'on puisse trouver, d'une taille qui rentre dans un sac à main. Toutefois, maintenant que j'y réfléchis, je l'ai gagné à une tombola de charité pour les veuves ou les orphelins de guerre ou je ne sais qui d'autre. Ou peut-être les amputés. Vous savez, les Américains sont toujours en guerre.

À Baltimore, on pouvait acheter une arme aussi facilement qu'une pomme d'amour ou de la barbe à papa en Angleterre. Je l'ai rapportée sur le bateau à destination de Southampton en me disant juste que c'était un souvenir original. Non, je n'ai rien dit au gars de la douane, j'ai franchi la barrière au pas de course en affichant mon plus beau sourire. Oh, je vous raconte des bêtises. Il m'a demandé un autographe. Que je lui ai donné. Ce fichu revolver était coincé dans ma jarretière. Franchement, la folie de la jeunesse.

Alors quand l'Éventreur est passé à l'acte, je l'ai descendu de son étagère. Je l'ai emporté à Hampstead Heath, un soir. Pour tirer sur un if. C'était amusant. J'ai fait feu sur une poubelle en rentrant à la maison, sur Earls Court Road. J'étais turbulente, je l'avoue. Mais bonne fille.

Je me disais : Mr L'Éventreur, mieux vaudrait ne pas vous frotter à moi. Sortez du brouillard devant moi et vous n'irez pas plus loin. Vous aurez peut-être la peau de Len mais je vous enfoncerai les dents jusqu'au fond du crâne, au passage.

Cette fille-là n'allait pas se laisser éventrer. Pas sans se battre.

Je me disais, viens voir la jolie Len, mon beau, viens voir ce qu'elle a pour toi. Je vais te réduire en purée, chéri. Prends ça !

Je l'ai toujours chez moi. Autrefois je le conservais dans un carton à chapeau sous l'escalier. Je me souviens de l'avoir montré à Shaw une fois, le Smith & Wesson, pas le carton à chapeau. Il m'a demandé s'il pouvait tirer avec – tous les pacifistes sont terriblement excités, obsédés par les armes, je l'ai découvert. Mais j'ai refusé. Donner un revolver à un Irlandais, mon ange ? Vous croyez que j'ai une chauve-souris dans la mansarde ?

Bien. Où en étais-je ? Ah oui, l'époque de Jack l'Éventreur. Je me demande encore qui c'était. Pas vous ?

28 septembre 1888

Nous avons trouvé un lieu que, après quelques modifications, nous pourrons utiliser pour stocker nos décors. Il s'agit de deux ponts ferroviaires désaffectés, près d'un quartier appelé Buck's Row, dans une partie désolée et affamée de l'East End. Les structures sont sèches, en bons blocs de granit, hautes de plus de vingt-cinq mètres, et elles seront défendues par des chevaux de frise avec des barbelés et des portes en acier que j'ai commandées aux fonderies Sun de Glasgow.

Aujourd'hui je me suis rendu sur place avec Harks pour prendre toutes sortes de mesures et m'occuper de la paperasse avec la compagnie de chemin de fer, apparemment très soulagée de s'être débarrassée de cette responsabilité, qui plus est en percevant un bon loyer. Le contrat signé, alors que l'encre n'était pas encore sèche, ils ont fui comme des fantômes à l'aube.

Harks semble moins enthousiaste que moi. Elle a procédé à quelques calculs dans son registre – ce qui n'est jamais une bonne nouvelle – et m'a fait observer dans le fiacre qu'il y aura là, dans quelques semaines, des décors d'une valeur de soixante-dix mille livres, dont certains sont inestimables et impossibles à remplacer, servant à trente et un des trente-quatre spectacles de notre répertoire. Elle a parlé de l'humidité, du vol, des vandales, de la poussière. Et puis elle est inquiète au sujet des rats.

Je sais qu'elle a tendance à se faire du souci, pas toujours pour de bonnes raisons, toutefois j'ai trouvé du mérite à ses remarques à un titre au moins : j'ai pris conscience de la nécessité d'embaucher immédiatement des vigiles pour surveiller l'entrepôt. Je lui ai dit que les gars du coin feront l'affaire, on peut leur faire confiance et ils ne demanderont pas plus de quelques shillings. S'il y a quelque chose que je sais à propos des cockneys, c'est qu'ils sont toujours heureux de gagner un peu d'argent facilement, surtout quand cela leur donne l'occasion de se bagarrer. En plus de garder les lieux, ils pourront poser des pièges et des cages, afin d'empêcher nos hôtes à quatre pattes d'aller grignoter Elsinore.

« Merci monsieur, je vais m'en occuper », a-t-elle dit en fixant les arches supérieures des ponts d'une drôle de manière, à croire qu'elle avait vu là-haut quelque chose de suspect.

« Comment avez-vous découvert cet endroit, monsieur ? » m'a-t-elle demandé ensuite.

Je lui ai dit la vérité, c'est-à-dire que j'aime bien me promener la nuit.

« Il ne faut pas faire ça, monsieur, avec tout ce qui se passe dans l'East End. Une des filles a été trouvée à quelques rues de là.

– Oui, je l'ai lu dans *The Times*.

– Un cousin à moi travaille à la morgue, monsieur, c'est là qu'ils ont ramené la fille. Vous pourriez pas croire ce qu'il lui a fait. Cet homme-là, c'est un monstre. »

Je n'ai rien répondu. Croire que le mal est l'apanage des monstres, et non des hommes, console la jeunesse.

Elle s'est mise à énumérer les affreux sévices subis par la jeune fille, mais je l'ai implorée de se taire, car je ne le supportais plus. Entendre de telles choses exprimées à voix haute, c'était comme les infliger à nouveau à la victime.

« Vous savez ce qu'on raconte, monsieur ? Qu'il s'habille en femme.

– Vous ne devriez pas trop prêter attention aux rumeurs, ma vieille.

– C'est bizarre, quand on pense qu'on peut le croiser dans la rue à n'importe quel moment, sans s'en rendre compte.

– En effet. »

En rentrant au Lyceum, il m'a été impossible de me concentrer sur les reçus. Je suis monté au grenier. D'étrange humeur.

Je pensais à ces pauvres filles. Qu'elles avaient dû souffrir !

Mal de tête, difficulté à respirer, yeux larmoyants.

Je suis grimpé sur le toit pour observer longuement la ville. Mon esprit se représentait les dizaines de milliers de pièces, toutes désertes, à croire qu'une épidémie ou une terrible malédiction les avaient vidées. La vaste nef de St Paul, le Mall, le palais, les bas quartiers, les taudis, les tavernes, tous déserts, les prisons dépourvues de prisonniers, les lieux de travail en feu, les cages du zoo ouvertes, les animaux errant dans Paddington. Et un seul homme dans Londres.

J'ai cru me voir moi-même, alors, à travers un rideau dans le temps. M'est apparu un jour où j'avais sept ou huit ans, j'étais au lit, comme toujours, incapable de marcher ni même de bouger mes jambes ratatinées, et cet après-midi-là, j'avais le moral au plus bas, ainsi que peut l'avoir un enfant seul et malade. Des écolières m'avaient vu à travers la fenêtre et s'étaient horriblement moquées de moi, m'imitant avec des gestes et des grimaces d'autant plus impitoyables qu'elles étaient justes.

Ma mère n'avait rien pu faire, j'avais pleuré toute la journée. Mon père était rentré du travail. Je pleurais toujours. C'était un soir d'été de miel doré, j'entendais les autres garçons jouer au ballon dans la ruelle, les petites voisines qui sautaient en chantant leurs comptines. Mon père, qui n'était pas un costaud, m'a néanmoins enveloppé dans son grand manteau et m'a emmené de l'autre côté des voies des tramways jusqu'à Fairview Park.

Sur une estrade, des gens dansaient un quadrille. Un marionnettiste – italien si je me souviens bien – essayait d'attirer l'attention des passants, Punchinello hurlant sur Judy, ce qui arrachait des exclamations excitées à ceux qui s'arrêtaient. Une dame devant un chevalet dessinait des esquisses à la craie. Le prêtre de la paroisse, lugubre habitant de Derry qui sentait la menthe poivrée, lisait son bréviaire sous un chêne. Je demandai à mon père quelle était la différence entre ce que croyaient les catholiques romains et nous, et pourquoi nous ne pouvions être amis. Il me répondit que les protestants étaient dans un bateau, qu'ils traversaient un vaste fleuve, que notre sécurité était assurée par la Vérité et la Grâce de Dieu, mais que nous devions toujours prier pour nos infortunés voisins papistes qui, eux, devaient traverser à la nage. Certains parviendraient sur l'autre rive. La plupart n'y arriveraient pas. Le pain, c'était du pain, et ça ne serait jamais du sang.

Ma mère le fit taire. Elle était clémente. La douceur du soir la rendait plus douce encore.

Nous restâmes là, mes parents et moi, jusqu'à neuf ou dix heures, jusqu'à la fermeture du parc. Ma mère avait apporté des coussins, et un pique-nique préparé à la hâte, mon père sa pipe en écume de mer ainsi qu'un vieux recueil de contes de fées du Connaught, dont il me lut des histoires, que j'écoutais, allongé dans l'herbe, en observant le ciel. À un moment, le baladin chanta une chanson étrange : « Il était une fois une femme qui vivait dans les bois, wila, wila, waulyeh. » Voilà tout ce qui s'est passé ce jour-là. Jeté sur la page, ça n'a pas l'air de grand-chose. Mais même si je vivais mille ans, jamais je ne vivrais d'heures plus heureuses.

En redescendant du toit, j'ai bricolé un moment sur ma pauvre machine à écrire, mais rien d'intéressant n'en est sorti. Une remarque de Dickens que j'avais lue dans une préface m'est revenue à l'esprit, et j'ai songé à écrire certains événements de la journée à la troisième personne, en modifiant les détails. Mais j'étais déjà épuisé, et toujours d'humeur étrange, hanté par ces meurtres, par les visages de ces jeunes filles.

J'ai tapé et recopié un message, en demandant à Harks de l'afficher dans tous les vestiaires et les toilettes des femmes.

ATTENTION

JUSQU'À NOUVEL ORDRE, AUCUNE EMPLOYÉE NE RENTRERA SEULE CHEZ ELLE APRÈS LA TOMBÉE DU JOUR. LE LYCEUM ENGAGERA DES FIACRES AUPRÈS D'UNE COMPAGNIE RÉPUTÉE EN LEUR DEMANDANT D'ATTENDRE À LA SORTIE DES ARTISTES. VOUS SEREZ RAMENÉES CHEZ

VOUS PAR GROUPES DE TROIS ET LE CHAUFFEUR ATTENDRA POUR VÉRIFIER QUE VOUS ÊTES BIEN ENTRÉES. IL NE S'AGIT PAS D'UNE PROPOSITION MAIS D'UNE INJONCTION QUI DOIT ÊTRE SUIVIE.

SUR ORDRE DU CHEF

C'était trop long et cela m'ennuyait.

Alors je l'ai déchiré.

En sortant du magasin Army & Navy, son paquet à la main, il est stupéfait d'apercevoir l'apparition de l'autre jour.

De l'autre côté de la rue. Dans le froid soleil. Devant la bijouterie Hillenbrand. La silhouette voilée de noir de chez Hatchard.

Son regard la suit comme un projecteur à mesure qu'elle avance sur le trottoir.

Elle s'arrête pour regarder les vitrines, celle d'une couturière, d'une modiste. On dirait qu'elle prend des notes. Qu'elle annote un livre ? Elle a une manière bizarre de se tenir, une façon de se mouvoir sous ses vêtements.

Elle traverse Southampton Street, se hâte dans Grandchester Alley. Il garde un peu trop ses distances, et lorsqu'il pénètre dans la ruelle crasseuse, plus trace d'elle. Son instinct le pousse à prendre sur la gauche, à l'angle, et là, cent mètres plus loin, il aperçoit le long manteau noir, la démarche pressée.

Pas du tout féminine.

Est-ce possible ? Est-ce vraiment la réalité ? En sueur, il continue.

Elle tourne à droite. Puis à gauche. Le long du Strand. Traverse Exeter Street. Gravit les marches. Passe la porte du Lyceum.

Stoker se met à courir. Les couloirs du théâtre. Mais où sont-ils tous passés ?

Son manteau balaie les loges, il dévale l'allée, grimpe les marches qui mènent sur scène, se dirige vers l'escalier qui monte jusqu'au bureau du Chef, il halète, trébuche.

« Arrêtez, s'écrie-t-il. Il s'agit…

– Bram, dit Irving. Tu es dans tous tes états. Pourquoi es-tu si essoufflé ? »

La silhouette voilée se tient devant la fenêtre, elle regarde dans la rue.

« Puisque tu es là, continue-t-il avec un petit sourire étrange, puis-je te présenter celle qui va sauver le monde, la plus grande actrice d'Angleterre. Voici ma chère amie, Ellen Terry. »

Elle se retourne lentement et retire son voile. Ses yeux violets attirent la lumière.

« Nous nous sommes brièvement rencontrés une fois, Mr Stoker. Dans les coulisses, il y a des années.

– Qu'est-ce qui t'arrive, Bram, mon vieux ? Serre la main d'Ellen, par pitié. On dirait que tu as vu un fantôme.

– Je…

– Il a perdu sa langue, Len. Ce pauvre Bramzie est à court de mots.

– Je préférerais que tu ne te moques pas de Mr Stoker à cause de moi, Henry, chéri. La première fois où nous nous sommes rencontrés, tu avais du mal à trouver tes mots, toi aussi.

– Cela m'étonnerait.

– Incorrigible comédien que tu étais, et que tu seras toujours. C'est la pure vérité, Mr Stoker, les doigts de votre Chef pianotaient sur la table du restaurant, et il regardait son reflet dans la cuillère à soupe.

– Bram est l'administrateur et le factotum en chef de cet endroit, Len, et il est méchamment bon, en plus. Il répond à presque quatre-vingts lettres par jour pour moi. Le diable avec une plume. C'est un mammifère plutôt évolué que tu trouveras fréquentable.

– Chéri, je te remercie, mais j'ai déjà conscience du talent de Mr Stoker en matière d'écriture.

– Vraiment ?

– J'ai lu le roman de Mr Stoker, *The Snake's Pass*, et je l'ai trouvé très bon. Certaines de ses nouvelles publiées dans des revues m'ont été recommandées par Shaw en personne. J'adore votre façon de raconter des histoires, Mr Stoker. Vous avez réussi à me tenir en éveil des nuits entières.

– Oh, voilà de bonnes nouvelles, Bram. Miss Terry rejoint la troupe dès à présent. Elle vient de signer son contrat. Le voilà, à classer.

– Tu ne m'avais pas dit que Miss Terry allait entrer dans la troupe.

– Je ne te l'ai pas dit ?

– Non.

– Eh bien, le soleil s'est levé ce matin, et il se couchera ce soir. Peut-être ai-je omis de mentionner cela aussi. »

Elle rit avec légèreté. « J'ai l'impression d'interrompre une querelle domestique.

– Pas du tout, ma chérie, répond Irving, nous ne faisons que nous échauffer.

– Quoi qu'il en soit, je dois prendre congé, pardonne-moi pour cette brève visite. Adieu, doux prince. » Elle tend à Irving une main gantée qu'il porte à ses lèvres. « Heureuse de vous revoir, Mr Stoker, je me réjouis de nos futures discussions sur la littérature. »

Une poignée de main, et elle est partie. Comme si elle n'avait jamais été là. Irving se penche sur son bureau, feint de lire un script.

« Comestible, hein ? Elle a tendance à réchauffer les vieilles coulées de lave.

– C'est l'actrice la mieux payée d'Angleterre. Comment allons-nous faire ? Nous sommes déjà dangereusement endettés.

– Peut-être que tu pourrais vendre ton corps ? Au poids, pas à l'heure.

– Puis-je insister pour que tu me répondes ?

– Mais c'est que tu deviens grassouillet, ces temps-ci. Ta petite femme te nourrit bien ?

– L'insouciance ne dirigera pas ce théâtre.

– Une petite dose, ça ne ferait pas de mal.

– Je suis censé être l'administrateur de ce théâtre, participer à la prise de décisions…

– C'est drôle que tu dises ça, chéri, parce que tu as l'air de t'intéresser davantage à l'écriture de ces histoires ennuyeuses dont personne ne veut. À part cet abruti de Shaw, évidemment. J'aurais dû m'en douter.

– C'est injuste.

– Tu exiges d'avoir ton mot à dire dans les décisions que je prends alors que je ne participe pas aux tiennes ? Bel échange de procédés, tatie !

– Pour une fois dans ta vie, veux-tu cesser ces manipulations ?

– Si, en tant qu'administrateur, ou maudit Seigneur impérial, ou ce que tu voudras selon tes propres termes à toi, si tu considères que c'est une erreur d'embaucher la plus grande actrice du monde, je peux annuler son contrat, évidemment. Peut-être que tu préférerais jouer toi-même Ophélie ? Tu ferais une folle merveilleuse.

– Je te le dis, nous ne pouvons pas nous permettre d'ajouter son salaire à nos factures. On ne peut tirer du sang d'une pierre.

– Oh si, chéri. Il faut juste savoir comment la presser.

– Cesse de jouer les naïfs.

– C'est l'hôpital qui se moque de la charité, on dirait. Ferme la porte derrière toi, tu seras un ange. »

27 Cheyne Walk,
Chelsea,
Londres.
2 octobre 1888

Très cher et excellent Walt Whitman,

Merci pour la carte postale du Brooklyn Naval Yard, que j'ai accrochée au-dessus de mon bureau au Lyceum. Je suis heureux de savoir que vous allez bien et que vous vous remettez de votre rhume. Certains des acteurs, ici, au théâtre (qui doivent se prémunir des infections pour ne pas perdre leur voix), ne jurent que par la consommation d'ail. L'hiver, ils ont pour habitude de suspendre les fleurs blanches autour des fenêtres et des portes de leurs vestiaires.

Ma propre méthode pour éviter de tomber malade consiste à soulever des haltères tous les matins, ce que je fais aux bains de Jermyn Street, près de Covent Garden. Une demi-heure de lever et poser, suivie par une plongée dans le frigidarium me met en forme pour la journée, ensuite, je m'octroie une longue douche sous deux cents litres d'eau, et je profite de ce temps-là pour réfléchir.

Je garde de chaleureux souvenirs de notre rencontre à Brooklyn, pendant notre tournée américaine de l'été dernier, de cet agréable après-midi que nous avons passé ensemble, et de votre merveilleuse hospitalité.

Je caressais depuis longtemps l'espoir, vous le savez, de serrer un jour la main de celui qui a mis au monde les *Feuilles d'herbe*. Toute ma vie d'homme, votre œuvre a été sacrée pour moi mais, même enfant, je pense que je l'attendais déjà, comme on attend quelque chose de divin, comme la graine attend le soleil. Je ne me doutais guère, en revanche, que nous passerions des heures assis sur votre véranda, à parler de tant de choses personnelles de manière si libre et ouverte.

Pour moi, ce qui était si redoutable à mes yeux de petit garçon, c'était de penser que j'étais seul au monde, que je n'aurais jamais d'amis, que je serais toujours un paria, et puis vos vers m'ont doucement chanté qu'il y en avait d'autres, beaucoup d'autres, qui éprouvaient la même chose dans le secret de leur cœur. Il n'est de solitude si terrible qui ne puisse être partagée.

Heureux le jour où je posais les yeux sur ce qui fut mon phare de sagesse et de bonté. En ces temps sombres que nous vivons à Londres, il faut se concentrer sur ces consolations.

Ma bien-aimée cité d'adoption tremble sous les chaînes de la peur. Vous avez sans doute lu des choses sur cette vague de meurtres. Deux infortunées ont été assassinées la même nuit, la semaine dernière, la première dans Berner Street, à moins d'une demi-heure de mon lieu de travail, la seconde dans Mitre Square – une fois encore, elles ont subi les pires mutilations imaginables. On murmure – horrible pensée – qu'elles ont fait l'objet de pratiques cannibales, et d'autres actes trop obscènes pour être écrits. Une des pauvres filles a été violentée avec un pieu en bois.

Hier, les journaux du matin ont publié des extraits d'un message qui aurait été envoyé aux policiers par l'auteur de ces actes sanglants et monstrueux. C'était signé « Jack l'Éventreur ».

Je vous joins une copie.

C'est une chose très étrange de se promener la nuit, comme je le fais parfois pendant quelques heures, après que le public est rentré et que le théâtre est fermé, car le grand air m'éclaircit l'esprit et calme l'hyperanxiété dont je souffre depuis toujours.

Savoir que le tueur est dans les parages, peut-être aussi près que mon ombre, qu'il se meut à travers le même air. Qu'il nous pollue.

Je vois cette église, cette galerie, cette rue, cette gare, et je me dis : « Il est passé par là », ou « C'est possible en tout cas ». Je regarde les spectateurs à travers une fente du rideau, et je pense : « Peut-être qu'il est assis au balcon. » En venant travailler au Lyceum, il y a quelques jours, j'ai trouvé une boîte tachée de sang sur les marches de l'entrée. Je vous jure que j'avais peur de l'ouvrir, et je l'ai fait en tremblant. (Elle contenait des biftecks commandés par mon employeur.)

Cette peur épuise notre bonté et notre miséricorde. La carte est maculée de sang. Nous avons l'impression d'être liés à ce monstre ainsi qu'à un jumeau, cette chose en nous qui appelle au meurtre. Je ne sais pas si je retrouverai jamais mon Londres.

Les grandes rues et les avenues sont désertes après la tombée du jour. Les gens sont tout bonnement effrayés, les journaux hurlent. L'autre soir, à minuit, j'ai pris un fiacre jusqu'à Kensington, et de là j'ai traversé Hyde Park jusqu'à Porchester Square, près de Bayswater, en tout j'ai compté moins de dix âmes en chemin, et tous ces gens étaient des policiers.

Dans l'East End, où mes promenades souvent me mènent, le crépuscule apporte ses miasmes de terreur, telle une infestation de guêpes. Beaucoup d'habitants se sont enfermés, dressant des barricades avec ce qu'ils ont sous la main, de vieilles charrettes, des morceaux de ferraille, des meubles cassés, tout ce que les pauvres peuvent trouver. Vision macabre, ils se sont introduits chez les pompes funèbres et ont volé des cercueils. Puis ils les ont empilés à travers l'entrée crasseuse de leur ruelle, à la manière d'un mur, si vous voulez.

En passant dans la nuit, on entend les gens derrière leurs piètres rideaux. Mais après minuit, on peut facilement marcher trois heures sans jamais voir personne.

Sur le front personnel, je dois dire, les choses ne sont guère plus brillantes. C'est très simple, en vérité, car ma femme et moi vivons à présent pratiquement séparés, en fait, elle et mon fils sont retournés dans sa famille, à Dublin. Je lui écris presque tous les soirs, et elle me répond. Nous sommes en assez bons termes. Je crois que nous sommes tous deux conscients du fait que, pour le bien de notre fils, nous devons respecter les apparences. Mais nos espoirs à l'un comme à l'autre se sont éteints, et nos ardeurs se sont refroidies.

Quant aux raisons de cette disharmonie, elles sont nombreuses, certaines sont trop compliquées pour être énumérées, d'autres se refusent à être couchées sur le papier. D'après les conversations que nous avons eues à Brooklyn, vous devinerez certaines de ces difficultés, mais il en est d'autres qui ne sont pas plus faciles à supporter, peut-être même sont-elles pires.

Mon travail au Lyceum n'a guère aidé. Certes, il m'a apporté une certaine sécurité mais, sur d'autres plans, il a miné mes défenses. Les heures sont longues et tardives, les demandes sans fin, les responsabilités liées à ma fonction semblent germer pareilles aux vrilles du haricot magique de Jack, aussi je ne sais jamais vraiment ce que je suis censé faire, tout en sachant que je dois suppléer à tout ce qu'un autre est censé effectuer mais ne fait pas, et que je dois me montrer plus rapide en coûtant moins d'argent.

Je suis en permanence soumis à une pression considérable, aussi ai-je oublié ce que c'est qu'être en paix avec soi-même, et c'est une torture d'être marié à un tel homme. Mon employeur, ainsi que beaucoup de gens de théâtre, est imprévisible et difficile à satisfaire, ses critères d'exigence sont très élevés, mais il n'en est pas toujours digne lui-même, surtout lorsqu'il s'adresse à ses subordonnés. Comme tous les gens sensibles, ou devrais-je dire les gens qui dirigent en se voyant eux-mêmes ainsi, il peut appliquer une stricte discipline sans montrer la moindre compassion envers les sentiments des autres. En même temps, je suis beaucoup mieux payé que si je travaillais dans un bureau ou si j'écrivais sur commande. De toute façon, je ne suis pas fait pour ces genres de métiers. J'ai à présent quarante et un ans, vous le savez. J'ai attendu trop longtemps.

Autre difficulté, bien que j'exècre l'idée même de le formuler, c'est l'Antarctique de temps que j'ai gaspillé à écrire. Les quelques shillings que j'ai ainsi gagnés au fil des années ne suffiraient pas à payer ma pierre tombale, et m'ont en vérité coûté très cher, non seulement sur le plan familial – où mes absences ont fait beaucoup de mal – et à d'autres niveaux plus personnels. Quand on est jeune, on n'imagine pas que le temps soit une monnaie. Plus tard, on s'aperçoit qu'on n'a plus grand-chose sur son compte.

Je regrette amèrement d'avoir jamais posé les yeux sur un livre, et plus encore d'avoir permis à cet affreux succube, l'ambition, d'avoir affûté ma plume.

Comme j'admire votre art, qui est si pur, si net, si mâle. Vous écrivez aux quatre vents, hermétique à tout espoir, et plus encore à son jumeau, le désespoir. Cette certitude adamantine et ce refus de s'encombrer avec de telles inepties me rappellent Chaucer, qui devait croire, s'il y songea, que jamais il n'aurait de lecteur, et qui néanmoins persista. Mais ces derniers temps, mon propre pèlerinage semble me mener par des routes incertaines, sans que j'aperçoive au bout la moindre trace de Canterbury.

On se construit sa forteresse du mieux que l'on peut, avec des murs si épais qu'aucun canon ne puisse les transpercer, pourtant la plus minuscule des meurtrières peut laisser passer une balle. Et où se trouve-t-elle, celle qui nous préservera de la piqûre de l'envie ? Ce livre, cette pièce, ce recueil de nouvelles – œuvres qui en toute franchise me paraissent médiocres, ou bien dépourvues d'ambition, même si la main sur le cœur je jure ne vouloir aucun mal à leurs auteurs –, font un malheur à Londres et à travers le monde. Pendant ce temps, nos propres efforts ne suffisent pas à ranimer une chandelle à deux sous. J'ai l'impression de m'être ouvert les veines pour découvrir qu'il n'y coule que la lie des égouts. Peut-être devrais-je installer de l'ail à mes fenêtres.

Il n'est rien de plus méprisable que la jalousie chez un homme en bonne santé qui a de quoi se nourrir et un lit où dormir, hélas, cela peut être compulsif, se propager à la manière d'un cancer. Je ne peux même plus lire les pages littéraires des journaux, ni même regarder mes étagères de livres. Quant au théâtre, naguère mon îlot de consolation, il s'est transformé en donjon, car ces jours-ci, si je n'y travaillais pas, je ne pourrais plus pénétrer dans un théâtre ; chaque pièce que je commence à écrire me semble d'une inanité mortifiante et tombe en cendre avant le premier monologue. Vous aviez raison lorsque vous m'avez gentiment admonesté au cours de cette promenade à Brooklyn, votre bras fraternel, paternel, passé autour du mien. Si souvent je me suis remémoré votre sage visage tourné vers moi et vos yeux pétillants, où brillait l'expérience, lorsque vous m'avez dit que le théâtre était le lieu de l'illusion, comme le palais des glaces ; cela divertit les petits enfants, pas les hommes.

Et voilà, mon bon ami. La fois prochaine, je vous écrirai un courrier plus heureux dans lequel je m'apitoierai moins sur mon sort.

Si vous priez, alors priez pour moi, pour que je réussisse à m'extirper de cette fange noire et misérable. Que je me souvienne donc de ceux qui ce soir à Londres ont perdu tout ce qu'ils avaient à cause d'un monstre.

Mes vœux les plus aimants, à vous excellent homme au cœur de chêne.

Quand avril de ses averses douces
A percé les chants de Whitman jusqu'à la racine.

P-S : je joins une de mes histoires surnaturelles publiée récemment dans l'une de nos petites revues. Elle n'a aucun mérite, mais il faut bien garder la main. Si d'aventure une publication à New York avait la bêtise de l'apprécier, ils peuvent l'avoir pour cinq ou dix dollars, voire même pour rien s'ils m'en envoient trois exemplaires.

Il s'agit d'un comte extrêmement corrompu qui refuse de mourir. Je hais tout dans cette histoire.

XIV

Promenades nocturnes

Rumeurs. Murmures. Noms écrits sur les murs. Un apprenti boucher innocent lynché par la foule à Whitechapel.

L'éventreur est « un juif », un banquier, un Irlandais, un autre meurtrier l'imite, c'est un acteur, un Hongrois, un pair du royaume, un vagabond. Chaque nuit, Londres se referme, mais il semble errer à sa guise, tel un homme de brouillard tout droit sorti d'un roman.

Longeant le quai depuis le ferry qu'il prend pour se rendre au travail, Stoker s'arrête devant un éventaire de presse, lit les gros titres évoquant les dernières atrocités, mais il n'achète plus le journal. Il continue vers le Strand où, dans une minuscule boutique à l'angle de Southampton Row, un vieil homme vend des livres rares, extraordinairement chers, mais on déniche parfois une bonne affaire sur l'étal extérieur. De toute façon il lui est impossible de retourner au théâtre pour l'instant. Toucher les tranches, le maroquin et le veau ternis le soulage, consolation des frontispices devenus gris, des cartouches redondants.

Les gens parlent des femmes massacrées comme s'il s'agissait des chapitres d'un article de loi controversé. Mary Ann en faisait partie, Elizabeth a été tuée par un autre.

Croyez-moi, ils sont deux, vous verrez bien si je me trompe. À la manière d'un débat formel de salle commune au sujet de Shakespeare et Francis Bacon. Comment peuvent-ils se montrer aussi froids ?

« Bonjour, Mr Stoker. »

Il se retourne mais, un instant, ne voit que le soleil rouge derrière elle. La surprise passée, il ôte son chapeau.

« Miss Terry.

– Vous vérifiez qu'ils ont vos œuvres ? »

Petit rire embarrassé. « C'est bientôt l'anniversaire de ma femme. J'avais l'intention de lui offrir un livre ancien. Des poèmes d'amour.

– Quelle belle idée de cadeau. Vous êtes un romantique sous vos apparences extérieures, je pense.

– Je n'en sais rien. Mais elle aime la poésie.

– Comme quoi, par exemple ?

– Elle apprécie particulièrement Dante. Elle l'a lu dans la langue originale. Nous nous sommes souvent promis que nous irions à Florence un jour.

– J'aimerais rencontrer votre épouse. Vient-elle souvent au théâtre ?

– Ce n'est pas un oiseau de nuit, je le crains.

– Puis-je vous aider dans votre recherche ? Vous n'êtes pas trop occupé ?

– J'ai presque fini, et je m'apprêtais à retourner au bureau. Puis à la banque. Je vois que vous ne portez pas votre voile aujourd'hui.

– Les gens me reconnaissent. Parfois c'est gênant. Aujourd'hui, visiblement, ça ne me dérange pas.

– Allez-vous au Lyceum ?

– J'en reviens, après une chamaillerie avec la costumière. Elle voudrait tailler mon costume de Cléopâtre dans ce qui ressemble à des rideaux de presbytère. J'ai eu recours à un vocabulaire qui n'est pas digne d'une dame, j'en ai peur. Elle m'a accusée d'être vaniteuse.

– J'en suis navré. Je lui en toucherai un mot en rentrant.

– Je vous en prie, n'en faites rien.

– Comme vous voudrez, bien sûr.

– Imaginez ça, Mr Stoker. Une actrice, vaniteuse.

– Certes, ce serait inhabituel. »

Au lieu de sourire parce qu'il réagit à sa plaisanterie, elle écarquille les yeux comme une écolière dans un palais des glaces. « Auriez-vous le temps de faire quelques pas, Mr Stoker ? J'avais l'intention d'aller sur l'autre rive du fleuve. Il y a un marchand de tissu que j'affectionne, de l'autre côté de Waterloo. »

Elle lui offre le bras, et il le prend.

« Une grande artiste a parfaitement le droit d'avoir ses moments de vanité, dit-il. S'il s'agit de cela. Les artistes suivent leurs propres lumières.

– La vanité rend les femmes faibles. L'orgueil les rend plus fortes. Vous êtes au courant de ma vie scandaleuse, j'imagine ?

– Je ne lis pas les journaux qui répandent ce genre de mensonges et de commérages. Ces temps-ci, je ne lis même plus la presse.

– Ce ne sont pas des mensonges, hélas. Je suis l'exemple même de la femme déchue. Mariée à dix-sept ans, mes enfants sont tous de pères différents.

– Je le sais.

– Je préfère révéler mes secrets quand je rencontre une personne qui m'intéresse.

– Une réputation est souvent une œuvre de fiction, ainsi que je l'ai découvert.

– La réputation, pfff. J'en ai eu plusieurs, Mr Stoker, parfois même en l'espace d'une soirée. »

En traversant le pont, elle regarde le fleuve et lui montre les oiseaux de mer, mais lui observe les passants, qui se donnent des coups de coude dès qu'ils la voient. Un garçon s'approche, rouge, et lui demande de signer sur sa manchette avec un morceau de charbon. Un conducteur de train lui offre un bouquet d'œillets de poète qu'il avait l'intention de donner à sa mère pour son anniversaire. Une infirmière écossaise vêtue d'un blanc éclatant fait la révérence. Seule l'arrivée d'un officier de police disperse la foule qui s'agglutine, et leur permet de franchir le pont.

« On vous offre souvent des fleurs ? demande Stoker.

– Très souvent, si je les laissais faire. Les hommes, surtout. Ensuite, il y a les poèmes, ce que je préfère éviter.

– Vous êtes très belle, bien sûr. J'imagine qu'on vous l'a souvent dit.

– Comme à la plupart des femmes. En général, en fin de soirée. Pardonnez-moi, j'ai les yeux qui pleurent, c'est à cause de ce maudit soleil froid.

– Les gens sensibles sont affectés par le temps qu'il fait.

– Vous fumez, Mr Stoker ?

– Parfois, oui.

– J'aime les hommes qui fument. N'hésitez pas, si vous en avez envie. D'ailleurs, est-ce que je pourrais vous en prendre une ? Encore un de mes vices secrets. »

Elle accepte la cigarette qu'il lui offre dans son étui, et l'aide à l'allumer en protégeant la petite flamme de ses mains. Il essaie de dépasser cette pensée vertigineuse : *je fume en compagnie d'Ellen Terry.*

« Quel est votre secret à vous, Mr Stoker ? Un garçon si propre sur lui. Si poli, si timide, si plein de réserve. Alors que vos phrases sont bouillantes de rage.

– Je ne pense pas avoir de secret. »

Elle le regarde. « Il n'est aucun être vivant qui n'ait pas de secret.

– Enfant, j'ai souvent été malade. Un mal que nul n'a jamais su nommer. Jusqu'à l'âge de sept ans, je ne savais pas ce que c'était que marcher, ni même se tenir debout.

– Polio ?

– Non.

– Vous boitiez ?

– Quel que soit le mal, ma mère me donnait des médicaments qui, à l'époque, étaient dilués dans l'alcool. Je me dis souvent que j'ai passé une grande partie de mon enfance ivre. Elle me faisait la lecture, dans mon lit, les contes de Grimm, des histoires de fantômes. Il est arrivé qu'ils me posent des sangsues, ou des ventouses ; mes parents, je veux dire. C'était un sentiment terrible, de perdre ce liquide vital.

– Allons, Mr Stoker. Nous les femmes, nous vivons cela tous les mois. Je vois que ma franchise ne vous choque pas.

– Parfois, elle et mon père payaient un voisin pour me porter jusqu'au spectacle de pantomime avec eux. Je pense que je devais trouver ça excitant d'avoir si peur tout en me sentant en sécurité.

– Certaines de vos œuvres m'ont fait peur.

– À moi aussi. »

Elle sourit, écrase sa cigarette, la lance dans la Tamise. « Harry – le Chef – m'a dit que vous aviez fait des études de littérature à Dublin ?

– Comme toujours, il se trompe. J'étais en Mathématiques et Sciences. Je n'ai pas beaucoup embêté les professeurs. C'est le théâtre qui m'a ouvert les portes.

– Je crois que vous êtes amoureux.

– Un amour qui n'est pas réciproque, j'en ai peur.

– Comment cela ?

– Quand j'étais jeune, j'espérais que je vivrais de ma plume. Que j'aurais du succès, que je pourrais nourrir ma famille, etc. Que je me ferais un nom. Mais il y a beaucoup d'appelés. Et peu d'élus.

– Vous travaillez sur quelque chose en ce moment ?

– J'ai une idée qui tourne dans la tête. Sans doute n'est-ce rien.

– Un roman ?

– Une pièce.

– Y a-t-il un rôle dedans pour une actrice vaniteuse ? »

Il garde le silence. Elle fait une nouvelle tentative, moins intrusive.

« Puis-je vous demander comment cela commence ?

– Un aristocrate arrogant, qui abuse de ses sujets.

– Je me demande bien où vous avez pu trouver pareille idée.

– Ce n'est le portrait de personne. Si c'est à cela que vous pensez.

– Rien ne peut sortir de rien ?

– Le roi Lear se trompait.

– Oh, regardez le ciel. Il est couleur bleuet, aujourd'hui. »

Elle se tait un moment. Le chant du fleuve s'élève. Le gargouillement de l'eau, le clapotis contre les coques. À sa connaissance, elle est la seule femme à savoir faire des ronds de fumée.

« Vous rougissez quand vous parlez de votre travail. Comme une jeune fille qui évoque son bon ami. J'aimerais que vous vous voyiez. Votre visage change.

– Raconter une histoire à quelqu'un. Toucher une autre personne, quelqu'un qu'on n'a jamais rencontré. Cet espoir… me bouleverse. Quelqu'un qui est dans l'ombre, tout au fond de la salle. Un jeune homme ou une jeune femme solitaire, qui n'a pas les moyens de se payer sa place et se retrouve au poulailler. Et les mots sont si beaux. Le simple fait de jouer avec eux. C'est pareil à de la musique. Je sens, en écrivant, que je deviens une autre personne. Un homme meilleur, plus fort. Quelle idée stupide.

– Je ne vois là rien de stupide. *Au contraire**.

– Moi, oui.

– Violet ou rouge, qu'en pensez-vous ? Pour aller avec mes yeux.

– Pardon ?

– Mon costume, benêt que vous êtes. Pour Cléopâtre.

– Je dirais bleu-gris, si je puis me permettre.

– Ah. Bleu-gris. Vous êtes un mystère, Mr Stoker. Vos mots sont magnifiques. J'aimerais mieux vous connaître. Est-ce que cet homme fort et bon offrirait une tasse de café à une dame ? »

Ils prennent la direction d'un salon de thé, mais une sombre vision les arrête.

Devant eux, dans la rue, la police a monté une barricade. Les agents rassemblent les hommes par groupes pour les fouiller. De temps à autre, depuis la porte d'un chaudronnier, un inconnu protégé par un capuchon pointe un doigt ganté ; le passant qu'il indique est agrégé malgré ses protestations à la file.

« Mr Stoker, dit-elle doucement. Qui cela peut-il être ?

– Un informateur, sans doute.

– Vous pensez qu'on a encore trouvé une de ces pauvres filles.

– J'espère que non. Allons-y, voulez-vous ? »

9 novembre 1888

Après avoir discuté en buvant une tasse de café, Miss Terry et moi-même sommes allés chez un petit drapier qu'elle affectionne, sur la rive sud de la Tamise. La boutique se trouve dans une ruelle sombre dont je n'ai pas prêté attention au nom, elle appartient à un gentleman indien et à madame son épouse (elle est également dirigée par une dame indienne et son mari).

Les tissus étaient absolument sublimes, de la soie pour l'essentiel, mais il y avait aussi des cotons très fins, d'un éclat et d'une couleur incroyables, si vifs qu'ils irradiaient, et la dame m'a expliqué – à moi seul, car Miss Terry le savait déjà – qu'un « sari » d'une telle qualité atteint des prix astronomiques, mais qu'il dure éternellement, et peut être transmis en héritage.

Les vaisseaux qui apportent ces étoffes depuis l'Orient, à des milliers de kilomètres, sont amarrés aux docks immédiatement perpendiculaires à cette venelle, chose remarquable s'il en est. Les plus beaux saris sont faits d'une soie diaphane, si fine qu'on peut les passer à travers une alliance.

J'ai attendu que Miss Terry choisisse quelques échantillons (en réalité beaucoup), (en réalité beaucoup trop !), que ces gens charmants et travailleurs livreront à notre atelier de couture. De temps à autre, elle se rendait dans une pièce séparée où, avec l'aide de la dame des lieux, elle mettait un sari, avant de ressortir et de me demander mon avis, vêtue de ce costume traditionnel dont on entoure la taille, et dont une extrémité est passée pardessus l'épaule, dénudant le ventre.

Je dois dire qu'elle était l'incarnation de la grâce.

Au bout d'un moment, deux beaux enfants anglais sont descendus de la pièce du dessus où, semble-t-il, ils jouaient avec une jeune fille indienne, l'enfant de la maison, qui je pense doit avoir dans les quinze ans, elle est belle comme une fleur et souriante de bonté. Les petits Anglais se sont précipités sur Miss Terry et l'ont attrapée en l'appelant « maman ». Imaginez ma surprise en apprenant qu'il s'agissait de son fils, Gordy, et de sa fille, Edy. Elle a pour habitude de laisser sa progéniture ici lorsqu'elle va à des répétitions, a-t-elle expliqué, arrangement qui satisfait tout le monde, je l'ai constaté à leurs mines réjouies. J'ai donné à la jeune fille de la maison cinq shillings pour qu'ils s'achètent des petits pains à la crème, ce qui a déclenché une vague de hourras dans plusieurs langues.

De retour au Lyceum après le déjeuner, nous sommes tombés au beau milieu d'une scène étrange. Miss Terry et moi-même – j'ai du mal à l'appeler « Len », car Len est le nom de notre presque plombier, un Gallois souvent ivre que nous appelons lorsque les tuyaux se bouchent –, nous avons trouvé Harks sur la scène avec une espèce de type à l'air en colère et aux yeux de merlan, vêtu d'un imperméable et d'un homburg écrasé d'une manière tout à fait déplaisante.

Harks paraissait consternée, et ainsi qu'il lui arrive parfois dans ce genre de cas, elle manifestait une agitation pleine de confusion. L'inconnu l'a interrompue d'une manière que j'ai trouvée cavalière, mais il ne faut pas sous-estimer le fardeau que constitue un physique disgracieux. Il s'est présenté en tant que George Orbison, inspecteur de la police métropolitaine. Il disait vouloir parler au Chef.

Quand je lui ai demandé à quel propos, Orbison s'est à nouveau montré grincheux. Il appartient à cette catégorie de personnes qui aiment ne pouvoir vous révéler quelque chose, et s'en servent pour se pavaner. Détail intéressant, en découvrant Miss Terry, il l'a regardée un moment, sans que son visage trahisse la moindre émotion. On imagine qu'il s'est entraîné devant un miroir.

Sur ces entrefaites, le Chef est arrivé en trombe du côté cour, et une pièce étrange s'en est suivie.

Le Chef : Que signifie cette interruption de notre travail ?

Orbison : Bonjour, monsieur. C'est à propos de ces meurtres, dans l'East End.

C : Et alors, qu'y a-t-il ?

O : Cette pièce que vous présentez en ce moment, monsieur. *Docteur Jekyll et Mister Hyde.* Nous aimerions que vous la suspendiez, si vous voulez bien.

Et pourquoi ça ?

Nous traquons un sauvage, comme cela doit paraître évident aux yeux de tout le monde. Une autre fille a été découverte ce matin, cette fois dans Dorset Street, près de Spitafields. Nous pensons que le prétendu divertissement que vous présentez en ce moment pourrait attiser sa convoitise. En quelque sorte. Ou d'autres pourraient avoir l'idée de le copier. S'ils ne l'ont pas déjà fait.

Vous êtes ici dans un théâtre. Notre activité consiste à jouer des pièces.

On m'a demandé d'insister, monsieur.

Qui vous l'a demandé ?

Je n'ai pas l'autorisation de vous répondre.

Nous sommes en Angleterre, au cas où vous ne l'auriez pas remarqué. La police ne ferme pas les théâtres là où vivent les hommes libres.

Je vous remercierais de ne pas employer ce ton-là avec moi, monsieur, et de baisser un peu la voix. Je ne suis pas un de ces admirateurs que vous pouvez brutaliser à votre guise.

Comment osez-vous vous adresser à moi de cette manière, dans mon propre théâtre, vous, immonde cucurbitacée ?

Voici une enveloppe qui vous est destinée, monsieur. Il s'agit de copies, vous pouvez tout garder. C'est un dossier sur vous, monsieur, très documenté comme vous pourrez le constater. Sur l'intérêt que vous portez à certaines choses, certaines compagnies que vous appréciez en fin de nuit. Ce serait terrible que tout cela tombe entre de mauvaises mains.

Le Chef a pâli, il a vieilli d'un coup en découvrant le contenu du paquet. Je l'ai rarement vu ainsi réduit au silence, et jamais aussi vite, et je me suis réellement interrogé sur ce que pouvait bien contenir cette enveloppe qui avait tant de pouvoir sur lui. Des exagérations et des commérages, sans le moindre doute. Il aime à se faire passer pour un grand libertin, répandre des rumeurs sur ses vices, habitude qu'il entretient depuis des années et que je lui ai souvent conseillé d'abandonner, en vain. *Hamlet*, acte III, scène 4 me vient à l'esprit. Faire sauter l'ingénieur avec son propre pétard.

Observer ses yeux revenait à regarder un ruisseau où une pierre a été lâchée, et qui forme une nuée, un panache de limon qui ensuite se redépose.

Le méchant visiteur le dévisageait à présent avec haine. Je suis certain qu'il avait travaillé ce regard, ainsi que cet air impénétrable qu'il se donnait, dans une chambre solitaire et fétide située au-dessus d'un prêteur sur gages qui accepterait même les vêtements des morts. « Je peux fermer cet établissement sur-le-champ. À moins que vous n'obtempériez. La décision vous appartient. »

La voix d'Orbison avait changé, elle était à la fois couverte et flûtée, à croire que sa gorge contenait un orgue.

À cet instant, Miss Terry, qui jusque-là n'avait rien dit, a fait un pas en avant. « Nous pouvons donner *Othello* ce soir, a-t-elle lancé avec une excitation joyeuse. Je connais le rôle de Desdémone sur le bout des doigts, les décors sont similaires. Harks, va voir en vitesse si les costumes sont disponibles, tu seras un ange.

– Nous n'en ferons rien, a dit sèchement le Chef. Ou bien il faudra me passer sur le corps.

– Mr Stoker, a repris Miss Terry, peut-être pourriez-vous rappeler la troupe pour que nous répétions la scène d'ouverture à deux heures et demie, avec tout le monde.

– Quand les poules auront des dents, a dit le Chef en colère.

– Merci, inspecteur Orbison, a-t-elle ajouté en serrant la main de ce mauvais homme. Le Lyceum sera heureux de donner suite à votre requête. Peut-être que vous-même et Mrs Orbison aimeriez des places ?

– Je ne jouerai pas le rôle, a déclaré le Chef. Je vous préviens. Je ne le ferai pas.

– Tais-toi, a-t-elle répondu, et va te noircir le visage. »

Moins de sept heures plus tard, alors que j'observais depuis le jardin, un Othello inquiet est venu vers moi tandis que l'orchestre démarrait en fanfare. « Où est Len ? a-t-il sifflé entre ses dents. Dieu du ciel, elle est en scène dans quatre-vingt-dix secondes ! »

Je me suis précipité vers le couloir, et j'ai été témoin d'une scène mémorable, une vision que nul n'avait jamais eue dans toute l'histoire du théâtre. Se laissant glisser sur la rampe, poursuivie par un trio d'habilleuses quasiment hystériques, a déboulé Miss Alice Ellen Terry dans toute sa magnificence ébouriffée, pieds nus, visage austère, ardente. Sa robe était d'un indigo flamboyant, pareil au cou d'un paon, le cigarillo entre ses dents n'était pas allumé.

« Pardon, a-t-elle murmuré, j'étais au petit coin. Boutonnez-moi, voulez-vous, tatie ? »

Elle s'est retournée, les mains en l'air, les habilleuses lui remettant un peu de maquillage, du khôl, retouchant sa coiffure, tandis que j'agrafais sa robe dans son dos.

« Foutre ! Allons mesdames. Où diable sont donc passées ces maudites godasses ? »

Ses chaussures enfilées, elle a tapé du pied, exécuté une petite gigue à l'irlandaise (« pour les briser »), puis elle est entrée en scène, *exactement* à l'instant requis, sous un océan de rugissements qui a fait trembler toute la maison – l'ovation a bien duré deux minutes. J'ai alors eu l'impression d'observer un changelin, comme si son aspect physique s'était transformé, qu'elle était devenue – je n'ai pas d'autres mots pour le dire – une version plus intense d'elle-même. Pas un seul instant elle n'a réagi aux applaudissements, mais s'est mise à fixer le poulailler, le dos de la main appuyé contre son front.

Othello s'est à nouveau traîné vers moi, excédé d'entendre ainsi les spectateurs en liesse.

« Elle me vole mon public, cette garce », a-t-il murmuré.

14 novembre 1888

Bientôt l'aurore.
Cris rauques et cui-cui.

Suis resté éveillé toute la nuit.

À une heure, après un plantureux souper (crustacés, champagne, tokay) donné sur scène pour la troupe, Harks et moi, nous avons couché le Chef, qui était las, sur un lit de camp, dans son bureau, puis nous avons allumé des lanternes et nous sommes sortis pour superviser la file des fiacres que nous avions commandés, et qui attendaient les dames. Un par un, ils sont partis, les dernières passagères étant Harks elle-même avec Miss Terry et Patience Harris, la costumière.

Leur voiture avait à peine tourné à l'angle d'Exeter Street que j'ai été repris par mes vieux démons.

Je suis resté un moment sans bouger. Ce sentiment refusait de me quitter.

Que j'aurais voulu chasser ce visiteur ! Mais non.

Il avait plu un peu plus tôt dans la nuit, et l'atmosphère était humide, un brouillard méphitique lançait inexorablement ses nuées depuis le fleuve, enroulant l'impureté de ses volutes fangeuses autour des réverbères et des fenêtres éclairées, au point qu'on ne discernait plus les portes des boutiques de l'autre côté de la rue. À nouveau, j'ai tenté de me convaincre de rentrer chez moi, mais l'idée de cette maison vide était vraiment trop triste.

Je suis retourné quelques minutes à l'intérieur du théâtre, je suis allé aux toilettes me passer le visage à l'eau froide. Mais ce qui m'a regardé en face, dans le miroir, n'était pas une âme apaisée ou purifiée. J'ai récupéré mon gros manteau, pris un grand couteau dans le foyer des artistes, éteint toutes les lampes, et puis je suis sorti.

Je me suis dirigé vers le Strand dans un silence de mort. J'avançais, à travers cette masse caligineuse infâme aux mouvements convulsifs. Toutes les fenêtres étaient obscures, les rues grandes et petites, désertes, les sentiments se démenaient dans mon esprit tels des rats dans une nasse. En atteignant les berges du fleuve, j'ai pris la direction de l'East End.

La distance entre Exeter Street et Whitechapel est de moins de cinq kilomètres, mais il est arrivé quelque chose d'étrange au temps, j'étais à la fois rapide et lent, et j'éprouvais l'effrayante sensation de ne plus être capable de cligner les yeux, d'être guidé par une autre volonté que la mienne. Il m'est difficile de trouver les mots pour décrire ce torrent de pensées, la férocité de mon isolement, cette terrifiante passivité. C'était comme si j'avais perdu le contrôle de mes pas.

J'ai tourné à quelques rues du fleuve et, suivant mon instinct, je suis entré dans un quartier désolé fait d'entrepôts, d'échafaudages et de lieux de stockage. Les quelques habitations de fortune étaient misérables, dépourvues de portes, décrépites, des lambeaux de tissu faisant office de rideaux. Pas un arbre, pas la moindre fleur, mais des herbes folles poussant dans des auges rouillées, ici et là un chien affamé déchirant un vieux matelas ou fouissant un tas d'ordures. Un mur sur deux portait cette affiche :

IL EST INTERDIT DE SE PROMENER SEUL DANS CE QUARTIER LA NUIT – ORDRE DE LA POLICE MÉTROPOLITAINE

Un peu plus loin, devant une porte éclairée d'une lumière rouge, j'ai vu la silhouette squelettique d'une jeune femme qui attendait le client. Pauvre enfant. Quelle terrible abjection de devoir se soumettre à pareille activité par une nuit si terrifiante. Sentant ma présence, elle s'est aussitôt drapée d'obscurité. La lampe s'est éteinte.

J'ai plongé la main dans ma poche pour m'assurer que mon couteau était toujours là.

Et c'est là que je l'ai vu.

Devant moi, dans l'ombre.

On ne pouvait pas se tromper.

Drapé d'une cape noire, l'homme se mouvait avec une étrange lenteur et pourtant d'un pas élastique à travers la rue lugubre, il a levé les yeux vers la lune glaciale et il a continué vers le sud, en direction des docks, d'une curieuse démarche dansante. Je voyais dans sa main droite une espèce de canne courte, lourde, sans doute un bâton, et il portait sur la tête un chapeau noir à large bord, tel un matador.

Je l'ai suivi, et j'ai été pris de nausées, tant ma terreur était profonde. Ma chemise et mes sous-vêtements étaient trempés de sueur, ma langue amère et lisse, mon sang bouillait. J'avais horriblement conscience du bruit de mes talons, et j'aurais voulu trouver le moyen de les faire taire.

Bientôt, nous sommes arrivés au bord de l'eau. De grands bateaux étaient entourés d'échafaudages, leurs mâts solitaires et leurs ponts déserts leur donnaient l'air de vaisseaux fantômes sortis d'un rêve.

Pour lutter contre ma peur, j'ai décidé de chanter dans ma tête. Mais j'étais tellement hors de moi que, ridiculement, voilà le seul air qui m'est venu à l'esprit :

Le gars que j'aime, il est là-haut, dans la galerie
Le gars que j'aime, il me sourit de son perchoir.
Le voilà, qui agite pour moi son mouchoir.
Beau comme le rouge-gorge, perché sur…

Un cri a déchiré la nuit, abject, à vous glacer le sang.

Il venait d'une centaine de mètres plus loin, d'un tunnel ferroviaire, en contrebas du fleuve. J'ai voulu fuir, feindre de n'avoir rien entendu. Puis ont suivi les grognements et les cris témoignant d'une lutte violente, une volée de coups sourds qui m'a fait penser à un tuyau de plomb frappant la brique, la voix d'une fille qui glapit de terreur, et un grondement affreusement guttural, pareil à un loup.

J'ai regardé autour de moi, mais il n'y avait personne qui puisse venir à la rescousse.

… À moi… Il va me tuer… Au secours…

J'ai sorti le couteau que j'avais emporté pour me protéger, mais ma main était si poisseuse que je parvenais à peine à tenir la poignée.

« Nous sommes quatre, me suis-je écrié. Je vous préviens, sortez de là. »

Le silence émergeait désormais du tunnel, brisé seulement par le clapotis de l'eau.

À nouveau, j'ai été tenté de tourner les talons et de détaler en courant le plus vite possible à travers les rues jusque chez moi sans me retourner, et ne plus jamais évoquer ce que j'avais entendu. Mais la lâcheté est la cause de tous les maux en ce monde. Bandant mes forces du mieux que je pouvais, je me suis approché.

De derrière moi est arrivé à mes oreilles un bruit qui m'a pétrifié : une respiration. Rien de plus ; inspiration, expiration. Pareil son, preuve d'une présence, m'a plongé dans une terreur sans nom. Voilà quelque chose que je n'oublierai jamais.

Quand je me suis retourné, il se tenait au beau milieu d'un rayon de lune, une cagoule en toile sur la tête, dans laquelle on avait brûlé des trous pour les yeux. Dans sa main gauche recouverte d'un gant, le bâton que j'avais aperçu un peu plus tôt. Dans la droite, un hachoir de boucher.

J'ai hurlé, le plus fort que je pouvais, dans l'espoir que quelqu'un qui passait même au loin m'entende, peut-être un marin sur un bateau.

« Chhhut », a-t-il soufflé en un simulacre de gentillesse.

Sans bouger davantage, il a ouvert toute grande son horrible bouche, découvrant des dents dégoulinantes de bave et une langue semblable à celle d'un chien. Puis a surgi un rire étouffé que j'ai reconnu.

Il a retiré son capuchon pour le ranger, alors j'ai cru que ma tête allait exploser.

« Et voilà, maintenant, tu sais tout », a-t-il dit.

J'étais sans voix.

Un long instant s'est écoulé avant qu'il n'éclate de rire.

« Je t'ai suivi, imbécile ! En voyant que tu quittais le théâtre seul, pour faire l'une de tes fichues balades de fou. Tu ne penses pas qu'un Chef qui se respecte te laisserait sortir pour que tu te fasses charcuter par ce coquin de Jack ?

– Sois maudit. Immonde. Ordure. Tu n'es pas un homme, tu es un chien. » Et j'ai poursuivi dans cette veine obscène. Mais lui, il se contentait de rire. Et de me montrer de son doigt tremblant.

« Ta tête, chère tatie, si tu avais vu ta tête, j'aurais tellement voulu que tu te voies toi-même. »

Il était à présent au comble de la joie, mais au bout d'un moment, il a recouvré ses esprits, suffisamment pour crier de sa plus belle voix de falsetto : « *Au secours, tatie… À moi… Je suis une jeune fille en détresse…* »

Je l'ai planté là, et peu à peu sa joie cruelle s'est estompée.

« Eh, oh, a-t-il appelé. Tu ne vas quand même pas me laisser ici tout seul, mon vieux ! Ne pars pas ! »

Je ne me suis pas arrêté avant d'avoir atteint la coquille vide qui me sert de maison.

Maintenant, l'aube.

Le cœur qui cogne.

Le cerveau qui bouillonne.

XV

Où Miss Terry révèle son secret, et où l'on fait connaissance avec le fantôme du théâtre

Dans le bureau de l'actrice principale, que Miss Terry a insisté, *via* son contrat, pour faire installer. Elle se lève et s'approche de la table de réunion.

« Où en sommes-nous avec la liste, Bram ? Tu étais à la page quatre. Peut-on hâter le mouvement ? »

Elle lui a demandé s'il accepterait qu'elle suive de près son travail d'administrateur, car elle a l'intention un jour de diriger son propre théâtre.

« J'ai payé les salaires, répond Stoker en lisant la liste des tâches inscrites dans son carnet. J'ai prévu les auditions, parlé au banquier, passé commande au miroitier pour les nouvelles portes de la salle, fini de payer le mobilier de cette pièce.

– Ça n'a pas dû coûter cher, dit-elle en regardant autour d'elle, ça sort tout droit de chez un brocanteur.

– Et il y a un journaliste du *Times* en bas, du genre vieille carne. Il voudrait s'entretenir avec toi pendant une heure au sujet du spectacle.

– Donne-le à manger au chien du Chef, tu veux bien ? Fussy, ça ne le dérange pas, la vieille carne, pas vrai mon vieux ? »

L'animal émet un grognement depuis le tapis où il est allongé, près de la cheminée.

« La publicité serait utile pour vendre les billets.

– Les billets, des nèfles. Qu'ils viennent donc s'ils veulent.

– Si on ne vendait pas de billets, il n'y aurait pas de théâtre. Comme tu le constateras quand tu dirigeras le tien.

– Si tu insistes.

– J'insiste.

– Alors je me rends. »

Elle revient à son bureau, sort un mouchoir d'un tiroir et essuie ses lunettes.

« Avec les journalistes, ce sont toujours les mêmes questions ennuyeuses, dit-elle d'un ton las. Ils te font perdre l'envie de vivre. Ke devez-vous à Shakespearrrre. Keske ça fait d'êtrrrrre une femme au théâtrrrrre ? Komment travaillez-vous vos rrrrôles ? »

C'est là une de ses particularités les plus étranges, cette manière qu'elle a d'imiter l'accent hongrois (selon elle) pour se moquer de tous ceux qui l'irritent.

« Mon Dieu, comment fais-tu ?

– Je regarde les gens autour de moi. Comment faire autrement ?

– Tu regardes ?

– Un boitement ? Ma bonne. Un œil qui tourne ? Ma tante. Une bonne vieille fille ? Toi. Un raseur pompeux mais aimable ? Le Chef. »

Stoker s'autorise à rire. Elle l'imite ensuite avec une telle exactitude qu'il en est stupéfait.

« Observer, c'est la viande et la boisson. Je me nourris des autres. Tu as sûrement remarqué que le Chef imite ta façon de lire en jouant son Macbeth ?

– Je ne crois pas.

– Tu te lèches le doigt avant de tourner une page. Comme son Macbeth. Son Iago porte la main à son visage lorsqu'il a peur. Toi aussi. Tu as ce geste particulier qui consiste à toucher l'extrémité de tes paumes : tu fais ça quand tu t'interroges sur quelque chose – sois attentif : il l'utilisera.

– Une coïncidence, sûrement.

– Il n'y a pas de coïncidences.

– C'en est pourtant une.

– Viens là et ouvre ce tiroir du secrétaire, tu veux bien, Bram ? Tu y trouveras un paquet de carnets à dessin. Apportes-en un ici, sois un bon garçon. N'importe lequel. »

Les pages froissées du carnet sont de parchemin grisâtre, chaque centimètre carré peuplé de dessins de mains, de bouches et d'yeux à l'encre, d'alignements libres de traces de pas, de quelques notations musicales.

« C'est toi qui as dessiné tout cela ?

– Voilà comment je rentre dans un rôle, très cher. Je regarde les autres. C'est tout. Leurs manières, leurs habitudes, leur accent. La démarche d'une personne compte autant que tout ce qu'elle dit. La manière dont elle lève son verre de vin. Dont elle tire un rideau. Le mot sur lequel elle *insiste* lorsqu'elle prononce une phrase. La plupart de ses regards. Quand tu as trouvé ça, tu as tout le reste. »

Stoker feuillette les pages. La tête d'une religieuse se tourne vers le spectateur, sourit, découvrant ses dents.

« J'ai commencé toute petite. Un truc de mon père, un vieux briscard, il m'a fait monter sur les planches à l'âge de sept ou huit ans. "Fais toujours des dessins, à la fin, c'est ça qui restera. Les lettrés ont leurs manuels. Un acteur a ses carnets."

– C'est très beau. J'ignorais que tu dessinais.

– Oh mais ce n'est pas une question de beauté, c'est une question de *regard*, mon cher Bram. Savoir que tout contient son opposé. C'est la clef pour jouer Ophélie, Desdémone, lady Macbeth. Cela rajoute quelque chose à chaque amant qui veut être éconduit. À chaque méchant qui veut être aimé. Tous les méchants du monde sont le fruit d'un amour brisé. Oublie ça, et le public ne te suit plus.

– Ne nous éloignons-nous pas là de l'administration du théâtre ?

– Ces merveilleuses histoires que tu écris ? Voilà pourquoi elles ne se vendent pas aussi bien qu'elles devraient, mon cher. Oh, tu sais tourner une belle phrase, mais il faut être carré, avoir du poil ! Tu n'as pas fait tes dessins préparatoires. Tu n'as pas assez de matière première. Allons, viens avec moi, allons voir répéter l'Éventreur.

– Le Chef ignore que les membres de la troupe l'ont affublé de ce nouveau surnom.

– Oh, je pense qu'il apprécierait, tu ne crois pas ? »

Le Marchand de Venise. Ils s'assoient ensemble dans les coulisses. Les gens vont et viennent, posent des questions, demandent de l'argent, mais il a du mal à détacher son regard des lumières de la scène, comme si un voile de gaze avait été levé, un rideau diaphane retiré.

Il n'y a ni costume, ni perruque, rien qu'un homme disgracieux en robe de chambre, avec un vieux chapeau haut de forme, qui interpelle les ténèbres en tirant sur son cigare.

« Fais-moi donc briller cette rampe, mon vieux ! C'est *moi* qu'ils veulent voir. »

La lumière s'ajuste. Mais le Chef n'est toujours pas content.

« Mets toute la gomme, nom d'un petit bonhomme ! Et un peu de rouge, espèce de technicien à la manque, sans quoi je m'en vais te botter le croupion jusque dans la charpente ! »

La lumière se teinte de rouge. « Ben voilà, mon vieux. » Le Chef baisse la tête lourdement, à croire qu'il ne parvient plus à supporter son poids. Quand il la relève, ce n'est plus Irving.

Le visage est plus allongé, plus maigre, de quarante ans plus vieux. Sa voix tremble, tel un vieillard effrayé et blessé. On lit la confusion dans ses yeux, un choc indicible dans sa grimace, l'incrédulité dans le rictus de cette bouche abjecte qui lâche quelques points d'interrogation stupéfaits et occasionnels dans le texte, tels des glaçons dans un baquet de sang chaud.

Il a jeté L'OPPROBRE sur moi et il m'a EXTORQUÉ un demi-million ?… Il a RI de mes pertes. MOQUÉ mes gains ?… MÉPRISÉ ma nation ?… NUI à mes affaires… REFROIDI mes amis ?… ÉCHAUFFÉ mes ennemis. Et quelle en est sa raison ? JE SUIS JUIF.

Les femmes de ménage qui récurent les loges s'arrêtent et se retournent. Il les regarde longuement avant de paraître les remarquer. Il s'approche en vacillant du projecteur au sol. S'agenouille. Larmes silencieuses. Il désigne son propre visage, les doigts tremblants.

Est-ce qu'un juif n'a pas d'yeux ? Est-ce qu'un juif n'a pas de MAINS ? D'organes ? De dimensions ? De sens ?

D'affections, de Passions ? Ne se nourrit-il pas des mêmes mets ? Ne BLESSE-t-il pas avec les mêmes armes ? Ne souffre-t-il pas des mêmes maux ? Ne GUÉRIT-il pas grâce aux mêmes remèdes ?

Il attend. Si longtemps. Comme pour les forcer à répondre. Ses sourcils relevés posant la question, les traits perclus de douleur.

Si vous nous frappez – il joint les mains, on dirait qu'il supplie un juge cruel – puis, ce hurlement de trahison – *NE SAIGNONS-NOUS PAS ?*

Stoker sent qu'elle lui prend le bras. « Quel terrible vieux cabot, murmure-t-elle. Mais tu vois, il a bien fait ses dessins. »

Le journaliste du *Times* attend. Miss Terry s'en va. Il y a des billets à vendre, des vérités à masquer, des propositions à suggérer, des projecteurs à éviter.

Stoker a chaud, le souffle coupé, il remonte les manches de sa veste. À croire qu'il voit un homme pour la première fois sur scène, ou découvre un fantôme qui a toujours été là, il observe, en griffonnant une esquisse sur sa manchette.

Il ne lui faudra pas longtemps avant de retourner dans l'antre de Mina. Le choix de la destination n'a jamais existé.

Puisqu'elle n'a pas dormi depuis cent ans, « éveil » n'est pas le bon mot pour décrire ce qui arrive à Mina. C'est comme un changement de marée, la chute d'une ombre sur une pierre, l'eau qui se transforme en vapeur ou en glace. Un corbeau fixe le rien. Une petite flamme vacille. En de tels instants, Mina s'aperçoit qu'elle est là.

Dans son grenier de poussière et d'araignées, elle écoute.

Cris du ciel, rat qui détale, goéland qui gueule, héron, cabrioles d'écureuils sur le vieux toit, puis ronflement des poutres de chênes. Craquement des piliers osseux, des cheminées, des noyaux d'escaliers, sifflement des tuyaux défectueux, grondement des entrailles défuntes d'une vieille chaudière. Puisqu'elle n'a pas de corps – elle en a eu un autrefois, qui ne lui a causé que des ennuis –, c'est pour elle un objet de fascination.

Le temps est différent pour Mina. Cinq ans s'écoulent en une seconde. Un mois dure cent ans. Ses sens suivent des formes que les autres ne voient pas. Ses pensées ont la silhouette d'un cercueil.

Une lourde
caisse n'est pas
si pesante quand
elle est bien conçue
Chaque technicien
le sait bien mais il
ignore pourquoi
C'est une des
choses que
je sais

Parfois elle voyage au-dehors, erre sur le rivage, dans les ruelles. À certaines heures, elle se tient près de la porte qui mène à la scène.

On l'a entraperçue dans la loge royale, une ou deux fois au deuxième balcon. Certains racontent qu'elle se promène dans Exeter Street les nuits de pleine lune. Parfois, on la voit malgré elle, à d'autres moments, elle voudrait être visible mais ne l'est pas.

Elle apparaît sur Tobacco Wharf, tourbillonnant parmi les mâts des clippers, fuse vers les bittes d'amarrage et la surface de l'eau constellée de débris. Suit des comètes d'histoires, des vies de péché posthumes. Elle passe par des hublots et des fenêtres, descend dans les cheminées, traverse des serrures. Londres n'a pas de secret pour Mina.

Certaines nuits, elle est un mur de poussière qui avance lentement à travers Piccadilly, les passants s'émerveillent et époussettent leurs vêtements ; d'autres nuits, elle est le bruit de la cloche de St Mary-le-Strand qui exhume le souvenir d'un amour brisé, depuis longtemps enterré. On l'a vue jusqu'à Deptford, au bord de l'eau à Gravesend, sous le portique de l'Opéra royal, parmi les filles qui font le trottoir derrière la gare de Charing Cross. Ce petit bruit soudain, derrière vous, dans le couloir vide et tranquille, cette sensation d'une présence dans la pièce. Ce soir-là, tard, vous étiez certain d'être observé, si terrifié que vous ne pouviez lever les yeux des pages de cette histoire de fantôme, craignant trop ce que vous découvririez dans le miroir.

Éveil n'est pas le mot. La voilà dans son nid gris-jaune, son purgatoire sous les ardoises, cette enfant faite de crépuscule et de trahison. Elle tourne lentement autour de la poutre maîtresse, enroule ses volutes autour des chevrons.

L'intrus est à nouveau là. Assis, courbé sur sa machine, dans une sphère de lumière pâle et de fatigue. Que peut-il donc faire ? Et pour qui ?

Ses filières à lui sont invisibles, mais elles existent pourtant. Tout autour de lui s'étend une toile de mots filés. Il tisse de l'avant, sans tout à fait savoir pourquoi, à travers un brouillard de doute et une explosion galactique de rage.

C'est un homme grand. Corpulent. En cela, il ressemble à son meurtrier. La lumière de la bougie se pare d'or et de violet. Il y a en lui un réservoir de sauvagerie qui filtre à travers ses pores, mais il y a aussi quelque chose de plus étonnant, une douceur féminine. Il vient là tous les soirs, ce barbu costaud aux yeux de feu qui se croit seul dans le grenier. Il roule des épaules, flanque des coups de poing à la poussière, se gratte rudement la tête, déshabille son étrange machine.

Mina écoute le crépitement tandis que ses particules vont et viennent. Clic-clac de crécelle, ronronnement. Son néant se réorganise en harmonie avec la frappe de son hôte et la lumière bronze sale qui tombe de la lucarne. Elle murmure à ses sœurs, rayons de lune sur Londres. Elle leur fait signe à travers les ardoises brisées tout en comptant les étoiles, une pour chaque femme tuée par un homme, et une constellation de livres morts, ratés.

Son premier. Son deuxième. Son troisième. Son quatrième. Elle a vu le scintillement oublié de chacun d'entre eux lorsqu'il s'ajoutait au firmament, petit point d'une lumineuse inanité. Quand il les regarde, lui, elles ont la férocité du soleil, mais personne d'autre ne les remarque, ce qu'il sait également. Pourtant, il revient toujours dans le grenier de Mina.

Raconte mon histoire à moi ! dit-elle. *Rends-moi ma vie*. Mais il ne le peut, ou refuse de l'écouter. Il tape trop fort.

Elle a le sentiment que c'est pour cela qu'il invente ses mots, pour ne pas avoir à écouter ce qui se passe quand le rideau du silence se lève.

Les doigts de Mina se promènent sur les cordes de la harpe brisée. Il croit que cette étrange musique est due aux courants d'air.

Si jamais les larmes de Mina font des taches d'encre, il se dit que la trace vient d'une fuite dans le toit.

Pleurer ? Oui, elle peut pleurer. Pas besoin d'un corps pour ça. Les larmes sont la partie visible du chagrin, au-dessus de la surface, ce n'est pas là qu'a lieu le naufrage. Des nuits entières, elle est restée devant lui, elle hurlait de tout son cœur disparu, s'arrachait les cheveux, se griffait le visage. *Par pitié, conteur. Vois-moi.*

Il lève les yeux et ne voit que trois gouttelettes tombées d'un chevron, parce qu'elle a hurlé de toutes ses forces. Un soir, elle a tout tenté – l'effort en était presque insurmontable –, mais au moment où il s'est détourné de sa machine pour regarder là où elle s'était agenouillée, suppliante, il n'a vu qu'un chat borgne.

Je ne suis pas un chat borgne. Je ne suis pas une goutte de pluie. Pourquoi ne me vois-tu pas ? Je suis là.

Il a pivoté de nouveau vers sa machine, ses doigts boudinés pianotant sur les touches, ses sourcils épais, chenilles de sueur. Peur de perdre le fil. Cela devait être en hiver car les gros tuyaux du grenier vrombissaient – tout autour, les veines du monde. Les toiles d'araignées sentaient bizarre dans les relents métalliques de la chaleur, un goût de limaille de fer là où la langue de Mina aurait dû se trouver. Il avait ôté sa chemise, avalait de grandes goulées d'eau dans une bouteille.

Une glu de sueur dégoulinant dans le dos. Le visage rouge comme des menstrues. Le bout de la langue proéminent.

Sur la table, un registre, ses runes griffonnées. Il les a contemplées, les a traduites, puis il a éreinté ses phrases, s'arrêtant parfois pour jurer ou allumer une cigarette avec le cadavre rougeoyant de la précédente, ou hurler, poussé par une frustration abjecte devant toutes ces tentatives, tel un homme qui essaie d'expulser un calcul rénal.

Elle s'est glissée derrière lui. Si proche qu'elle pouvait voir les minuscules poils dans son cou. Elle s'est penchée sur son épaule, a vu les mots étranges que formait la machine.

Le sang. C'est la vie. J'étais conscient. De cette présence. Comme enveloppé. Dans un orage. De fureur.

« Père, tu peux m'aider pour mon devoir de latin ? »

Un garçon de seize ans en chemise de nuit, sérieux et fervent, les yeux brillants d'intelligence, s'amuse près de la cheminée avec un modèle réduit de théâtre.

« Pas pour l'instant, mon chéri.

– Mère, tu peux l'obliger ?

– Bram ?

– Je dois m'occuper de ces papiers.

– Pour l'amour du ciel, Bram, il t'a à peine vu depuis des semaines.

– Mère, Père, ne vous disputez pas encore une fois, s'il vous plaît… Vous avez promis. »

Une heure plus tard, le père coupable grimpe l'escalier, dit à la bonne de quitter la pièce. Le garçon a les yeux fatigués ; le visage pâle comme le drap de lin. Hier, c'était un bébé. Demain, ce sera un homme. Sur la table, près du lavabo, un soldat de plomb monte la garde, sa tunique rouge luisante reflète la lumière des bougies, tandis que la boîte à musique sur la courtepointe joue « The Star-Spangled Banner ».

« Qu'est-ce qu'y a, Nolly.

– Père.

– Tu as pleuré.

– Non.

– Tu veux que je te fasse bouffer ton oreiller.

– Tu m'as manqué terriblement quand on était en Irlande, papa.

– Moi aussi, tu m'as manqué, mon poussin.

– Mère dit que tu es en train d'écrire un nouveau livre.

– On verra ça. »

Le père regarde à travers la pièce, les hordes de jouets coûteux pour lesquels le garçon devient trop grand, les cerceaux et les marionnettes scintillantes, les épées et les armures, les boucliers et les bateaux dans les bouteilles. Il y a quelque chose de macabre dans l'impuissance des jouets, telles les reliques d'une religion perdue, l'étrange beauté de créatures éteintes.

« Est-ce qu'il y a un monstre dedans, Père ?

– Ce ne serait pas une vraie histoire s'il n'y en avait pas.

– Oh, chic alors, j'adore les histoires de monstre. Est-ce qu'il est vraiment horrible ? »

Une lame de désir transperce le père qui caresse les cheveux de son fils.

« Il est horrible à sa manière. Mais à d'autres moments, il est triste, et il veut juste dormir. »

Le garçon se met à rire. « Moi, je ne veux jamais.

– Mais ce gars-là est réveillé depuis mille ans. Il est crevé.

– Je ne vois pas pourquoi ça le rend triste.

– Ah, c'est pour ça qu'existent les histoires, Nolly. Pour savoir ce que ça fait d'être une autre personne.

– Pourquoi voudrait-on cela ?

– Parce que parfois c'est éreintant d'être soi.

– Est-ce que toi et Mère vous allez vous quereller encore ?

– Non, mon chéri. Dors bien. »

Dans le salon, elle est assise auprès de la fenêtre où elle regarde la pluie. Il ouvre sa mallette, en sort des papiers, s'assoit près du feu.

« Un nouveau livre, c'est ça ? fait-elle d'une voix douce et tremblante.

– Pas encore certain. Sans doute n'est-ce rien du tout.

– Tu ne crois pas que tu te fais déjà assez rare comme ça ? Dehors chaque soir de la semaine, jamais rentré avant l'aube ? Quatre livres publiés et aucun d'entre eux n'a eu le destin que tu escomptais…

– Je vois que tu décris mon échec total avec tact, mais tu le décris quand même.

– Et à présent, l'écriture de ce nouveau-là va occuper la minuscule parcelle de temps que tu ne consacres pas à… cette créature.

– J'aimerais essayer une dernière fois. Une ultime tentative.

– Chez toi, l'écriture semble n'avoir pour conséquence que de froisser tes sentiments.

– Je pense que les sentiments d'un homme ne regardent personne d'autre que lui-même.

– Dans ce cas, à quoi bon se marier ?

– Oserai-je dire qu'il se le demande ?

– Oserai-je dire que sa femme aussi ? »

Dans l'âtre, les flammes crépitent tandis que les morceaux de charbon brûlants s'ajustent. Un cap a été franchi.

Les époux optent pour le silence. Mais l'atmosphère est trop lourde pour permettre la paix.

« J'ai demandé à Mary de préparer la chambre d'amis, dit-elle.

– Ah. Comme tu voudras. À quoi doit-on cette décision ?

– Cela me réveille lorsque tu rentres du théâtre à l'aube. Ensuite, tu te montres si nerveux.

– Je vois.

– Essayons un moment ainsi, pour voir si ça fonctionne.

– D'accord.

– Très bien. » Elle ouvre son livre, une vieille édition de Dante qu'il lui a achetée il y a des années sur un étal d'Embankment.

« Pourrais-je te faire la lecture un moment ? demande-t-il. Si tu tolères mon italien.

– C'est gentil à toi, Bram. Peut-être plus tard.

– J'ai parlé rudement tout à l'heure, Flo. Je suis désolé. Ne m'en veux pas s'il te plaît.

– Je ne t'en veux pas. J'ai juste un peu peur.

– De quoi ?

– Où t'en vas-tu, Bram ? Quand tu es absent toute la nuit ?

– Je te l'ai dit, il y a souvent des gens importants au théâtre dont il faut s'occuper. Ça se prolonge, encore et encore, comme cette maudite guerre de Cent Ans. Il faut que quelqu'un gère cela.

– Comme la guerre de Cent Ans.

– Ensuite… j'écris un moment. Dans le grenier. Je me suis constitué là-haut une sorte de lieu de travail. Cela m'apaise. Après, j'ai la tête si pleine que j'ai besoin de marcher.

– Puis-je te demander où tu vas ?
– Je marche à travers la ville.
– Mais quel intérêt y a-t-il à arpenter Oxford Street ou Haymarket au cœur de la nuit noire ?
– Cela, justement : le calme.
– Tu ne te sens jamais en danger ?
– Peut-être justement que se sentir un tout petit peu en danger pour une fois dans sa vie, ça fait partie de l'expérience.
– Je ne goûte guère aux énigmes pour l'instant, Bram. Si tu veux bien m'excuser, je vais me coucher. »

Elle se lève, s'approche de la bibliothèque, laisse courir son doigt sur les tranches.

« Flo. Que se passe-t-il ? On dirait que tu n'oses pas poser la question qui te taraude.
– Veux-tu que je la pose ?
– Et toi ? »

Elle regarde le feu comme si elle le voyait pour la première fois. *Arrête tout de suite*, lui disent les flammes. *Quitte cette pièce. Diminue la lumière.*

« J'ai entendu chuchoter qu'Irving et sa femme ne vivent plus ensemble depuis des années.
– C'est ce qu'on m'a dit.
– Pourquoi ?
– Comment le saurais-je ?
– Vous n'avez jamais abordé le sujet ?
– Je ne considère pas que cela me regarde, et je n'ai pas eu l'effronterie de poser la question.
– Tu sais ce qu'on raconte au sujet d'Oscar Wilde.
– Flo, je t'en supplie.
– Qu'il va avec des garçons. Qu'il exhibe ce qu'il est.
– Un homme tout feu tout flammes attire les rumeurs. Les gens sont paresseux.

– Il les attire depuis longtemps. Cela doit être très cruel pour Constance et les enfants.

– Je ne vois pas…

– Ne m'humilie pas, Bram. C'est tout ce que je te demande.

– Je ne suis pas ainsi. Et tu dois fort bien le savoir.

– Ce que je sais, c'est qu'il existe une partie cachée de toi. C'est là que tu vis. Autrefois, j'espérais que tu m'y laisserais entrer, que nous pourrions y vivre ensemble un jour, nous deux et Nolly. Mais j'ai compris que ce ne sera jamais le cas.

– Ce ton mélodramatique ne te sied pas, Flo. Je ne suis pas un homme secret, pas plus que les autres. Et si j'ai besoin de temps en temps d'une heure ou deux de solitude, ce n'est quand même pas un crime. À t'entendre, on jurerait que nous ne vivons pas dans la même maison.

– Nous ne vivons pas dans la même maison, Bram, nous faisons semblant. Pour l'avantage ou le divertissement de qui, je ne sais plus. La plupart du temps, nous ne vivons plus dans le même pays. Tu as émigré il y a des années. Au Lyceum. »

Un sanglot attire leur attention du côté de la porte. Leur fils est là, qui les regarde.

« Tu avais promis que vous ne vous querelleriez pas à nouveau, dit-il en pleurant.

– Nous ne nous querellons pas, mon chéri, lui dit sa mère. Nous jouons la comédie. »

XVI

Où l'on décrit une curieuse maisonnée, et où les astres s'alignent au-dessus du Lyceum

Une nuit, la semaine suivante, la séance de discussion demandée par Miss Terry qui suit la représentation se prolonge tard. Le désaccord éclate au sujet de la programmation des essayages, des chiffres qui ne s'additionnent pas ainsi qu'il le faudrait, des dates pour une tournée future en Allemagne. Quand les choses sont enfin réglées, il est déjà deux heures du matin. Irving propose qu'ils se retirent tous les trois pour boire un dernier verre.

Son salon privé, une partie de l'ancienne salle des costumes, a été rénové, les murs recouverts de papier peint, puis ornés de marines et de scènes de chasse, enfin de bonnes lampes et d'épais tapis ont été ajoutés.

Trois vieux canapés respectables ont été trouvés au sous-sol, exhumés, et disposés en U autour de l'âtre, les pieds cassés remplacés par des livres. Le plafond de bois est bas, comme dans la cabine du capitaine d'un bateau. Depuis la petite fenêtre, on a vue sur les toits et les étoiles. « Une confortable tanière de célibataire, dit Irving en les invitant à entrer. Rien de fantaisiste. Bon, un petit whiskey ? »

Depuis la porte, on voit le gril, au sommet des cintres, aussi étrange qu'un squelette de dinosaure. Depuis le fleuve on entend les cris solitaires des remorqueurs. Il sort deux plaids d'une commode ancienne – noire, très ornementée, de style élisabéthain. Le calme, la chaleur du feu, le lourd verre de single malt, le confort du plafond bas, la fatigue. Tous trois s'endorment, chaque canapé berce son occupant, et la lune veille sur les solitaires de Londres.

Plus tard, après des années, des décennies, l'étrangeté de ces mois leur apparaîtra. Ses enfants à elle étaient à la campagne auprès de leurs pères ; elle n'aimait pas rester seule la nuit ; il allait de soi qu'il y avait un homme – plusieurs peut-être – dont elle ne souhaitait pas la compagnie.

Irving avait eu maille à partir après un incident à son logis – il habitait alors à Albany, dans un immeuble réservé aux messieurs –, et bien qu'on ne lui ait pas formellement donné congé, on lui avait clairement fait comprendre, de cette façon qu'ont les Anglais de rendre les silences si éloquents, que c'était pour lui le bon moment de partir.

Quant à Stoker, il était enlisé dans une de ces congères qu'on rencontre à la croisée des chemins au cours de sa vie, quand les poteaux indicateurs sont effacés, ou jetés à terre. Que le voyageur soit responsable de cette situation n'offre guère de consolation. Sa femme enseignait aux enfants des dockers dans les bas-fonds de Liverpool, leur fils était parti en pension à Winchester. Les pièces vides de la maison semblaient hantées par l'abandon, par une tristesse incrustée. Dit plus simplement, personne ne l'attendait là-bas.

L'hiver était venu. Il s'était mis à écrire des poèmes. Efforts sans grâce, sourds, mais peut-être la poésie lui permettrait-elle de résoudre un conflit que beaucoup de gens mariés à la hâte rencontrent, un orage que les vœux prononcés ne peuvent prédire. Les lecteurs de la revue littéraire *Lippincott's Monthly*, en avril 1888, ont pu lire un curieux rondeau de quinze vers signés « Abraham Stokely ».

Et ces yeux qui riaient dans la lumière,
Légère musique éclatante et joyeuse
L'aurore sur un lac est en tout point pareille.
Encore changeante et toujours, toujours libre.
Ne jamais être tien, tel est mon sort amer.
En est, puis en ouest, ma fée va et vient,
Lueur de lune sur rose anglaise
La nuit, dans une rue de Londres.
Enfin, mon cœur est brisé.
Ne jamais être tien, tel est mon sort amer
Et pourtant c'est mon rêve.
Les amants s'en vont, perdus d'heure en heure
Les feux de la rampe éclairent leur chemin.
Encore une fois, je ne suis pas libre.
Ne jamais être tien, tel est mon sort amer.

Rares sont les lecteurs qui ont remarqué le secret de ce maladroit poème : le nom qui se révèle quand on lit la première lettre de chaque vers en descendant.

C'est devenu une habitude du trio de se retirer chaque soir dans les appartements d'Irving. On a installé un paravent. Ils ont apporté des livres, des vêtements de rechange. Jamais ils n'en ont discuté, mais il était implicite que ces dispositions étaient temporaires.

Ils se rendaient là-haut par les étroits escaliers des coulisses. Il ouvrait une bouteille de bordeaux, une autre d'eau-de-vie, il y avait là du pain, de la viande en conserve, du fromage, des pichets d'eau. Le feu était allumé, le gramophone remonté. L'un d'eux pouvait faire la lecture aux autres, ou raconter une histoire de fantôme. Après avoir soupé, joué aux cartes, ou être restés assis ensemble en silence, éblouis par l'éclat continu qui perdure après une représentation, le sommeil envahissait la pièce.

De sa vie, jamais Stoker n'avait connu sommeil aussi miséricordieux : profond, paisible, anéantissant toute conscience. Ses rêves, qui étaient rares, étaient du genre où des femmes chantent doucement. Bouger et entendre le crépitement rassurant des bûches, la pluie. La lourdeur agréable de vieilles couvertures pesantes.

Le matin, ils prenaient ensemble leur petit déjeuner et s'en allaient aux bains de Jermyn Street, pour revenir au théâtre vers midi, au commencement des répétitions. Ce fut une saison de travail concentré, de silences habités. Nul ne pensait que c'était le début de la fin.

La conversation a démarré un matin, dans un café près du théâtre.

« On peut le faire, insistait Stoker. Tout ce qu'il faut, c'est un peu de volonté. »

Irving a pouffé dans son muffin toasté, essuyé le beurre sur ses lèvres. « De *l'électricité* ? Sur scène ? Tu vis dans un autre monde.

– Est-ce que nous ne sommes pas payés pour ça ? a dit Miss Terry.

– Ma chérie, il y a déjà l'électricité sur la scène du Lyceum, a répondu le Chef. Elle s'appelle Henry Irving.

– Doux Jésus, à la troisième personne. Quelle pudique dénégation de soi.

– La pudeur, c'est pour les vierges, très chère. Tu devrais essayer.

– Shaw admire ma pudeur, il dit qu'il aimerait avoir une place dans mon cœur.

– Ce qu'il voudrait c'est une place dans un autre endroit de ta personne, ma douce. »

Stoker a repris : « J'ai fait une étude poussée et je *sais* comment faire. Si on ne dépose pas un brevet pour cet effet spécial, quelqu'un d'autre le fera, vous pouvez me croire.

– Que le commun fasse ce que bon lui semble. On n'a pas désespérément besoin d'attirer leur attention.

– Je tiens de source sûre que Shaw est intéressé, a dit Miss Terry avec ruse. Ce serait agréable de le coiffer sur le poteau. Je sais, c'est un peu mesquin de ma part. »

La flèche a atteint sa cible.

« Bon, alors comment ça marche ? a demandé Irving. Si tu es tellement bien informé.

– C'est un système de batteries et de plaques métalliques qu'on tient à la main. Si tu regardes ce dessin que j'ai fait… » Stoker le lui a glissé sur la table, « … tu verras ce que je veux dire.

– Va te faire foutre avec tes dessins, retournons au théâtre et montre-moi ça ! »

Au Lyceum, Harker était assise dans les coulisses, dessinant des esquisses à la craie sur le mur devant son bureau. Sur les briques, papillons, dragons et licornes paraissaient vivants. Elle a levé les yeux à leur approche.

« Bonjour Harks, a dit Stoker. Peut-être pourrions-nous procéder à notre petite expérience si tu as un moment ? Le Chef est prêt à observer les fruits de notre étude. »

Harker a hoché la tête, ouvert un tiroir dont elle a tiré deux plaques d'acier poli semblables à des soucoupes, et en a donné une à chacun des deux hommes sur scène. Consultant un instant son manuel, elle a levé les yeux vers les cintres, comme si elle procédait à des calculs de dernière minute.

« Allez, Harks ! a fait sèchement Irving. Si c'est pour me faire perdre mon temps, je me passerai de toi.

– Chef, si vous voulez bien prendre cette épée. Mr Stoker, aurez-vous l'amabilité de prendre l'autre ? Ce petit disque, vous le tenez dans la main gauche. D'accord ? »

S'exécutant, chacun a pris position, l'épée levée.

« En garde, messieurs, a appelé Harker. Je mets en marche la batterie.

– Sommes-nous vraiment certains que c'est sans danger ?

– Allez-y ! »

Stoker a fait un pas en avant, la main gauche sur la hanche, lame tendue devant lui. Il avait pratiqué l'escrime à Trinity College, connaissait les positions classiques, mais il n'était pas tout à fait prêt pour ce qui allait se passer. Irving, moins assuré malgré les milliers de représentations où il avait brandi une épée, se déplaçait avec cet air fanfaron propre à la fausse assurance.

« Viens donc m'affronter, maudit Fenian, a-t-il grondé en souriant. Je vais te mettre un peu de bon sens anglais dans le buffet ! »

Les lames se sont touchées, et un geyser d'étincelles a jailli, si haut qu'un des techniciens qui travaillaient dans les cintres a hurlé de peur. Le fracas du métal, la fontaine d'étoiles d'or et d'argent a fait tomber Irving à genoux. Miss Terry applaudissait de joie. Harker s'est exclamée et l'a serrée dans ses bras.

« Encore, a dit Stoker. Croisons le fer. »

À présent, des acteurs sortaient de l'ombre des coulisses et assistaient au spectacle, bouche bée, à court de mots.

Irving s'est lentement redressé, s'essuyant les yeux d'un pan de sa chemise.

« En avant, Macduff », a-t-il dit.

Les poignées se heurtaient, paraient les coups, dans un jaillissement d'éclats pourpres et crépitants, tandis que des éclairs aux relents de cordite déchiraient l'air.

« *Courage, Chef !* » a beuglé Harker. « Transpercez-le, Tatie », ont crié les actrices. « Le vainqueur remporte mes couleurs », a lancé Miss Terry en riant, mais la plaisanterie a paru donner un regain d'énergie aux combattants. Irving bougeait et parait les coups, les étincelles dansaient sur sa lame, Stoker se baissait, évitait l'autre, faisant une fiente, le dos au pilier de l'avant-scène, comme s'il voulait le mettre à terre, tentant à présent de se dégager, en sueur, grognant, à travers une couronne sifflante de fumée cuivrée et des relents de limaille de fer en feu.

Au bout d'une semaine, ils se sont ainsi produits sur scène, d'abord dans *Hamlet*, puis *Roméo et Juliette.* Les journaux étaient dithyrambiques.

EXTRAORDINAIRE SPECTACLE AU LYCEUM
« COMMENT FONT-ILS ? »
IRVING TRIOMPHE À NOUVEAU

Les files de spectateurs se formaient de plus en plus tôt devant la billetterie, parfois dès l'aube ; des équipes de revendeurs rôdaient dans Exeter Street et Covent Garden, achetant et vendant des billets. On murmurait que la reine en personne voulait venir assister au miracle du Lyceum. Elle n'est jamais venue, mais Irving était assez habile dans l'art de faire passer un démenti pour une confirmation, et il clamait haut et fort à chaque interview qu'elle ne viendrait pas. « Non, non, il n'est absolument pas question que Sa Majesté vienne au Lyceum. Et quand bien même ce serait le cas, je ne vous dirais rien. »

Il avait donné à Stoker des instructions pour qu'on inscrive sur les tickets que « l'extraordinaire combat électrique » était si violent, si terrifiant que « les dames attendant un enfant, les personnes âgées ou ayant les nerfs fragiles » devaient éviter d'y assister. « Des infirmières formées sont présentes », annonçaient des affiches spéciales dans le foyer. « Si vous vous sentez mal, dites-le à un ouvreur. » En un mois, le montant des ventes atteignait sept mille livres. Le moyen le plus sûr d'effrayer les gens consistait à leur dire qu'ils auraient peur. Le public était ravi d'obéir.

Un samedi soir de février, le théâtre rempli jusqu'au plafond, Stoker s'est gentiment soûlé en regardant le spectacle depuis les coulisses. Miss Terry dans le rôle de lady Macbeth aurait suffi à provoquer une ovation ; l'addition des étincelles déclenchait chaque fois une cacophonie d'applaudissements si violents qu'ils masquaient l'orchestre, ce que Stoker désapprouvait intérieurement, seulement le bien du théâtre l'emportait. Profitant de l'état de choc du public, lady Macbeth est venue jusqu'à lui en hâte pour lui murmurer qu'elle avait vu quelqu'un d'important parmi les spectateurs, au troisième rang. Elle en était certaine. Impossible de se tromper avec ces vêtements.

« Assure-toi qu'il soit invité après le spectacle. Envoie Harks chercher des boissons gazeuses.

– Vieux bâtard rusé, a relevé Irving. Typique de ce rat de ne même pas annoncer sa venue. Il aimerait trop nous prendre à l'improviste. On va s'en occuper. »

Une heure plus tard, après le spectacle, la troupe s'est rassemblée sur scène, attendant son visiteur de marque. Le meilleur champagne avait été commandé en hâte, ainsi que des fleurs et un buffet froid pour cinquante personnes au Claridge. Les photographes s'installaient dans la salle en essayant d'avoir l'air sérieux et très affairés, gênant tout le monde.

Il est arrivé des coulisses en clignant les yeux, comme s'il voyait rarement la lumière, tout de chair blanche, Irving le menant par la main. Pantalon de velours rouge foncé, cape de zibeline jusqu'aux genoux, les doigts ornés de nombreuses bagues. Il était un peu trop gros pour rester longtemps debout, si bien qu'un trio de techniciens est allé chercher un petit sofa dans la salle des accessoires.

Au grand embarras d'Irving, de temps en temps, son hôte l'appelait « Sally », surnom que personne au Lyceum n'avait jamais entendu.

« Ah, Bram, a dit Irving. Voici l'un de tes compatriotes. Tu connais mon très cher ami, Oscar Wilde ?

– Heureux de te revoir, Wilde. Ça fait longtemps.

– Bram, mon vieux. Tu es ravissant. » Puis se tournant vers le Chef : « Ton administrateur et moi sommes liés depuis longtemps. De façon très intime.

– Oh ?

– Wilde et moi, nous étions ensemble à Trinity College, a dit Stoker. C'était il y a fort longtemps.

– Oh, mais il y a plus, mon ami. Veux-tu leur révéler notre coupable secret, ou m'en chargerai-je ?

– Ce n'est pas une grosse affaire, Wilde est un ami de ma femme. Lorsqu'ils étaient jeunes, à Dublin.

– Un amour d'enfance, pourrait-on dire. Oui, Flo était un amour. Nous avons été fiancés brièvement, si vous pouvez imaginer ce miracle. Mais elle m'a quitté pour un homme meilleur, n'est-ce pas, Bram ? Je m'en suis arraché les cheveux de douleur.

– Mon épouse parle de toi avec une grande tendresse et elle est fière de ton succès.

– Oui, de nos jours, ils me lancent des compliments plutôt que des œufs pourris. Mais je suis toujours optimiste. Autrefois, ils lançaient des briques.

– Peut-être que toi et Mrs Wilde vous pourriez venir dîner à la maison un soir ? Flo serait très heureuse de te revoir.

– C'est gentil, mon chéri, mais je ne pense pas que ce soit là une bonne idée. Mieux vaut laisser les flammes anciennes s'éteindre d'elles-mêmes, ne crois-tu pas ? Autrement, cela risque de créer des tensions.

– Wilde, a déclaré Irving, puis-je te présenter Ellen Terry ?

– Ah. » Il s'est levé avec une courtoisie formelle et lui a fait un baisemain. « Notre Dame du Lyceum.

– Vous êtes tellement charmant, Mr Wilde.

– Voilà pourquoi l'Angleterre veut m'étrangler, Miss Terry. En Irlande, avoir du charme passe pour un accomplissement personnel. Ici, c'est une honte pour la famille, comme d'avoir un cousin idiot.

– Taratata, Oscar, mon vieux, a repris Irving, tu es un peu dur avec nous. Nous avons bien exporté notre langue chez vous, les primitifs, après tout.

– En effet, mon chéri. À présent, nous savons dire “famine” en anglais.

– Ah, Oscar, que tu es taquin, mais ce n’est ni le lieu ni le moment. Ne gâtons pas le plaisir rare de ta visite en une vaine joute verbale.

– En effet, je n’aime pas me battre contre un homme désarmé. »

À travers la scène, s’est élevé ce rire particulier des subordonnés qui voient leur patron se faire tailler en pièces sans pouvoir réagir.

« Sally adore les duels », a poursuivi Wilde en souriant, tout en allumant une cigarette au bout de son long fume-cigarette d’ivoire. Ses dents tachées étaient presque noires. « Ainsi que nous l’avons vu ce soir. Quelle *merveilleuse** consolation pour toi, chéri, ces étincelles viriles qui jaillissaient de toute part, c’était vénitien, non athénien ! Très cher, j’étais subjugué.

– Tu vois, j’ai étudié l’électricité, a hasardé Irving. Beaucoup disaient que c’était impossible, mais moi, je savais.

– Naturellement, chéri, tu savais, car savoir est ton plus grand talent ; cela t’a amené si loin que tu n’oses plus reculer, à présent. Lorsque Sally et Shakespeare se battent, c’est toujours elle qui a le dessus. Elle lui a bien sucé la moelle.

– Tu t’exprimes à la manière des personnages de tes pièces.

– Oh, je ne pense pas que je m’exprime aussi brillamment que ça, *mon petit ange**, mais merci pour le compliment. Les faux compliments sont les seuls lauriers qui valent la peine. » Après avoir accepté une flûte de champagne d'une des filles du chœur, il s'est tourné vers Stoker. « Chin chin, et où en es-tu de l'écriture, vieille branche ? Je garde de si bons souvenirs de l'époque où nous nous lisions mutuellement nos sextines en mangeant des *crumpets* dans la cour carrée. Quand verrons-nous une pièce de ta plume ?

– J'ai plus ou moins abandonné, sur ce front-là. Mais voici un exemplaire d'un livre que j'ai écrit, si tu veux. Une petite maison d'édition l'a publié l'année dernière.

– Ah, c'est excellent. *L'épaule de Shasta*. Délicieusement évocateur. Tu sais, ce que je préfère dans tes romans, c'est toujours le titre. » Il a vidé d'un trait son verre et s'est levé en faisant la grimace. « À présent, je dois prendre congé, car je suis attendu en mauvaise compagnie. Merci pour le livre, Bram. Je serai heureux de me mettre au lit avec toi cette nuit. Comme au bon vieux temps, quoi ? » Se retournant vers la troupe, il s'est incliné, et a fait le signe de la croix dans l'air : « C'est très bien mes enfants. La révérende mère est fière de vous. »

Les applaudissements qui l'ont accompagné lorsqu'il s'est retiré en traînant les pieds dans un nuage d'assurance et de parfum français n'étaient peut-être pas tout à fait convaincus.

De nouvelles bouteilles de vin ont été sorties. La fête s'est poursuivie tard. Beaucoup de comédiens – les plus jeunes, surtout – étaient enthousiastes après cette visite et le tumulte qu'elle avait causé. S'être trouvé sur la même scène que le célèbre Oscar Wilde. Si jamais cela ne se reproduisait pas, au moins l'auraient-ils vécu une fois. Sa présence à leurs yeux ne faisait que confirmer leur succès, l'apparition d'une étoile au-dessus du Lyceum et de sa troupe. Ils ignoraient combien cette étoile pâlirait vite.

Peut-être que chaque comédien le devient mû par le désir d'avoir un jour une histoire à raconter. Beaucoup l'avaient trouvée ce soir-là. Ceux qu'il avait regardés diraient qu'il leur avait serré la main. Les rares auxquels il avait serré la main diraient qu'il leur avait donné l'accolade. D'autres nieraient bientôt qu'il s'était jamais trouvé là.

Ellen avait valsé avec Harks, puis Stoker, puis Irving, puis c'était Irving et Stoker, pour le plus grand plaisir de la troupe. Les garçons dansaient avec les garçons, les filles avec les filles, Irving valsait avec son chien. On a réclamé d'autres danses : « The Walls of Limerick », puis un *strathspey* et des *sailors' hornpipes*, plusieurs techniciens sont venus accompagner les violonistes de l'orchestre, parmi eux un violoneux de l'île de Man et un joueur de flûte de Cornouailles. Lorsqu'il n'y a plus eu de champagne, on a fait rouler un tonneau de cidre dont on a brisé le couvercle. On a remarqué des couples qui, main dans la main, se fondaient dans l'ombre des coulisses, ou se retiraient dans d'autres salles, jusque dans les loges. La nuit de la Saint-Oscar.

L'aube se levait quand la scène s'est enfin retrouvée déserte, les comédiens et les musiciens un peu gris se querellant, flirtant ou se raccompagnant dans le froid. Stoker est rentré en titubant un peu après avoir appelé des fiacres et donné de la monnaie pour payer les courses. Sur scène, à genoux près des coulisses, Harker essayait d'allumer une bougie en tremblant.

« Toujours là, sergent Harks ? Il est plus de cinq heures.

– J'allume la servante, monsieur. Une vieille tradition au théâtre. On laisse toujours une flamme allumée au moment de rentrer, pour que les fantômes puissent jouer leurs pièces à eux.

– Je ne suis pas au courant. Il ne faudrait pas brûler ce fichu théâtre.

– Vous préférez que je l'éteigne, monsieur ? Je peux, si vous voulez.

– Oh, des nèfles, laisse-la. Nous avons besoin du soutien des fantômes.

– Alors bonne nuit, monsieur Stoker.

– Bonne nuit, Harks, rentre bien.

– Bon sang, on s'est bigrement affûté les pincettes. Jamais je n'oublierai ça.

– Aucun d'entre nous ne t'oubliera. C'était fort plaisant.

– Est-ce que Miss Terry était pas croustillante, ce soir ? Belle comme un cœur ? Cette robe, elle est bath aux pommes, c'est pareil que de regarder une symphonie.

– Elle était très belle en effet.

– Vous avez un petit faible pour elle, monsieur, pas vrai ? Vous pouvez me confier votre secret. »

Il ne répond pas.

« Moi aussi, vous savez, dit Harks en riant. Et c'est pareil pour tout le monde, je crois.

– Miss Terry est une femme remarquable. C'est une bénédiction pour nous d'être ses amis.

– Vous savez ce que mon vieux père disait à propos du mariage, Mr Stoker ? Tu as le droit de regarder dans la vitrine du bijoutier, à condition de ne pas la casser pour tout rafler.

– Un homme sage, ton père.

– Je peux vous demander un service, monsieur ? J'aimerais vous donner quelque chose.

– Quoi donc ? »

Elle se glisse sur le rebord de la scène et descend parmi les premiers rangs, où il ramasse des bouteilles vides dans un sac.

« Vous êtes un vrai diamant, monsieur. Le meilleur que j'ai jamais rencontré. » Debout sur la pointe des pieds, elle l'embrasse sur la joue. « Si c'était les messieurs, mon rayon, je vous prendrais pour moi toute seule. Puisque c'est pas le cas, je vous dis merci pour tout ce que vous avez fait pour moi.

– Ma très chère Harks. » Il lui prend la main puis la serre dans ses bras. « Tu étais un garçon splendide de beauté, à présent tu es une belle femme. La plupart d'entre nous ne seront jamais ni l'un ni l'autre. »

Elle s'en est allée avec un sourire radieux. Lui a ramassé la dernière bouteille, puis il s'est assis au deuxième rang, dégustant un dernier verre de bordeaux et un bon cigare de Louisiane, ne sachant plus très bien comment il se l'était procuré. Les ridules de lumière émanant de la servante jouaient sur les replis sombres des lourds rideaux, le cuivre des timbales, les piliers luisants de l'avant-scène. Bientôt il sortirait et s'en irait par les marchés nocturnes de Covent Garden chercher les journaux du matin chez ce gars, sur le Strand. Il était sûr que certains d'entre eux parleraient de la visite de Wilde. Une publicité sans prix. C'était une bonne nuit de travail.

Les musiciens. La danse. Les dents noires de Wilde. Les épées crépitantes. Ce serait bon de dormir jusqu'à midi, puis de se livrer à un honnête travail manuel. Il fallait réparer la trappe, retendre les cordes des poulies. Une journée à suer en plantant des clous et en vissant des boulons. Cette rude besogne chasserait la fatigue.

Dans la lueur de la servante, il s'est assoupi. Un rêve banal lui est venu. Il était sur la scène, nu, les répliques de son dialogue terriblement proches, comme des papillons de mots flottant autour de lui. Il a tendu la main, et ses doigts ont rencontré de l'eau. Le public huait, sifflait – il ne pouvait voir leurs visages, mais il savait que Wilde se trouvait parmi eux. Florence aussi était là, il l'entendait qui l'appelait. Soudain, il est tombé dans le vide.

Il s'est réveillé en sursaut, la bouche sèche. Le théâtre était plongé dans le silence. Les premières cloches de St Mary-le-Strand sonnaient sept heures.

Il s'est relevé, douloureux et ankylosé, mal à l'aise d'avoir dormi dans son costume de soirée, ses souliers trop étroits, la gueule de bois en embuscade, des picotements descendant la corde de ses nerfs dans sa cuisse droite engourdie. La servante avait fini de brûler, des gouttelettes de cire avaient durci sur le parquet. Il a pris une cuillère et s'est mis à gratter.

Un bruit étrange l'a surpris. Il a levé les yeux vers le lustre. Un oiseau minuscule, peut-être un troglodyte mignon, voletait d'une pampille de cristal à l'autre, se posant là, s'envolant à nouveau, se reposant ailleurs, sur un fond de musique cristalline, tel un orchestre japonais. Un petit jet de fiente s'est abattu. Les cui-cui se sont faits plus aigus. Il a semblé à Stoker que l'oiseau allait s'écraser au plafond, ou s'épuiser jusqu'à la mort. Son impuissance à l'aider était horrible, et il s'est surpris à encourager la petite créature terrifiée, à la chasser, la diriger. Soudain, elle a plongé vers le parterre, mais elle a pivoté et elle est remontée vers le plafond, jusque dans une loge à l'étage. Le gazouillis s'est interrompu. Le troglodyte mignon était en sécurité, ou bien il était mort.

Épuisé, il est monté sur scène. Tandis qu'il rangeait les derniers verres, les nappes, les couteaux à huîtres, une folie s'est élevée devant lui depuis la fosse d'orchestre, tel un violoniste fantôme. Il s'est tourné et a contemplé le théâtre.

Rangées de velours vides subtilement dorées dans les rayons de l'aube qui s'écoulaient depuis les hautes fenêtres poussiéreuses.

Était-il possible que la question de Wilde au sujet de l'écriture dramatique ait été plus qu'une moquerie ? Une boutade, si on savait la lire, était-elle la manière dont un bouffon dispensait ses conseils ? Se pourrait-il qu'un soir, il se tienne là, dans le sillage de ses premiers pas, tandis que le public appellerait l'auteur et crierait « Bravo ! » ? Son fils serait là aussi, ainsi que Florence et les siens. Peut-être qu'Ellen jouerait dedans.

Peut-être qu'Ellen…

Si seulement…

Il voyait déjà les gros titres, les critiques, son nom s'étalant en travers des affiches. Oh, comme cela leur clouerait le bec, à Dublin.

Pas Stoker ? Le petit employé ? Ce handicapé qui ne pouvait pas marcher ? Ce drôle de hibou qui hantait les rues, la nuit ? Comment pourrait-il être célèbre ? On le connaît !

L'argent coulerait à flots. Représentations à New York et Chicago. La liberté que procure l'argent, plus besoin d'économiser, de faire l'accueil, plus de querelles avec les employés des vestiaires, ni d'inquiétude au sujet des reçus. Une maison de ville à Kensington, une bibliothèque pour Florence, un manoir à la campagne avec un bureau donnant sur un pré où paissent des chevaux, la vie d'un homme de lettres qui ne cesse de refuser des invitations en usant de phrases mesurées et bien ficelées. Pardonnez-moi, je suis occupé par la tournée à venir et je dois décliner toutes les invitations, même lorsqu'elles sont aussi tentantes que la vôtre.

À présent, il voyait parmi les rangs vides les visages de ses parents, des employés du Château de Dublin – tous ceux qui lui avaient un jour dit non. Les espoirs brisés, les secrets, les échecs, tout serait oublié. Désormais, sa vie compterait. Il ne disparaîtrait pas. Il se tiendrait sur cette scène sous un tonnerre d'applaudissements, les larmes aux yeux et, grand seigneur, il pardonnerait.

Viens, doux sommeil. Il a grimpé l'escalier vers les appartements d'Irving, enivré d'une lassitude euphorique. En ouvrant la porte, la lueur rougeoyante des braises s'est parée de violet. Il a entendu craquer le charbon qui bougeait dans l'âtre.

Les trois vieux sofas luisaient dans la pénombre. Il s'est étonné d'en voir deux inoccupés.

Sur le troisième, dans un drap emmêlé, Irving et Ellen étaient allongés nus, assoupis, elle avait posé la tête sur son torse, leurs bras et leurs jambes s'emmêlaient, les cheveux noirs épars d'Irving luisaient sur le coussin de soie blanc, leurs vêtements gisaient sur le sol, dispersés. Une lueur couleur whiskey illuminait sa peau à elle.

Comme si elle avait senti sa présence, elle a ouvert les yeux.

« Oh, a-t-elle murmuré. Bram… je dois dire…

– Pardon », a-t-il chuchoté en repartant.

XVII

Où un auteur assassine ses livres, et où Desdémone se rend en visite dans un asile d'aliénés

Se déployant avec la poussière sous la charpente de son grenier, Mina la morte assiste à une scène étrange.

Le teint émacié, en larmes, l'intrus à genoux déchire des exemplaires de ses livres. Il en a toute une pile, jusqu'à la hauteur de la taille, qu'il détruit de façon méthodique. Les couvertures sont déchirées avec rudesse, les pages arrachées.

L'Épaule de Shasta. Que cela signifie-t-il ?

Il ouvre une lucarne crasseuse et lance les feuillets à la volée. Mina file derrière eux et les voit s'égailler au vent en direction de la Tamise, poignées de papier déchiré, noirci d'encre, tel un meurtre de corbeaux au-dessus de Waterloo Bridge.

Par la fenêtre du théâtre à l'aube, elle distingue les reflets rouges de ses rêves. Le comte retire un drap, dévoilant le corps nu de l'héroïne, il déboutonne sa chemise, son ongle glisse le long de son ventre, de son nombril jusqu'à l'aine, déchirant sa chair tel un fruit. Il la tient par les cheveux, force ses lèvres à embrasser celles de sa plaie, et tandis qu'elle le suce, elle enroule ses bras autour de son torse.

Battement de paupières, il s'aperçoit qu'il est assis à la table du dîner avec sa femme. La grande horloge dans l'angle sonne doucement, comme si elle demandait pardon de briser le silence.

« C'est agréable de t'avoir à la maison une soirée, hasarde-t-elle.

– Pour moi aussi.

– Tu ne vas pas leur manquer, au théâtre ?

– Ils peuvent se passer de moi un soir. »

La bonne entre avec la soupe. Le silence s'abat telle une enclume. Après son départ seulement la conversation se force à reprendre vie, telle une braise ravivée par le courant d'air de la porte qu'on referme.

« Tu as quelque chose en tête, Bram ? Tu m'as l'air préoccupé.

– Non, rien.

– J'ai vu ton *Shasta*, cet après-midi. Chez Hatchard's, sur Piccadilly. L'employé m'a dit qu'ils en avaient vendu trois exemplaires.

– Nous sommes riches.

– En un sens, nous le sommes. Il y a bien des manières d'être riche.

– Il n'y en a qu'une qui importe quand on fait les comptes.

– Tu sais que ce n'est pas vrai. Et tu dirais de même en d'autres circonstances.

– J'aimerais que les circonstances soient différentes. Mais ce n'est pas le cas.

– Avoir notre fils est une bénédiction en soi. Je te retrouve en lui à chaque instant, dans sa façon de rire lorsqu'il chante, de compter sur ses doigts alors qu'il est assez intelligent pour ne pas en avoir besoin. Et que nous soyons là l'un pour l'autre, toi et moi. Je remercie Dieu chaque jour. Ta bonté est une chance pour Nolly et pour moi, ta force virile, ton acharnement au travail. Ton respect pour autrui.

– À quoi dois-je cela ?

– J'ai une confession à te faire, Bram.

– Une confession ?

– J'espère que cela ne te dérange pas. Tu as laissé ton carnet sur la console, l'autre matin. J'ai lu ce que tu as écrit sur ton nouveau projet. Cette histoire de vampire.

– Cette histoire est sans issue. Il n'y avait rien de bon dedans.

– J'espère que si.

– Je l'ai brûlée l'autre soir, et je suis heureux d'en être débarrassé. À présent, changeons de sujet, si tu veux bien. »

Elle hoche la tête, ouvre un tiroir sous la table et en sort un amas de pages noircies.

« Ne te mets pas en colère, dit-elle. Je l'ai sauvé. Pauvre créature. Un peu abîmée sur les bords. Mais toujours là. Comme nous. »

Les yeux brûlants, humides, il accepte le paquet aux bords calcinés.

« Tu es l'homme le plus admirable, le meilleur que j'ai jamais eu l'honneur de rencontrer. »

Quand enfin il retrouve l'usage de la parole, sa voix tremble. « Je n'ai jamais été digne de toi, Flo. Je ne le suis toujours pas. Ce bonheur que tu m'as donné. D'avoir une famille. Un foyer.

– On t'aime tel que tu es, Bram. Je crois que je comprends.

– Merci. Mon trésor. J'espère seulement qu'il n'est pas trop tard. »

Ils reviennent à leur assiette, soutien de tant de couples, dans la santé ou dans la maladie : les longues cuillerées d'une Soupe de Silence.

Dans la chambre noire sur Bow Street, Harks et lui observent le magicien qui verse la solution. Ce qui se passe ensuite tient du miracle.

Le visage d'Irving apparaît en négatif, fantomatique, puis – incroyable – en positif, les dévisageant depuis cet outre-monde de la plaque de verre. À côté, dans un scintillement, se dessinent les traits de Desdémone, hautaine, dédaigneuse, régalienne. L'odeur des produits chimiques est si forte que les yeux du photographe larmoient.

L'imprimeur accepte les lourdes plaques telles de précieuses reliques, enveloppées d'épaisses couvertures, puis il les porte avec une tendresse maternelle une par une de l'autre côté de la ruelle, jusqu'à son atelier. Difficile de croire que les pistons qui claquent et les engrenages qui ronflent ne les briseront pas, ni ne leur infligeront quelque autre violence, pourtant au bout d'une heure, comme promis, les affiches commencent à sortir des presses.

« Oh mon Dieu, dit Harks. C'en est fini de la concurrence. »

Elle a organisé toute une escouade de gosses de rues, qui attendent avec des seaux et de la colle. Les gamins acceptent leur chargement, leur paiement en pennies, et filent en se répétant à mi-voix les consignes de Stoker. « Tous les panneaux d'affichage, tous les murs. Il y en a encore plein d'autres à placarder. N'hésitez pas à revenir en chercher. »

Le lendemain matin, une foule de badauds ébahis se rassemblent devant le théâtre.

Sur le panneau d'affichage, sur les colonnes, dans les vitrines des portes principales. Des affiches avec la photographie des acteurs.

Pas des dessins. Leurs vrais visages. Cinquante centimètres sur vingt-cinq. Ellen Terry vous demande personnellement de venir voir la nouvelle pièce. Tout ce qu'elle veut, c'est cinq shillings. Vous serez dans la même salle qu'elle. Le regard austère du Chef vous transperce jusqu'aux tréfonds de l'âme. Pouvez-vous résister à cette injonction ?

De l'autre côté de la rue, Stoker regarde. Les gens se massent et pointent le doigt. Un agent de police arrive, lève les bras pour les faire circuler, mais au bout d'un moment, il retire son casque et cesse de les bousculer. Les mains sur les hanches, il secoue la tête en proie à une stupéfaction patriotique. Y a-t-il quelque chose que les Anglais ne puissent réussir ?

Stoker traverse, entre dans le hall, grimpe l'escalier à la rambarde de cuivre qui mène au foyer. Son trousseau de clefs est lourd. Il y a beaucoup à faire.

Près de la fontaine à eau, Desdémone attend en robe de mousseline et chapeau.

« Il y a un moment que je ne t'ai pas vu, Bram. Tu as tapissé Londres de mon portrait. Je me suis transformée en papier peint. »

Il acquiesce, va ouvrir les portes de la salle. « Nous avons été très occupés. Et j'ai passé un peu de temps chez moi.

– J'ai un petit quelque chose pour ton anniversaire. C'est bien aujourd'hui n'est-ce pas ? »

Il l'avait oublié.

Elle se lève, s'approche, lui tend un carnet relié en cuir.

« J'ai pensé que tu pourrais y inscrire tes mots si beaux.

– Tout ça, c'est du passé.

– Ne parle pas comme ça, rabat-joie. Pourquoi es-tu fâché ?

– Si tu veux m'excuser, j'ai un agenda très chargé ce matin.

– Je suis allée consulter une voyante. Par curiosité, c'est tout. Elle m'a dit que je connaissais un homme qui un jour va écrire une histoire si puissante que la Terre s'arrêtera de tourner. Elle sera traduite dans une centaine de langues. Le héros sera immortel.

– Je ne crois pas à ce genre d'inepties.

– C'est tout de même intéressant.

– J'imagine qu'elle parlait de Shaw.

– Et pourquoi ?

– Je n'en sais rien.

– Bram, à propos de cette soirée où Wilde est venu…

– Cela ne me regarde pas.

– Si je t'ai donné l'impression qu'il pouvait y avoir autre chose que de l'amitié entre toi et moi, j'en suis vraiment désolée. Je ne voulais pas. Mais je t'aime tellement que je me suis peut-être mal exprimée.

– Absolument pas. Et quand bien même, ce serait une terrible erreur de ma part de succomber aux sentiments que tu décris. Je suis marié.

– Tu crois que je ne le sais pas ?

– Lui aussi.

– Moi aussi. »

Harks et trois jeunes comédiens se hâtent dans le hall en direction des répétitions. Une foule se forme derrière les fenêtres de la billetterie.

« Je dois aller travailler, dit Stoker.

– Tu me hais ?

– Comment le pourrais-je ?

– Réponds-moi.

– Jamais je ne te haïrai.

– L'amitié qui est la nôtre survivra à tout le reste. Je l'ai su dès l'instant où nous nous sommes rencontrés. Et je le pense encore aujourd'hui. »

Elle garde les lèvres serrées quand il la prend dans ses bras. Dans la queue devant la billetterie, certains les voient s'étreindre et se donnent des coups de coude.

« Mince, murmure-t-elle. Tu m'as fait pleurer et maintenant, mon maquillage est fichu.

– Tu es plus belle sans maquillage. Sèche tes yeux. Tiens, mon mouchoir.

– J'ai une chose difficile à faire ce matin. Tu crois que tu pourrais m'accompagner ? C'est un service que je te demande.

– Je ne peux pas.

– S'il te plaît ?

– Non, vraiment. Je ne peux pas. »

Dans le train de Charing Cross à Sevenoaks, elle somnole. Il passe en revue une liasse de factures des marchands de soieries, de l'imprimeur et du menuisier qui a rénové la fosse. Elle parle en dormant, semble triste, lutte contre quelque chose. Un de ses gants tombe par terre, il le ramasse, la dentelle d'ivoire est encore tiède. Il le repose sur la couverture et elle le prend sans se réveiller, ses longs doigts le tortillent, tirent sur le bouton. *Laissez-moi*, murmure-t-elle. *Je ne veux pas passer ce test.*

À la gare, il découvre un poney et une voiture qui les attendent. Le conducteur dit qu'on l'a envoyé les chercher.

L'allée feuillue est marbrée d'ombres. L'air propre des champs, le gris moelleux du ciel au-dessus des meules. Elle nomme au passage chaque pré, chaque colline. Il l'imagine enfant, dansant le long des ornières de la route, cueillant les mûres, se promenant, tel un garçon manqué, buvant avec les chanteurs de Noël.

Par-delà un haut portail en fer forgé, le solide manoir apparaît, lugubre, les cheminées noircies par le temps, le clocher et les tourelles lui donnent l'aspect d'un gâteau d'anniversaire de cauchemar. La plaque de cuivre sur la colonne, ASILE PRIVÉ DU DR MANCHESTER POUR LES IDIOTS ET LES INFIRMES, est la seule chose qui indique dans un premier temps qu'il s'agit d'une institution, mais quand ils arrivent dans l'allée d'ormes au gravier bien entretenu, ils remarquent des équipes de résidents qui travaillent aux vergers.

« Tu as vécu ici ? demande Stoker. Comment était-ce ?

– Beaucoup plus calme qu'au Lyceum. »

Sous le porche, le propriétaire des lieux, un certain Dr Mansfield, les attend. La trentaine, d'une beauté hispanique, transpirant un peu de nervosité, il dégringole les marches, serrant et desserrant les poings, comme s'il allait se lancer dans un numéro de danse. Il montre une patience professionnelle, articule trop, va lentement. Il est tout de suite clair qu'il a un mot fétiche.

« Miss Terry, c'est splendide de vous rencontrer. Vous êtes absolument la bienvenue chez le Dr Manchester.

– Merci.

– Et votre mère était cuisinière ici ! Splendide !

– Je ne suis pas certaine qu'elle ait toujours vu ça ainsi. Mais je vous remercie de me recevoir.

– Oh, tout l'honneur est pour moi, Miss Terry. Je vous ai vue jouer bien des fois, et c'est toujours… splendide. Oserais-je dire que vous êtes d'une beauté encore plus impressionnante en dehors de la scène, en plein jour ?

– Flatteur.

– Quand j'ai demandé à ma fiancée de m'épouser, vous savez ce que j'ai dit ? "Si Ellen Terry ne veut pas de moi, peut-être que vous voudrez."

– C'est divin. » Il se retourne pour montrer la porte. Elle lui tire la langue. « Je vous présente mon vieil ami, Mr Stoker. »

À présent, ils avancent dans un couloir dallé, bordé de cellules fermées par des barreaux où des patients fabriquent des cordes avec de la filasse, ou grognent, attachés qu'ils sont par des chaînes, dans des camisoles de force. Des employés armés de bâtons arpentent les lieux ou montent la garde. Une puanteur de viande avariée monte à travers les grilles du sol, ainsi que le cri aigu et brisé d'une femme. Dans une cellule, une patiente verse l'eau d'une carafe dans une autre carafe, puis inversement, et ainsi de suite, en chantant des inepties. Un peu plus loin, se tient un vieil homme debout en caleçon, sa barbe est tressée en trois nattes qui lui arrivent au nombril.

« Y a-t-il une raison particulière à cette visite, Miss Terry ?

– Je dois bientôt jouer Ophélie à nouveau.

– C'est ce que j'ai lu dans la *Pall Mall Gazette*. Vous allez être splendide, *splendide !*

– C'est donc pour cela que j'ai pensé qu'il me serait utile de voir des personnes folles.

– Nous en avons ici en abondance, à tous les stades possibles, comme vous voyez. » Il y a en lui quelque chose du vendeur, éprouvant cet orgueil grossier à l'égard de sa marchandise. « Des incendiaires, des catatoniques. Des religieux mélancoliques.

– Et de quoi souffre Ophélie, d'après vous, Dr Mansfield.

– Question splendide ! Beaucoup de spécialistes se sont penchés sur ce point. Le verdict serait qu'elle est atteinte de ce qu'on nomme érotomanie. Ce qui est souvent déclenché par un choc extrême, même si nous ne savons pas très bien quoi.

– Comment caractériseriez-vous cette affection ?

– Pour parler franchement ?

– Allez-y.

– C'est un état de délire intense, la croyance erronée qu'une personne fait l'objet de désir sexuel.

– Je connais bon nombre d'acteurs d'âge mûr qui souffrent de cette affection particulière. »

Le médecin la regarde un peu trop longuement.

« Tout à fait, dit-il. Si vous voulez me suivre ? Attention à ne pas trop vous approcher des cellules. »

Au bout du couloir, une porte métallique mène à une antichambre où se trouvent trois grandes cages, dont deux sont inoccupées. Dans la troisième, sur une chaise de métal, un homme grand, complètement chauve, en tenue de soirée, joue sombrement de la flûte, sa grosse tête monte et descend, ses paupières aux longs cils sont fermées.

« J'aimerais vous présenter ce gentleman. Comment allons-nous aujourd'hui, Mr Mulvey ? »

Rien ne montre que le patient ait remarqué ses visiteurs, ses longs doigts fins appuient sur les trous tandis que la mélodie revient en arrière comme une sterne en vol.

« Patrick est ce que nous qualifions de maniaque zoophage, Miss Terry. Cela signifie qu'il a pour objectif de tuer des animaux pour les dévorer. Nous avons commencé avec les insectes et les araignées, puis les souris et ensuite les rats. Ensuite, je crains que nous ne soyons allés beaucoup plus loin.

– Pourquoi fait-il cela ?

– À nouveau, pardonnez-moi ma franchise, c'est en partie parce que les voir souffrir lui procure une jouissance sexuelle, ou peut-être s'en est-il convaincu, ce qui n'est pas la même chose, et puis il y a un autre aspect. Il croit que les manger va prolonger sa propre vie, peut-être le rendre éternel. Plus la créature est évoluée, plus longue sera sa vie. D'aucuns diraient que c'est un délire assez banal, que l'on trouve dans certaines pratiques religieuses. Manger le corps, boire le sang, etc.

– Est-il habituel qu'un patient soit ainsi habillé ?

– Patrick éprouve un intense dégoût pour la saleté, cela l'angoisse profondément. Nous faisons en sorte qu'il ait des vêtements propres toutes les six heures, sans faute. Il prend un bain deux fois par jour, ce qui l'apaise. Il préfère s'habiller de manière formelle, comme vous le voyez. Nous faisons de notre mieux pour qu'il se sente à l'aise. Cela nous demande de gros efforts.

– Pauvre chère âme. Comment une créature qui produit une telle musique pourrait-elle incarner le mal ?

– La musique apporte ses bienfaits à nos patients dans une large mesure, Miss Terry. Nous sommes fiers de notre Orchestre des Fous, le premier de Grande-Bretagne. Il donne des concerts tous les samedis soir, c'est un événement qui plaît aux habitants des alentours, surtout aux enfants. Hélas, aujourd'hui, il n'y a pas de concert prévu.

– Il fait partie de l'orchestre ?

– Il le dirige.

– Sera-t-il un jour guéri, remis en liberté, croyez-vous ?

– Hélas, il souffre d'un mal qui progresse irrésistiblement. Des araignées aux oiseaux, aux chats, etc. Lors de l'incident qui l'a conduit ici, il y a des années, il a égorgé un cheval qui tirait un fiacre et l'a tué. On a souvent l'impression qu'il se lèche les babines quand un gardien passe, n'est-ce pas, Patrick ? »

L'homme cesse de jouer. Il pose sa flûte sur ses genoux. Lisse les plis de son pantalon. Rajuste sa cravate. Contemple ses mains comme si elles étaient rattachées depuis peu à ses bras et qu'il n'était pas certain de ce qu'elles sont, ni à qui elles appartiennent. Regard ridé de confusion, son cou ploie, si bien que son menton vient appuyer contre sa clavicule. Il est si chauve que le sommet de son crâne reflète le soleil froid qui tombe de la minuscule fenêtre en croix, de l'autre côté. Ses chuchotements sont à peine audibles – un doux babillage, pareil à un sortilège.

« Patrick, voici des visiteurs importants, ils viennent de Londres, voulez-vous les saluer ? Miss Terry est notre actrice la plus célèbre. Mr Stoker est son collègue, au théâtre du Lyceum. »

Le patient ne semble pas avoir entendu, pourtant il tente de se lever. Ils découvrent qu'il a les chevilles attachées par des chaînes reliées à de lourds cercles de métal dans le sol. Il lève les yeux vers le haut de la cage, brandit sa flûte. S'ensuivent des gestes brusques, tandis qu'il regarde les intrus avec colère. Il ouvre la bouche, et produit des sons gutturaux, ponctués d'étranges bruits de langue et de sons occlusifs.

« Parler dans cet étrange charabia semble le calmer. J'imagine que nous le ferions tous si nous pouvions, on peut imaginer que cela diminue la nervosité. Nous le laissons faire, quoi qu'il en soit. Voulez-vous me suivre par ici ?

– Puis-je lui serrer la main ? demande Stoker. Avant de partir.

– Je ne vous le conseille pas, monsieur.

– Si je suis prêt à courir le risque ?

– Bram, ne fais pas ça. Je t'en prie.

– C'est mon frère humain, je ne pense pas qu'il me fera du mal. »

Le patient s'approche des barreaux. Il les serre si fort que ses doigts sont blancs.

« Monsieur Stoker, dit le docteur, j'insiste pour que vous vous écartiez. Patrick a mordu un gardien en octobre dernier et lui a arraché la moitié du visage. Cet homme a perdu un œil. *Patrick, asseyez-vous.* »

Il s'exprime à nouveau, dans un mélange de syllabes étranglées. La bave dégouline de sa bouche, glisse sur les barreaux. Il tend sa main noueuse, son poignet squelettique aux tatouages d'ancres, son visage torturé, bouche ouverte ressemble à la carte d'îles oubliées. Ses yeux supplient, se plaignent, tentent de communiquer.

« Je peux résoudre une partie du mystère, docteur, dit Stoker en tremblant tandis qu'on l'emmène. La langue qu'il parle, c'est le gaélique du Connemara. »

XVIII

Voyage

17 mars 1895

Jour de la Saint-Patrick.

Hier soir, je me suis remis à travailler sur cette idée qui s'est insinuée en moi telle une tique. Chaque fois que j'essaie de m'en débarrasser, cette damnée histoire réapparaît, si bien qu'elle hante mes rêves maudits tout autant que mes nuits.

J'ai intitulé ce brouillon « L'Intuable ». Dieu fasse que ce soit le dernier, je veux m'en débarrasser, l'exorciser. Un paysan a été amené par la police dans un état désespéré. Émacié, le regard fou, incapable de prononcer un mot, il jette par écrit l'expérience effrayante qu'il vient de vivre aux mains de [*suit un paragraphe de 79 mots qui se sont avérés impossibles à déchiffrer*].

… de cauchemar. En sueur.

Mais aujourd'hui, dimanche, nous avons vécu un joli moment au théâtre, d'autant plus agréable qu'il était inattendu. Florence était chez sa sœur à Limerick, aussi j'ai emmené Noel visiter l'atelier de peinture de décors de Harks.

Nous avons pris le ferry. Le vent qui soufflait sur le fleuve a emporté mes terreurs.

Cette adorable fille est venue exprès, un dimanche, c'est vraiment gentil de sa part. Les gens de théâtre sont souvent d'une gentillesse remarquable.

Elle a montré à N les grands pinceaux, tels qu'on en utilise dans la construction navale, les pots de peinture, les toiles géantes, la manière dont on les déroule, elle lui a appris les jolis noms des couleurs. L'a laissé choisir celle du nouveau château gothique qu'elle peint actuellement, et il a opté pour l'argent en bordure des nuages. Excellente surprise : E est alors arrivée avec ses petits, puis le Chef avec son fils.

Les enfants, qui sont à peu près dans les mêmes âges, se sont merveilleusement amusés tout l'après-midi, à chahuter et courir partout, tandis que le Chef faisait des tours de magie, tirant des bonbons et des pennies de leurs cheveux, qu'E faisait cuire des saucisses en coulisses, avant de leur apprendre à danser, et tout du long Harks a dessiné des caricatures très amusantes, puis leur a maquillé le visage pour leur plus grand plaisir, et tout s'est terminé par une bataille entre les adultes et une bande de soldats de toutes les couleurs.

Au bout d'un moment, les enfants ont annoncé qu'ils aimeraient monter « notre propre pièce », ce qu'ils ont fait après avoir fouillé avec Harks dans des vieux paniers de la salle des costumes, cabriolant sur la scène du Lyceum tels des derviches en culottes courtes. Jamais on n'avait vu spectacle plus divertissant, car chacun imitait son parent mortifié. Noel en « moi » était hilarant, il a gonflé les joues, et s'est mis à marcher d'un pas lourd, officiel, tout en brandissant un cimeterre de bois en criant « allez, tous au lit, boudiou ! » avec un accent de Dublin complètement absurde. J'ai cru que Len allait en mourir de rire.

Ses enfants à elle sont brillants, ils s'expriment avec soin, de manière considérée, montrent un sérieux et une vive intelligence dans leur façon d'enchaîner les choses. Le garçon, Gordy, connaît déjà plusieurs des pièces de Shakespeare et il sait en parler avec méthode. Sa sœur a hérité un peu de la sagesse de sa mère et son sens de l'observation plein d'ironie.

Le fils du Chef est plus calme, il a tendance à être hyper-sensible et susceptible. La panique l'a saisi lorsqu'il a cru que les autres se moquaient de lui – ce qu'ils avaient peut-être fait. Mais c'est un gentil garçon. Doux. Des yeux grands comme des soucoupes. Après quelques fruits confits, ils se sont réconciliés. Ellen a chanté « Where E've You Walk » et « Believe Me in all those Endearing Young Charms », le Chef a récité la « Morte d'Arthur ». Harks a chanté en toute innocence une chanson cockney légère que son frère, qui est soldat, lui avait apprise.

J'aime les filles qui disent oui, et puis celles qui disent non.
J'aime les filles qui veulent bien, et puis celles qui veulent pas.
Mais de toutes les filles que j'ai aimées, celle que mon cœur chérit,
C'est la fille qui disait non, mais dont les yeux disaient peut-être.

Nous étions tous pliés en deux quand le fils d'Ellen a fait observer d'une voix empreinte d'une solennité épiscopale : « Je ne pense pas que cette chanson soit très appropriée pour des jeunes gens. »

À cinq heures, nous nous sommes rendus tous ensemble au Claridge, invités par le Chef, ce qui, pour quatre adultes affamés et quatre jeunes mourant de faim a dû lui coûter la rançon d'un sultan. Ellen avait convaincu Harks de passer une robe couleur fougère et d'orner ses cheveux de perles, et notre chère amie, fort jolie, a fait se retourner de nombreuses têtes. Harks a adoré l'endroit, et elle a insisté pour envoyer une carte postale à sa mère (à trois kilomètres, sur Bow) depuis le bureau de poste du hall du Claridge. Voir les serveurs hautains obligés de tolérer notre équipe toute tachée de peinture était épatant et fort amusant. Des Amazones de limonade et de soda au gingembre coulaient, des montagnes de glace et d'Eton Mess ont été escaladées à la petite cuillère, et démolies par nos fieffés alpinistes, tandis que leurs parents dégustaient une bouteille de krug, un château-latour 1842, des huîtres, un quartier de gibier et des petits sandwiches au saumon chauds avec des pickles, jusqu'à ce que, repus à ne plus pouvoir bouger, la joyeuse fête se termine sur un hourra pour saint Patrick et des huées pour les serpents. Le maître d'hôtel n'était pas fâché de nous voir repartir.

Ce fut une journée en or, car tout le monde était si heureux, semblable à une famille bruyante, différente de l'ordinaire. Si seulement tous les dimanches pouvaient être ainsi.

18 mars 1895

Hélas, la légèreté d'hier s'est vite dissipée. Je suis arrivé vers onze heures pour une réunion au sujet des costumes de la prochaine saison, pour découvrir sur scène non plus une joyeuse bataille, mais un intermède aussi désagréable que difficile.

John Stokely, le tailleur, un gentleman qui vient d'Édimbourg et ne vous laisse jamais l'oublier, se trouvait près de la table de la scène, son portfolio et son carnet à dessins posés devant lui. « Monsieur, a-t-il dit à l'adresse du Chef, je me dois de protester. Il est une tradition bien établie en ce qui concerne les costumes de *Macbeth*.

– Ne dites pas de symphoneries », a répondu sèchement le Chef. Il m'a paru de méchante humeur lorsqu'il a repoussé les contrats que je lui avais donnés à signer.

« Ces costumes ont eu beaucoup de succès par le passé, monsieur, a repris Stokely. Faire fi de la tradition serait une grosse erreur.

– Foin du passé. Le Lyceum, c'est l'avenir.

– Mais monsieur, ces tartans sont authentiques.

– L'authenticité, je m'en bats les fesses. Et le public également. Subir la vie réelle est déjà assez rude sans avoir à payer pour la voir au théâtre.

– Monsieur, je n'ai pas l'habitude qu'on me parle sur ce ton.

– Vous y êtes sans doute plus habitué que vous ne le croyez. »

À ce moment-là, le Chef a claqué des doigts de manière assez impérieuse. Harks est arrivée sur scène, mal à l'aise. Deux jeunes techniciens dont j'ai oublié les noms l'accompagnaient. Ils étaient vêtus de ce qu'on peut appeler des costumes de guerre vikings, avec des casques à cornes, des kilts en cuir, des plastrons en peau d'ours et des jambières de fourrure. Pour être honnête, l'effet en était assez déconcertant.

« J'ai créé ces spécimens, a annoncé le Chef d'un ton brusque. Je les ai moi-même dessinés. Je veux l'Islande. Thor. Le Nord glacé. Le massacre. Il s'agit d'une histoire de sang, de sauvagerie, c'est une pièce sur la *violence* pas une boîte de biscuits ramollis rangée dans le tiroir d'une vieille demoiselle.

– Mais Mr Stoker m'a dit que vous alliez réutiliser les costumes existants retouchés pour des raisons d'économie.

– Rien à foutre de ce que vous a dit Mr Stoker. Faites ce que je vous dis, moi. Alors sortez-moi vite vos petites aiguilles et mettez-vous à coudre comme une couturière, sinon fichez-moi le camp fissa, les cornemuses en prime ! »

C'est là que j'ai commis une erreur. Peut-être étais-je fatigué.

Irrité de ne pas avoir été consulté, en colère que la semaine commence si âprement, je me suis mis à le questionner devant tout le monde.

« As-tu la moindre idée du prix de ces costumes ? »

Il s'est retourné vers moi. « Voilà le comptable.

– Le comptable qui dirige ce théâtre. »

Aussitôt il s'est relevé, le regard planté dans le mien. « Vous ne dirigez PAS ce théâtre, imprimez-vous ça dans votre petit crâne, monsieur. C'est mon nom qui est inscrit au-dessus de cette porte. Chaque jour. Chaque nuit. Vous n'êtes rien qu'une population surnuméraire. »

Le Chef fait partie de ces hommes capables de transformer le vouvoiement en insulte.

« Ma responsabilité consiste à imposer de l'ordre dans nos comptes, ai-je insisté. Si cela n'est pas possible, alors autant jeter l'éponge et fermer tout de suite. Si je ne te l'ai pas dit mille fois, alors je n'ai jamais rien dit. Nous ne pouvons continuer à monter des productions d'une flamboyance napoléonienne, la banque nous tient à la gorge.

– Alors PARTEZ ! a-t-il rugi en pointant le doigt vers la salle. Partez ! Ou restez ! Je crache sur les tièdes. »

C'était une formule à retenir car, à cet instant, il écumait de rage. Je voyais bien que certains des acteurs et techniciens étaient mal à l'aise. Trois gars de la chaufferie retenaient Harks. J'ai tenté de garder mon calme, mais je refusais de me faire ainsi maltraiter.

« Tu n'as pas besoin de me parler de cette manière humiliante, ni à moi ni à personne d'autre ici. C'est une disgrâce de se comporter ainsi, et le faire en public, c'est vouloir rabaisser l'autre. Ce n'est pas digne d'un homme d'insulter celui qui ne peut répondre. »

Il a ricané. « Moi, je crois que tu aimes ça.

– Alors c'est que tu es fou. Et ridicule.

– *Dans ce cas qu'est-ce que tu fais encore là ?* »

J'ai feint de ne pas avoir entendu. Répondre à de telles fadaises n'a rien de valorisant, à part pour un comédien de cabaret qui remet en place un ivrogne. Et ce n'est pas un rôle que j'ai envie de tenir.

Il m'a lancé la question, encore et encore, mais je ne répondais pas, en fin de compte il a fait une sortie en fanfare, dans un tonnerre d'injures.

« La réunion est terminée, ai-je annoncé à la troupe. Retournez à votre travail. Voilà tout. »

Ils se sont exécutés en silence, l'air sombre. Et je ne peux les blâmer pour cela. Ça ne peut continuer ainsi.

Flo a tout à fait raison dans son ressenti à l'égard de ce gouffre à capitaux que sont le Lyceum et son arrogant seigneur, même si elle m'a laissé aboutir seul à cette conclusion.

Il est certain – je le sais, même si j'ai voulu l'ignorer – que je dois dès à présent chercher une place ailleurs. Autrement, les conséquences seront graves.

Mon vieux Bram, mon trésor,

J'ai reçu ta lettre de démission mais je l'ai déchirée. Ne sois pas bête.

Je viens d'aller jusqu'à ton bureau, mais Harks au cœur vaillant m'a dit que tu avais filé chez toi. J'ai laissé quelques dessins sur place, et j'aimerais avoir ton avis quand tu auras le temps de les regarder. Si tu penses que ça ne vaut pas un clou, on peut tout reprendre, bien sûr.

Ce message est également destiné à te présenter mes excuses pour mon comportement cruel de ce matin lors de la réunion pour les costumes. C'était vraiment mal de ma part. Pardonne-moi, mon trésor. Ces derniers temps, je me sens complètement crevé.

Avant la réunion, un maudit journaliste envoyé par une vulgaire feuille de chou qui passe pour un journal m'avait irrité avec des questions d'une impudence insensée au sujet de ma vie privée. Après une nuit d'insomnie due à l'habituel bataillon de soucis, je me suis lâché sur toi, ce dont je suis navré.

Il faut lancer la grosse artillerie ; voilà tout ce que je voulais dire. Je regrette de ne pas avoir discuté avec toi à l'avance de mes idées à propos des costumes, ainsi que j'aurais dû le faire. Tu avais raison de me rappeler que je te l'ai promis. J'essaierai de m'amender à l'avenir.

Et je vais limiter les dépenses, je le jure sur mon âme. Je ne pourrai jamais laisser quelque chose d'aussi sale que l'argent s'insinuer entre nous. Ce que tu dis est sage et bon, inutile de faire preuve d'extravagance. Je vais me transformer en vieille fille frugale, et tu pourras m'appeler Prudence Irving.

Je sais que lorsque je commets l'erreur de me laisser submerger par la pression, cela se termine sur un accès de rage ignoble dont je n'arrive pas à me dépêtrer. Dans ces moments, que je hais, j'ai l'impression d'être un spectateur, un vagabond encerclé par les loups au clair de lune, face à un brasier où brûlent mes propres vêtements. Les paroles venimeuses que je crache aux gens, à toi en particulier, sont celles que je voudrais me crier à moi-même, créature stupide, laide, désagréable, sans grâce, ni esprit, ni gratitude, que je suis.

Ton amitié m'est si précieuse que le mot même ne peut la décrire. C'est dans cet espace entre les mots que nous vivons, toi et moi. Tu es mon roc, mon vieux. Je me repose trop sur toi. Tu es l'eau dont je m'abreuve, l'homme que je voudrais être.

Je n'aurai jamais la poésie nécessaire pour t'exprimer ma gratitude. Mais tu en auras quand même une idée si je te dis que je t'aime comme mon compagnon, mon vrai camarade loyal, mon encouragement et mon espoir, la source de conseil vers laquelle je me tourne chaque fois que j'ai peur. Source aussi de tout le courage et la dignité que je possède.

À une époque, je n'aurais jamais cru possible que deux hommes deviennent si proches que nous le sommes tous les deux. À présent, je sais que c'est vrai. Tu es mon miroir, l'autre moitié de moi-même.

J'ai honte de t'avoir tenu pour acquis, et d'avoir parfois gâché l'heureuse sérénité que tu as su mettre en place au Lyceum pour nous tous.

On pense tant de bien de toi ici. Len t'adore, autant que moi. Étant donné le rythme effréné de notre quotidien, les demandes incessantes de notre époque, ces choses-là parfois ne sont pas dites, mais tu dois savoir qu'elles sont réellement ressenties.

Aucun théâtre, ni aucune autre entreprise ne pourraient avoir d'ambassadeur plus noble et plus admirable.

Les plus jeunes, ici, voient en toi un modèle de comportement à suivre, les plus âgés savent que tu es un ami respectueux, un protecteur fort et clément, toujours plein de bon sens, mais jamais si occupé que tu n'aies le temps de leur adresser un mot gentil. On remarque ces choses-là et on les apprécie – pas seulement ceux qui en bénéficient. Le meilleur du Lyceum n'est pas dans les pièces que nous avons représentées. C'est dans la manière dont nous faisons les choses. C'est toi.

Dieu sait que je ne mérite pas ton pardon, mais la main sur le cœur, je te le demande. Je me disais que nous tous, nous sommes depuis trop longtemps à Londres, cette ville sale et immonde qui ne s'aime plus elle-même. J'aimerais emmener toute la troupe en voyage, pour de petites vacances tranquilles, où l'on puisse s'asseoir pour lire et reprendre des forces, manger un peu de cette bonne nourriture de la campagne, être en paix un jour ou deux, loin des regards scrutateurs. Nager dans la mer. Et ne plus penser aux tailleurs d'Édimbourg.

À cette fin, j'ai mis au point un plan dont j'aimerais discuter avec toi, peut-être au petit déjeuner, ou en buvant une tasse de thé. Ou me laisserais-tu t'inviter à déjeuner au Garrick demain ? Les plats chauds sont terribles, mais les mets froids sont corrects, et le gars qui s'occupe du vin garde un mouton-rothschild potable sous le coude pour moi. Il faut éviter les légions de raseurs bien sûr, mais avec un petit subterfuge, en tournant le dos à la salle, c'est faisable.

Qu'en dirais-tu ? Je suis navré mon cher ami. Donne-moi une nouvelle chance, s'il te plaît.

Toujours tiens,

Le thane de Glamis et Cawdor

Sous l'immense toit métallique de la gare de King's Cross, les journalistes attendent. Comme il fait froid ce matin-là, ils se sont regroupés les uns auprès des autres. Sans leur prêter attention, les techniciens du Lyceum empilent le matériel qui doit être chargé tandis que Harks coche l'un après l'autre chaque élément dans son carnet.

Valises, cartons à chapeau, havresacs, sacs de voyage, une grosse malle en chêne agrémentée de ferronneries, entourée de cordes, son lourd couvercle parsemé d'étiquettes datant de la tournée américaine – Boston, Philadelphie, La Nouvelle-Orléans.

À cinquante mètres, depuis l'entrée principale, Stoker et Irving surveillent. Une sorte de compromis a été négocié. Au bout de sa chaîne, le chien d'Irving lève la patte contre un mur.

« Le quatrième pouvoir, mon cul ! murmure Irving.

– Si tu leur disais un mot ou deux, dit patiemment Stoker, ils ont promis de s'en aller. Ne nous les mettons pas à dos, quoi qu'il arrive. »

Irving hoche la tête. « Allez, à la vallée de la mort. »

Ils traversent la gare, voient les journalistes se donner des coups de coude et se tourner vers eux. Le chien émet un grondement, la bave aux lèvres.

« Messieurs de la presse, lance le Chef. Enfants bâtards du Sang et du Remords. Vous chassez en meute, à ce que je vois.

– Pourquoi allez-vous en Écosse, Mr Irving ?

– La saison prochaine, nous avons l'intention de donner à Londres une représentation de *Macbeth*. Il s'agit d'une pièce d'un auteur dont vous n'avez jamais entendu parler, le fils d'un gantier de Birmingham. » Il s'arrête pour allumer une cigarette parisienne. « Jamais on n'a vu une production de cette ampleur. Elle sera ambitieuse, spectaculaire, absolument sans précédent, un vrai danger pour la morale publique.

– Mr Irving plaisante sur ce dernier point, l'interrompt Stoker.

– Dans le rôle principal – naturellement – sans prétention, moi-même. La piquante Miss Ellen Terry jouera le rôle d'Ophélie.

– Comment écrivez-vous Ophélie, monsieur ?

– Avec deux "f".

– Là encore, Mr Irving plaisante, ajoute aussitôt Stoker. Ophélie n'apparaît pas dans *Macbeth*.

– Ah, Bram, tu gâches tout.

– Et qu'est-ce que tout cela a à voir avec l'Écosse, Mr Irving ?

– J'ai toujours trouvé les Écossais aimables et admirables. Ils sont lettrés, cultivés, s'intéressent aux sciences, ont des lois progressistes. J'emmène ma troupe à Inverness, puis de là dans les Highlands, afin de nous rincer la tête de Londres et de sa prétendue civilisation.

– Pourquoi voulez-vous faire cela, monsieur ?

– Parce que *Macbeth* ne se déroule pas dans les vespasiennes d'Earls Court Road, mon biquet, au cas où vous seriez familier de ce genre de lieux.

– Il va falloir allonger du beurre pour payer cette production, monsieur ?

– Si le coût des décors à lui seul était représenté par une pile de shillings, elle monterait jusqu'à la lune. Ajoutez le prix des costumes de Miss Terry, et le chiffre devient effrayant.

– Sac-à-papier !

– Comme vous dites.

– Y a-t-il une petite chance pour qu'on puisse échanger quelques mots avec Miss Terry, monsieur ? Ce serait fort apprécié.

– Là, mes mignons, il vous faudra vous-mêmes lui poser la question. Vous la trouverez au Lyceum, elle ne nous accompagnera pas dans notre quête, car elle pose cet après-midi pour un portrait devant Mr Whistler, il s'agit d'un nu, mais avec quelques feuilles de chêne judicieusement placées. Je veux dire, Miss Terry est nue, pas Mr Whistler, Dieu merci. À présent, si vous voulez nous excuser, Mr Stoker et moi-même, il nous reste encore quelques jeunes âmes à corrompre. »

Ils montent dans le wagon sous une pluie de questions, mais déjà King's Cross s'éloigne. La chaudière projette un lugubre panache.

Irving est debout dans l'allée, toute la troupe rassemblée devant lui, qui occupe cette voiture et la suivante. Harks et l'un des techniciens ouvrent la grosse malle de chêne. En sort la plus célèbre actrice de sa génération, un peu ébouriffée, qui accepte la main que lui tend Stoker.

« Que je sois pendue, allez donc me chercher une bonne bière, s'exclame-t-elle.

– Bien, dit le Chef, nous pouvons à présent tomber les masques. Merci à tous pour votre assistance pleine de patience quant à la petite pièce que nous avons jouée ce matin. Cette bande de rats va se précipiter au Lyceum, puis de là, vers le train de nuit pour Inverness. À ce moment-là, nous serons déjà arrivés à notre véritable destination.

– Où est-ce, Chef ? demande Harks. Dites-le-nous.

– Sur une triste petite butte. Mais nous allons l'égayer, n'ayez crainte. À présent, qui veut commencer à chanter ? "Rule Brittania" ? "Danny Boy" ? »

Les grondements de protestations qui accueillent ses boutades lui reviennent telle une vague.

« Veux-tu leur dire où nous allons, Bram ? Je crains de devoir affronter une mutinerie, autrement.

– Nous verrons », répond Stoker. En souriant.

PAGE ARRACHÉE AU *MITHRINGTON'S PLAINSPEAKING GAZETTEER*

Whitby, Yorkshire du Nord, 54° 48' 63" nord, 0° 61' 33" ouest, petite station balnéaire agréable et vivifiante, se trouve dans le *borough* de Scarborough, qui appartient au North Riding. Ce qui au départ ressemble à un village est en réalité un port commode, où arrivent des navires de différentes contrées et où l'on entend dans les petites ruelles pavées les langues de nombreux visiteurs, dont certains de lointaines nations.

De même que dans tous les ports, il faut reconnaître en toute honnêteté qu'il s'est déjà produit des incidents avec des « brutes » à Whitby. Tous les établissements publics ne sont pas aussi tranquilles qu'on le souhaiterait. Mais pour l'essentiel, nous avons le plaisir de le dire, la sécurité règne, et l'atmosphère chrétienne convient aux dames.

Bon nombre de petites boutiques proposent des objets fantaisie, bijoux, peignes, cadres et autres bibelots. On extrait le jais à Bilsdale, Snotterdale et Stokesley. On trouve également des objets de marine et des os gravés.

Beaucoup de vieux pêcheurs de Whitby, assis sur les bancs de pierre dans l'étrange cimetière, régalent ceux qui veulent bien les écouter d'histoires de contrebandiers, de baleiniers et de naufrages, même si certains de ces récits contiennent davantage d'adjectifs que de vérité, et sont naturellement noyés sous des seaux d'embruns.

Depuis que le chemin de fer est arrivé à Whitby, la ville attire les vacanciers. Elle peut en effet se vanter de posséder nombre de ruines évocatrices, comme celles d'une abbaye bénédictine du XIIIe siècle, dont la masse solitaire et désolée, haut perchée sur la falaise « tel un insecte sur son socle », crée chez le spectateur un sentiment mélancolique. D'après les gens du cru, l'endroit est hanté par la « pauvre Constance de Beverley », une religieuse qui rompit son vœu de chasteté et, en guise de châtiment, fut emmurée vivante. On a également aperçu le fantôme de sainte Hilda, qui regardait depuis une des hautes fenêtres de l'abbaye. Nous n'avons beau accorder aucun crédit à ces histoires fort peu chrétiennes, il est de notre devoir de les rapporter. En vérité, par une nuit brumeuse et étoilée, l'abbaye semble empreinte d'un caractère surnaturel.

Le « dogue Barguest », chien satanique aux yeux rouges, figure également parmi les étranges créatures communément citées de cette ville. L'un des deux phares du port est hanté par un gardien qui tomba sur les rochers en contrebas, où il trouva la mort. Ajoutez à cela la diligence fantôme qui emporte les marins noyés depuis leur sépulture du cimetière de St Mary, et le sceptique commence à former l'impression que Whitby est aussi merveilleusement achalandé en récits fantastiques que Newcastle en charbon, le Texas en pétrole, ou l'Irlande en superstitions papistes.

[*Le chapitre se termine ici, en haut du recto d'une page. Au-dessus du texte imprimé, et au verso, apparaît le passage suivant, écrit à la main en sténo.*]

3 avril 1895

Le procès en diffamation intenté par Wilde à l'encontre de lord Queensberry a commencé ce matin. Je suis heureux d'être loin de Londres.

Ce soir nous avons mangé des écrevisses, mais je crois qu'elles avaient un jour de trop. Cela m'a donné de terribles cauchemars. Me suis réveillé il y a trois heures à la pension – peu avant deux heures du matin –, chamboulé après avoir rêvé que j'étais enfermé dans une boîte. Soif infernale, terrible, affreuse. Palpitations au cœur. Je n'aurais pas dû boire du whiskey après le champagne.

Suis descendu au rez-de-chaussée pour chercher de l'eau, mais toute la maisonnée dormait. Dans l'obscurité, je n'ai pas réussi à trouver la cuisine.

Suis allé dans les toilettes de l'entrée, mais pas la moindre goutte d'eau au robinet, la citerne doit être vide car la maison est pleine à craquer. Suis revenu dans ma chambre, me suis habillé en hâte et suis sorti.

Dehors, un froid mordant, des milliers d'étoiles brillantes, une demi-lune bien haute au-dessus de l'abbaye. Tout en ville était fermé, rideaux tirés, volets clos. J'ai erré à la recherche d'une fontaine ou d'une pompe pour abreuver les animaux, mais n'ai rien trouvé, ce qui est étrange, car j'en avais vues plusieurs au cours de l'après-midi. À présent la soif était si terrible que ma langue semblait de sel. Mal de tête épouvantable, je tremblais.

Ai essayé de trouver le chemin du port, songeant qu'un marin ou un gardien de nuit pourrait m'aider, mais il n'y avait aucun bateau à quai, que de gros navires à l'ancre, plus loin dans la baie. Ai vu de la lumière sur le pont de certains et aux hublots. Si j'avais trouvé une barque, je serais allé jusque là-bas leur demander à boire. Mais rien.

Me suis assis sur une bitte d'amarrage, dans un sale état, très faible, j'avais des visions, des éclairs rouges qui me piquaient les yeux. Avant longtemps, j'ai rendu mon dîner. Me suis senti un peu mieux ensuite, le ventre et la tête. Mais la soif me tenaillait toujours, d'autant plus, même, que j'avais vomi.

Bizarrement, tout ce qui m'occupait l'esprit, c'était cette maudite histoire.

En retournant par les rues, pris de vertiges, comme déconnecté de moi-même, à croire que mon esprit suivait ou devançait mon corps, j'ai senti que j'allais être malade à nouveau, et je me suis réfugié sous le porche d'une église, en l'absence d'autre abri. Mon estomac et mes entrailles étaient la proie d'une extrême violence. Ai ensuite essayé de me nettoyer avec de l'herbe. J'ai alors remarqué, tout près sur le sentier, une bouteille qu'un buveur avait abandonnée.

Dieu merci, c'était une bouteille de bière blonde légère, et il en restait quelques gorgées. Je les ai bues en remerciant humblement la providence. C'était le breuvage le plus froid et le plus doux que j'aie jamais avalé.

Suis revenu à la pension. Harks était réveillée, et elle était avec d'autres filles dans le salon, en bas, où elles discutaient gentiment, jouant au rami pour des boutons, car mon départ bruyant les avait dérangées. Elles parlaient de Wilde, va-t-il gagner son procès ? Elle m'a trouvé un pichet d'eau et une couverture, car j'étais pris de tremblements incontrôlables et claquais des dents, elle est restée assise à mes côtés un moment, me tenant les mains.

Sa simple bonté féminine a réussi à me calmer, c'était comme le retour de la lumière. « Là, là, pauvre Tatie, ce n'est qu'un mauvais moment à passer, n'ayez pas peur. »

Est-ce qu'au cours de mon expédition au clair de lune j'avais vu le chien monstrueux ?

Non.

L'assemblée des marins noyés ?

Non, je n'avais pas croisé ces gentlemen mouillés.

Elle a éclaté de rire, nous a roulé une cigarette et m'a rapporté une chose que disait sa mère : « C'est pas ces veinards de morts qu'il faut craindre, mais les vivants. » M'a demandé à combien j'estimais les chances de Wilde. Ai répondu que j'étais certain qu'il gagnerait son procès, mais pensais que c'était très dommage qu'il ait entrepris cette action car, entre nous, lord Queensberry était une brute cruelle au cœur de pierre, qui chercherait forcément à se venger, même s'il lui fallait attendre dix ans. Ce genre de sangsues sont des créatures violentes, faire du mal, c'est leur drogue. Mieux vaut encaisser ce type d'injures plutôt que de lutter.

Croyais-je qu'il était possible qu'un homme puisse réellement tomber amoureux d'un autre homme, ou qu'une fille puisse avoir sérieusement une bonne amie ? Pas un « coup de cœur, ou un engouement passager », a-t-elle ajouté, « tout le monde connaît ça », mais ce genre d'amour conjugal qui puisse durer et être au centre d'un foyer où l'amour s'épanouisse ?

J'ai dit qu'il était bien tard pour se lancer dans pareille discussion, mais que j'avais entendu parler d'exemples qui le corroboraient.

« Il faut de tout pour faire un monde, monsieur », a déclaré cette adorable fille.

J'ai dit qu'elle avait raison, que tout le monde pouvait espérer la miséricorde de la providence, puis je lui ai demandé si je pouvais lui parler en toute franchise, et elle m'a répondu que oui.

« Ce que je vais te dire, Jenny, pourrait m'envoyer en prison. Cela pourrait détruire ma femme, ma famille, et l'on m'emmènerait les menottes aux poignets. Je veux que tu le comprennes.

– J'ai déjà oublié tout ce que vous avez dit, monsieur. »

Je lui ai raconté que, quand Dieu avait créé le temps, Il en avait fabriqué des paquets, et que lorsqu'Il avait créé les gens, Son art ne s'était pas limité à telle sorte de personnes et rien d'autre, que l'Amour, enfin, ce n'est pas qui met quoi où, mais c'est témoigner de la bonté et une gentillesse respectueuse envers la personne qu'on aime. Il n'est pas de sorte d'amour qui ne puisse trouver son foyer. La vie est parfois cruelle, mais elle ne l'est pas à ce point-là.

J'ai senti que cela la rassurait et la rassérénait, douce enfant. J'ai ajouté que je serais toujours son ami. Puis nous sommes restés assis un moment dans le silence.

« Vous avez pas encore l'air dans votre assiette, Tatie, a-t-elle dit en baignant mon front, venez dormir avec moi et les filles. »

Je l'ai remerciée en disant que cela ne serait pas convenable.

« Je pense que ni vous ni moi on a quelque chose à craindre, a-t-elle ajouté en riant, grâce à Dieu et tout ça. » J'ai pris mon temps pour répondre.

« Non, ai-je dit, il faut donner l'exemple. »

Elle s'est retirée, avec tous mes remerciements, et je suis retourné dans ma chambre. C'était il y a une heure. L'aurore sera bientôt là.

Comme je n'arrive toujours pas à dormir, je lis un livre que j'ai emprunté à la bibliothèque de Whitby il y a quelques années et que j'ai oublié de rendre. Je l'ai rapporté, cette fois, car voler des livres, c'est mal, et ça porte malheur. Fichue narration, j'en suis à la moitié. J'ai retiré une page de notes que j'avais griffonnées. *Account of the Principalities of Wallachia and Moldavia*, de Wilkinson. Je dois m'en procurer un exemplaire à mon retour à Londres. J'irai voir chez Hatchard. Le chapitre intitulé « Vlad D ».

Son regard hostile, vicieux, minéral. Sa manière de s'introduire à travers les serrures.

Tard dans la nuit, quand le théâtre est fermé et la servante allumée, Mina descend de son grenier et souffle dans les allées, un courant d'air dans une salle de spectacle vide.

Elle est présente dans la poussière qui retombe sur les sièges, le grattement des souris, le sifflement des ardoises mal accrochées, dans le musc où vous pourriez déceler la trace luxueuse du sillage parfumé qui demeure dans les loges d'élite après le départ des duchesses.

Elle est présente dans la lueur de la servante elle-même, or jaune ardent, vacillant, couleur des abricots en août.

Le temps n'est pas le même pour les créatures de son espèce. Une seconde peut durer un siècle. Une décennie s'effacer en un soupir. Chaque soir, elle assiste à toutes les pièces qui ont jamais été jouées sur cette scène et toutes celles dont elle aura les honneurs à l'avenir. Les bouffons, les amants, les arlequins et les monstres, les reines et les rois mis sur la touche avec le temps.

Fantômes et costumes d'animaux, prophètes tonitruants. Magnifiques armées et leurs bannières trempées de sang. Au milieu, s'avance le conteur.

C'est le même homme, le solitaire, qui s'en venait dans son grenier, alourdi par ses secrets, par un rôle trop longtemps joué, qui suait sang et eau sur sa machine à mots, à croire qu'il s'agissait d'un orgue dans une cathédrale et qu'il doive interpréter une impossible cantate. Il se tient tranquillement au pied de la scène, une bougie dans un verre, contemplant les centaines de lady Macbeth qui bouillonnent dans l'ombre désertée. « J'aurais voulu, s'écrient-elles en chœur, tandis qu'il me souriait, arracher mon sein à sa bouche sans dents… »

Elle peut pénétrer dans ses veines, arpenter les prés de son esprit, contempler le volcan de ses espoirs liquéfiés. Elle ressent de la pitié pour ceux de son espèce, ils sont tellement perdus, tellement ignorants. Le bêlement qu'ils appellent langage ne peut rien exprimer qui en vaille la peine, cela revient à vouloir verser l'Atlantique dans un dé à coudre de vapeur. Et toujours, ces singes résistent.

La sueur coule sur les pages. Ces runes bizarres qu'il griffonne. Son héroïne dans un cercueil, se tordant de bonheur, le pieu qui pénètre en son cœur.

Plus dur. Plus lent. Oh, plus doux. Je me meurs.

À présent son seigneur, son chef arrive des coulisses, façon procession, avec une femme qui est reine d'Angleterre. Le chef s'agenouille sur un coussin, la reine lui touche l'épaule de la lame d'une épée ; le public feint que quelque chose de magique se produit.

Le prétendant est le premier de sa profession auquel pareil honneur ait jamais été octroyé, bien que ceux qui l'ont reçu ou le recevront un jour soient tous des comédiens, de même que la femme qui dirige la cérémonie, qui n'a jamais demandé à tenir ce rôle, écrit par un autre, dont le costume comporte une couronne, et a pour attribut un empire sur lequel le soleil craint de se coucher.

« La reine Victoria », c'est son rôle à elle. « Le Chevalier », c'est à présent le sien.

Le mineur de mots détourne son regard de singe de cette tragi-comédie. La bougie brûle dans le verre. Ses nuits sont longues. Il se lève, fait les cent pas, prononce les mots pour lui-même, comme si le fait de les lire à voix haute risquait de mettre les braises en colère – et c'est le cas. D'en bas, il entend les applaudissements, mais il n'y prête pas attention.

Le Château. De Dracula. Se détachait. Dans le soleil. Alors que nous. Le contemplions. Se produisit. Une explosion. Une terrible. Convulsion. Qui nous précipita. À genoux. En larmes.

Dans les rues, les mots se rassemblent, resplendissant en noir, en première page. Ces livres de contes qu'on appelle les journaux hurlent dans la tempête.

WILDE COUPABLE D'INDÉCENCE
« LA PIRE AFFAIRE QUE J'AIE JAMAIS JUGÉE »,
DÉCLARE LE JUGE.
LE DRAMATURGE CONDAMNÉ
AUX TRAVAUX FORCÉS

À présent la fumée de dix mille feux s'élève car à travers tout Londres, on brûle des lettres cachées, d'Islington à Greenwich, de Richmond à Bethnal Green, une boussole en forme de crucifix pointe sur l'araignée de la ville, les rubans noués s'effilochent dans les flammes violettes, les feuilles carbonisées se racornissent.

Lettres nouvelles, lettres anciennes, billets oubliés depuis quarante ans, dissimulés entre les pages d'un recueil de poèmes de Baudelaire, ou ensevelis dans le tiroir secret du bureau de Père. Des étuis à cigarettes en argent finissent dans la Tamise ; les inscriptions gravées s'assombrissent, noyées dans la lie du fleuve. Le train de nuit à destination de Paris est plein à craquer. Des mariages se décident à la hâte.

Mina assiste à tout cela. Comment est-ce arrivé ? Naguère la ville était une forêt, un nœud de chemins ombreux, un fond des bois que tout le monde connaissait sans y prêter attention ; et si jamais on tombait dessus, on pouvait toujours détourner le regard. En une nuit, tout est fini. Des douves se creusent autour de Londres. Comme ils sont à l'affût, les crocodiles aux yeux de pierre…

XIX

Où l'on découvre une mise en demeure

À l'attention de Bram Stoker, auteur d'un pamphlet diffamatoire.

Théâtre du Lyceum
Londres

Monsieur,

Je m'adresse à vous au sujet d'une affaire qui risque d'avoir bientôt pour vous de graves conséquences judiciaires.

Il y a quelque temps est arrivé dans ma demeure de la montagne, en Transylvanie, un jeu d'épreuves de votre dernier ouvrage au sujet de ma personne, un manuscrit intitulé *Le Mort-Vivant ou Dracula.*

La manière dont ce texte a pu franchir les plus de mille six cents kilomètres depuis Londres n'a guère d'importance. Disons que lorsqu'on a à son service une colonie de chauves-souris et le fantôme d'un postier sans tête, les affaires sont dûment expédiées.

Je suis surpris, et même stupéfait que vous ayez composé un livre au sujet de mon humble personne, et surtout que vous l'ayez fait sans mon accord ! J'ignore comment j'ai pu vous nuire au point de mériter pareille vengeance pamphlétaire.

Je me moque de la reliure proposée (ainsi que mentionnée dans la lettre d'introduction). Jaune ? Par le feu sacré de l'enfer. Vous m'emballez dans de la moutarde. Cela dit, il est agréable, au moins, de constater que vous essayez de plaire à un lectorat qui ne se préoccupe pas de la couleur.

Passons au contenu du livre, je dois dire qu'il m'a beaucoup attristé, et même outragé. L'évocation de mon pays est pittoresque, les dialogues enlevés, mais vous vous êtes montré dur et sans égard dans le portrait que vous dressez de moi, et vous n'avez pas ménagé vos efforts pour me voler mon nom. En vérité, j'ai du mal à me reconnaître moi-même.

En tant qu'incarnation du mal assoiffée de sang, je comprends bien que le défi qui consiste à me capturer sur une page soit considérable. Mais était-il nécessaire de souligner les aspects négatifs ?

Je dois vous dire, monsieur, qu'être un vampire n'est pas une sinécure. Les horaires ne portent guère à la sociabilité. Les costumes sont démodés. La possibilité de rencontrer des filles, limitée.

Si l'on aime la vie en société, alors la vocation peut s'avérer pesante, car lorsqu'on est mal compris, les gens peuvent avoir envie de mettre leurs distances. Ainsi ne reçoit-on guère d'invitations à des fêtes ou à des pique-niques. L'été dernier, j'ai acquis une paire de magnifiques patins (pour un prix notable, même pour un homme aussi riche que je le suis), mais ils sont restés dans leur boîte, inutilisés, car nul ne m'a invité à l'accompagner à la patinoire, et l'on n'apprécie guère de se faire remarquer en patinant tout seul. Les gens sont parfois insensibles. Je ne mentirai point : c'est blessant.

Si je puis ajouter ceci, les nuées de préjugés et de réprobations que nous, les morts-vivants, devons affronter de notre mieux ne seront pas dissipées par des livres tels que le vôtre. Monsieur, montrer un peu de tolérance envers autrui peut avoir d'importantes conséquences. C'est à se demander si votre mère vous a jamais expliqué que les bonnes manières ne coûtent rien. Ne croyez-vous pas que vous mettriez mieux à profit les talents que vous a octroyé D**u si vous écriviez une bonne vieille histoire d'amour ?

J'ai tout particulièrement été froissé par la blague que vous faites à la page 37 en disant que « le Comte aurait fait un bon avocat ».

Je ne pense pas être susceptible, mais c'est une chose horrible à dire à qui que ce soit.

Vous ne me laissez pas d'autre choix que d'engager les services du cabinet de maîtres Klopstock, Leutner et Billreuth, un trio qui ne plaisante pas (si vous en doutez, essayez donc de prononcer leurs noms après trois verres de bordeaux). Ils ont ordre de vous prendre tout, jusqu'à votre pantalon.

Lorsque nous nous sommes rencontrés vous et moi – quand était-ce ? – je vous ai plutôt apprécié, avec cette barbe merveilleuse et vos yeux scintillants d'Irlandais. Mais très vite vous êtes devenu une vraie plaie – je serai franc, monsieur –, un véritable trouble-fête. À me solliciter à toute heure du jour et de la nuit, à interrompre mes loisirs, à faire des remarques sur mon apparence, à constamment vous moquer de moi et refuser de me laisser en paix, à me *regarder* de si étrange manière, et à coucher sur le papier mes moindres paroles. Bref, vous avez montré fort peu de respect envers ma vie privée. Apprécieriez-vous que j'écrivisse un livre sur VOUS ? Peut-être le ferai-je, un jour.

Pendant ces centaines d'heures que vous et moi avons passées ensemble (dont bon nombre ont été épuisantes pour moi, et se sont faites au détriment de ma peau), j'avais formé l'impression que vous et moi étions amis, et que nous comprenions nos petites manies mutuelles. À présent, je constate que vous ne me tenez point en estime. Le fait qu'un homme commande aux loups et qu'il tue le temps en compagnie de goules lascives ne signifie pas qu'il soit un mauvais bougre. Montrez donc un peu de cœur ! Il n'est pas facile de travailler la nuit.

Vous avez sans doute remarqué que cette lettre a été écrite de la main de mon assistante et secrétaire, Miss Ellen Terry. Elle vous adore au plus haut point et elle est fière que vous ayez écrit ce livre merveilleux, qui lui a tellement fichu les foies qu'elle a passé des nuits entières à le dévorer.

Elle vous adresse son amour le plus profond et vous embrasse très fort. En vérité, elle dit même que vous êtes un génie et un vrai chou, qu'on devrait vous porter en triomphe par les rues, tout orné de guirlandes.

Quant à moi, je suis loin d'être aussi impressionné.

Vôtre,

Le Déçu de Transylvanie

Dans la loge royale, le Chef assiste aux répétitions de *La Nuit des rois*, son chien à ses pieds, une bouteille de gin posée sur le divan. Depuis que Wilde a été condamné, il y a quelques mois, une sorte de pâleur lui grise le teint. Il ne vient pas aux réunions, semble constamment préoccupé, ne se coiffe plus, dort sur un matelas de fortune dans un bâtiment extérieur réservé aux remplaçants. Il a cessé de se couper les ongles, et cela commence à poser problème.

Stoker prend la parole, mais il ne se retourne pas et se verse un verre d'une main tremblante.

« Qu'est-ce que tu as écrit ? demande-t-il enfin.

– Une histoire surnaturelle.

– Nom d'une pipe, pas encore ça ! Et comment s'appelle-t-elle ?

– Le Mort-vivant. »

Petit ricanement. « Ce sera plutôt "Le Mort-né" alors.

– J'en ai tiré une pièce, pour qu'elle puisse être jouée sur scène et que les droits soient protégés.

– Tu envisages un déchaînement d'intérêt envers les droits d'auteur de ce chef-d'œuvre, c'est ça ? Des hordes de pirates sans scrupule qui te volent ton œuvre ?

– On n'est jamais trop prudent.

– Certes. » Il vide son verre, fait la grimace, détache son bouton de manchette avec les dents. « Dis-moi, où as-tu l'intention de jouer cette pièce magnifique ?

– Eh bien, je pensais le faire ici. Ta question me laisse pantois. De même que ton attitude.

– Je ne peux autoriser que des spectacles amateurs écrits par des collaborateurs à temps partiel soient joués au Lyceum. Nous ne sommes pas un fichu cabaret, nous avons une réputation.

– J'en suis parfaitement conscient puisque j'ai fait tout mon possible pour améliorer cette réputation.

– Dans ce cas, tu comprends ma position. Inutile d'en discuter davantage.

– Je te demande d'être raisonnable. Et j'insiste.

– Et quel est donc le thème de ta dernière efflorescence artistique ?

– C'est une histoire de vampire.

– Que Dieu nous garde.

– En quoi cela pose-t-il des difficultés ?

– Les vampires ont été usés jusqu'au sang. Si je puis dire.

– Il y a là ce que j'espère être un rôle majeur pour un acteur. Accepterais-tu de le lire ?

– Tu imagines sir Henry Irving jouant un croquemitaine dans un spectacle de grand-guignol ? Je ne crois pas, mon chéri.

– Je te le demande comme un service.

– Utilise le Lyceum si tu le veux vraiment. Mais moi, tu ne m'auras pas.

– C'est ton dernier mot ?

– Tu te mêles de choses que tu ne comprends pas.

– C'est une histoire. C'est tout. Viendras-tu au moins assister à la représentation ?

– Je suis occupé, peux-tu me laisser ? Assure-toi qu'on ne me dérange plus aujourd'hui. »

THÉÂTRE ROYAL DU LYCEUM
Directeur et seul bailleur : Sir Henry Irving
18 mai 1897
DRACULA
~~Ou~~
~~LE MORT-VIVANT~~
10 h 15
Une seule représentation

C'est une belle matinée, l'atmosphère londonienne est adoucie par des bouffées de fleurs de pommiers provenant des parcs. Un nouveau marché aux fleurs a ouvert à Covent Garden. Des ouvriers perchés sur un échafaudage blanchissent la façade de l'Opéra. Un grand ténor vient d'Italie, une soprano de Chicago. Des bannières s'épanouissent aux frontons des palais ; des gardes paradent sur le Mall. Les vitrines des magasins étincellent comme l'eau du lac au soleil.

Les garçons qui musardent en chemin vers l'école remarqueront à peine cet homme vêtu d'un pardessus qui souffre d'un rhume de cerveau hors saison, et distribue des tracts mal imprimés aux passants pour annoncer une pièce. Il retourne dans le hall et attend.

C'est le début de l'été à Londres. Des papillons à Piccadilly. Un de ces matins où il est difficile d'étouffer l'espoir.

Pour qu'un texte mis en scène puisse justifier des droits d'auteur, il faut qu'au moins un billet soit vendu ; de l'argent doit changer de mains. Il attend une heure, observe la rue. L'échange ne se produira pas.

Harks sort tranquillement de la salle, lui dit qu'il est l'heure de commencer, les acteurs descendent du foyer des artistes. Il n'y aura ni musique, ni maquillage, ni costumes, ni décors, le rideau demeurera levé pour des questions de sécurité. Elle va jusqu'à la billetterie, achète une place à un demi-penny au poulailler.

« C'est bon ! dit-elle. C'est légal.

– Merci, ma chérie. Je fume une cigarette et j'arrive.

– C'est parfait, Tatie », dit-elle, puis elle le laisse seul.

Dehors, la lumière change, une volée de martinets fond sur Exeter Street, et la silhouette d'une femme assombrit l'entrée.

« Florrie, dit-il surpris. Mon amour.

– Ça ne te dérange pas ?

– Dieu du ciel, comment ta présence pourrait-elle me déranger ? Tu n'es pas trop occupée ? Je ne m'attendais pas à te voir. »

Elle s'approche, l'air un peu perdu, comme intimidée par les ors et le cristal de la grande salle, le fait étrange de se trouver au théâtre en pleine journée. Leur bref baiser conjugal n'échappe pas à l'attention des portraits accrochés aux murs.

« Je crains qu'il ne s'agisse là que d'une représentation dans l'intimité.

– Ce sont parfois les meilleures. Je te dis merde. »

Il lui fait monter l'escalier, franchir la porte à l'arrière des loges. Les lumières sont allumées et vont le rester. Sur scène, les acteurs se sont rassemblés pour former un cercle vague. Leurs scripts sont faits de pages arrachées au livre, marquées aux crayons de couleur, et recollées ensemble en hâte. On ne sait pas trop qui doit commencer ; les acteurs échangent des petits rires discrets.

Assis sur un tonneau de bière, à gauche dans les coulisses, le souffleur appelle ceux qui commencent. Dracula pose les mots croisés du *Times* et s'éclaircit la gorge. Le silence s'étend. « Rideau » annonce le souffleur par habitude. Mais aucun rideau ne se lève ni ne tombe. Les mots sont prononcés dans l'air.

Dracula a la gueule de bois, il sait à peine où il est. Il lit les répliques sans les interpréter. Jamais voix dans toute l'histoire du théâtre n'a transmis si peu d'émotion ; on dirait un bookmaker qui dresse la liste des chevaux dans la quatrième course, un prêtre qui fesse sa messe un lundi matin aux aurores. « Ouijesuislecomtemoncurieuxami N'invitezjamaispersonneàfranchirleseuil. » Harks imite les hurlements des loups, réduisant les jeunes acteurs en charpie à coups de coude mutuels, tandis que le Comte, vêtu d'un imperméable et coiffé d'un trilby, poursuit son monologue en bâillant : « Quellemagnifiquemusiquefontlesenfantsdelanuit ».

De temps à autre, les techniciens de plateau et les cintriers s'arrêtent pour regarder, en profitent pour allumer leur pipe ou avaler un sandwich. Un tapissier lève les yeux depuis les loges. Derrière les comédiens, les mécaniciens tentent d'installer une nouvelle pompe hydraulique ; la pièce se poursuit, tandis qu'ils ouvrent les caisses renfermant les chaînes et les engrenages, discutent des schémas, sont en désaccord, jurent à mi-voix. Les femmes de ménage passent la serpillière sur les marches, jusque dans la fosse, vide à cette heure, à l'exception d'un accordeur de piano aveugle qui a hâte que ces distractions ineptes cessent.

« Mon maître va venir », s'écrie l'acteur qui joue Renfield, l'aliéné. « Je vais attraper pour lui toutes les mouches. J'obéis seulement à la volonté de mon maître. »

Alors que l'embarras atteint son terme, un jeune coursier arrive de chez l'éditeur avec deux colis de livres. Chacun des comédiens en reçoit un exemplaire disgracieux, avec cette couverture jaune choléra où le titre a été inscrit en rouge, en caractères brouillés. L'auteur reçoit platitudes et remerciements feints, son épouse mortifiée est déjà rentrée chez elle.

Rouge de la honte des dramaturges qui ont vu leur pièce essuyer un échec, accablé par la nécessité de devoir garder droite sa tête en feu, il lance quelques plaisanteries, tape sur les épaules, accepte les félicitations insincères, perdu dans un tourbillon de fausse joie. Toute l'ardeur que les acteurs n'ont pas mise dans leur jeu se retrouve dans le sien.

Le spectacle doit continuer. Il ne faut pas leur montrer qu'il est blessé. D'ailleurs tout cela n'a aucune importance, parce que ce qui arrive ne sert qu'à préserver les apparences, c'est une veillée où il serait mal venu d'insulter le mort. Dans quelque temps, tout sera oublié, on laissera cette pauvre chose expirer tranquillement. Comme si elle n'était jamais née.

C'est Harks qui vient vers lui, le prend par le bras, met fin à son agonie. Elle l'emmène en coulisses, et ils croisent le Chef, qui fume sous l'escalier. La sagesse, seule attitude possible, voudrait qu'il ne lui prête pas attention, qu'il continue sa route. Ne pas tendre le bâton. Il serait utilisé. Hélas, certaines enfances imprègnent dans le caractère le besoin de souffrir. « Alors tu as finalement assisté à la représentation ? demande Stoker. Qu'en as-tu pensé ? »

Silence. Il fume. Le chien apparaît derrière lui. Il n'est pas trop tard pour s'en aller, pour filer dehors, s'enfermer dans une pièce où pleurer pendant les dix prochaines années.

« Je vois que tu t'es finalement servi de notre vieil ami l'Éventreur, dit Irving. Nonobstant tes scrupules moraux d'autrefois.

– La pièce n'a rien à voir avec l'Éventreur. De quoi parles-tu ?

– C'est donc une coïncidence, ces éléments de la pièce. Cette façon de fondre sur de jeunes femmes, cette obsession perverse du sang. Bien sûr, tout grain est bon à moudre. N'est-ce pas, Bram ?

– Comment cela ?

– Je préférerais ne pas en parler maintenant. J'ai du travail qui m'attend. »

Il laisse choir sa cigarette par terre, l'écrase du pied.

« J'apprécierais ton opinion.

– Je ne crois pas.

– C'est à moi d'en juger.

– D'accord. » Il soupire, lève les yeux vers le sommet de l'escalier. « J'ai trouvé du début à la fin que c'était vulgaire et affreusement ennuyeux. Un tas de merde ordurier comme en écrirait un écolier.

– Je vois.

– Est-ce là tout ce que tu as appris au cours de ces années passées au Lyceum ? Où Shakespeare était Dieu ? Où la beauté était notre but ?

– Le script représenté a été préparé en hâte. Peut-être que si tu lisais le roman et que tu bases ton opinion dessus…

– Va te faire voir, toi et ton maudit "roman". Cette liasse de papier-toilette fétide et bon marché. Rempli jusqu'à la gueule d'allusions lâches et de regards de travers, espèce de mercenaire rusé. Tout ce que tu n'as pas le courage de dire en tant qu'homme. Ces histoires d'horreur à deux sous, pleines de sexe bizarre et de boutons d'acné. Des confidences que je t'ai faites, d'homme à soi-disant homme, qui recouvrent à présent les murs des latrines. Et tu as le culot de mentionner le nom d'Ellen Terry dans ce sordide tas d'ordures ? Comment oses-tu te regarder dans la glace ?

– Il suffit.

– Mais tu ignores ce que réfléchir veut dire. Tu es la vampirisation même. Tu prends tout et tu ne donnes rien, tu te repais de ceux qui sont autour de toi. Alors délecte-toi de ton misérable portrait, espèce de limace enflée, dénuée de talent, parce que tu seras bien le seul. »

Harks s'interpose entre eux, et d'une voix tremblante de rage : « Chef, merci de monter vous calmer là-haut.

– Tais-toi, femme impudente, et ne t'élève pas au-dessus de ta condition.

– Va donc, espèce de chochotte épaisse du bulbe, avec tes grands airs ! Toi, le bâtard minable qui joue les brutes, tu me parles de ma condition ? Tu mériterais un bon coup de surin, mais je vais pas salir ma lame sur toi. Viens donc un peu me le répéter en face. Je suis une fille de Londres, moi, oublie pas ça, vieille betterave, sinon je m'en vais te débarbouiller à la potasse jusqu'à Brixton, aller-retour, espèce de fils de pute.

– Hors de mon théâtre. »

Elle crache sur ses chaussures. « Ton théâtre, tu peux te le mettre quelque part, mon vieux. De toute façon, je t'ai jamais aimé. »

Le Chef avance à grands pas sur la scène et beugle aux techniciens : « Hors de ma vue toutes les saloperies qui ont participé à cette pantomime. Nous avons une pièce à jouer ce soir.

– On parlait juste un moment avec Miss Terry, monsieur. Retenez vos chevaux, s'il vous plaît.

– Au cas où vous ne l'auriez point remarqué, Miss Terry n'est pas votre employeur, pas plus que l'auteur de cette ineptie. *Foutez-moi ça dehors !* »

À présent, c'est elle qui traverse la scène, un masque de fureur sur le visage.

« Pourrais-tu te comporter avec la plus petite once de dignité ? Tu te retrouveras peut-être un jour à terre, toi aussi, alors ne frappe pas celui qui l'est.

– C'est un petit gratte-papier irlandais, Ellen. Il ne sera jamais rien d'autre. Ces prétentions à produire de la soi-disant littérature, c'est la malédiction des gens de son pays, je n'en ai jamais rencontré un seul qui ne se prenne pour un fichu poète, comme tous les autres sauvages à la surface de cette Terre.

– Arrête, s'il te plaît. Il t'écoute.

– Mon théâtre n'a plus un sou, et il gerbe ses histoires stupides. Dieu du ciel, que j'aimerais n'avoir jamais posé les yeux sur lui, si tu veux savoir le fond des choses. Il m'a empêché d'avancer, c'est la vérité.

– Tu ne serais rien sans lui. Cet endroit serait une ruine. Pendant tout ce temps, il ne t'a jamais offert rien d'autre que sa loyauté et son amour, et voilà comment tu le remercies ?

– Certains sont nés pour servir. Ils ne sont foutrement bons qu'à ça.

– Tu n'es qu'un porc arrogant et répugnant. Comment oses-tu parler ainsi d'un de mes amis ? C'est un homme qui vaut beaucoup plus que tu ne vaudras jamais.

– ALORS PARS AVEC LUI. Dieu sait que tu ne t'es jamais montrée difficile. »

Les quelques pas de Stoker pour sortir des coulisses semblent durer vingt ans, et le coup de poing qui a enflé en lui tout du long envoie le Chef au tapis, telle une baudruche crevée. Celui-ci s'étale, la lèvre en sang. Personne ne vient l'aider à se relever.

« Espèce de lâche, lui dit Stoker. Relève-toi. »

Il reste immobile.

« Savoure bien ta revanche, Bram. J'espère que cela apaisera l'envie en toi. »

De voir ainsi le Chef rabaissé, c'est comme si on avait lâché dans l'atmosphère un gaz toxique. On ne réussira jamais plus à le remettre dans sa fiole. L'acteur se redresse sur ses coudes, regarde autour de lui, du sang coule de sa bouche et de son nez, il s'essuie les lèvres du revers du poignet, demande un mouchoir, mais personne n'en a. Il n'y a pas de script pour cette scène. Même le chien paraît effrayé.

Le Chef mis à terre réussit à se relever, il s'appuie au pilier du proscenium, sa respiration se fait difficile, une tache rouge a fleuri sur sa chemise de lin blanc, telle une

Afrique éparpillée. Il se penche, ramasse un petit objet entre deux lattes de parquet, retire sa cravate, y empaquette sa dent, son souffle difficile l'ébranle. Une des habilleuses lui apporte une serviette et un pichet d'eau. Il ne cesse de murmurer le même mot d'une voix hachée… « violence… violence »… la jeune fille, qui pleure à présent, tente de l'aider.

Un sergent de police arrive, il interpelle depuis l'allée. Il doit voir immédiatement le propriétaire, il y a urgence, dit-il. Pas une minute à perdre, ils doivent se dépêcher. Tout de suite.

Dehors, une flotte de fiacres a été réquisitionnée en hâte. Tous les acteurs, tous les techniciens s'y entassent, les menuisiers, les vendeuses de billets, les ouvreuses, les garçons de salle, les mécaniciens. Tandis que le convoi poursuit sa progression glaciale à travers le pont encombré de Waterloo Bridge, les prières des passagers s'élèvent telle la vapeur d'une locomotive. Que Dieu nous aide. Faites que ce ne soit pas vrai.

Certains pleurent, d'autres tentent de les consoler, d'autres encore restent de marbre, silencieux. Dans le lointain s'élèvent les clochers du sud-est de Londres, au-delà, les collines du Kent. Les conducteurs fouettent leurs cheveux, « hue, allez, hue ! » À présent, des montagnes de fumée épaisse s'élèvent au-dessus de ce qui doit être Deptford, que le vent transforme en vastes spirales tire-bouchonnantes.

Sur Mile End Road, trois voitures de pompiers apparaissent, leurs cloches sonnent, les hommes sont prêts, haches en main, et une division de la police montée arrive dans un tonnerre de sabots depuis leur caserne, mais la fumée noire vous prend si fort à la gorge, et le ciel est si sombre, que ceux qui ont déjà assisté à pareil événement savent qu'il est trop tard.

Ils entendent l'incendie avant de le voir, un brasier qui crépite et tourbillonne, dont le fracas se fait plus fort lorsqu'ils contournent les barrières pour entrer sur les docks de dépôt de tabac, où les chevaux se mettent à hennir de terreur. Les viaducs ferroviaires sont en feu, l'entrepôt des décors, la proie des flammes. Ce spectacle ne peut être vrai. Comment la pierre peut-elle brûler ?

Cordes et poulies flambent, la conflagration rugit, des flammes rouges et noires lèchent vicieusement la vieille maçonnerie, la fumée torrente vers le ciel, des pans de toile embrasés se déchirent et flottent au vent, d'autres se fouettent tels des pénitents. Elsinore et Venise. Birnam Wood et la Rome de César. La forêt des Ardennes, la mer déchaînée, tout est en feu, les huiles anciennes pétillent, elles fondent, elles fument, s'effondrent sur elles-mêmes, puis se gonflent en globes de flammes orange et noires. Des hommes se transmettent des seaux d'eau à la chaîne, mais rien ne peut être sauvé. Les pompiers, les gens du Lyceum se précipitent pour aider, leurs hauts cris résonnent dans les cavernes supérieures des arches calcinées. La mousse brûle sur les murs, les fleurs sauvages entre les briques, les rails abandonnés tout là-haut au sommet, les petits abris et cabanes de travail. Et les briques à présent, elles aussi.

Les frises éclatent et s'embrasent, un par un, les seaux de peinture explosent, les portants s'écroulent et se brisent. C'est une inondation mouvante et couinante qui s'égaille lorsque cent mille rats fuient leur métropole parmi les pierres, courant sur les bottes des menuisiers, sautant les uns par-dessus les autres, piétinant leurs propres petits.

Dans les hauts recoins cachés, les nids des troglodytes mignons brûlent, un épervier en flammes s'abat, à l'agonie. Les tuyaux ont été raccordés à une branche du canal, mais dans la chaleur infernale de cette fournaise, leurs maigres jets se vaporisent. Bientôt, les tuyaux eux-mêmes fondent et doivent être abandonnés. En voyant le premier viaduc commencer à vaciller – impossible vision –, les combattants du feu font marche arrière.

Elle tremble, cette montagne de pierre, des grondements sourds déchirent les cieux, planches et gouttières pleuvent des étages supérieurs, tuyaux brisés, plaques d'égout, boulons rouillés, planches gauchies, cascadent de mortier, puis les blocs les plus lourds, les énormes clefs de voûte et claveaux, qui semblent choir avec une étrange lenteur et font trembler la terre lorsqu'ils s'abattent dans un bruit à vous rendre malade, soulevant des nuages de poussière rouge-noir.

Tel un terrible géant de pierre essayant de s'arracher aux chaînes qui l'emprisonnent, le second viaduc frémit, rendu furieux par la mort de son frère. « Retirez-vous, s'exclament les capitaines. Retirez-vous pour l'amour du Christ ! »

Le galion sur lequel Faust a vogué vers les enfers, les remparts que le fantôme de lord Banquo a arpentés, le balcon d'où la pauvre Juliette a demandé la raison de ces noms, tout au sein du viaduc vomit des flammes et pousse un rugissement rageur. Les entrailles incandescentes fouettent l'air et s'égaillent, une cataracte d'égout se répand le long des murs vacillants et trempés sous une grêle de graviers crasseux et de rails en fusion. Relents de goudron et cordite, geysers d'étincelles. Comme en transe, Irving titube, hypnotisé par le monstre. Les techniciens l'obligent à reculer.

« L'œuvre de ma vie. Mes pièces. *Mes enfants*… Je suis ruiné. »

Quand le second viaduc s'écroule, entraînant les arbres tordus qui poussent au sommet tels des flambeaux, l'avalanche de rocs brisés provoque un tonnerre qui retentit si loin vers le sud-est de Londres que l'observatoire royal de Greenwich parvient même à le mesurer.

« Stoker », fulmine Irving, tandis qu'on l'emmène dans un nuage de poussière, mains tremblantes, légèrement brûlées, visage noirci, en état de choc tel un Othello de seconde zone. « Parasite irlandais revanchard. Tu m'as maudit, ce jour. Je ne te le pardonnerai jamais. Mon assassin. »

XX

La Chute

La brume s'étend à travers la lucarne de Mina telle l'haleine d'un enfant expulsé de chez lui.

Elle est un pentagramme dessiné avec du sang.

Un crucifix renversé.

Tout est bien qui finit bien.

Non.

Mina connaît toutes les langues, a hérité de tous les dictionnaires, sait compter jusqu'au seuil où l'infini s'arrête.

Mais ces créatures-là, elle ne les comprendra jamais.

Quand sont apparus les premiers singes, ils ont pris l'habitude de donner des noms à tout ce qu'ils voyaient, comme un conquérant marquant sa colonie : console, avant-scène, tissu imprimé, cyclorama, foyer des artistes, loges, vomitorium. Mais pourquoi nommer des choses qui retourneront à la poussière et laisser sans nom celles qui perdureront ?

Une traînée d'étoiles sur la moire du ciel. Le genre d'éloges qui fait danser les vagues.

Pourquoi n'ont-ils pas de mots pour ça ?

Elle lui hurle son nom dix-neuf fois, un chiffre de magie noire. Il croit que c'est seulement le vent sur la corniche du toit.

Mina
Mina
Mina
Mina
Mina
Mina
Mina
Mina Mina Mina Mina Mina
Mina Mina Mina Mina Mina
Mina
Mina

Une ombre parmi les chevrons, squelette de bois las, elle observe l'homme et sa machine à mots, il pleure.

« Stoker », c'est son nom. Qui désigne celui qui alimente la chaudière en bois. Tout en lui est desséché, consumé par la colère, aride Arizona du cœur.

Le plus grand acteur en ces lieux ne fait pas partie des comédiens présents sur scène, c'est l'homme qui vient hanter son grenier chaque nuit. Depuis toutes ces années, il joue son propre rôle, il le connaît bien, est souvent convaincant.

Seulement, il y a les autres moments. Ils connaissent tous ces autres moments.

Lorsqu'il avance avec sa lanterne dans son brouillard intérieur. À travers des royaumes de flammes et de murmures, des forêts de souvenirs ombreux, des grottes aux parois couvertes de monstres, dessinés par des mains trempées dans le sang.

Il ne respire plus l'air. Il respire Mina.

L'inhale avec la poussière. Elle nage dans son sang fiévreux, à travers les canyons de son cœur, dans ses poumons de méduse, les cavités, valves et pompes qui le maintiennent en vie, dans ce monde qu'il fait semblant de tenir pour le vrai.

Il
croit
en ses sens
quand bien même
un chien entend mieux,
qu'une chauve-souris voit mieux,
qu'un renard a un meilleur odorat,
que les poissons communiquent
au toucher, l'oiseau-mouche
par le goût, que la vermine
terrestre connaît mieux
ses cailloux que
ce singe qui
refuse de
savoir
tout
ça.

Lumière à la fenêtre, à travers une fente dans le rideau de toile grossière. Il écoute le martèlement de la pluie.

Un acteur se souvient de tous les rôles qu'il a joués. Parfois, il se demande pourquoi.

Mina le sait, elle.

Ce qu'ils appellent la vie est un vaisseau fantôme. Ce vaisseau compte bien des cabines. Des petites. Des grandes. Certaines sont destinées aux princes. D'autres aux pauvres. Elles sont innombrables. Il y en a toujours une autre. Voilà comment ils échappent à la prison du moi. Pour voir le monde à travers le hublot de la cabine d'un autre.

Il n'y a qu'un seul moyen. Il a essayé de construire sa cabine. Pauvre cœur épars. À présent son vaisseau a brûlé.

30 mai 1897

Pris le ferry à l'aube, ce matin, pour aller travailler. Journée froide et venteuse. Me sentais fiévreux, le rhume montait. Du mal à respirer. Mucus noir quand j'ai toussé. Pris un demi-grain d'arsenic et une dose de chloral.

Ai déverrouillé la porte – personne –, suis allé directement dans mon bureau. Depuis quelque temps, je suis incapable de regarder la scène.

Ai commencé à vider le meuble et les étagères, à attacher les livres pour en faire des colis. C'est beaucoup de travail, il me faudra quatre ou cinq jours. En bas, dans la salle, et en coulisses, j'entendais les gens qui arrivaient. Je ne suis pas descendu.

Suis sorti dans le couloir pour fumer, et j'ai aperçu E qui montait l'escalier. Elle avait triste mine. M'a demandé ce que je faisais là. J'ai répondu que, depuis quelque temps, je préférais fumer à la fenêtre, sur le palier, que je n'aime pas l'odeur dans mon bureau. J'ai bien vu qu'elle avait quelque chose à me demander. Je crois savoir ce que c'était, mais comme je risquais de me tromper, je ne l'y ai pas invitée.

Irais-je le voir ?

J'ai répondu que non.

Elle a acquiescé en disant qu'elle comprenait. M'a suivi dans mon bureau, a refermé derrière elle.

En l'honneur de notre amitié, envisagerais-je de reconsidérer ma position – ce serait une faveur que je lui ferais ? Il avait encaissé un tel choc, elle craignait qu'il ne perde la raison.

J'ai répondu que, d'après moi, sa raison avait déjà franchi la limite acceptable pour toute personne normale, ainsi que l'attestait son comportement envers moi lors de la représentation. Quant à ce qu'elle nommait ma position, cela n'était nullement calculé. Tout ce qui me restait, c'était mon instinct de survie. Plus jamais je ne ramperais pour tenter de retrouver ma dignité.

Mais je savais comment il était. Entêté, lunatique. Disant des choses qu'il ne pensait pas, et regrettait aussitôt. C'était difficile pour lui d'être si têtu, le fardeau des génies. Habituel mélange de bêtise et de prétention.

J'ai répondu que je n'avais cure de ce qui était difficile pour lui, que je ne m'intéressais plus à cet agrégat d'intérêt personnel et de cruauté qu'on qualifie trop souvent de génie.

Comment cela ?

J'avais espéré en arriver là moins vite, mais soudain, la chose est apparue entre nous, telle une connaissance indésirable qui s'installe à votre table. Le barde a raison. S'il faut le faire, autant faire vite.

Je lui ai dit que je quittais le Lyceum, que j'avais rédigé et envoyé ma lettre de démission. Que j'avais mis ce matin ma maison en vente ou à louer, suivant ce qui serait le plus rapide, que j'allais retourner à Dublin avec mon fils et Flo dès que possible.

Tu vas le tuer si tu fais ça, a-t-elle dit. Il ne passera pas l'année.

Fort bien, ai-je répondu.

Tu ne le penses pas, je le sais.

À ce stade, j'ignore pourquoi – la tristesse et la tension, je suppose –, mes sentiments ont commencé à m'envahir et à me submerger. Elle m'a écouté débiter ma litanie. Échouer depuis si longtemps était déjà assez insupportable, mais cet échec public m'avait infligé des blessures qu'aucune amitié ne pouvait panser.

« L'amour survit à tout », a-t-elle dit.

J'ai feint de ne pas entendre ce mensonge facile à contrer. S'il y a une chose dont j'ai eu mon comptant, ce sont ces fariboles d'acteurs.

On supporte de les entendre bêler comme des enfants gâtés lors des répétitions, est-ce que mon personnage devrait faire ceci, est-ce qu'elle devrait porter cela. On aimerait que l'infortuné dramaturge se lève alors de sa tombe pour leur dire : *faites seulement ce qu'on vous demande.*

Dieu sait combien je l'aime, combien j'estime son talent, mais ces gens qui gagnent leur vie en se déguisant ont tous quelque chose qui ne va pas, un vide là où devrait se trouver la morale ordinaire. Ils essaient de le combler en proférant quelque amphigouri d'apparence bouleversante mais qui ne veut rien dire, en se tournant de manière très habile dans la lumière qui décline. Je préférerais écouter n'importe quel fou délirer dans la rue plutôt qu'un acteur qui fait son numéro. Au moins, le fou ne s'attend pas qu'on l'applaudisse.

Elle est revenue au Chef, telle une femelle oiseau rendue folle par la maternité qui se précipite sur un nid entouré de dragons. Elle se tordait les mains, insistante. J'ai tenu bon.

En plus de l'affront personnel, il y avait son arrogance professionnelle. Jamais il ne m'écoutait, il accueillait toutes mes propositions par la moquerie ou l'opposition, ignorait mes conseils avec une régularité de métronome. Je lui disais qu'il ne fallait plus mettre en scène des productions d'un luxe aussi ridicule, et il faisait fi de chacun de mes mots.

Nos décors étaient en cendres. Nous étions dirigés par un fou. Était-ce pour cela que j'avais abandonné mon pays ? Ruiné mon couple ? Mon bonheur ? Raté toutes ces heures que j'aurais pu passer auprès de mon fils ?

Non, ai-je dit. C'est fini.

Tu me dis à moi ce que tu aimerais lui dire à lui, a-t-elle déclaré.

Sur ce point elle avait raison, je pense.

Alors elle a fait quelque chose que je regrette. Elle a sorti de son manteau un exemplaire de ce livre maudit que j'aurais préféré ne jamais voir, ni songer à écrire. Quand je repense aux milliers d'heures gâchées qu'il représente, à ce mausolée de papier, aux centaines de kilomètres que j'ai effectués en sa compagnie, je me hais d'être né avec cette maladie de l'écriture, et d'avoir gaspillé à son service la vie que j'aurais pu mener.

« Cette œuvre, c'est ton pays, a-t-elle dit. N'est-ce pas une consolation ? »

Il m'a fallu rassembler toutes les fibres malingres du peu de force qui me restait pour ne pas lui arracher le livre et le jeter par la fenêtre. Puis la jeter, elle aussi. Et moi ensuite, à mon tour.

« Non, ai-je répondu.

– Pardonne-lui ? Ne serait-ce que pour moi ?

– Même pour toi. »

Une quinte de toux m'a terrassé, et je l'ai chassée. Éreinté, les yeux larmoyants, j'ai toussé ainsi pendant une demi-heure. J'ai pris encore un peu d'arsenic. La poitrine en feu.

5 juin 1897

Ce soir-là, mes cartons prêts, sachant que tout le monde serait occupé après le début de la représentation, j'ai entrepris ma dernière montée au grenier pour y reprendre mes carnets et ma machine à écrire. Douleurs thoraciques. J'ai du mal à bouger.

La mèche de ma lampe était humide et refusait de s'allumer, mais le quart de lune éclairait assez les fenêtres pour que j'avance prudemment. Tout en poursuivant mon chemin dans l'obscurité, j'entendais monter les applaudissements. Je me suis rendu compte que je n'avais jamais aimé ce bruit. Il m'a toujours plongé dans le ressentiment.

J'ai rangé ma machine à écrire dans sa housse, empilé mes notes et mes brouillons, et passé une demi-heure qui n'était pas désagréable à les déchirer en petits morceaux, puis je les ai lancés à la volée depuis le toit et je les ai regardés s'égailler dans le vent. Comme cela doit être le cas de tout meurtrier, la tâche en soi n'avait rien de plaisant, mais c'était une vraie libération d'être débarrassé des preuves.

L'air souillé était froid, ce qui m'a laissé un peu de répit. J'ai pris un autre grain d'arsenic, déterminé à ne pas tousser. Je voulais que mon esprit contrôle mes poumons.

Je suis redescendu dans le grenier, ai démonté le petit bureau que j'avais fabriqué à partir de vieilles caisses, car je voulais effacer tout signe témoignant que j'aie jamais trouvé refuge dans cette aire maudite. Si j'avais l'infortune de revoir les lieux dans ma tête, de temps à autre

– car j'espérais bien ne plus jamais y remettre les pieds –, au moins seraient-ils dans l'état où je les avais découverts, ce qui signifierait que je n'y avais jamais été présent.

Tout en déplaçant ainsi des caisses et des boîtes, j'ai entendu un bruit qui ressemblait à des pas. En bas, la pièce battait son plein, c'était *La Nuit des rois*, pourtant ce bruit semblait provenir de derrière moi, dans le grenier.

Songeant que l'esprit peut s'abuser lui-même dans un lieu solitaire, je me suis remis à l'œuvre, mais à nouveau le bruit a retenti, plus fort. En me retournant, j'ai découvert – à trente mètres environ, dans l'ombre – une silhouette à présent immobile, mais reconnaissable entre toutes.

« Qu'est-ce que tu veux ? » ai-je demandé.

Il s'est approché.

« Voilà donc où tu te caches. Je me suis souvent posé la question. »

Sa présence m'avait fait sursauter, mais je ne voulais pas lui donner la satisfaction de le lui avouer. Je me suis remis à l'ouvrage sans prêter attention à lui.

« J'ai pensé que tu devais savoir que j'ai vendu le théâtre. Nous allons fermer à la fin de la saison. »

Cette fois, je n'avais plus le choix, je devais parler, même si ma raison me suppliait de ne pas le faire. Pourquoi est-il si difficile de hocher la tête et de se détourner ?

Je lui ai demandé comment il osait faire une chose pareille sans m'avoir consulté, ni moi ni personne d'autre ? Vivions-nous donc dans une monarchie absolue ?

« Comment pourrait-il en être autrement ? »

Lui ai dit qu'il n'avait pas le droit de vendre sans en avoir au moins discuté au préalable, mais que son audacieux égoïsme ne me surprenait plus.

« Peut-être, a-t-il dit en haussant les épaules. Ce qui est fait est fait.

– Et les acteurs ? Et tous les autres qui travaillent ici et ont besoin de gagner leur vie ? Et Ellen ?

– Ils trouveront un emploi ailleurs.

– As-tu eu au moins la décence et la courtoisie de les en informer ? Il apparaît tout à fait clairement à voir ton attitude que la réponse est négative.

– J'ai été un peu préoccupé et inquiet pour certaines choses ces temps-ci. »

À présent, la colère en moi s'attisait, pareille au désir. Son arrogance et son insensibilité ne connaissaient-elles donc aucune limite ? Pourquoi toujours en lui ce besoin de détruire ?

Mais déjà j'étais désolé d'avoir prononcé des paroles aussi dures.

« J'ai un cancer de la gorge, a-t-il dit. Les chirurgiens en sont certains. D'abord, je vais perdre ma voix. Ce ne sera plus qu'un souffle. Ensuite elle disparaîtra complètement. Avant que l'inévitable ne se produise. »

Il a jeté un coup d'œil à la lucarne. Une brume de pluie tombait.

Nous sommes demeurés un moment silencieux, dans cet endroit lugubre et poussiéreux. Puis je lui ai demandé quand il avait appris la nouvelle.

« Il y a deux mois. Au début ils n'en étaient pas certains. Ils m'ont envoyé voir des prétendus spécialistes, retors pour la plupart, mais les charlatans ne m'ont jamais dérangé, j'en ai longtemps été un moi-même. Moi, j'en étais déjà sûr, et depuis un moment. C'est très douloureux en permanence, ça s'aggrave depuis quelques années. Je crache du sang. J'aurais dû ralentir le rythme plus tôt.

– Il y a sûrement quelque chose à faire ?

– Un grand ponte sur Harley Street prétend qu'il peut me soulager. Trente guinées la visite. Ça revient moins cher de mourir. Mais un acteur sans voix, tu sais, c'est pareil qu'une année sans hiver. Inutile, j'en ai peur. Et voilà. »

Je suis resté silencieux, non parce que je n'éprouvais rien, mais parce que je ne trouvais pas les mots. Son calme était frappant, il semblait émaner d'un stoïcisme que je ne lui avais jamais vu, dont je ne soupçonnais même pas l'existence. Avec réticence, j'ai éprouvé soudain de l'admiration pour lui, pour ce trait de caractère-là, en tout cas. Si seulement il l'avait manifesté plus souvent au fil des années.

Il inspectait le grenier à présent, avec une expression d'affable tristesse.

« Je crois que j'aimerais finir mes jours ici, parmi les rats et les araignées. N'est-ce pas bizarre que les araignées n'aient pas de voix et que les gens aient si peur d'elles ? C'est peut-être à cause de ça, en fait. De leur silence ? »

J'ai répondu que je ne m'étais jamais vraiment penché sur la question.

« Et tu pourrais me trouver un cercueil où dormir », a-t-il insisté.

C'était sa manière à lui de remettre sur le tapis la dernière querelle qui nous avait opposés, mais je n'ai pas trouvé cette approche très habile et je ne voulais pas rouvrir cette blessure. Mieux vaut remiser certains sujets tranquillement.

« C'est donc ici que tu l'as écrit ? »

Il a pris mon silence pour une confirmation.

« Un gars normal ne trouverait pas ça très inspirant, comme environnement, quel repaire bizarre. Mais toi, ça ne m'étonne pas, tu es vraiment un type étrange. Et moi aussi, ça me plairait. Il y a quelque chose de délicieux à dominer ce monde de merde et de malice, quand nul ne sait que tu es là. »

Je lui ai dit que c'était simplement un lieu commode pour moi, rien de plus.

« Tu l'as déjà vue, vieille branche ?

– Qui donc ?

– Cette pauvre Mina.

– Non.

– Elle est toute proche. Tu crois qu'elle nous observe ?

– Peux-tu me laisser ? J'ai du travail.

– Moi, je l'ai vue trois fois, au fil des années, enfin je crois. Deux fois au cours d'une pièce, elle se tenait tout au fond des loges. La troisième, c'était dans Exeter Street, à minuit. »

Le bruit des applaudissements du public est monté jusqu'à nous à travers le plancher.

« Je serai bientôt avec elle, a-t-il dit.

– Ne parle pas comme ça.

– Tu vas avoir beaucoup de succès, tu sais. Avec ton histoire de vampire. Je l'ai vu. Là. » Il désigne sa tempe. « Toi et moi, nous ne serons plus là depuis longtemps, mais ton comte assoiffé de sang sera célèbre dans le monde entier. Pareil à Judas. »

Je lui ai dit qu'il avait dû perdre tout sens commun.

« Parfois, il est bon d'abandonner ses sens pour raison médicale. Mais ils sont toujours là quand on revient. »

De la poche de sa robe d'intérieur, il a sorti une bouteille de tokay de Hongrie déjà entamée, dont il a retiré le bouchon avec les dents avant de le cracher au loin.

« Je ne vais pas te demander de me serrer la main. Ni l'un ni l'autre nous n'apprécierions cela. Mais veux-tu bien boire un dernier verre avec moi, entre hommes ? Au nom du bon vieux temps ? »

D'une seconde poche, il a sorti deux verres, emboîtés l'un dans l'autre, les a remplis à moitié d'un liquide riche et entêtant. Pour arrondir les angles, j'ai accepté. Il a levé son verre et nous avons trinqué.

« *Le Roi Lear*, acte I, scène 2 : "À présent, dieux, dressez-vous en faveur des bâtards." »

À travers le plancher, l'orchestre faisait sonner la fanfare des trompettes et timbales qui clôturaient la pièce. Il a souri devant cette absurdité. Pas moi.

« La pièce est terminée, ai-je dit.

– Restons cachés ici encore un moment.

– Il y a des invités à accueillir. J'imagine qu'ils voudront te voir.

– Tu imagines ça ? glousse-t-il. Cette symphonie tellement anglaise qu'ils devront jouer, cet art faux et onctueux de parler pour ne rien dire. » Il a vidé son verre d'un trait, puis l'a écrasé sous le talon de sa botte. « Pareil à une marée de rats qui te recouvre avant de te dévorer les yeux.

– Tu devrais y aller. Ce n'est pas juste de laisser Ellen les divertir seule. Je te raccompagne jusqu'à l'escalier, il est escarpé.

– Toujours aussi prévenant. En avant, Macduff.

– Fais attention où tu mets les pieds, le parquet entre les poutres est vieux et très fragile.

– Comme moi », a-t-il répondu. C'était prévisible.

À travers les lucarnes, la lune apparaissait jaune et immense, plus proche que jamais, à croire qu'elle observait notre progression à travers le grenier, si près que j'ai presque cru déceler les caractéristiques qu'évoquent beaucoup de gens, les falaises, les vastes gorges, les fleuves asséchés, les canyons. En contrebas, le public a poussé son hourra final. À travers les fentes du plancher perçaient les lumières de la salle.

« Une chose que j'ai apprise, mon vieux, a déclaré sa voix rauque derrière moi.

– Quoi donc ?

– Tout bien considéré – on a eu le temps d'y réfléchir –, il n'y a jamais eu de plus grand Shylock que moi. »

Je me suis arrêté, médusé « Est-ce là tout ce que tu as appris ?

– À quoi donc pensais-tu ?

– Peu importe. »

Il a fait un petit pas en avant. Soudain, il a disparu. J'ai entendu en contrebas la chute, les cris.

Extrait du TIMES, *6 juin 1897, édition du soir*

La fermeture immédiate du théâtre du Lyceum sur le Strand, à Londres, a été annoncée suite à l'accident, hier soir, dont a été victime sir Henry Irving, le propriétaire des lieux.

Sir Henry, premier membre de sa profession à avoir été fait chevalier, est passé à travers le plafond du grenier, au-dessus de la scène, chutant d'une hauteur de quinze mètres devant les spectateurs, les comédiens et l'orchestre médusés. Une représentation de *La Nuit des rois* se terminait à peine.

Un médecin et son frère, soldat, étaient présents sur place et se sont occupés de lui. Sir Henry a eu plusieurs côtes cassées, une jambe fracturée, et pendant un moment, il a perdu connaissance. « Pareille chute aurait tué un homme de moindre envergure, a confié le médecin à notre journaliste. Sir Henry paraît indestructible. »

Les billets des représentations annulées seront remboursés.

FIN DE L'ACTE II

ACTE III

L'arrivée à Bradford

Où minuit ouvre un vendredi 13

Ils laissent leurs affaires au portier de l'hôtel Midland, se rendent à pied de Duke Street jusqu'à Manningham Lane. Irving est fatigué, il s'appuie sur sa canne. Les filles de l'usine les doublent d'un pas pressé, fileuses et repasseuses, leurs coiffes leur donnent l'air d'apprenties religieuses.

Darley Street, puis Victoria Street, des enfants en haillons jouent au football. Un vendeur de rhubarbe fait du porte-à-porte. Des chevaux de trait las qui tirent une charrette de laine font sonner leurs sabots.

Les affiches placardées dans les vitrines du théâtre annoncent :

SCÈNES CAPTIVANTES TIRÉES DES TRAGÉDIES
DE SHAPESPEARE ET DE « THE BELLS ».
BONNES PLACES ENCORE DISPONIBLES.
CE SOIR LE BRADFORD ROYAL FAIT SES ADIEU
À SIR HENRY IRVING.

« Dieu du ciel, marmonne-t-il. Ça ne valait pas la peine de relire.

– Je vais leur dire un mot pour qu'ils procèdent aux corrections nécessaires, répond Stoker.

– Je ne me donnerais pas cette peine, à ta place. Personne d'autre n'aura rien remarqué.

– Ce n'est pas pour ça. Veux-tu entrer ?

– Ne sommes-nous pas en avance ?

– Je pensais que tu voudrais prendre le temps de t'installer. Voir à quoi ressemble la scène ainsi que tu le fais d'habitude. Nous demanderons qu'on nous apporte à manger dans un moment, on pourra jouer aux cartes ? Quelque chose ne va pas ? »

Le regard fixe, Irving a l'air perdu, comme s'il voyait pour la première fois une rue dans une ville du nord de l'Angleterre.

« J'ai l'estomac un peu à l'envers pour être honnête. Tu n'aurais pas dû me laisser dormir dans le train. Je déteste me réveiller deux fois dans la même journée, comme les filles du port.

– Préfères-tu retourner à l'hôtel pour te reposer un peu ?

– Va te faire foutre, toi et ton hôtel. Quelle fichue taule.

– Je croyais simplement…

– Tu sais ce que j'aimerais, mon lapin ? Une bouffée d'air frais sur la lande. Mais on n'a pas le temps, j'imagine, avec cet emploi du temps d'esclave que tu m'as préparé.

– Tu as accepté cet emploi du temps.

– L'esclave est toujours d'accord avec le contremaître.

– Nous avons deux heures devant nous, si tu veux.

– Comment irons-nous ? »

À ce moment-là, à croire qu'il est programmé, un fiacre apparaît au bout de la rue pentue, le conducteur enveloppé dans son épais manteau hoche la tête tout seul, on dirait qu'il dort. Il tourne et roule vers eux lentement, lourdement, le cheval pie hennit devant deux mineurs qui passent. Le conducteur se réveille, grommelle un oui, il peut les emmener sur la lande. Mais par où veulent-ils commencer ?

Puisque ni l'un ni l'autre ne le sait, il suggère Hardcastle Crags, à quelques kilomètres avant Top Withens.

Ils traversent la ville, dépassent les manufactures, jusque dans les chemins bordés de ronces aux ornières profondes, sous des tonnelles de chênes penchés. Braconniers et chemineaux les regardent passer. Les chênes se transforment en érables sycomores. Le ciel au-dessus de Bradford est pâle comme de la glace.

Dans les fossés luxuriants, myosotis et reines-des-prés, odeur de feux de bois lointains et d'ail des ours. Un pont de bois sur un ruisseau. Au bord d'un étang, près d'un lointain bosquet, un chevreuil broute et s'abreuve. À mi-distance, le sifflement d'un train et les cloches d'une église en ville, puis les sirènes de la mine sonnent quatre heures.

À présent, chants d'oiseaux et glapissements de renards, le clapotis de l'eau sur les cailloux. Des nuages traversent le ciel tels des sorciers à barbes blanches. Une pierre contrefaite signale Hardcastle Crags.

Le conducteur les aide à descendre, leur désigne un chemin marqué par des pierres levées, accepte de les attendre une heure. « Prenez donc vot' temps, messieurs. Y a pas l'feu. »

La bruyère se déploie sur la tourbe gorgée d'eau. Des oiseaux tournent au-dessus des ajoncs rabougris. Chouettes, alouettes, gélinottes et bécassines. Au loin, une demeure en ruines recroquevillée au pied d'une falaise.

Ils suivent le cours d'un ruisseau vers l'aval, traversent sur des pierres parsemées de mousse, font face à la crête des collines, et la lumière de fer devient plus crémeuse. Depuis une étendue marécageuse aux touffes d'herbe éparses, un âne les regarde passer, ses yeux noirs brillant tels des boutons de manteau.

« Là-bas, c'est Haworth, dit Irving. Où vivaient les Brontë, tu sais. C'étaient des bouseux d'Irlandais, comme toi, les misérables infortunés.

– Je crois qu'ils étaient aussi anglais que la sauce à la menthe.

– Non, la mère était de Cornouailles, mais papa Brontë est né irlandais. Il a fichu le camp dès qu'il a pu, le pauvre bougre. Une île de meurtriers sentimentaux et de vieilles filles confites en religion.

– Tu en es certain ? C'est un nom de famille que je n'ai jamais entendu en Irlande.

– Ils s'appelaient Prunty au départ. Papa P a changé de nom à Cambridge. Il a ajouté le tréma ensuite, c'est un déguisement plutôt élégant, tu ne trouves pas ? Bien sûr, tous les Irlandais sont des menteurs. »

Stoker met sa main en visière. Irving sort une flasque, boit une lampée. Quelques années plus tôt, il a perdu connaissance pendant trois minutes après un accident, au théâtre. Il plaisante en disant qu'il s'est réveillé à la porte de l'enfer, mais que le diable l'a renvoyé. « C'est complet. Il y a déjà trop d'acteurs. »

« J'ai toujours pensé que ça ferait une excellente pièce, *Les Hauts de Hurlevent*. La violence. Les tombes. Cette suffocation. Tu imagines, avec moi dans le rôle du vieil Heathcliff. Ce bâtard monstrueux de fureur. Et Len dans le rôle de Catherine. Elle manie le feu et la glace. "Nelly, je *suis* Heathcliff". Mais je ne l'ai jamais fait. J'aurais dû.

– Peut-être n'est-il pas trop tard ? »

Une quinte de rire sans joie lui répond. « Heathcliff avec une canne, qui boit son chocolat avant d'aller dormir. En chemise de nuit, avec ses vieilles couilles grises toutes desséchées.

– Il y a longtemps que j'ai lu ce livre. Je jetterai un coup d'œil si tu veux.

– Ne te donne pas cette peine. Ce serait bien si Len était là. Comme au bon vieux temps, hein ?

– Comme au bon vieux temps.

– On m'a tant donné. Je ne peux pas me plaindre. Mais je n'ai pas eu la chance d'avoir ce que je désirais : un mariage heureux. Len non plus. Parfois je me demande, mon vieux, si tu as connu ça, toi.

– Qu'est-ce qui t'amène à penser ça ?

– Tu es si loyal envers ta femme que tu n'en parles jamais. Mais j'espère que tu as été heureux, vieille branche. Vraiment. Certes, tous les couples ont l'air un peu bizarres, vus de l'extérieur. Même les nôtres. »

Stoker se met à rire.

« Disons que notre mariage à Florrie et moi a été hâtif. Je ne lui ai pas fait longtemps la cour. En vérité, nous ne nous connaissions pas assez.

– Vous êtes restés ensemble à cause du petit, principalement ?

– Oh je n'aurais pas quitté ma Florrie. Autant me quitter moi-même. C'est la mère de mon enfant, et je ne pourrai jamais la remercier assez de cela. Mais il y a autre chose entre nous. C'est difficile à expliquer.

– Vas-y.

– Je me souviens – peu après notre mariage. L'arrivée à Londres, l'excitation. Je crois que c'était à Green Park, mais peu importe. Nous observions un petit garçon avec son cerf-volant près du kiosque à musique. Sur le visage de Florrie se lisaient la joie et l'affabilité. Je me suis dit : "Stoker, mon vieux, tu ne vaux pas grand-chose. Ni en tant qu'écrivain, ni en tant qu'homme. Mais elle t'a donné sa parole. Elle est la personne la plus noble que tu aies jamais rencontrée." Et ça, jamais auparavant nul ne me l'avait donné. Cela me stupéfiait.

– Pour moi, la seule famille, c'était le Lyceum, dit Irving dans un souffle laborieux. Toi, Lenny, nos enfants lorsqu'ils venaient. Étrange, ce sont ces moments-là dont je me souviens ces temps derniers, pas des représentations ni des applaudissements. Évidemment, on est tout le temps en représentation au quotidien, tu ne trouves pas ? On peut s'arrêter quelques instants ? Je suis un peu essoufflé, mon chou.

– Bien sûr. Assieds-toi et repose-toi. Près de ces arbres, là-bas ?

– Je n'ai pas été gentil avec toi, Bram. À propos de tes gribouillages, je veux dire. La plus méprisable des faiblesses, chez un homme, c'est l'envie. Je suis désolé que ce bon vieux Drac se soit cassé la gueule.

– Il serait abasourdi devant tant de générosité de ta part, j'en suis sûr.

– J'aurais tellement aimé écrire, moi aussi. Jamais eu le courage. Se dévoiler de la sorte, ça me faisait peur.

– Tu te dévoiles tous les soirs de ta vie sur scène.

– C'est aimable de ta part, mais non. C'est très rare. Len, oui, c'est un don extraordinaire qu'elle possède. Len reste toujours Len, quel que soit son rôle. Voilà pourquoi ils l'aiment tant. Jamais vu personne plus douée pour dire la vérité à ces jean-foutre. Avalez-moi ça, et revenez-y si vous en voulez encore. Remarquable. »

Au loin, la cascade. Il la regarde sans la voir.

« Quand j'ai commencé dans le métier, très jeune, je n'ai pas vraiment eu beaucoup d'efforts à fournir. Ça venait tout seul. C'est comme chanter. J'aurais aimé qu'on invente un baromètre pour mesurer la pression dans ma tête. Le matin avant une représentation, je bouillais ! Pareil qu'un chaudron. Ça montait, ça montait, pendant toute la journée, j'arrivais à peine à contenir la vapeur. Je ne parvenais pas à parler, à penser, je sentais que ça frémissait près de mes yeux. Puis je montais sur scène, et je lâchais tout. Ouh là là. J'en avais rien à battre du public, ou de l'auteur. Ou de moi-même. Mais aujourd'hui, misère, je crois que je ne bouillonne plus. Pareil qu'une vieille théière qu'on a balancée dans la rue. Toi, mon bonhomme, tu bouillonnes. C'est là, dans ton écriture. Tout ce qu'il fallait c'était trouver le moyen de faire sortir la vapeur. Quel dommage que tu n'aies pas réussi.

– L'heure tourne. Veux-tu qu'on revienne sur nos pas ? Tu pourras peut-être te reposer un peu avant la représentation ?

– C'était très bien. Merci. Oui, un petit verre de sherry et je m'allongerai un peu. »

Une heure plus tard, il est au lit, à l'hôtel, les lourds rideaux tirés. Il se réveille lorsque Stoker allume la lampe et rassemble le bol à raser et le pichet.

« Foutre, murmure Irving. Ce n'est pas déjà l'heure ? Je faisais un rêve si agréable ! Assez idiot, il est vrai.

– J'ai une surprise pour toi.

– Je hais les surprises.

– Tu vas faire une exception. Ne bouge pas.

– Que diable fais-tu ?

– Je te brosse les cheveux avant de te raser.

– Bas les pattes, espèce de tapette aux mains baladeuses. Va donc te chercher un Ganymède. »

La porte s'ouvre doucement et elle entre.

« Qui est là ? demande Irving. Approchez, je ne vous vois pas.

– Je jouais à Harrowgate hier soir. Notre ami m'a envoyé un message m'apprenant que tu étais ici.

– Len, ma chérie, c'est bien… ?

– Oui, c'est moi.

– Tout doux, quelle lumière transperce cette fenêtre. C'est merveilleux que tu sois venue, ma chérie, c'est tout simplement divin. Bram, innommable gueux, tu ne m'en as rien dit.

– Je ne peux rester qu'un moment.

– Je regrette de ne pas avoir su que tu venais, sans quoi je me serais fait propre. Alors, comment vas-tu, cher ange ? Assieds-toi, pour l'amour du ciel.

– Je survis, mon vieux. Jouer un soir ici, puis là, à mon âge, tu imagines ? Je suis à Uddersfield, ce soir dans cet exécrable morceau pour cabaret, et au Prince of Wales à Birmingham demain, dans cette affreuse pantomime ringarde écrite par un Gallois, avec trois prétendants, je te laisse imaginer ça. Enfin, ça met du gin dans les épinards.

– Laisse-moi me lever de ce maudit lit, et nous allons punir ce fichu gin ensemble.

– Ne bouge pas, vieux brigand. Je n'ai pas le temps, sincèrement.

– Alors viens à côté de moi, tu veux ? Ça ne dérangera pas Bram, pas vrai, Tatie ? En fait, il aimerait bien s'y mettre avec nous.

– Quel incorrigible vieux démon tu fais. Tu as l'air si appétissant que je serais tentée.

– Mon adorable gourgandine. Tu dis de si jolis mensonges.

– Un petit oiseau m'a raconté des sottises, d'après lui tu ne prendrais pas assez soin de toi ? Ce n'est pas possible, tu le sais ?

– J'ai du mal à trouver ce damné sommeil, quel guignon. Je suis esquinté de fatigue la journée, mais réveillé la nuit. Je pense, tu vois. Je me repasse le bon vieux temps. Que ne donnerais-je pour fermer l'œil et connaître à nouveau la paix. Étrange, ce qu'on finit par désirer plus que tout, non ?

– Il est bientôt sept heures, dit Stoker. Il faudrait commencer à te maquiller.

– Oh, laisse-moi t'aider, déclare Ellen. Apporte-moi tout ça, Bram, et une serviette ? Et tais-toi un peu, Harry, ça me ferait plaisir. »

Stoker lui apporte le plateau avec les petits pots et les pinceaux, les poudres, le rouge.

« Ta tournée d'adieux, dit-elle en massant le menton d'Irving avec une base de maquillage. Je n'y crois pas un instant. Encore une de tes ruses pour accrocher le chaland, espèce d'irrécupérable charlatan. Tends tes lèvres en avant, s'il te plaît. Fais la moue. Un O. »

Stoker lui maquille les lèvres, un mélange d'ocre et de violet, tandis qu'elle lui fait le contour des yeux, en étirant délicatement. « Les gens ne te laisseront jamais te retirer, pauvre vieux cheval de trait », dit-elle en souriant, puis elle se lèche le bout des doigts et lui lisse les sourcils, « mais si jamais tu réussis, quelle merveilleuse carrière tu as eue, n'est-ce pas mon chéri ?

– Oh oui, une merveilleuse carrière professionnelle.

– Encore un peu de rouge sur la joue droite, Bram, eh oui, tu es un vénérable maître. Qu'as-tu tiré de tout ça,

Harry, qu'en penses-tu ? Toi et moi, nous vieillissons, paraît-il. Est-ce qu'il t'arrive parfois de te demander, comme moi, ce que t'a apporté la vie ? Regarde ici, dans le miroir.

– Un bon cigare, un verre de vin et quelques amis patients. »

Elle éclate de rire.

« Oh, et une toute petite tranche d'immortalité, bien sûr, ajoute-t-il.

– Comment ça ?

– Ma chère Len, rappelle-toi. Tu parles à un mort-vivant.

– Encore ces bêtises, soupire Stoker en peignant la frange d'une perruque. Ce vieux scélérat n'est pas capable d'accepter qu'un écrivain puisse tout simplement inventer quelque chose. Vanité, tu as pour nom Irving.

– Oh, je n'y ai jamais cru, reprend-elle. Dracula est trop gentleman pour être inspiré de Harry. Que vas-tu jouer ce soir, mon chéri ?

– *Thomas à Becket*, je pense. Ils voulaient que je fasse ces maudites *Bells*, mais j'ai changé d'avis. La vieille reine est têtue. J'aime les faire danser.

– Parfait. Je ferais mieux de me trotter.

– Oui, il ne faudrait pas que tu rates ton train.

– Il y avait toujours un train à prendre, n'est-ce pas mon Roméo ? » Elle lui caresse le visage, étale du pouce le talc et les paillettes sur ses pommettes. « Je crois qu'au fil des années, j'ai passé plus de temps dans les trains que sur scène.

– J'en ai raté un ou deux.

– Pas celui-là.

– Mon ange. Notre Len. Va-t'en donc au couvent.

– Bonne nuit, doux prince. Et merde pour ce soir. »

En coulisses, théâtre Royal,
trois minutes avant le lever du rideau

On envoie chercher un médecin qui l'examine à la lueur des bougies. La toux est mauvaise, les saignements de nez inquiétants. Sa tension artérielle chute, son pouls est erratique.

« Mieux vaudrait ne pas continuer ce soir, sir Henry. Cela pourrait vous affaiblir considérablement. Il faut annuler ou repousser la représentation.

– Des clous. Je suis un Irving. Nous, les hommes de Cornouailles, nous ne nous débinons pas.

– Si je puis me permettre d'insister, sir, vraiment, ce serait plus sage.

– Qu'on aille me chercher une bière, je la veux froide comme l'enfer des Celtes. Et fermez les portes du théâtre à présent, avant que ces cornichons ne commencent à s'enfuir, merci.

– À nouveau, en tant que médecin…

– Docteur, dit Stoker. Je le connais autant qu'un homme puisse en connaître un autre. Il est inutile de tenter de le ramener à la raison. Laissez-le.

– Mon garçon ! Apporte-moi donc cette bouteille. Pourquoi as-tu mis si longtemps ? »

On lui donne la bière. Il avale une grande goulée dévastatrice.

« La bière, ça me fait transpirer, Bram. Ils aiment que tu sues pour eux dans le Nord. » Il termine la bouteille. Se tourne vers les autres comédiens. « Vous savez vos répliques, les gars ? Parfait. Les premiers en position, restez aux aguets. Celui qui fait du zèle, je l'envoie mordre la poussière. Champagne tout à l'heure, c'est ma tournée. Allez. »

Les lumières du théâtre s'éteignent dans une explosion de joie. Les acteurs gagnent leurs places en hâte. De la fosse monte un air de piano désaccordé qui se veut une fanfare.

« Bram ? Tu veux être gentil ?

– Bien sûr.

– Va faire un tour en ville. Ne me regarde pas jouer.

– Mais pourquoi donc ?

– Je préfère, je me sens un peu à plat ce soir. Je veux que tu te souviennes de moi au mieux de ma forme. On se voit à la tombée du rideau ? Va-t'en.

– Tu es vraiment certain ?

– Oui. File donc, chochotte. »

Dehors, dans la rue détrempée, Stoker longe la devanture du théâtre au moment où de la neige fondue se met à pleuvoir. Des rangées d'affiches trempées déclarent : ADIEU SIR ENRY IRVING. Il s'arrête à la porte du quincaillier pour échapper à l'averse. Allume une cigarette. Dans la vitrine, un daguerréotype du roi Édouard.

Cette nuit de gloire et de triomphe.

Irving, plus jeune, descendant au pied de la scène à la fin du *Marchand de Venise*, des flottes de menuisiers et d'ouvriers du bâtiment qui attendent. Les derniers spectateurs n'ont pas encore quitté la salle que les premiers ouvriers se précipitent, arrachent les sièges, repeignent les murs aux couleurs royales, argent et violet, déroulent des tapis persans et des rouleaux de peluche pour couvrir le moindre centimètre de sol. Une bannière de soie est tendue en haut de l'avant-scène. COURONNEMENT

DU ROI ÉDOUARD. REPRÉSENTATION DU GALA ROYAL.

Des voitures dorées sur Exeter Street, de la fumée monte des chevaux. Des princes, des rajahs, des chefs tribaux, des potentats, des *lairds* en tartan, des sultans avec leurs peaux de tigre, des membres de familles royales venus des quatre coins de l'Empire aux noms imprononçables, ils s'avancent tous à travers le foyer, dans les allées, jusqu'à la scène. Archiducs et magistrats, lords lieutenants et amiraux, *contessas* en robes cousues de pierreries. Poudre d'or et de lumière qui scintille dans les airs. Confettis de pétales de roses rouges et jaunes, le vin qui coule de fontaines. Auréolé de sa gloire, le nouveau chevalier Irving. Il fait venir Stoker depuis les coulisses. Main dans la main, ils saluent.

La foule entonne d'une seule voix : « Longue vie au roi » – frisson d'ambiguïté, car on ne sait de qui parle le public. Irving indique du regard au roi Édouard, anxieux, que c'est à lui de faire un pas en avant et de recevoir les applaudissements.

Le paquebot pour l'Amérique. Luxe des cabines. La tournée à San Francisco, La Nouvelle-Orléans, Chicago. Ellen à Central Park, une glace au bord de l'étang. Irving qui s'agenouille devant Mark Twain, au regard si bon. Tout cela est-il vraiment arrivé ? Toutes ces choses ?

Il grimpe les marches usées jusqu'à l'entrée des artistes, longe les vestiaires et la pièce réservée aux accessoires, la puanteur des cabinets des acteurs, une rangée de seaux, sentinelles prêtes à recueillir les fuites du toit, les affiches d'anciennes pièces dont plus personne ne se souvient, puis il descend l'échelle de Jacob jusque dans les coulisses.

Le Chef a les yeux chassieux, l'air maladif, il a déboutonné son col épiscopal, lutte avec les dernières répliques de la pièce, qui risquent d'avoir le dessus. Stoker jette un coup d'œil au texte du souffleur.

Becket : Mes conseils ont déjà été suivis, John. Je suis prêt à mourir.

Salisbury : Nous sommes tous pécheurs. Le meilleur d'entre nous n'est pas prêt à mourir.

Becket : Dieu est mon juge. Entre vos mains, ô Seigneur. Entre vos mains.

Le rideau miteux tombe, il vacille, le public se lève, l'applaudit. Avec l'aide de deux autres comédiens il sort et revient pour le rappel, hoche la tête avec une moue de défiance, tel un bandit de grand chemin qu'on mène à la potence. Une petite fille sort des coulisses avec un bouquet de lys. Il lui baise la main et jette les fleurs à la foule.

« *Yorkshire forever* », lance-t-il.

Dans sa loge, il fixe des yeux son fantôme usé dans le miroir.

« Si nous parlions de la racine de tous les maux, soupire-t-il. Va leur arracher cet argent, Tatie, tu veux bien, ma vieille ?

– Tu as faim ?

– Combien avons-nous fait ?

– Environ cinq livres. Le temps a dû en rebuter certains.

– Ah, ces bâtards de crève-la-faim du Nord. À peine s'ils paient l'hôtel.

– On ne peut faire salle comble tous les soirs.

– Si seulement j'étais Premier ministre, je ferais tirer au canon sur le Yorkshire et je ratisserai toute cette horde de foutus indigènes d'un seul coup. L'intelligence moyenne des Britanniques grimperait en flèche.

– Ça ira mieux demain soir. Leeds est une ville de spectacles.

– Quand tu penses qu'autrefois j'étais beau. Regarde-moi, Bramzie. J'ai une tête, on dirait un gâteau vandalisé.

– Tu accuses le coup de la reprise après avoir été malade, c'est tout. À présent que tu es à nouveau en selle, ce sera plus facile.

– Passe-nous donc un bol d'eau, s'il te plaît, maman doit se démaquiller.

– Tu as besoin d'aide ?

– Je m'en occuperai seul. Je n'ai pas envie d'avoir tes sales pattes partout sur moi, je ne suis pas ce genre de filles, moi. Y a-t-il du *cold cream* dans le sac ?

– Voilà.

– Depuis combien de temps sommes-nous ensemble ?

– Sept cents ans.

– Doux Jésus. J'aurai droit à une auréole spéciale au paradis pour avoir travaillé avec un bouseux d'Irlandais si longtemps. Mon premier spectacle, c'était à Dublin, tu sais.

– Tu me l'as raconté.

– Ces jean-foutre m'ont hué. Comme çççççççççça…

– Tu me l'as raconté.

– Je ne l'ai jamais oublié, dit Irving en essuyant les fards sur ses paupières. Le public de Dublin, les salopards les plus coriaces au monde, ils ne te laissent jamais la moindre chance. Mais tu as racheté à mes yeux la traîtrise de tes compatriotes, Tatie. Peut-être ai-je fait la même chose avec toi, hein ?

– Comment te sens-tu ?

– Frais comme un gardon.

– Tu n'en avais pas l'air, tout à l'heure. Vers la fin du spectacle.

– Oh, j'en ai rajouté un peu, chéri, ne t'inquiète pas pour ça. Maman sait toujours ce qu'elle fait.

– Tu en es certain ?

– Ils aimeraient par-dessus tout nous voir tomber raide mort sur scène, ça leur ferait quelque chose à raconter. "Sacrebleu, j'étais à sa dernière représentation, ce foutu Irving, il est mort droit dans ses bottes, jamais rien vu de pareil." Voilà le lot des gens de mon espèce. Mourir pour eux !

– J'ai ici un message de Mrs Lauderdale, une cousine du directeur. Elle demande un autographe et une boucle de tes cheveux.

– Dis-lui que c'est non, chienne impudente. Qu'elle aille donc arracher un poil au cul de son mari.

– C'est pour une vente de charité destinée à aider les vieux comédiens sans travail.

– Les critiques m'ont souvent arraché la tête. J'imagine que je peux donner à cette vieille chouette une touffe d'herbe. Il y a des ciseaux à ongles dans mon sac, là, si tu veux bien me l'apporter. »

Il incline la tête pour que Stoker lui coupe une mèche. Les ciseaux sont mal aiguisés et il faut insister, jusqu'à ce que la mèche se détache, frêle plumet gris. Un moment, la main d'Irving reste posée sur la table de fortune.

Stoker pose la sienne par-dessus. Leurs doigts s'entremêlent.

Tout est calme, à part la neige fondue contre la fenêtre de la loge.

« Emmitoufle-toi la gorge, mon vieux, murmure Irving. Il fait un froid de gueux, ce soir. Je dois prendre soin de toi. »

Le hall est plein de monde, des invités vont et viennent, des serveurs apportent des plateaux dans la salle où se déroule le mariage. On a allumé un feu dans l'âtre près des portes de la salle à manger.

La fatigue d'après le spectacle se fait à présent sentir. Il tousse, a le souffle court.

« Je vais m'asseoir un moment, Tatie. Je suis un peu sur les rotules. »

Le beau fauteuil installé dans l'alcôve ressemble à un trône. Il s'approche en boitant, s'assoit, prend un menu sur la table. « Ah, c'est mieux, bien mieux, à présent, un petit verre de champagne, histoire de se nettoyer les reins.

– Tu sais ce qu'a dit le docteur : tu ne dois pas boire tard le soir.

– Mais ma chérie, Bradford est célèbre pour son champagne ! Rien qu'une toute petite goutte. Pour faire la nique au diable.

– Je t'en ferai monter une coupe là-haut dans ta chambre lorsque tu iras te coucher.

– Un mariage, n'est-ce pas là le plus adorable spectacle au monde ? C'est le charme de la jeunesse aux yeux des vieux, j'imagine. Apporte une bouteille et nous irons les voir danser.

– Non.

– Par le Christ, tu es une incurable mama irlandaise. Enfonce-moi donc un pieu dans le cœur, tant que tu y es !

– Il est minuit. Nous partons tôt. Sois raisonnable.

– Une goulée de bulles ne va pas tuer Henry Irving. Je serais capable de faire rouler un docker sous la table, puis de me relever et de jouer *Hamlet*. Oh, et demande-leur s'ils n'auraient pas un petit morceau de homard froid, aussi, s'il te plaît, ou une cuisse de poulet, ou je ne sais quoi ?

– Seigneur ! Allons viens, vieille canule, attrape mon bras.

– Tu veux bien aller chercher tout ça pour moi, Tatie ? J'aime rester assis à observer les gens. Je travaille comme ça, tu sais. Je me nourris des autres. »

Au bar, il aperçoit le médecin qui est venu en coulisses, et qui joue à présent au billard parmi un cercle de messieurs fumant le cigare. Le docteur lui adresse un petit signe amical, lève le poing et sur ses lèvres se dessine le mot « parfait ». Stoker lui fait un signe de tête en retour, commande une flûte de champagne, change d'avis, demande une demi-bouteille. Oh, et puis flûte, deux cigares. Oui, des Turkish Latakia, si vous en avez.

Étrange moment. Dans le miroir au fond du bar, un peu en hauteur, il découvre derrière son épaule le visage d'Irving en larmes. Mais quand il se retourne, sous le choc, il n'y a personne.

La grêle s'abat sur le toit de verre, et tout le monde lève les yeux. Le pianiste se met à jouer une vieille ballade de Northumbrie, « La fille de Byker Hill ». Il n'est pas très bon, mais il y met beaucoup de sentiment. Certains des buveurs l'accompagnent.

Si j'avais / un penny de plus
J'aurais / une fille de plus.
Je ferais jouer au fifrelin
La fille de Byker Hill.
Byker Hill et Walker Shore,
Les gars des mines, c'est pour toujours.
Byker Hill et Walker Shore,
Les gars des mines, c'est pour toujours.

Dans le hall, Irving est tombé, visage contre terre, il y a du sang. Les serveurs le retournent, lui font un massage cardiaque, appellent les secours. Le médecin sort du bar en hâte, la queue de billard encore à la main. Deux policiers accourent depuis la rue.

Le seau à champagne a basculé.

La demoiselle d'honneur est en pleurs.

La porte à tambour tourne dans le vent.

Quelqu'un apporte un drap, on lui recouvre le visage en attendant l'arrivée du prêtre.

CODA

Vendredi 12 avril 1912

SMALLHYTHE HOUSE, TENDERKEN, KENT

6 h 31

La vieille cuisinière ne va pas bien ce matin, alors la dame de la maison lui prépare son petit déjeuner et le lui apporte par l'escalier de service, puis le couloir, en faisant attention, œufs frais, thé, deux toasts, avec un petit verre de jus d'orange et une bouillotte. Après avoir fait bouffer ses oreillers, aider cette pauvre vieille si gentille à se brosser les cheveux et faire un brin de toilette, elle l'installe avec une carafe de limonade à portée de main et une pile de magazines : *The Stage* et *Woman's Realm*. C'est agréable de lire des sottises quand on est malade.

Peu avant l'aube, la dame referme la lourde porte du couloir et descend les marches en hâte, la rosée rend le granit glissant, puis elle traverse l'allée de gravier, longe le poulailler et la barrière du verger de poiriers, franchit le joli passage en pierre étroit qui mène à l'étable. Au chant rauque du coq répond le braiment de l'âne, là-bas dans le pré humide. La brume s'élève du petit toit nappé de rosée qui protège le puits.

Elle aime les odeurs de l'écurie, qui respirent la terre et les vérités simples. L'aurore auprès des chevaux a quelque chose de touchant. Cuir, baume réparateur pour selles, paille, senteur d'herbe du crottin. L'austère dignité de l'enclume massive, fondue à l'époque où Cromwell était encore petit garçon, les tenailles et fers à cheval accrochés au-dessus des stalles, telles les reliques d'un culte depuis longtemps oublié. Le palefrenier a préparé le poney et la carriole. Elle lui demande de l'accompagner, mais c'est elle qui conduit.

« Sûre certaine, Miss Terry ?

– Sûre certaine, John, merci. »

D'ordinaire, elle prendrait l'automobile, mais il fait encore très sombre ce matin, et les domestiques s'inquiètent chaque fois qu'elle l'utilise, même pour un trajet aussi court que celui-là. Et puis le bruit des sabots du poney sur le chemin en quittant Smallhythe House est réconfortant.

Le pont d'écluse qui enjambe le canal, l'eau d'un vert tendre ; derrière la colline nimbée d'aube, un ciel rouge et or.

Le palefrenier est en peu endormi, il sent le cidre et les pieds, mais ça ne la dérange pas, c'est un vieil homme loyal, à son service depuis de longues années. Elle aime ses silences, sa réserve de campagnard. Le matin, il y a beaucoup de raisons de rester silencieux.

Barges pleines assoupies. Cygnes aux longs cous dans les roseaux. Le pont coquet se mire dans l'eau. Les pèlerins de Chaucer ont arpenté des chemins pleins d'ornières pour se rendre à Canterbury, dont on aperçoit les flèches depuis le sommet de la colline au-delà de la ferme d'Amos Blake lorsque le ciel est plus dégagé. Parfois, tard le soir, elle s'imagine qu'elle les entend par la fenêtre, les lents voiles ironiques de leurs contes apportés par la brise, qui se moquent de ce monde changeant. C'est si joli. *Quand avril de ses averses douces*. Quelle pièce épatante on aurait pu en tirer. Pourquoi personne ne l'a-t-il jamais fait ? C'est certes un peu leste, ici et là. Ce qu'on ne peut pas dire au théâtre. Allez doucement, gentils fantômes, le long du chemin de halage.

À l'approche du village, la laitière endormie se hâte avec ses pots à lait accrochés en équilibre sur ses épaules. Un foutriquet de garçon de ferme soulève une brouette instable sur laquelle s'empilent bien haut des navets en équilibre précaire, qu'il insulte pour les dissuader de tomber. C'est jour de marché, le premier après Pâques. Les bohémiens viendront vendre des chevaux et des chiens courants, ils taperont dans leurs mains sales, crieront, se vanteront, tandis que leurs femmes, graves et silencieuses, accumuleront les billets dans leurs corsages. Le sourcier viendra de Biddenden avec sa baguette de noisetier blanc, un écriteau autour du cou : PUITS TROUVÉS. Un charlatan tentera de vendre ses potions près des abreuvoirs – « *onguents, pommades, élixirs d'amour* » –, un violoneux jouera près des portes de l'église. Dans ces campagnes, on observe encore le carême. Les semaines qui suivent Pâques sont une explosion de soulagement.

Devant elle, à pied, s'en va le nouveau maître d'école maigrichon, mais elle est incapable de se rappeler son nom alors même qu'elle l'a rencontré plusieurs fois. Le vert-violet des érables sycomores, la chartreuse de Dog's Mercury, l'odeur piquante du pollen de myosotis qui fait éternuer. Le poney grogne et hennit à cause des éphémères. Dans les fossés, les éclatants boutons-d'or ébouriffés, et sur les berges aussi, flirtant avec des herbes sombres. Elle s'arrête pour proposer au jeune maître d'école de s'asseoir à ses côtés sur le siège haut dans la carriole, mais il est trop timide pour accepter, lui dit qu'il doit faire une commission exactement du côté opposé, en direction de Woodchurch. Ses boutons rougissent un peu plus à chaque innocent mensonge.

Tout le monde joue un rôle en permanence, ou presque.

Une truie au doux visage regarde de derrière un buisson, ses nombreux enfants encore assoupis dans la vieille baignoire retournée qui leur sert de bauge. À la porte de la forge, la fille aveugle du forgeron joue « Sally Racket » sur son accordéon. Jamais elle ne verra combien elle est belle, et que tous les garçons du pays la regardent avec cette folie sérieuse et adorable, tels des Anglais sur le point de prononcer un mot dans une langue étrangère. À mi-distance, en contrebas du pré au moulin, elle entend le bruit saccadé du train de Londres, qui à présent lâche son long sifflement mélodieux, comme excité par la rosée.

Il est encore trop tôt pour les cloches de l'église, elles ne sonnent pas avant neuf heures. Mais qui en aurait besoin par un matin pareil ?

De son propre élan, la journée répand sa lumière dans le cœur.

Elle agite les rênes pour faire repartir le poney de l'avant.

La petite Sally Racket
Emmène-la loin.
Tôt le matin.

7 h 14

À la fenêtre du dernier étage de la grande maison de ville, de l'autre côté de la rue, la lumière s'allume chaque soir.

Ce matin, il s'avance dans son fauteuil jusqu'à la fenêtre pour regarder.

Le jour naissant empourpre les toits, les cheminées et les cadres des fenêtres. Il se demande quelle est l'histoire de cette haute demeure fantôme, avec ses longues fenêtres aux volets fermés et sa porte murée de brique, ses colonnes couronnées d'herbes folles et ses linteaux à demi écroulés. Qui allume la lumière ? Un clochard ? Un vagabond ?

Même les chiffonniers ne viennent plus rien piller. Tout ce qui avait de la valeur a depuis longtemps disparu. Les gracieux bâtiments érigés de chaque côté, dûment blanchis à la chaux à chaque printemps, aux vitres et poignées scintillantes comme des astres, regardent résolument devant eux, refusant d'accorder le moindre coup d'œil de pitié, embarrassés qu'ils sont par cet intrus miteux entre leurs rangs.

Il a posé la question aux infirmières, aux gaies femmes de ménage et au reste du personnel. Elles changent de sujet. La maison hantée est vide depuis des décennies, lui assure-t-on. Le propriétaire est mort à l'étranger – sur sa plantation esclavagiste en Jamaïque –, s'en est suivi une âpre lutte pour l'héritage, et la fortune est allée aux avocats jusqu'au dernier shilling, pareil que dans ce roman de Dickens, vous le connaissez, Mr Stoker, celui qui démarre avec ce procès affreusement long ? *La Maison d'Âpre-Vent.*

Cette lumière qu'il voit n'est qu'un reflet, lui dit-on, une illusion d'optique. Ses yeux se laissent abuser, c'est tout.

Il y a des années, une autre pensionnaire, une aimable Irlandaise un peu perturbée sur le plan religieux, lui a confié sa propre théorie. Il s'agit du fantôme d'un acteur au cœur brisé. Il frappa à la porte un soir où son amante et son époux, lord Cashel, donnaient un élégant dîner, parvint à convaincre la bonne qu'il faisait partie des invités, grimpa l'escalier, entra dans la salle à manger, récita des vers de Dante, puis il mit dans sa bouche le revolver que la dame lui avait offert et tira une balle. Comment s'appelait-il, déjà ? Ah, la mémoire…

Peut-être y a-t-il une pièce ou une novella à écrire. Peut-être est-ce là le sens de cette lumière ! Idée fantaisiste.

La journée s'annonce rude, mais il faudra bien affronter ces difficultés. Il est déterminé à s'en tirer seul.

Sur la table, près de son lit étroit, le manuscrit d'une pièce de théâtre qu'il essaie d'écrire, environ un millier de pages rédigées à la main. Le texte devrait subir des coupes drastiques auxquelles il ne peut se résoudre, car malgré son horrible masse, il ne contient guère de substance – trop de choses restent non dites, allusions ici et là, affirmations imprécises. Il éprouve l'étrange sensation qu'un autre l'a écrit, et qu'il lui incombe de lui transmettre cette triste nouvelle : il ne sait pas comment l'autre va prendre ce verdict. Peut-être vaudrait-il mieux que la pièce ne soit ni jouée, ni publiée. Pourtant il ne parvient pas à se persuader de la brûler. Pas encore.

À travers le mur, depuis la maison voisine où habite une jeune professeure de piano, lui parvient tel un cadeau une polonaise de Chopin. Il en écoute la fragilité, la grâce mélancolique. Elle semble bénir les fenêtres de sa chambre, la rue en contrebas, le policier qui fait sa ronde, les enfants qui vont à l'école, les domestiques qui sortent du sous-sol pour se rendre en hâte au marché. Même le vieux cheval de trait qui tire la charrette du laitier semble soudain plus noble. Matin d'avril à Londres, avec Chopin.

La musique se libère en atteignant un seuil où les cordes scintillent. Quelque part dans sa chambre, il a un livre sur Chopin et son amante, George Sand – à un moment, il a cru pouvoir tirer une pièce de cette histoire d'amour – mais cette époque est révolue, et il est content d'être débarrassé de cette idée. Il est trop vieux pour contempler le monde et tout ce qu'il contient et y voir du grain à moudre. Le monde est comme il est, et ne sera jamais différent. Les matières brutes s'améliorent rarement à la cuisson.

Il lit pendant une heure les *Feuilles d'herbe* de Whitman, quelle consolation (« Je ne veux pas que les constellations soient plus proches, je sais qu'elles sont très bien là où elles sont. »), tandis que la musique de la professeure de piano traverse les murs telle une rumeur. La sonate numéro 10 de Beethoven, la numéro 2 de Rachmaninov, les *Scènes d'enfants* de Schumann, et la sonate en *si* mineur de Liszt. Il songe à elle, la musicienne ; à quoi ressemble sa vie ?

Parfois il la voit quitter la maison le soir ; elle a l'air triste pour une jeune femme, toujours vêtue de sombre. Un soir, il pleuvait fort, elle est sortie tête nue, est allée jusqu'à un réverbère où elle a semblé attendre quelqu'un. Mais cette personne n'est jamais venue. Au bout d'un moment, elle est rentrée à la maison, ses habits noirs trempés. Il n'y a pas eu de musique pendant deux jours.

Il forme l'idée qu'elle a besoin d'un ami, qu'elle vient peut-être d'un endroit situé loin de Londres, voire d'un autre pays, ainsi que beaucoup de Londoniens. Et si elle était hongroise, ou russe ? Elle est d'une beauté mate, particulière. Il y a quelque chose de baltique et de triste dans la façon dont les commissures de ses lèvres s'inclinent. Doit-il essayer de lui parler, de lui dire quelques mots gentils – pourquoi ne pas prendre des leçons ? Quelle idée ridicule à ce stade de ses réflexions.

À huit heures résonne le gong du petit déjeuner dans la salle en bas et, ainsi qu'à l'accoutumée, il reste indifférent, même s'il souhaite le meilleur à celui qui l'a fait sonner. Il n'a rien contre les autres pensionnaires individuellement ni collectivement, il apprécie même beaucoup d'entre eux, mais de même que dans beaucoup de situations de ce genre, la prise des repas en commun aggrave les choses.

D'abord il faut attendre, après, on en a trop ou pas assez dans l'assiette, ou ce n'est pas ce qu'on voulait, ou on se retrouve avec la part de quelqu'un d'autre, et puis il faut faire la conversation aux gens, écouter ceux qui vous parlent, et puis les regarder manger. Et la récitation de tout ce qui ne va pas, les fausses dents qu'on rajuste, le sucre répandu à côté, et l'on confond le sucre et le sel, on fronce les sourcils devant la marmite à croire qu'il s'agit d'une relique exhumée d'une pyramide, sans parler des fourchettes qu'on examine dent par dent au cas où il resterait des saletés. Certains se comportent comme s'ils étaient les propriétaires des lieux, d'autres sont silencieux et semblent avoir peur des couverts. Quel gâchis de laisser la vieillesse aux vieux ! Ils sont trop âgés pour en profiter.

Il pose sur le poêle un quignon de pain qu'il a gardé du dîner d'hier soir pour le chauffer, prépare du thé dans la petite théière métallique qu'il a empruntée aux cuisines il y a quelques semaines, et qui semble avoir été oubliée. Bientôt neuf heures. Il commence à écrire une lettre à sa femme, mais il n'y arrive pas.

À neuf heures, il sonne pour appeler son aide-soignant, un jeune cockney noir, gentil et affable, d'environ vingt-cinq ans, qui vient le matin l'aider à faire sa toilette, puis le rase et l'habille.

Lorsqu'il est sorti de la baignoire sabot, habillé, Chopin en est à une nocturne, qui se transforme en *Sonate au clair de lune*, tristesse sombre et régulière de la descente de la main gauche. Bientôt les élèves arriveront et il sera temps de sortir. Il y a une limite au nombre de versions de la *Lettre à Élise* qu'on peut écouter jouées par un enfant.

« Fait frisquet, ce matin, Mr Stoker, vous allez pas vous balader ? J'ai allumé un grand feu dans le salon en bas, et y a un bon thé qui se prépare. Il est si costaud qu'une souris pourrait y courir dessus.

– Absolument, Tom. Ne criez pas.

– Vous avez vu les journaux ce matin, m'sieur ? Nom d'un chien, c'est un sacré vaisseau.

– Construit en Irlande, vous savez.

– Comme vous, m'sieur.

– Moi, il y a bien longtemps qu'ils m'ont mis à l'eau, mon garçon.

– Et vous voguez toujours fièrement, m'sieur.

– Oh, je n'en sais rien. Disons que je fais du cabotage.

– Alors qu'est-ce que vous faites aujourd'hui, m'sieur ? Pas trop de bêtises, j'espère.

– Oh, un très vieil ami à moi, l'écrivain Hall Craine, m'invite à déjeuner en ville, au Garrick Club.

– C'est un endroit de luxe.

– Oui. Je lui donne des conseils pour son autobiographie. Quelques petites choses ici et là. Vous le connaissez ?

– Je peux pas dire ça, m'sieur.

– Un écrivain doué, ce vieux Caine, et il va continuer. Mais il ne nous donne pas certaines informations que nous voudrions absolument connaître. Je vais lui conseiller de ralentir, de prendre son temps.

– Vous allez prendre du bon temps, m'sieur.

– Et la famille, ça va, Tom ?

– C'est bath aux pommes, m'sieur. Restez tranquille juste une seconde, je vais vous peigner le crin. »

Il aime écouter Tom lui raconter des anecdotes comiques concernant ses parents, avec les gestes et les mimiques, les moqueries affectueuses. C'est devenu pour lui une espèce de feuilleton, un roman de Dickens écrit en tout petit, et il attend avec hâte l'épisode quotidien, peut-être plus qu'il ne devrait – mais aujourd'hui, aucune histoire ne vient.

Il se demande si tout va bien dans la vie de Tom, en dehors d'ici. Il ne parle jamais de filles.

« C'est bon, m'sieur, vous pouvez vous présenter à l'inspection, maintenant. J'espère qu'on vous a monté quelque chose pour le petit déjeuner ?

– Oui, Tom, merci, un bon bol de porridge.

– Voilà ce qui va vous remettre du plomb dans le crayon, m'sieur. Prêt à démarrer ?

– Prêt à démarrer, merci. »

Tom l'attrape, façon pietà, ouvre la porte du genou et le descend deux étages plus bas, par l'escalier branlant. Dans le hall, le fauteuil roulant l'attend.

« Vous êtes sûr que ça va aller, m'sieur ?

– Je suis bon pour le service, Tom. Si vous voulez m'ouvrir la porte.

– Mais oui, m'sieur. Voilà votre pépin. Passez une bonne matinée. À plus tard. »

DANS UN TRAIN DEPUIS LA CAMPAGNE DU KENT VERS LONDRES

9 h 11

Le train de 8 heures 02 d'Ashford avance poussivement vers New Cross Gate, soudain il ralentit et elle se réveille.

C'est une belle matinée venteuse. Les hommes sur leurs parcelles de terrain. Le murmure des étourneaux, qui tourbillonnent à travers un nuage au-dessus de l'usine à gaz.

Elle s'aperçoit qu'elle sert sa canne fermement en travers de ses genoux. Pendant un moment, le rêve refuse de la laisser remonter à la surface.

Irving sur la plage de Warnemünder, dans le nord de l'Allemagne, séduisant dans sa tenue de soirée blanche à travers des volutes de sable scintillantes, des bosquets de rhododendrons sauvages – mais le sifflement de la locomotive chasse le spectre, et elle revient au chuintement de l'acier sur les rails. Soudain elle a chaud et soif.

Une bourrasque de vent s'écrase contre la vitre et la regarde. *Oh*, dit-elle. *Voyez donc qui est là. Celle-là fut célèbre en son temps.*

De son sac de voyage, elle sort un flacon de tisane italienne et deux pommes de son verger, d'un vert croquant et froid. Leur goût lui rappelle sa maison, ses pièces gracieuses, ses fenêtres à meneaux, les grands jardins ombragés, les serres, la bibliothèque ; la balançoire de corde sous les érables sycomores où jouent ses petits-enfants.

Avoir toujours Smallhythe, l'avoir conservé pendant toutes ces années. C'est rare pour une actrice âgée de jouir des bienfaits d'une confortable demeure, d'avoir quelque chose à léguer quand elle partira. Une pensée stupide lui vient à l'esprit. Dieu tout-puissant, je possède trois escaliers. Au nom du ciel, comment est-ce arrivé ?

Aujourd'hui elle va chercher le manuscrit tapé de sa prochaine série de lectures, une tournée aux États-Unis. La jeune fille du service de dactylographie à Covent Garden va lui sourire. Jolie demoiselle, belle silhouette, venue à Londres pour devenir cantatrice, s'exprime avec ce si joli accent gallois, si chantant. Angharad ?

Les prés d'avril par-delà la fenêtre, proprets et agréables à l'œil, les fossés remplis de fleurs sauvages, tels les rêves d'Ophélie. Les clochers des villages, les moulins qui tournent lentement, la belle eau verte et calme des canaux. Les vaches qui penchent leur lourde tête, ou l'agitent sous l'effet des moucherons. Un poulain s'approche d'une haie d'un pas vacillant, s'arrête, contemple bouche bée les moutons.

C'est comme regarder un tableau de Constable qui aurait pris vie, la douceur d'une réponse à la passion de Turner. Des bergers autour d'un feu de camp, des amoureux qui flirtent sur un échalier, un laitier qui ramasse les œufs dans un poulailler sur pilotis, des petits paysans allant avec leur père, munis de leurs houes et leurs faux. Une joyeuse tristesse lui coule dans les veines, pourquoi n'existe-t-il pas de mot dans sa langue pour dire cela ?

Ce n'est pas doux-amer, c'est plus fort, plus substantiel, tel le vin de Bordeaux. Ses lunettes s'embuent.

Une image s'imprime dans sa conscience, des chevaux noirs dans l'eau, de l'écume dans la crinière, les vagues tout autour d'eux, la joie de leurs hennissements par-dessus le fracas des vagues sur les galets. Soudain, les chevaux disparaissent, ils s'éteignent ainsi qu'une lampe, mais battent sur la rétine de son esprit.

Il tente de lui rendre une nouvelle visite, elle le sent rôder autour d'elle. Oh mon chéri, pense-t-elle, je t'en prie, pas maintenant, je n'en suis pas capable. Et pourquoi aujourd'hui, après tout ce temps ? La journée est déjà si remplie ; une autre fois, si c'est vraiment nécessaire ?

Il attend dans les coulisses du matin, veut se montrer, voler la vedette. Pour l'en empêcher, elle ouvre son sac, en sort un magazine, *Les Modes*, mais à présent, elle entend son sourire timide, même si ce n'est pas possible, elle le sait. Nul ne peut entendre un sourire.

Pourtant, j'entends le tien.

Pendant quelques minutes, elle essaie de lire, mais les mots ne l'apaisent pas. Elle regrette de ne pas avoir emporté quelque chose de plus dense, de plus substantiel et exigeant, un de ces romans russes à la structure aussi ferme qu'un vieux canapé. Tout ce tintamarre à propos des chapeaux et de la mode – *mon Dieu*, que ces jupes sont courtes. Si j'avais osé sortir en laissant ainsi mes chevilles en vue, maman m'aurait tanné le cuir !

Mais il faut que les jeunes fassent selon leur goût, c'est dans la nature des choses de changer. Sans quoi, où irions-nous ? Quelle tristesse ces gens qui se transforment en vieilles chouettes et oublient leurs nuits de folie. Mais peut-être est-ce également dans la nature des choses.

Le compartiment est vide mais elle sait qu'on l'observe. Elle se sent rougir comme une écolière.

D'accord, pense-t-elle. Viens donc un moment. Seulement, n'en fais pas une habitude, ne va pas remuer les choses. Tu es une vraie plaie.

Elle le sent se glisser en elle depuis quelque contrée interstellaire glaciale. Cher vieil idiot. Approche donc. Le souffle de son soupir, sa gratitude. Elle le sent qui regarde à travers ses yeux les doux champs qui défilent, les tourelles de nuages écumeux, son reflet dans la vitre. Sa solitude à lui reflue ainsi que la marée.

Voilà à quoi je ressemble aujourd'hui, dit-elle. La beauté se fane, si jamais elle fut.

Nulle conversation ne s'ensuit, rien qu'un silence partagé. À croire qu'ils assistent ensemble à une pièce. Voilà tout ce qu'il demande ce matin, et c'est très bien, car c'est là tout ce qu'elle peut donner. Et elle ne veut plus rien de lui. Cela fait tant d'années. La plupart des choses qui se passent entre un homme et une femme ne peuvent se comprendre, voilà pourquoi les gens inventent les poèmes d'amour, afin de meubler le silence.

Elle entend battre son cœur qui se mêle au sien, écoute les pulsations de son corps, son rythme. Veux-tu lire *Les Modes* avec moi ? Allons donc, je ne te ferais pas ça. C'est agréable de se moquer de lui, un petit jeu d'amoureux, une marque de tendresse. La musique tranquille de son sang, l'arrière-goût de ses larmes. Il est si seul, où qu'il soit.

Ils sont assis ensemble dans le train, et ce train approche d'une grande ville, traverse des prés et des ponts, longe les banlieues grises, et elle se demande si tous les gens qui voyagent partout dans le monde en ce matin emportent quelqu'un d'autre avec eux, ou une blessure laissée par cet autre.

Elle ne peut être la seule. Ce serait trop dùr. Mais après tout, chacun est seul. Et ça aussi, c'est trop dur.

Reste tranquille, pense-t-elle. Voilà ce que c'est, la miséricorde.

Et voilà pourquoi nous avons des poèmes d'amour. Car on ne peut rien dire autrement.

LES BAINS POUR MESSIEURS DE PORCHESTER, MAIDA VALE

10 h 16

La vapeur le gifle, telle la brûlure d'un nuage humide. Il traverse l'atrium en boitant, attentif avec sa canne, s'approchant à pas mesurés du banc de bois mouillé qui longe le mur, où les silhouettes enveloppées de volutes de vapeur de deux hommes ressemblent à des statues, des totems dans un rêve d'Orient.

Les carreaux moites dégoulinent. Le charbon brûlant siffle. Dans l'air, senteur d'eucalyptus, de bois de santal et de pin. Dans la pièce, dix hommes, tous nus, qui discutent pour la plupart, mais puisque la scène se passe en Angleterre, la conversation porte sur le temps qu'il fait, lequel, tout le monde est d'accord là-dessus, pourrait être bien pire. Le temps atteint des sommets ce matin.

Au-delà des carreaux, dans le vaste monde, il y a des cyclones, des bombes, des grèves, mais il va de soi, sans qu'on ait besoin de le préciser, qu'il est préférable d'éviter ce genre de sujets lorsqu'on est nu, de même que les écrivains prudents évitent l'imparfait du subjonctif à la première personne.

Le gros masseur entre en flageolant, sa serviette nouée autour de son impressionnant tour de taille, son bouquet de brindilles prêt. Il est si obèse que son ventre ressemble à un parachute déployé ; ses hanches et sa poitrine à la Rubens sont luisantes d'huile. Quelqu'un désirerait-il un petit *schmeiss* ?

Pourquoi pas, dit un gentleman, comme si cette possibilité apparaissait soudain telle une agréable surprise, et il s'allonge sur le ventre, sur le banc chaud et mouillé, pareil à un saumon qu'on vient de tirer de la rivière.

On répand de l'eau sur les pierres, un jet de vapeur surgit. Le masseur commence à le fesser avec art en alternant avec son bouquet de branches et une serviette repliée, puis à nouveau avec les brindilles, tandis que la conversation se poursuit au sujet des possibles giboulées d'avril et se transmet à travers le sauna à la manière d'un narguilé que l'on partage. Le gentleman de la City émet de temps en temps un gémissement car le masseur fait subir à ses chairs un rude pétrissage. Au bout d'un moment, il devient même difficile de ne pas l'entendre. « Si une chose mérite d'être faite, alors elle mérite d'être bien faite », dit un autre gentleman, agent d'assurances. Mot d'ordre d'un empire sur lequel jamais le soleil ne se couche.

Ensuite vient le tour de l'auteur de plusieurs romans oubliés, un vieux monsieur qui se déplace en fauteuil roulant et dont les rares paroles sont empreintes d'un drôle d'accent anglo-irlandais. Il vit à l'hospice au coin de la rue. Autrefois, il travaillait dans le West End. Il a sûrement quelques anecdotes à raconter, mais il ne parle à personne. On raconte qu'il a connu Wilde et Ellen Terry.

Le pauvre vieux est vraiment en mauvais état, le corps en ruine. Il a eu une attaque en février, sa quatrième. Il tremble un peu. Oublie des mots. S'emmêle les pinceaux. Mais il faut reconnaître que c'est un dur à cuire, car il vient là tous les matins, quel que soit le temps. Ça ne doit pas être facile, mais il n'aime pas demander d'aide. Sacrée tête de mule. Un vrai bouseux d'Irlandais comme on les aime. Il préfère qu'on lui fouette les sangs avec force et rapidité.

Après le *schmeiss*, il va s'asseoir dans le frigidarium, puis il se rhabille, ce qui ces temps-ci requiert du temps et de la concentration. Il laisse un pourboire au jeune homme de l'accueil – jamais beaucoup, mais il donne tous les jours –, et quitte en roulant les bains de Porchester. Quelle merveilleuse sensation que celle d'être propre.

Il a mal aux bras lorsqu'il tourne dans Queensway, mais il fallait bien s'y attendre, il a perdu l'habitude de faire de l'exercice ces temps derniers. Aujourd'hui va lui permettre de rectifier un peu les choses. Et cette matinée, certes froide, est rafraîchissante.

Oh, les petites pâtisseries, la vapeur odorante des bains turcs qui reste chaudement accrochée à ses vêtements. Une bande de rudes travailleurs manient leurs pioches tandis que leur contremaître, cigare aux lèvres, hurle des insanités. Et cette fille qui fait le trottoir au coin de la rue. Le son des cloches de St Stephen. Le barbier grec au triste faciès dans sa minuscule boutique crasseuse. Une religieuse qui agite une boîte pleine de pièces, la charité pour les pauvres.

Voir cette fille sur le trottoir fait remonter en lui le souvenir de Jack l'Éventreur. C'est terrible qu'on ne l'ait jamais attrapé, il est sans doute encore vivant, ça pourrait être n'importe qui. Le petit barbier grec, le contremaître du chantier, un de ces hommes nus aux bains turcs. Peut-être a-t-il frappé à nouveau plus tard, il l'avait déjà certainement fait avant. Quand on a vécu à Londres à cette époque, on porte en soi ces choses-là. Il n'y aura jamais de lieu où l'on puisse s'en décharger.

En passant devant la librairie Whiteley, il prend soin de détourner les yeux des vitrines. Il n'aime pas se souvenir, trop de douleur, de déceptions. Il est important de se maintenir à flot, les yeux braqués sur l'horizon, toujours. Le passé est un fou qui se noie ; lancez-lui une corde, il vous entraînera avec lui.

Surprise. Il freine.

Devant lui, sur le trottoir, dans un abri pour attendre l'autobus, la professeure de piano, son long manteau noir démodé, un filigrane de soleil autour d'elle. Mais il cligne les yeux, regarde à nouveau, et un vieil homme apparaît, avec un parapluie. Étrange. Juste une illusion due à la lumière.

Il transpire un peu à présent. Sa nuque se hérisse. La lumière grise de Londres est si paisible. Il se voit avec les autres résidents, partageant leur dîner de ce soir, tous se lamentent sur leurs foies, leurs reins, leurs cœurs qui flanchent. « Le récital des grandes orgues », l'appelle Tom.

Devant lui, Hyde Park. Il traverse près de Moscow Road. Une jeune femme lui vient en aide, s'empare des poignées du fauteuil, le pousse. Il ne lui en veut pas, mais il aurait préféré qu'elle n'en fasse rien. Ou au moins qu'elle lui demande.

Ça ne lui plaît pas d'être traité comme un bébé. Il n'a pas besoin d'aide. D'un autre côté, que voulez-vous dire ? L'enfer est certes pavé de bonnes intentions, mais à son âge, tous les pavés sont bons à prendre.

D'élégants chevaux de cavalerie paradent sur le Row, leurs flancs moites et soyeux. Des amoureux sous les tonnelles de la roseraie. De petits garçons en chemin vers l'école dans leurs grandes blouses noires. Une jolie sentinelle monte la garde dans sa jolie petite boîte en bois, tel un jouet à taille humaine dans un rêve.

Une fanfare se rassemble sous la bannière d'un syndicat. Deux écolières folâtrent près de la fontaine. Oh, que ça ferait du bien au corps par un matin pareil d'être vivant dans le vlouf de Londres.

Un mot d'Ellen. Le vlouf. Aspect amusant de son caractère charmant, ces mots qu'elle inventait pour combler les manques. Les miettillages : les débris accumulés au fond du sac d'une dame. Jolidiot : un beau jeune homme d'une stupidité au-dessus de la moyenne. Un méfiteur : une personne à qui l'on ne peut se fier.

Cette bonne vieille Len. Qu'est-il arrivé ? Ils ont perdu le contact, Dieu sait comment. Il se demande si elle travaille encore, si elle pense parfois au bon vieux temps. Paraît-il qu'elle vit dans le Somerset.

Il s'arrête sous un platane, fume une demi-cigarette sur les quatre qu'il a les moyens de s'offrir aujourd'hui. Ce serait agréable d'avoir un journal, pourquoi n'en a-t-il pas apporté ? La prochaine fois. Et puis aussi une flasque.

Keats et du gin dans Hyde Park, la caresse d'une gorge enfumée. Consommation qu'il désire ardemment.

Il attend. Tuer le temps. Mais le temps ne veut pas mourir. Encore une heure avant l'ouverture de la salle du cinéma.

Il se demande ce qu'on va y passer aujourd'hui, peut-être les nouvelles, ou une tragédie grecque. Et s'il allait voir du côté du Speaker's Corner, pour écouter les extrémistes un moment ? Mais non, c'est trop tôt, il n'y aura personne. Ils sont encore au lit avec toute leur ferveur. Il voit une manifestation de la tolérance de l'Angleterre dans le fait que les fous soient autorisés à s'exprimer en public, qu'on leur laisse une place dans les parcs, de même que les fontaines.

Fatigué, un peu éreinté par la vapeur et le rude massage, il se sent incapable de sortir le magazine de mots croisés qu'il a emporté dans la poche de son pardessus. Il regarde sa montre. Sept minutes seulement se sont écoulées. On dirait une année. Étrangement, il a faim et soif. Une brise froide souffle à travers Kensington, apportant la senteur des arbres, de l'herbe, des joncs de l'étang. Il sort une feuille de papier de la poche intérieure de sa veste –

HOSPICE WILLOUGHBY POUR PERSONNES AUX MOYENS LIMITÉS
15 & 16 Brickfields Terrace, Londres, W2

– et se met à écrire.

~~Ma petite souris~~
~~Flo chérie~~
~~Chère Florence~~

Ma vieille amie,

Je t'en prie, pardonne mon écriture erratique qui est encore pire que d'habitude. Je m'aperçois que je n'arrive pas à utiliser cette fichue machine ce matin, j'ai les doigts raides comme des aiguilles, mais rien de grave, c'est à cause du froid. Tu peux te plaindre de ma calligraphie, mon petit bouchon mais, en un sens, ce n'est pas une mauvaise chose d'écrire à la main car il faut réfléchir et aller plus lentement, tu ne crois pas ? Voilà. Je fais une pause. Pour respirer.

Je songeais aux éponges, l'autre jour, au fait qu'elles vivent dans la mer. Penses-tu que le niveau des eaux serait plus élevé si elles n'étaient pas là ?

C'est merveilleux d'avoir reçu cette lettre incroyablement longue et pleine de nouvelles que tu m'as envoyée. J'espère que tout va bien pour toi à Dublin et que tu te sens un peu mieux après ce coup de froid. C'est une vieille ville humide, pleine d'ennui et de vieilles filles et de lourdauds, mais tu as raison, on y célèbre Pâques mieux que n'importe où ailleurs avec peut-être un *je ne sais quoi** druidique ?

Autrefois, j'adorais entendre ces cloches si solitaires de l'église catholique de Fairview dont tu parles, elles ont été fondues en Italie, leur musicalité n'est-elle pas merveilleuse, si sonore et si claire. Elle a été consacrée l'année de mes dix-huit ans. Je me souviens, ce jour-là, au retour d'une conférence d'un ennui mortel, d'avoir assisté à la grande procession, à croire qu'elle sortait des écrits de Chaucer, un ravissement d'évêques et de choristes dans leurs lourdes robes rigides, de moines agitant solennellement des encensoirs, de diacres portant des statuettes des saints et de la Vierge. N'est-ce pas étrange ? Tout est là éternellement si l'on sait dans quelle pièce regarder – ou en ouvrant une porte par erreur pour chercher autre chose. Alors, tu entres dans une salle et tout un monde est là. C'est comme plonger sous la mer.

Un vieil homme aux allures de tsar, un archevêque ou autre grosse légume sainte je suppose, tenait en l'air un livre d'or à la couverture incrustée de joyaux, un autre portait un ostensoir, ou bien ce que les catholiques appellent une monstrance, tu sais, ce contenant circulaire où l'hostie est exposée pour y être vénérée. On transportait sur sa bière un cardinal rondelet (l'était-il vraiment ?) au visage extrêmement abîmé. Et le glorieux nuage d'encens. Et une véritable armée de religieuses aux visages taillés à la serpe, assez terrifiants. C'était tout à fait fantastique.

Étant donné que cet équipage avait été réuni pour célébrer le retour à la vie d'un gars qui était mort, le sentiment général était plutôt austère, délicieusement austère. Cela m'a plu.

Dans les rues, le petit peuple s'était rassemblé et chantait des cantiques, les hommes épluchaient leurs chapeaux tandis que les saintes personnes et les objets sacrés défilaient, les femmes enfin étaient agenouillées, têtes baissées.

Foi de nos pères, toujours vivante,
En dépit du donjon, du feu et de l'épée.

Puisque c'était à Dublin, il y avait là une foule immense de miséreux venus des bas quartiers, beaucoup d'enfants et même des hommes n'avaient pas de souliers, et leurs pieds saignaient, si bien qu'on ne pouvait s'empêcher de méditer le contraste qu'offrait la scène. Je me souviens d'en avoir parlé à mon pauvre père, ce soir-là au dîner. Sa réponse tenait en un seul mot plein de mépris : « Des papistes. »

Un homme bon à maints égards, mais rongé par la haine. Ce qui fait toujours un triste spectacle.

Je suis content que tu sois allée là-bas, ma vieille chérie, d'autant plus que, comme tu dis, aucune de tes grands-tantes ne vivra encore très longtemps. Il est important de faire des efforts envers nos parents âgés. Avoir été là dans les derniers instants te procurera un grand soulagement.

J'ai entendu une bonne blague l'autre jour, et je voulais la garder en mémoire pour te la raconter, mais à présent je l'ai oubliée. Quelle guigne. Ce matin, j'ai une méduse dans la tête. Ça me reviendra.

J'ai vu un film magnifique à la Scala jeudi dernier, au sujet du voyage royal, il s'intitulait : « Notre Roi et la Reine aux Indes. » Dehors, quelqu'un avait remplacé le N par un V au début du titre. J'aime voir les visages indiens. Ils me font penser à ceux de Dublin.

Autrement, ce mois-ci a été calme. Tout s'est passé au mieux. Tandis que j'écris ces lignes, je suis assis sur un fauteuil confortable près d'un bon feu dans la salle de jour, abondamment fourni en petits pains et tasses de thé fort et fumant. La table gémit sous le poids de la glace, des pommes, des biscuits, de la tarte au citron, et du pot de chocolat chaud. Tout le monde ici a bon cœur et se montre gentil. Je me sens chez moi et ne manque de rien.

Beaucoup d'anciens compagnons du théâtre et autres oisifs me rendent visite. Hart Crane est venu hier soir et nous avons eu une bonne discussion au sujet de nos temps glorieux, et plus tard dans la journée, je dois voir Shaw. Il m'invite à déjeuner au Pen Club, sur le Strand. (Quel luxe, t'entends-je dire.) Il a tendance à me lasser un peu avec ses histoires de socialisme, et depuis que c'est un végétarien convaincu, il est plus violent. Mais il est bien intentionné.

Donc, il ne faut pas t'inquiéter pour moi, tout va comme sur des roulettes. Je n'aime pas que tu te fasses du souci à mon sujet, ainsi que dans ta lettre précédente. Je me sens frais comme un gardon, je suis en pleine forme et je me déplace même sans fauteuil roulant ces temps-ci. Je ne me reconnais plus moi-même.

Que te dire d'autre, chère vieille amie ? Laisse-moi réfléchir. Oh, la grève des mineurs est terminée, et je suis heureux de t'apprendre qu'ils ont obtenu ce qu'ils voulaient. Imagine, faire grève afin d'avoir le droit d'être payé pour descendre à plus de trois kilomètres sous terre. N'est-ce pas merveilleux de penser à ce grand navire qui vient d'arriver dans la baie de Cork, depuis Southampton, quelle bamboche ils vont faire, ça va pleurer dans les chaumières. Quel pur délice de malice pour la population de Cork que le plus puissant vaisseau qui ait jamais parcouru les mers n'ait pas fait escale à Dublin, mais dans cette ville qu'ils tiennent pour leur vraie capitale. De même que ce paquebot, l'opinion qu'ils ont d'eux-mêmes est insubmersible.

La directrice parle dangereusement de m'infliger un compagnon de cellule, mais je ne sais si elle osera. Je serais heureux de faire un peu de place dans ma stalle à un autre vieux cheval sur le retour, mais ma chambre est déjà si petite qu'il faudrait y mettre un lit de lutin. Peut-être que ce serait amusant d'avoir un peu de compagnie, quelqu'un à ennuyer ? Qu'en penses-tu ?

J'ai très envie de te voir, ma chérie. Dis-moi quand tu rentreras.

Une jeune Roumaine qui donne des leçons de piano vient de temps à autre le soir jouer pour les vieux débris que nous sommes, elle est étonnamment douée. Field. Beethoven. Chopin, etc., toute la lisière mélancolique de la forêt. Mais la musique triste égaie d'une certaine manière. Je trouve très agréable de m'être lié avec elle, elle semble très seule et un peu réservée, elle a besoin d'un ami. Elle et moi, nous discutons parfois auprès du feu, ou elle vient me faire la lecture. Je lui dis qu'il ne faut pas regarder en arrière mais toujours de l'avant. La solitude est une terrible chose.

Eh bien, très chère, ces dames m'annoncent qu'il est l'heure du café, aussi vais-je te dire adieu et nous nous réécrirons bientôt. En attendant, je reste ton aimant…

« *Alors, vieux bandit, on baye aux corneilles ?* »

Il lève la tête en direction de la voix, et il est stupéfait de découvrir un jeune homme souriant au visage fin, vêtu d'un costume de tweed ajusté, jeune gandin du dernier cri.

« Sur ma vie. Noel, mon fils chéri.

– *Guten Morgen*, mon père l'aurige. Vous avez l'air rudement royal. Bodicée en chapeau melon.

– Mais par le ciel, que fais-tu donc ici et à cette heure de la journée ? Pourquoi n'es-tu pas au travail ? Quelque chose ne va pas ?

– Le puissant seigneur de la Triple Shield Insurance Company peut se passer d'une de ses bêtes de somme pendant une heure ou deux. Je voulais voir mon vieux papounet, qu'on passe un peu de temps ensemble.

– Mais comment savais-tu que je serais là ? Tu es merveilleusement perspicace.

– Ce fut un travail de détective en quelque sorte, un vrai tour à la Sherlock Holmes. Je suis passé au Willoughby, ils m'ont envoyé aux bains. Le vieux, là-bas, t'a vu rouler vers Queensway. Du coup, mézigue, ici présent, a pensé que tu avais l'intention de passer un de ces moments interminables au parc, pour attraper sans aucun doute une pneumonie, ainsi que tu en as l'habitude. Alors j'ai sauté dans un fiacre pour Kensington, et je suis remonté jusqu'ici à pinces.

– Quelle belle surprise de te voir.

– Ils m'ont dit que tu ne mangeais plus rien à nouveau. Les vieux du Willoughby.

– Ils exagèrent.

– “Il a un appétit de moineau et il reste éveillé toute la nuit.”

– Idioties.

– “Il se mêle point aux aut', y reste tout seul et quitte jamais sa chambre.”

– Bêtises.

– Nous allons donc nous diriger, toi et moi, en un lieu où l'on mange, et je vais te gaver comme une oie.

– Bien sûr que non.

– Que j'aime te voir froncer les sourcils. Je ne voulais pas que tu te retrouves seul un jour pareil, papa.

– Je ne sais pas de quoi tu parles. Il n'y a rien de spécial aujourd'hui.

– Tu sais parfaitement ce que je veux dire. Je l'ai vu dans *The Times*. Compliqué, cet après-midi, et ne me dis pas le contraire, tu seras gentil. » Il s'approche, embrasse son père sur le front, borde la couverture. « J'ai une idée assez précise de ce que tu comptes faire, *mein Vater*, il y a un certain événement qui démarre à trois heures cet après-midi. J'ai pensé que tu apprécierais un peu de compagnie.

– Quel événement, mon cher garçon ? Oui, pousse-moi un peu, s'il te plaît, j'ai les bras qui fatiguent.

– J'ai de merveilleuses nouvelles, père. Je suis amoureux.

– Tu l'es chaque fois que je te vois. D'une demoiselle différente.

– Je cherche la bonne, c'est tout.

– Tu cherches avec une ardeur notable.

– Il faut mener à bien son devoir.

– Tu as eu des nouvelles de ta mère ? Elle est toujours auprès de la grand-tante Lucy, à Dublin. Oui, prenons le chemin à travers la roseraie.

– Sa dernière lettre m'a fait hurler, tout ce cirque de plaintes au sujet de la vie à Dublin. La saleté, l'impudence, la brusquerie des porteurs. Un gars du nom de Larkin excite les dockers. Les bonnes manières se perdent, nul ne sait plus rester à sa place. Tu sais quoi ? Je pense que maman va en Irlande pour ça. Pour mettre un frein à son bonheur.

– Il y a si longtemps que je n'y suis pas allé, je m'en souviens à peine.

– La grand-tante Lucy dit que donner leur indépendance aux autochtones ne débouchera sur rien de bon.

– La grand-tante Lucy dit ça depuis 1732.

– Elle affirme que la méchanceté est aussi répandue à Dublin que les stations thermales en Suisse.

– Pousse un peu plus fort, Nolly, s'il te plaît. Tu n'as que le tiers de mon âge, mon garçon.

– Mais je suis plus beau que toi, père. Cela détourne une grande partie de mon énergie. Eh, regarde cette jolie fille, là-bas. Quelle délicieuse gourgandine !

– J'ai un peu passé l'âge pour ce genre de spectacle, si tu veux bien.

– Et si nous allions voir si elle a une grande sœur ? Ou une grand-tante ?

– Avance. »

10 h 43

Arrivée sur le quai, elle se fraie un passage parmi un comité d'accueil de pigeons maigrichons, puis descend le long escalier en colimaçon qui mène au métro, direction Knightsbridge. Le métro ne l'intéresse guère, mais elle éprouve toujours cette nécessité d'en passer par là quand elle vient en ville, de même qu'il faut monter au sommet de la tour Eiffel lorsqu'on se rend à Paris, ou se laisser séduire par un gondolier à Venise. Cela n'a rien de merveilleux, mais ses employés adorent l'entendre en parler ensuite.

À Knightsbridge, elle boit un bon café chez un Italien sur Carshalton Street. Des statues de la Sainte Vierge et de saint Christophe la toisent avec austérité depuis les étagères, où elles veillent sur de gros sacs de riz, des boîtes de farine d'Italie, des bouteilles de vin enveloppées de rotin. Une icône du Sacré-Cœur, la poitrine ouverte, des gouttes de sang de la taille de balles de golf.

À une table derrière le comptoir, le propriétaire somnole, tête baissée. Sa superbe fille, Elisabetta, pétrit la pâte. Au bout d'un moment, son père se réveille, et apercevant la seule cliente du café, vient l'accueillir en s'essuyant les mains sur son tablier.

« Ah, buongiorno Signora Terry, benvenuta ! Sempre bellissima ! Come stai ?

– Grazie Signor Rusca, sto bene. E tu come stai ? »

Dieu merci, cela s'arrête à ce qu'elle sait d'italien, en dehors de quelques paroles des arias de Puccini, comme *che gelida manina*, mais quelle personne saine d'esprit prononcerait pareilles phrases dans la vraie vie ? Certes, une minuscule main glacée pourrait se présenter, mais diantre, on n'irait tout de même pas le chanter ! Surtout avec des Bohémiens ! Les quelques mots qu'elle a appris dans son guide sur l'Italie lui ont servi lors de ses visites chez Rusca, au fil des années. On s'entend particulièrement bien avec ceux dont on ne parle pas la langue. Les choses compliquées telles que les nuances et le sens se trouvent alors éliminées. Sourires et gestes répétitifs font une meilleure façon de communiquer. Manger ensemble, c'est encore mieux.

Délicieux, le café de chez Rusca, une légère trace d'amertume dans la douceur. Il est impossible de boire un bon café dans les établissements du Kent qu'elle connaît, et elle ne peut se résoudre désormais à demander à la cuisinière de le moudre, la pauvre vieille déteste le café car ça vient de l'étranger. Les feuilles de thé de Ceylan font toutefois exception à ce bannissement, car elles deviennent anglaises, ou tout au moins acceptables, au cours de leur voyage vers la mère patrie, de la même manière que les Irlandais. Il n'y a rien de plus anglais qu'une bonne tasse de thé, fait souvent observer la cuisinière. Certes, oui. Mais en fait, non.

Miss Terry boit un café et fume une cigarette Pall Mall. Le goût d'une journée en ville.

Quel bonheur de savourer un moment de plaisir volé. De sentir la crasse du vécu de la cité, les accents qui vous éclaboussent le visage, le frisson d'excitation des volets qui s'ouvrent et qui se ferment, comme des possibles. Le calme ennuyeux de la campagne peut devenir lassant quand on n'est pas d'humeur à cela. C'est la même chose que si l'on désirait écouter du Beethoven mais qu'on doive se contenter d'un groupe folklorique.

Elle regarde passer les automobiles et les camionnettes des commerçants, les autobus à impériale au toit ouvert, qui vont vers Hyde Park ou Kensington Gardens, la plateforme supérieure remplie de passagers. Tout à coup, un garçon lui fait bonjour et ôte sa casquette. Elle lui répond et lui adresse un baiser. Drôle de petit flirt. Celui-là va causer du dégât.

La salle d'attente du Dr Vasiliev est remplie de tableaux de chasse, de vieux dessins encadrés, d'affiches de théâtre, tel le salon d'un club pour messieurs. Des herbes de la pampa dans de grands pots. Un plateau avec de lourds verres en cristal. Des étagères de livres à la reliure exquise, parmi lesquels elle choisit un volume de poésie. De gros fauteuils très rembourrés qui grincent, et s'avèrent mille fois plus confortables qu'on ne l'imaginerait. Un samovar en cuivre très orné sur une console, faussement pompeux. Elle est un peu en avance, se sert un verre de sherry, s'installe pour lire. Yeats l'emmène à Sligo, le cri des poules d'eau, la lumière pâle, l'amertume des gens. L'assistante du médecin entre et lui dit qu'il est prêt.

C'est un gentil veuf, très savant, avec un buste de Montaigne sur son bureau, il y a souvent un recueil de poèmes ou une partition de piano posée sur la chaise longue devant la bow-window, d'où l'on voit les hauts cèdres du parc, de l'autre côté de la rue. Les cèdres lui évoquent toujours ses sourcils.

Sérieux, le front plissé, le Dr Vasiliev est laconique. Elle tolère même son habitude de sucer des clous de girofle, ce qui la déconcerterait chez un autre. Il vit à Londres depuis quarante ans, mais on entend toujours la musique de Moscou dans sa voix, pas seulement l'accent, mais une mélancolie de velours. Elle le félicite – « mazeltov » – pour la naissance de son dernier petit-enfant, une fille. (« Ilyana, dit-il, à cause de ma mère, paix à son âme. ») Il lui offre du *chai*, comme toujours. Elle refuse, comme toujours.

Depuis deux décennies qu'ils se connaissent, elle n'a jamais accepté de boire un *chai* avec lui, mais presque toujours, en rentrant chez elle, elle le regrette. Parfois, lorsqu'elle pense à lui, elle rougit.

Il l'interroge du regard. Elle commence à lui expliquer ses difficultés.

Ces derniers temps, elle oublie beaucoup de choses, tend à bégayer, à mal dire les choses. Elle range n'importe où ses clefs ou ses paires de lunettes. Il y a eu un petit incident il y a deux semaines à la poste, à Tenterden, car elle ne se souvenait plus de combien de timbres elle avait besoin, ni de quelle valeur. Elle a rangé une lettre de son courtier dans le placard à linge et une pièce de théâtre dans la commode de la salle à manger. Elle a oublié ses cartouches en allant tirer, l'autre jour. Elle ne sait plus combien il y a d'arbres dans son verger. Il y a autre chose dont elle ne se souvient pas, mais elle se rappelle bien qu'elle l'a oublié. Vraiment, Dr Vasiliev, c'est très gênant.

Puisque c'est un homme, il lui faut beaucoup de temps pour lui expliquer ce qu'elle sait déjà : que ce genre de petits ennuis n'est pas rare à l'âge qu'ils ont atteint tous les deux, que chaque chapitre de la vie réserve au corps des surprises que, même lorsqu'on en a entendu parler dans des écrits ou à travers les confidences des autres, nous ne parvenons pas à imaginer que cela puisse nous arriver. Elle adore l'écouter parler, avec ces merveilleuses intonations russes. (« Je suis heu*rrr*eux de vous voi*rrr*, ma vieille amie. ») Souvent, elle essaie de prendre rendez-vous le mercredi, pour le seul plaisir de l'entendre rouler les « r » de me*rrr*c*rrr*edi.

C'est un homme bon, qui se déplace avec une agréable lenteur, il lui prend la tension, examine sa langue, ses oreilles, écoute battre son cœur, lui pose de nombreuses questions sur son corps. Cela lui paraît toujours extrêmement bizarre quand elle s'arrête pour y réfléchir, de constater quelle licence nous accordons aux médecins qui nous posent des questions très intimes, que nous n'accepterions pas de la part d'un conjoint. Il n'y a rien de grave, dit-il, tout en pesant ses mots sur une balance d'air, mais peut-être qu'il faudrait lui tonifier le sang, il pourrait lui faire une injection de vitamines, si elle veut. Elle devrait prendre l'habitude de manger plus d'œufs frais et de viande rouge. Continuer à marcher tous les jours.

« Et do*rrr*mez la fenêt*rrr*e ouve*rrr*te. Et exe*rrr*cez bien vot*rrr*e jambe gauche. Aussi, un petit ve*rrr*e de vin de temps en temps ne fait pas de mal à not*rrr*e âge. Un bon bou*rrr*gogne. Pou*rrr* l'estomac. »

Alors qu'il se relave les mains et cherche la seringue dans le tiroir de son bureau, elle s'aperçoit qu'elle a oublié son nom.

Ils passent devant le cabinet du Dr Nikolaï Vasiliev, traversent la rue pour ne pas être à l'ombre, et continuent en direction de Chelsea.

Le printemps submerge l'atmosphère de Londres, il lui donne cette coloration particulière, cette fervente douceur des villes très anciennes au soleil, pourtant, depuis sa dernière attaque, il ressent le froid tel un ennemi mortel. Même par les jours les plus ensoleillés, il s'enroule dans une couverture et porte des gants. Parfois, il ne se souvient plus de ce que c'est d'avoir chaud, comme s'il voulait se rappeler la couleur des yeux de son premier amour, et réalisait soudain qu'il n'y a jamais prêté attention.

« Ça va, papa ? demande son fils.

– Au beau fixe, mon Nolly.

– Tu as besoin de t'arrêter pour pisser ou autre chose ?

– Non, mon garçon, continue à pousser. »

Il regarde passer les automobiles et les camionnettes des commerçants, les autobus à impériale au toit ouvert qui vont vers Hyde Park ou Kensington Gardens, la plateforme supérieure remplie de passagers. Tout à coup, un garçon fait bonjour et ôte sa casquette. Drôle de petit gars. Il ira loin.

Chez Harrods, curieusement désert, elle emprunte l'escalier mécanique pour monter au rayon de la joaillerie, où elle a rendez-vous pour déposer un bracelet qu'elle veut faire remettre au goût du jour. Il s'agit d'un jonc en or incrusté de quarante petits diamants et de trente petites émeraudes, qui a passé dix ans dans une bourse en velours au fond d'une vieille armoire cassée dans le débarras, sous une pile de vieux programmes et de coupures de presse. En vérité, elle l'avait complètement oublié. La cuisinière est tombée dessus à Noël dernier, en cherchant des sets de table.

Il est lourd, extraordinairement froid au toucher.

« Une pièce magnifique du début de l'époque géorgienne, dit le chef du rayon bijouterie qui l'examine à la loupe. Ce serait dommage de le transformer, madame. Le travail d'orfèvrerie est exquis, on ne voit plus cette minutie du détail de nos jours, et ce depuis longtemps, hélas. Il est de mon devoir, madame, de vous dire que la valeur de ce bracelet serait considérablement diminuée en le modifiant.

– Oh, le style est trop démodé, et puis je ne l'ai jamais vraiment aimé. Une grosse babiole. Du genre qu'on porterait pour jouer dans une pantomime.

– Je ne voudrais pas paraître impertinent, mais peut-être que madame souhaiterait le vendre ? Je pourrais vous en offrir quatre mille guinées ? Ou vous pourriez en tirer une jolie somme à une vente aux enchères ?

– Vous êtes très gentil, mais non, je veux juste le faire transformer. Pourriez-vous vous en charger, en suivant les croquis que je vous ai apportés ? Ce sera un cadeau pour ma fille, Edy. »

C'est agréable de regarder avec lui les esquisses. Il exhale un parfum léger de cathédrale en été. Il porte des boutons de manchettes en forme de minuscules herses et une épingle à cravate en opale. Il tient l'extrémité de son splendide stylo entre ses dents, assez splendides elles-mêmes. Quand il pose des questions ses yeux bruns de vache sont – il n'y a pas d'autres mots – à tomber par terre. Ongles manucurés. De bonnes articulations. Une touche de brillantine dans ses cheveux très légèrement grisonnants. Chaussures parfaitement cirées. Un pantalon au pli tranchant.

Elle a toujours eu une faiblesse pour les hommes bien faits de leur personne. Même s'ils ne sont pas nombreux au théâtre, mon Dieu, non ! La plupart d'entre eux ont l'air d'avoir dormi au creux d'une haie.

« Quant aux initiales gravées sur le fermoir, madame ? "De H pour E avec amour." Madame est-elle certaine de vouloir les faire effacer ?

– Le prénom de ma fille commence également par un E, aussi peut-on laisser celui-là. Pourriez-vous transformer le H en M, comme maman ?

– Cela ferait un coût supplémentaire.

– Ça m'est égal.

– Madame sait ce qu'elle veut. Si je puis me permettre. »

Oh, si seulement vous saviez ! se garde-t-elle d'ajouter.

Ensuite, elle se promène un moment dans le monde étincelant et merveilleux des articles de cuisine et de la porcelaine, achète un minuteur d'argent en forme d'œuf pour la cuisinière et un joli tablier de coton, ainsi qu'une timbale en étain avec une tête de cheval pour John, le palefrenier. C'est bientôt leurs anniversaires ; un cadeau de chez Harrods sera une agréable surprise.

Je remarque que tu ne m'as rien acheté.

Elle ignore sa remarque taquine. Mais il insiste, telle une ombre, la suit quand elle quitte le rayon de la vaisselle, traverse celui des bas, des vêtements d'extérieur et de chasse pour messieurs, court dans son sillage lorsqu'elle prend l'escalier mécanique pour redescendre, et son rire surgit parfois des caisses enregistreuses.

Ne mérité-je pas un cadeau, moi aussi ? Vieille avare.

« Je n'ai pas l'intention d'acheter une de ces fichues casseroles pour un gars qui est déjà mort. »

Un conducteur d'automobile la regarde. Il lui adresse un signe de tête et touche sa casquette. Elle s'aperçoit alors, hélas, qu'elle a prononcé à voix haute cette dernière phrase.

Des pages en livrée lui ouvrent les portes et elle se retrouve dans cette caverne d'Ali Baba qu'on appelle le salon des dames, chez Harrods.

Un trio de harpistes joue du Strauss pour une volée de colombes en papier. Des pyramides de savons parfumés montent jusqu'au plafond, rose corail, jaune abricot, bleu nuit étoilée. Une armée de rouges à lèvres attirent l'attention, d'écarlates à indigo, en passant par le mauve, le cerise, l'argent, et jusqu'au noir. Des pots de rouge à joues, de talc français, de sels de bain. Dans des vitrines tout en verre, des mains noires dont les ongles en forme d'amandes ont été peints en rouge, violet, vert, doré, ou incrustés de strass. Huiles, khôl, henné, *eau de toilette**, feuilles de myrte, ombres à paupières, brillant à lèvres couleur champagne. Flacons sculptés de shampoings, de crèmes, tubes d'onguents. Poudres libres et compactes, miroirs de sac à main, pinceaux d'une finesse de peintre. Les lustres sont des Montgolfier, l'immense tapis, persan. On raconte que le papier d'emballage vient de Milan. Les assistantes sont des sculptures vivantes aux yeux sombres, vêtements près du corps, métalliques, l'allure féline, des effluves de *parfum** embaument l'air autour d'elles et les secrets de beauté dont elles sont les gardiennes. Si une telle chose était possible, cela reviendrait à inhaler du Tchaïkovsky.

Et puis soudain, le choc de la vitrine qui éclate, les femmes qui hurlent.

Une des assistantes recule d'un bond, percute une magnifique pyramide de savons. Plongée dans la confusion, elle essaie de les rassembler, mais c'est impossible, il y en a trop, ils lui échappent, rebondissent sur l'escalier d'albâtre, font dégringoler une rangée de rouges à lèvres, éparpillent les jolis shampoings.

Ses collègues se cachent sous les comptoirs, d'autres fuient à toutes jambes, blêmes de peur. Hypnotisée, Miss Terry s'approche du trou en forme d'étoile, regarde dans la rue.

Deux policiers traînent une jeune fille vers un fourgon. Elle crie : « Droit de vote pour toutes ! » Ils appuient leurs mains gantées de cuir sur sa bouche. Les passants hurlent : « Quelle honte ! » ou « La prison est trop douce ! » ; un militaire en retraite s'approche et la gifle, jusqu'à ce que deux agents viennent l'arrêter en l'attrapant par les épaules tandis qu'il glapit et s'empourpre : « Suffragette de merde. *C'est quelques bons coups de bâton qu'il te faut. Et c'est moi qui vais te les donner ! Sale petite suffragette. Des coups de bâton, tu m'entends !...* »

Miss Terry se hâte au-dehors. La fille saigne du nez, sa robe est déchirée. Elle essaie de conserver une attitude défiante, mais elle pleure de peur, serre contre elle sa robe, tremblante comme un poulain pris de tournis d'herbage. Elle ne peut pas avoir plus de seize ans.

Trois femmes plus âgées arrivent, essaient de l'emmener avec elles, expriment leurs protestations aux policiers, crient sur la jeune fille, tandis que la foule se masse autour d'eux, de plus en plus vaste, en colère, que les employés du magasin se hâtent au-dehors, vêtus de leurs élégants costumes, l'air éberlué, et qu'un chef cuisinier en chemin vers son travail fait halte pour assister au drame, une batterie de couteaux luisants à la ceinture.

« Monsieur l'agent, dit Miss Terry, je crains qu'il n'y ait erreur.

– Madame, merci de vous occuper de vos affaires. Circulez, s'il vous plaît.

– J'ai suivi l'incident de bout en bout. Ce n'est pas cette jeune fille qui a brisé la vitrine. »

Il la regarde attentivement.

« La femme qui a lancé la brique était plus âgée, d'au moins vingt ans, elle avait le teint plus pâle et de longs cheveux auburn. Elle était accompagnée par une autre femme, qui faisait le guet. Elles sont parties en courant dans des directions opposées. J'ai tout vu du début à la fin, je vous le dis. Cette jeune fille que vous avez attrapée passait seulement par là, elle est tout à fait innocente. Elle a en effet crié des slogans, mais ce n'est pas elle qui a causé ces dommages. J'insiste pour que vous la laissiez partir.

– Vous n'êtes pas… qui je pense que vous êtes ?

– Je doute que quiconque le soit.

– Non, je veux dire… vous êtes… Miss Terry ?

– Vous êtes observateur, mais ne rendez pas la chose publique, je vous prie, je suis ici pour mes affaires privées.

– Vous êtes tout à fait sûre que nous nous sommes trompés ?

– Absolument. À tel point que je suis prête à payer de ma poche pour les dégâts causés. J'irai voir le directeur et je lui expliquerai ce qui s'est passé. Bien sûr, je ferai l'éloge de votre travail, à vous et vos collègues, et je louerai la rapidité remarquable dont vous avez fait preuve face à de telles fauteuses de troubles. »

Une des choses que ce pauvre Bram disait lorsqu'il s'adressait au Chef. Quand on fait face aux autorités, il n'y a que deux choix possibles : se soumettre, ou tenter de semer la confusion.

Le policier tire sur ses manches. « Laissez-la partir, les gars. Y a erreur.

– Merci beaucoup, monsieur l'agent », dit Miss Terry.

Ses tantes, furieuses, emmènent la jeune fille qui a jeté la brique, et le regard de celle-ci croise celui de sa protectrice. Le militaire à la retraite continue de vociférer, toujours retenu par les deux agents. Il faut la battre. La déshabiller. La fouetter.

Le jour où cette femme mourra, dans l'incendie d'un hôtel en février 1971, elle se souviendra de ce matin devant chez Harrods, quand elle en eut soudain plus qu'assez, quand les rivières de feu souterraines et la désobéissance rompirent leurs digues, et qu'alors une femme qu'elle ne connaissait pas sortit de la foule qui s'apprêtait à la lyncher.

Le visage austère de la miséricorde.

Le visage de la solidarité.

Des éclats étoilés sur la chaussée.

Il lui semblera alors que la vie n'était pas rien, que nous n'étions pas une race de singes et d'éventreurs ; qu'il existait une raison de vouloir demeurer en ce monde.

SALLE DE CINÉMATOGRAPHE
DE J. DOWLING, CALE STREET, CHELSEA

12 h 01

« Ça s'appelle *La Tempête*, dit la fille au comptoir. Je sais pas qui c'est qui joue dedans. »

Son fils paie à la billetterie de fortune – deux demi-pennies – et le portier maltais, l'air las, indique le rideau miteux au fond du foyer.

Une fois derrière, ils se retrouvent dans une pièce sans air, au bas plafond, qui a peut-être servi naguère à des répétitions théâtrales, ou encore de salle d'examen pour une école. De longs bancs ont été apportés, les fenêtres sont tendues de lourds rideaux noirs, un drap est accroché au mur.

Il n'y a personne d'autre. Un courant d'air soulève la poussière.

Tout en attendant, il regarde autour de lui. Il n'est jamais venu là.

Il se demande si ce sera comme les autres fois, s'il parviendra à se contenir devant son fils.

Les becs de gaz s'éteignent. Deux autres clients entrent, des clochards qui veulent échapper à la pluie.

Il regarde dans l'obscurité et sent ses yeux se mouiller de larmes.

Il n'existe pas de plus grand miracle. Tout ce qu'il était possible de conquérir l'a été. Cela relève de l'alchimie, de la magie. La photographie en mouvement.

D'abord, les nouvelles. L'immense vaisseau, terrible, indestructible, tel le navire rêvé d'une légende de maîtres des mers. Les docks du port de Belfast. Des gens minuscules qui agitent l'Union Jack. Le paquebot glisse avec une lenteur hautaine, trois des quatre cheminées fument, mais même leurs émanations paraissent élégantes.

C'est une ère nouvelle. Nos photographies s'animeront. Nos bateaux seront insubmersibles. Nos espoirs, sans limites. Quand le film principal commence, il est touché par l'élégance simple des indications scéniques qui apparaissent, tremblantes, sur l'écran de fortune, des mots écrits par un homme de théâtre à Londres deux cent cinquante ans plus tôt : « Un fracas de tempête / tonnerre et éclairs. »

Autrefois, il se serait demandé comment interpréter, imiter au mieux cette déflagration en coulisses. À présent, dans un silence que seule la toux des clochards vient briser, il l'entend vraiment, claire comme un soupir.

Sur le mur se précipitent le capitaine dégoulinant et le bosco terrifié. On sent le goût des vagues crasseuses, le plomb du ciel et ses vomissures. Fantastique. Impossible. Il sent les larmes commencer à couler.

La sauvagerie de l'homme, la cruauté démente des extrémistes, l'hypocrisie, l'absence d'ingénuité, ceux qui se détournent des affamés – tout ça semble soudain quelque peu atténué par cette innocence, cet étonnement. Qu'un animal puisse créer pareille splendeur. Le simple fait qu'il essaie. Et qu'ensuite, il ne le réserve pas à un empereur suprême, à un sultan aux richesses sans limites dans une cité taillée dans le rubis, mais qu'il ouvre sa tente aux mille merveilles en échange d'un demi-penny afin que le plus pauvre puisse comprendre qu'il n'est pas seul, que cette planète n'est pas un rocher froid tournant mécaniquement à travers le néant, que la guérison est possible, qu'il suffit simplement d'ouvrir les yeux.

Ils se tortillent et filent sur l'écran, visages blancs de papier vierge, yeux écarquillés, à croire qu'ils cherchent à repousser la mort, mal à l'aise dans leur élément, silencieux malgré leurs lèvres en mouvement. Voilà à quoi ressembleraient les fantômes si nous pouvions les voir.

Parfois, dans d'autres salles, un pianiste vient accompagner l'histoire, jetant de temps à autre un coup d'œil à ce qui se déroule sur le drap, le spectacle des humains jouant toujours la même comédie depuis que ceux-ci sont sortis en rampant de leurs cavernes – d'ailleurs, sortir en rampant de leurs cavernes était peut-être déjà en soi une forme de théâtre, une audace née de l'ennui par un après-midi d'hiver –, mais le meilleur accompagnement reste l'immobilité du silence, le ronron cliquetant du projecteur, ainsi qu'en cet instant, et de temps à autre, l'exclamation naturelle d'un spectateur face à un combat à l'épée, une promesse, un baiser.

Dans le silence il devient possible d'entendre ce qui demeure au-delà du bruit, ce qui est là depuis toujours, les vérités qui flottent dans les airs, souvent trempées au point d'être méconnaissables, mais pas complètement noyées. Dans de tels moments, il n'y a plus besoin de dialogues – les mots font obstacle –, toutefois, ils les projettent, sur des diapositives très ornées, avec des lauriers et des harpes dans les coins.

N'ayez pas peur ; cette île est pleine de bruits,
De sons et d'airs mélodieux, qui plaisent à l'oreille et ne blessent pas…
si bien qu'en m'éveillant,
j'ai pleuré, voulant rêver encore.

Dans l'obscurité, il sent son fils qui lui prend la main. Tous deux versent des larmes silencieuses. Chose curieuse. De retour à la lumière du jour, si forte qu'elle donnerait mal à la tête, ni l'un ni l'autre n'en parlera.

« Papa, dit son fils. Si on n'allait pas là où tu veux aller.

– Moi, j'y vais, mais tu n'es pas obligé de m'accompagner.

– Mais pourquoi, Pater ?

– Aucune importance. J'y vais, c'est tout. »

Pendant une demi-heure, ils ne disent rien. Un sandwich, une cigarette. Mais ils sont liés par cette expérience dans la salle avec les fantômes. Gentillesse, légèreté, mais parfois aussi autre chose, car tous les airs ne sont pas aussi doux.

UN RESTAURANT THÉÂTRAL ET À LA MODE

1 h 18

Souris, ma vieille. Il y a sûrement quelqu'un, ici, qui te connaît. On est au Savoy. C'est rempli d'acteurs, d'imprésarios, de gens du spectacle. Tu ne veux quand même pas qu'ils te voient regarder sans cesse ta montre, ça les attirerait à ta table, et cela déboucherait sur des conversations que tu n'as pas envie d'avoir.

Un gin peut-être ? Non, pas toute seule.

Mais où diable peut-il être ? Déjà vingt minutes de retard. C'est du Shaw tout craché ! Toujours en retard ! Il le fait exprès, il en a le pouvoir, il est tellement occupé. Son temps compte davantage que le tien, ma pauvre.

Quel idiot pompeux.

Quel fichu idiot pompeux.

Quel fichu égoïste d'idiot pompeux avec sa fichue barbe.

Christ de miséricorde, regardez-moi ce misérable quatuor à cordes là-bas sous le dais, ils scient et pincent les cordes comme les Quatre Cavaliers de l'Apocalypse, pas une once de musicalité ni de beauté là-dedans, tous autant qu'ils sont. Imaginez combien Haydn a souffert pour produire pareille beauté. S'il avait entendu cette horde de goules en gilets de satin, il aurait brûlé son violon et se serait fait barbier.

Imaginez ce que ce serait d'être mariée à l'un d'eux. Ou à n'importe quel homme.

Les hommes, quand ils ont été fabriqués avec soin, sont merveilleux dans toutes sortes de rôles que la vie peut leur offrir, ils font d'excellents amis, amants, mineurs de fond, dompteurs de lions, explorateurs de régions désertiques ou jamais cartographiées, papes, tireurs, compagnons de beuverie. Ils sont d'une simplicité admirable, si prévisibles que c'en est apaisant. Parlez avec un homme pendant un quart d'heure, et vous le connaissez définitivement, jamais plus il ne vous surprendra, il en serait bien incapable ; le lui demander ne ferait que l'effrayer. Seulement, hélas, ils ne font pas de bons maris. N'importe quelle femme rencontrée par hasard, dans la queue pour les fruits et légumes par exemple, ou à côté de vous dans le train, ferait un meilleur mari que pratiquement tous les hommes jamais venus au monde.

Souvent, elle se rappelle cette soirée, il y a douze ou quatorze ans, où elle avait mangé une huître gâtée lors d'un baptême chez l'un de ses métayers, avec les résultats calamiteux escomptés. Pendant trois jours, elle avait été affreusement, volcaniquement malade. Elle avait froid, elle avait chaud, était en sueur, à l'agonie, il se passait à l'intérieur de son corps des choses qui la faisait regretter d'être née, elle délirait, brûlait, pleurait, vomissait, hurlait à ses domestiques de sortir de la maison afin que l'indignité de ses tortures se passe sans que personne la voie ainsi, ou pire, ne l'entende. Pendant trois jours, ses blasphèmes avaient fait fuir les corbeaux perchés sur les cheminées, ses entrailles ressemblaient au chaudron de *Macbeth*. Quand tout fut terminé, elle comprit une chose : à aucun moment cela n'avait été pire que d'être mariée.

Devoir les écouter, leur parler, subir leurs étranges colères, leur fureur mal dirigée qui auraient dû avoir une autre cible s'il en était vraiment besoin – ce qui restait à prouver. Devoir les regarder manger leur soupe, se couper les ongles de pied, renifler leurs chemises, poser les pieds sur le canapé en vous expliquant ce que sont, par exemple, les élections, les continents, tout ça parce que, étant une femme, vous l'ignoriez, bien sûr.

S'entendre dire ce qu'on doit porter, qui il a vu à la gare, pourquoi les indigènes de tel ou tel protectorat sont par nature ingouvernables, recevoir un petit coup de coude avec l'ordre de sourire, *ce n'est pas si terrible* (grrrr). Devoir paraître très intéressée lorsqu'ils énumèrent les différences fascinantes qu'il y a entre les libéraux et les tories (bâillement), ou qu'ils vous apprennent que les tigres vivent aux Indes mais pas en Afrique (ah !), ou vous prouvent combien ils sont beaux joueurs en vous racontant cette anecdote amusante où ils ont le mauvais rôle, ou encore vous livrent cette information sublime : avec quelle rapidité ils ont terminé leurs mots croisés ce matin dans le train, alors qu'ils se rendaient en ville – plus rapides qu'aucun des garçons du jardin d'enfants.

Ces poils dans leur nez. Leurs odeurs. Leurs pieds mouillés sur le plancher. La répétition de tous les malentendus qu'ils ont vécus avec d'autres membres de leur sexe, où ils « font toutes les voix ». Quand ils vous expliquent ce qu'est un microscope. Comment on épelle « parallèle ». Leur besoin insatiable d'être admirés, qu'on leur remonte le moral. Et c'est sans parler de ce qui se passe dans le lit conjugal – pourquoi se montrent-ils tellement plus tendres lorsque vous n'êtes pas mariée avec eux ? –, occasion rare, mais hélas pas encore assez, où l'on se rappelle le verdict de Hobbes au sujet de la vie : Dangereuse. Brutale. Brève.

Le directeur s'approche avec tact, vêtu d'un costume si empesé qu'il doit être très inconfortable lorsqu'on s'assied.

« Bonjour, Miss Terry, c'est un honneur de vous revoir parmi nous. Vous avez tout ce qu'il vous faut, j'espère ?

– Bonjour, Paul, merci. Comment allez-vous ?

– Je vais bien, Miss Terry, merci.

– La famille est en forme ?

– J'ai trois petits à présent, Miss Terry, merci de vous en soucier.

– Splendide. Votre femme ne sait plus où donner de la tête.

– Il est une chose que je me dois de vous dire. Mr Shaw vient d'appeler à nos bureaux, là-haut, et il m'a chargé de vous transmettre un message.

– Un message ?

– Il regrette de vous dire qu'il est retenu aux répétitions, au Prince of Wales, et qu'il ne pourra vous retrouver à l'heure prévue. Il vous demande d'avoir la gentillesse de l'attendre pendant encore une demi-heure.

Jusqu'à deux heures au plus tard. J'ai pour instructions de veiller sur vous.

– Je vois.

– Puis-je vous apporter… ? Peut-être un verre, de quelque chose de frais ? Ce que vous voudrez.

– Pourrez-vous renvoyer à ce rustre d'Irlandais un message clair et simple de ma part à son arrivée ?

– Bien sûr, Miss Terry. »

Il faut ensuite à peu près soixante secondes pour que toutes ses paroles réussissent à sortir de sa bouche. Beaucoup de ses mots sont rarement prononcés dans la salle à manger du Savoy. Dont certains qu'elle ignorait connaître.

« Après tout, ne vous donnez pas cette peine. Apportez-moi mon manteau, Paul, voulez-vous ? »

Il acquiesce, l'air plutôt rassuré.

UNE SALLE DES VENTES

2 h 15

Depuis l'autre côté de Foley Street, ils regardent les automobiles fumantes, les fiacres qui viennent s'arrêter, et les gens qui en sortent sous la pluie. Par la porte de la salle des ventes, surgissent des employés avec des parapluies. Un auvent est relevé. D'autres acheteurs arrivent. On dirait un public qui se rassemble pour assister à une représentation.

Une étrange nervosité l'envahit. Il ne veut pas entrer. Son fils semble le sentir, qui pose une main rassurante sur l'épaule de son père.

« Papa, tu n'as plus envie d'y aller ?
– Traversons, Nolly. »

La fenêtre de la salle des ventes est embuée. De la rue, on discerne mal les lots exposés, on dirait de gros objets enveloppés dans un brouillard de nicotine. Mais l'affichette qui est placardée à l'intérieur est parfaitement claire.

VENTE AUX ENCHÈRES OFFICIELLE
DES BIENS PERSONNELS
DU DÉFUNT
SIR HENRY IRVING
12 avril 1912 à 3 heures sur les lieux

Sept ans se sont écoulés depuis la mort de sir Henry Irving, toutes les questions légales ont désormais été résolues, les exécuteurs testamentaires ont donc jugé possible qu'une partie de ses biens soit vendue au public afin d'alléger le fardeau de lady Irving et des siens. De nombreux bibelots, des souvenirs de théâtre, des costumes de scène créés par la maison Auguste et Cie, des objets fantaisie, des accessoires et autres babioles, une montre de gousset, des lunettes de lecture, un beau bureau en noyer, certains de ses vêtements et de ses bottes, une queue de billard, un presse-papiers en ivoire représentant l'acropole, une paire d'épées d'escrimeur, de bonnes valises et sacs de voyage en bon état portant son monogramme, des daguerréotypes, des dessins ainsi que des lots généraux (des boîtes de vieux journaux, de nombreux exemplaires de Punch, *de l'*Illustrated London News, *du* Theatre Gazette*), des cylindres phonographiques, sa médaille de chevalier, etc. ÉGALEMENT, la robe verte brodée d'ailes de scarabée de Miss Ellen Terry, qu'elle porta pour le rôle de Lady Macbeth au théâtre royal* *du Lyceum en 1888 (« Le costume de scène le plus merveilleux et iridescent que j'aie vu de ma vie », a écrit Mr Mark Twain, l'homme de lettres américain), cadeau de Miss Terry au défunt sir Henry. On compte aussi une collection d'armes de théâtre, des perruques et autres accessoires de scène, tous propres. Également un très beau MASQUE MORTUAIRE.*

À l'intérieur, l'atmosphère est étouffante. Odeur de naphtaline et de manteaux mouillés. Presque tous les hommes présents fument. Négociants professionnels, ils circulent en tous sens avec carnets et catalogues, leurs loupes et mètres à ruban accrochés à la ceinture. L'anxiété plane, la peur de rater quelque chose.

De longs tréteaux ont été installés et recouverts de feutre noir, les objets les plus intéressants sont présentés avec soin et étiquetés. Des lettres de Conan Doyle. Une photographie signée de la reine Victoria. Le rouleau honorifique sur lequel est inscrit Freedom of Philadelphia. Des sceaux. Des épingles à cravate. Un peigne d'argent poinçonné. La paire de gants que lui offrit lord Tennyson. Une dague au pommeau incrusté de joyaux, sur laquelle est gravée sa citation préférée : *Si vous nous frappez, ne saignons-nous pas ?*

Un mannequin sans tête sur une estrade porte la robe brodée d'ailes de scarabée, entouré d'un cercle de bougies. De temps à autre, un employé en gants blancs prend l'une des bougies et fait lentement le tour du piédestal, afin que le corset scintille d'éclats d'émeraude, de cobalt et d'argent, dansants dans l'air souillé, rempli de fumée, couleur *eau du Nil* devenue lumière. Une femme tente de photographier ces effets avec un appareil juché sur un trépied. Mais nul appareil ne peut capturer la magie de cette robe.

Il s'avance un peu plus loin, jusqu'à une collection de mauvais dessins, accrochés sans soin. Il ne veut pas regarder le masque funéraire qui se trouve dans une vitrine, seul. Son fils se dirige vers la robe.

Un phonographe est installé sur une table, à travers une mer de parasites, la voix d'Irving résonne bientôt, ce qu'il met du temps à comprendre. Stupéfiant de l'entendre après si longtemps. C'est lui, et à la fois, ce n'est pas lui, comme s'il donnait une représentation de lui-même. *Mouriiir, dormiiiir... dormiiir, rêver peut-être – ouiiii, voilà la difficultééé... car dans ccce sssommeil de mooort...*

Quelle diction démodée, déclamatoire, d'une richesse excessive, et son défaut de prononciation semble étrangement plus notable que dans le souvenir de tous ceux qui l'ont entendu. Une voix un peu amoureuse d'elle-même, qui ne sert pas le texte. Aujourd'hui, on en rirait.

À côté, trois vitrines contenant des médailles, des cadres, des étuis à cigarettes en argent, une urne en cristal de Waterford.

Ses vêtements ont été épinglés sur des panneaux de liège contre les murs. Vestes, pantalons, gilets et même des maillots de corps. Deux douzaines de paires de chaussures vides et ridées attendant en ligne, tel un détail de cauchemar lors d'un grand bal.

Un des professionnels attrape un tricorne dans une rangée, sur une table, s'en coiffe et se retourne en souriant vers son copain, qui lui signale d'un regard qu'il ferait mieux de le remettre en place, autrement les employés risquent de les jeter dehors. C'est remarquable tout ce qu'on peut dire avec les yeux. Mais tout acteur sait cela.

Dans un coin, au fond, près de la porte qui mène aux cabinets, le rebut dont nul ne veut, à part un brocanteur ou un chiffonnier, le genre de déchets qu'il faudra payer pour faire évacuer jusqu'à la décharge. Des liasses de programmes de théâtre moisis, des cravates tachées, des chaussons dépareillés, des enveloppes contenant de vieux boutons, une épée tordue. Une note a été affichée au rebord de la fenêtre au-dessus de ce triste fatras : TOUTE OFFRE ACCEPTÉE. L'ACHETEUR DOIT TOUT EMPORTER AU MOMENT DE LA VENTE.

Sous une longueur de vieux rideau, il découvre une boîte en carton en mauvais état où il est inscrit : ASSORTIMENT DE LIVRES D'OCCASION. Beaucoup n'ont plus de couverture, ou les poissons d'argent les ont rongées. Les *Œuvres complètes* de Poe tombent en miettes. Une neuvième édition de *Jane Eyre*. Une édition piratée des *Quatre Filles du Dr March* de Louisa May Alcott. Rien qui intéresse personne. Trop humide pour servir ne serait-ce qu'à allumer un feu. Des romans qui ne se sont jamais vendus. Des poèmes jamais lus. Des livres morts, car l'éditeur a commis une erreur, parce qu'il était de bonne humeur le jour où il a dit oui, ou qu'il voulait obtenir quelque chose de l'auteur, ou devait un service à quelqu'un. Et là, au fond de la boîte, il reconnaît quelque chose, un vieil ami tombé bien bas. Tranche arrachée, pages effilochées, la première édition de *Dracula*. Le chapitre deux a été retiré. Quelqu'un a noté une liste de courses sur le frontispice jauni et craquelé. *Pain, vin, une demi-livre de saucisse, lait*. En dessous, de sa propre main, six mots passés.

Pour Henry, de la part de Bram. Mon amour éternel.

Il détourne les yeux et, à travers le flou, la chaleur de la faiblesse rougissante qu'il voudrait chasser, une apparition émerge près de la fenêtre embuée. Là, de l'autre côté de la pièce, non loin de la robe luminescente, le fantôme de celle qu'elle fut.

Si fraîche, pleine de majesté et de l'allure de la jeunesse, si pleine d'une connaissance qu'elle ne pouvait avoir à l'époque, que l'innocence est une forme de sagesse, qu'elle a plus de valeur que l'expérience, qu'aucun moment ne revient jamais.

Tu la voulais désespérément. Tu ne l'as jamais clairement laissé entendre. Car tu savais ce qui se passerait alors.

Et si les choses avaient été différentes, elles auraient été différentes. Mais il est trop tard à présent. Il était déjà trop tard, autrefois. Les mots tournent en cercle. Petits morceaux friables de souvenirs amers, acides comme la glace au citron, piquants comme le sel, supplantés par la puanteur d'un cercueil pourrissant. Pas étonnant que tu n'aies jamais réussi à en tirer un roman, c'eût été une piètre histoire, une anecdote de couturière.

Peut-être l'avoir connue suffisait-il, avoir joué un rôle dans sa vie. Si son histoire était un recueil de poèmes, tu ne serais guère plus qu'un vers, mais ce n'est pas rien, loin de là. Qu'elle ait vu en toi son allié, son confident, son ombre. Combien de vrais amis peut-on avoir ? Et pour une femme, combien d'entre eux seront des hommes ?

Lumière à la fenêtre, à travers le brouillard des fumées crasseuses, une fissure dans les volets de la salle des ventes. Il écoute le bruit de la grêle. Se représente les collines de Wicklow, la longue plage de Killiney. L'écume vole au-dessus de la route militaire. Il sait qu'il tombe de la neige fondue.

Elle se retourne, regarde par la fenêtre derrière toi, ses yeux violets scintillent dans la lumière blanche neigeuse.

Fantôme depuis longtemps accoutumé à ce qu'on le regarde.

À présent, elle approche. Elle repousse avec adresse les professionnels. Ceux-ci lèvent la main pour enchérir, mais elle ne regarde pas les objets.

« Veuillez m'excuser, monsieur ? dit-elle. Ne seriez-vous pas par hasard Mr Stoker ? Je crois que vous étiez un grand ami de ma mère. Je suis Edy. »

MUSÉE DE CIRE ET DES HORREURS DU LYCEUM

3 h 32

À une petite vendeuse de fleurs de Covent Garden, elle achète un simple lys blanc qu'elle entoure d'une page déchirée dans une édition bon marché de *Hamlet.* Pâle lumière d'après-midi.

Elle est allée chercher le script de sa série de lectures auprès des services de dactylographie sur Exeter Street, mais la jeune Galloise qu'elle espérait vaguement revoir n'est plus là, elle est partie, elle se marie. La vieille chouette qui dirige les lieux montre une courtoisie fausse, les lèvres pincées, comme s'il y avait dans l'histoire quelque chose qu'elle réprouve mais ne souhaite pas révéler.

Le long d'Exeter Street. Southampton Street. Des rossignols chantent dans les platanes. Une idée lui vient – voilà ce qu'elle se dit à présent, mais en vérité, elle lui trotte dans la tête depuis des jours, des semaines, regimbe malgré sa volonté de la chasser. Elle devait venir en ville de toute façon, elle avait des choses à faire. Va rendre visite aux lieux du passé, tant que tu es là.

Aujourd'hui, de l'autre côté de la ville, ils vendent ses affaires, mettent aux enchères ses vêtements, prostituent son fantôme. Les doigts crasseux qui se glissent dans ses boutonnières, sur ses objets personnels. Insupportable pensée, combien il haïrait la vulgarité de cette mascarade. Au lieu de cela, elle l'honorera en se promenant en compagnie de son souvenir à travers le parterre. S'assiéra un moment dans le foyer. Déposera une fleur sur la scène. Nous avons chacun notre manière de nous souvenir.

Ce n'est pas la vulgarité que je détesterais. Un petit peu de vulgarité ne m'a jamais dérangé.

Qu'on me laisse. Il est trop tôt.

Elle monte les marches en faisant attention, sa canne frappe la pierre, elle pousse la nouvelle porte doucement, c'est une de ces portes à tambour modernes qui vous bottent les fesses si vous n'allez pas assez vite. Honnêtement, quel est donc le problème avec ces fichues portes, elles sont ainsi depuis mille ans ? Ah, cette manie moderne du progrès.

Le hall est désert, la billetterie fermée. De l'étroite fenêtre en forme de croix coule une lumière poussiéreuse. Les murs ont été tapissés d'un révoltant papier peint mauve et vert, les tapis sont usés et puent le tabac froid. La douzaine de marches de marbre agrémentées d'une balustrade de cuivre a disparu, à la place, une rampe peinte en rouge, trop raide pour que quiconque puisse y monter. On distingue le cercle noir au sommet du plafond, là où autrefois était suspendu le lustre de chez Tiffany. Elle se souvient comme il tintait dans les courants d'air.

Elle s'attendait à le sentir tout proche ici, à ce qu'il fasse partie de l'atmosphère, de la poussière. Mais il n'est pas là. Elle ne l'entend pas.

Les vieilles gravures représentant des scènes de théâtre ont disparu, on les a remplacées par des affiches montrant différents monstres et acrobaties. La dame à la tête en forme de globe. L'homme sauvage de Bornéo. Son altesse royale Muldoon le Tatoué. Sur une table, près de la fontaine rouillée, un tas de patins à roulettes et un épais carnet de tickets jaunes.

Va-t'en, disent les patins. *Tu ne veux pas nous connaître. Si nous étions à ta place, nous partirions à toute vitesse.*

Voilà l'escalier où on l'a photographiée en compagnie de ce pauvre Wilde, un soir, à l'époque où il portait encore sa gloire telle une étole d'hermine. Serrer la main des membres de la famille royale, accepter le baiser des douairières. Signer des autographes avec une plume trempée dans du château-d'yquem. Deux ans plus tard, il était mort.

Dans cette alcôve, un pair du royaume a bu du champagne dans sa pantoufle, lui a murmuré des propositions qui auraient fait rougir un iceberg, l'a implorée de devenir ce qu'il appelait sa dame de cœur. Les hommes qui faisaient la queue à la billetterie faisaient silence sur son passage lorsqu'elle traversait le foyer pour se rendre aux répétitions, telle une fée ou une licorne. Aujourd'hui, presque personne ne l'a reconnue. Cela arrive de plus en plus souvent. Les lunettes font un bon déguisement.

Et cette porte, qui mène aux loges privées – il est trop osé de songer à ce qui s'y est passé. C'était à la première d'*Excalibur*, il jouait le roi, toi, Guenièvre. Cette sauvagerie, ce désir, mon Dieu c'était un véritable taureau. Juste ciel, la jeunesse. Les murs ont des yeux. Ils la regardent et elle se sent brûlée vive.

À présent, une impossible apparition arrive tranquillement de la salle. Vêtu en tout et pour tout d'un maillot de bain aux motifs léopard, il est également tatoué de la tête aux pieds façon léopard, si bien qu'il ressemble à un tapis.

« Salut, ma poule », dit-il avec un joli accent cockney. Il court jusqu'à la billetterie, y prend un paquet de cigarettes, et frotte une allumette contre le mur pour en allumer une.

« Oui, en effet », répond-elle.

Une nouvelle idée lui vient. « Tu fumes ?

– Non, merci.

– Si tu es là pour voir Ern, il est pas là.

– Ah.

– Tu veux que je lui dise que tu es passée ?

– Non, je vais attendre.

– Tu es dans le spectacle, toi aussi, pas vrai, ma poule ?

– Un peu. Autrefois

– Je le savais. Je le savais. À la minute où je t'ai vue, je me suis dit, Frank, voilà une dame qui a été dans le spectacle, ou alors je n'en ai jamais rencontré. Où est-ce que t'as travaillé ?

– En vérité, j'ai souvent travaillé ici, au Lyceum.

– Que je sois pendu. Avec qui ?

– Oh, avec un très grand artiste de l'époque, le plus grand de tous, disait-on. »

Il écarquille les yeux. « Pas Billy-le-Bébé-Barbu ?

– Non, pas si célèbre.

– Tu veux aller faire un petit tour de piste, ma poule, comme au bon vieux temps ? Vas-y si ça te chante. J'aurais aimé t'accompagner, mais j'ai des trucs à voir ici. Avant qu'Ern rentre, tu sais comment il est. Il m'obligera à me cacher dans un seau, sinon…

– Ah, merci. C'est trop aimable. »

Il rayonne. « Faut bien s'aider, entre artistes ».

Ce qui naguère était la salle de spectacle a été dépouillé de ses sièges. Le sol et le bas des murs de la patinoire sont peints couleur argent – enfin, ça a peut-être été argenté à une époque mais, à présent, c'est d'un gris cadavéreux. La fosse d'orchestre a été murée, de même que les baignoires. Un rideau de sécurité en bois sur lequel sont affichées des petites annonces pour du cacao et des leçons de danse masque la scène, ce qui en un sens est parfait ainsi, car elle n'aimerait pas voir ça. Elle dépose son lys au pied du pilier de l'avant-scène, dit en silence une prière pleine de douleur.

Merci, mon chéri.

Ne t'imagine jamais que l'on t'oublie.

Autour de la patinoire, à l'endroit où naguère se trouvait la première rangée de sièges, des figures de cire ont pris place sur des piédestaux mal peints. Sans les étiquettes, nul ne pourrait les reconnaître. « Henry VIII » pourrait être n'importe quel obèse en collant et pourpoint, « Dr Crippen, l'assassin de son épouse » n'est qu'un mannequin de tailleur en chapeau melon, « La Reine vierge » ressemble au chancelier Bismark qu'on aurait forcé à entrer dans un corset de femme, « Robin des bois » a l'air d'un employé de la bibliothèque municipale costumé. « Shakespeare » n'a plus de main droite. L'a-t-on volée en guise de souvenir ? Une jeune femme plantureuse en robe de bal est annoncée sous l'étiquette « Ellen Terry ». La couleur des cheveux, des yeux, la taille, le teint et la silhouette ne correspondent pas. À part ça, c'est une réplique parfaite.

Rappelle-toi ce pauvre Bram, qui se tenait toujours à cet endroit les soirs de première, comme un sergent-major, claquant des doigts en direction des ouvreurs pour qu'ils rejoignent leurs places, jouant les mères poules auprès des ingénues, courant partout avec son tableau noir. Tout le monde se moquait gentiment de lui. Cher Bram. Je me demande ce qu'il devient. Naguère, je le voyais parfois en rêve. Il y a si longtemps qu'on ne s'est pas vus. Ne m'a-t-on pas dit qu'il était retourné vivre en Irlande ? Qui était-ce donc ?

Je ne me souviens plus pourquoi nous avons perdu le contact. Nous sommes-nous querellés ? Peu probable. Il aurait été trop courtois ou trop effrayé, il n'a jamais été du genre à dire les choses, il préférait les garder pour lui.

Peut-être nous sommes-nous simplement éloignés, une de ces ruptures qu'on ne remarque pas. Les lettres sont moins fréquentes, on oublie un anniversaire. Une année, on n'envoie pas de carte de Noël. Et puis soudain on atteint le stade où il paraît trop tard pour tout se raconter, trop de temps s'est écoulé ; expliquer ce silence serait embarrassant. Quand on ne voit plus quelqu'un pendant des années, il y a toujours une raison, même si on ne la connaît pas. Je me demande où il est en ce moment.

Il fut heureux ici, ce cher Bram. La joie irradiait son visage, il était fier comme un costume de Savile Row, calme, plein de tact, mais il transmettait à tous les signaux nécessaires, car il avait conscience de sa place en ce monde. Une enfance plombée par la maladie. Abandonné par ses parents. Remarquable, dans ses livres, le nombre d'orphelins. Pas étonnant qu'il se soit senti chez lui au théâtre.

De retour dans le foyer frisquet, pas trace de l'homme tatoué. Personne. À croire que les lieux ont toujours été déserts. Seule la porte à tambour tourne lentement dans les courants d'air.

Alors qu'elle s'apprête à partir, elle a la sensation d'être observée depuis l'escalier. Sensation n'est pas le mot, elle se *sait* observée, elle en est certaine. Et elle sait qui c'est. C'est si intense qu'elle voit ses yeux sans les regarder. Il est trop difficile de se tourner vers elle, alors, finalement, elle renonce.

Au revoir Mina, murmure-t-elle. *Dieu te bénisse, chère fantôme. Je ne reviendrai plus jamais ici.*

Voici Noel, mon fils, vous vous souvenez ? Votre mère va bien ? Mazette, Edy, quelle magnifique jeune femme vous êtes devenue. Faites un pas en arrière que je puisse vous admirer, ma vue, vous savez… Et je n'ai pas mes lunettes. Je les ai égarées. Mes yeux. Vous vous souvenez lorsque nous jouions tous ensemble, au théâtre, parfois ? En vérité, j'oublie des choses depuis que j'ai eu une attaque cardiaque. Oh oui, beaucoup mieux, merci. Difficile de garder les mauvaises choses. Et votre frère va bien, j'espère ? Ne s'appelait-il pas Edward ? Ah, oui, Gordy, c'est ça. Il travaille également dans le théâtre, dites-vous, n'est-ce pas merveilleux. Mince alors, quelle chance, Edy, de vous revoir. Dites bonjour à votre maman de ma part. Et maintenant, nous devons filer, Nollie et moi. Nous avons rendez-vous, vous savez. Une affaire pressante, j'en ai peur. Transmettez mon bonjour à votre mère. Nous avons été si heureux autrefois. Voilà. Alors au revoir. Au revoir, Edy. Non, il le faut.

Covent Garden est animé. Tant de choses ici ont changé. Les jolis magasins, les petits pubs, les fleurs municipales. Plus de persilleuses qu'autrefois, et plus jeunes, les pauvres, qui attendent près des réverbères en demandant du feu aux passants. Que trouve donc là l'homme qui en est réduit à payer ? Ou peut-être est-ce cela qu'il aime : l'humiliation.

L'image des filles des rues lui rappelle de sombres souvenirs. Ils n'ont jamais arrêté l'Éventreur. Il est peut-être toujours à Londres, cela pourrait être n'importe qui. L'homme léopard si souriant. Un vieux serveur au Savoy. Aucun Londonien n'oubliera la peur, le froid sale de ces nuits-là. Le soupçon qui se répandait comme une nappe de brouillard.

Mais il faut aller de l'avant. Abandonner est impossible. Jamais je ne reculerai face aux lâches et aux brutes. Il existe des pensées plus gaies. Mais c'est un devoir.

Sans aucune raison, lui revient en tête cette représentation épouvantable. Elle en a encore les entrailles qui se liquéfient. Lui, jouant Arthur, s'apprêtant à retirer l'épée de la pierre à la fin de l'acte I, des chevaliers pleins de solennité tout autour, des reines, seulement les techniciens avaient mal compris une réplique et amené sur scène la mauvaise pierre, si bien qu'il avait eu beau tirer de toutes ses forces, suer, Excalibur était demeurée en place.

Le public l'encourageait, jugeant qu'il s'agissait là d'une interprétation extraordinaire, quel engagement de l'acteur, on voyait les veines gonflées sur ses tempes, ses gros yeux prêts à éclater tels des grains de raisin. Soudain, il avait perdu son calme, s'était mis à insulter la pierre, à donner des coups de pied. « Espèce de sale petit bâtard de tapette en granit, sors de là ! » Alors Merlin s'en était mêlé, son long chapeau pointu de magicien battant l'air. Bram atterré en coulisses, de plus en plus inquiet. Elle avait dû quitter la scène, ravalant son rire, se tenant les côtes, tout en se forçant à penser à quelque chose de triste. Bram avait ri lui aussi, plus tard, au Crush Bar, son visage austère marqué par la fatigue, des larmes de gaieté coulant jusque dans sa barbe, tandis que Guenièvre avalait son gin tonic. Au bout d'un moment, Henry était entré. Taches de maquillage sur sa robe d'intérieur. Cigarette à la bouche. Épée en main. « Quelqu'un a un rocher où je puisse planter ça ? »

Pauvre Bram. Qu'est-il arrivé ? Où est-il parti ? Ce temps de fureur et de folie où nous valsions dans le ciel avec les étoiles.

Sur un coup de tête, elle essaie de se rendre à la bibliothèque Boots Book-lovers sur Tottenham Court Road – jamais elle ne quitte la maison sans sa carte de membre – mais il n'y a aucun livre de lui dans aucun de leurs quatre catalogues, et ils n'ont pas la presse littéraire. Le bibliothécaire, un Écossais, réussit à rentrer beaucoup de « r » dans littérrrairrre. Ses manières sont brusques, il n'a jamais entendu parler d'aucun « Stokerrr », et de toute façon il n'aime pas les histoires de fantômes, nous sommes au XXe siècle à présent, à l'âge des sciences et des découvertes, pas des inepties et autres sottises, et si vous voulez connaître son opinion (à laquelle nul ne s'intéresse), les histoires de fantômes devraient être interdites dans toutes les bibliothèques.

Dehors, elle consacre quelques agréables minutes à ce passe-temps le plus anglais au monde : écrire dans sa tête un courrier pour se plaindre, qu'elle n'enverra jamais.

Essayez une librrrairrrie. Peut-être que vous trrrouverrrez.

Dieu du ciel, qu'on me laisse en paix.

Quoi, t'emmener avec moi ?

Elle s'attarde un moment devant la vitrine d'une couturière, pour ne pas lui faire le plaisir de lui obéir. Quelle robe magnifique. Organdi de soie pâle. Quand elle pense qu'il s'en est retourné dans le silence où il vit d'habitude, elle traverse la rue et entre chez Foyles.

La sonnerie tinte, puis le baume apaisant du silence, la paix de ces endroits où de vieux volumes sont rassemblés.

Par où commencer, là est la question. Quelle étagère serait la plus propice ? La lumière est magnifique, qui traverse la vitrine poussiéreuse de la devanture, pareille à une illustration de Dieu dans un livre de cantiques pour enfants. L'arôme de vieux cuir et de parchemin.

Un employé s'approche, un jeune homme au regard remarquablement doux. Comme s'il craignait de réveiller les livres, il parle à voix basse.

« Puis-je vous aider, madame ? Ou préférez-vous regarder seule ?

– Je suis à la recherche d'un nouvel ouvrage d'un auteur qui s'appelle Stoker. Je suis venue il y a environ trois mois, la dernière fois où j'étais en ville, et j'ai laissé un message avec certains de ses titres. C'est un auteur de fiction, d'histoires surnaturelles principalement.

– Le nom m'évoque quelque chose, madame, je l'ai déjà entendu. Si vous voulez bien patienter un moment, je vais consulter mes listes. Je vous en prie, n'hésitez pas à regarder les autres ouvrages en attendant. »

Elle observe la rue tandis que les gens vont et viennent. Une jeune femme en noir sort du magasin de pianos d'en face, elle lève les yeux vers le ciel et se hâte. Elle a quelque chose de russe, une mélancolie enveloppée d'ombre. Quand on l'a vue, on ne peut l'oublier.

« Je crois avoir trouvé la personne que vous cherchez, madame. Un certain Abraham Stoker ?

– C'est lui.

– Il a publié *La Dame au linceul* il y a deux ans, et puis *Le Repaire du ver blanc* l'année dernière. Rien d'autre depuis. Étranges titres, n'est-ce pas ?

– Avez-vous l'un des deux en stock ?

– Je crains que non, madame. Ils ne sont plus disponibles, pas plus que ses autres livres d'ailleurs. Essayez peut-être dans une bibliothèque Boots, ou chez les bouquinistes sur les quais ?

– Savez-vous comment je pourrais lui écrire ? À l'auteur. La chose est-elle possible ?

– Fichtre, je ne saurais vous conseiller. Par l'intermédiaire de son éditeur, peut-être ?

– Très bien, je vais tenter cela. Bonne journée. Merci de votre aide.

– Bonne journée, madame, dit-il en lui tendant la main. Revenez nous voir. Nous sommes toujours là pour vous aider. » Étrange, cette familiarité soudaine. Comme les temps changent. Mais elle l'accepte.

Elle s'aperçoit alors qu'en lui serrant la main, il lui remet une enveloppe pliée très serré.

« Merci de votre visite. J'espère que votre recherche sera couronnée de succès. Au revoir. »

Du regard, il lui demande de partir. De derrière le comptoir, il lui fait au revoir.

Sur Charing Cross Road, le trottoir est bondé. Les gens avancent d'un pas pressé, remarquant à peine la vieille dame devant la porte de la libraire, dont les lunettes s'embuent à mesure de sa lecture. Ses épaules tressautent. Les poignets essuient les larmes sur son visage.

Chère madame, je connais un employé de chez Foyle, le garçon qui vous a remis ce message, en réponse à votre lettre du 9 janvier. Pardonnez toute cette mascarade, s'il vous plaît, tout cela est une entreprise très honnête. Mon père siège au comité d'aide et de charité de la Royal Society of Literature, et mon frère et moi l'assistons parfois lors de petits travaux de secrétariat. Toutes les procédures de ce comité sont bien entendu confidentielles, et ses décisions sont prises dans la plus grande discrétion, comme vous le comprendrez. Je me suis engagé sur l'honneur à ne jamais discuter en public des actions du comité. Toutefois, je puis vous révéler qu'il vient en aide aux auteurs d'un certain âge, susceptibles de bénéficier de son assistance. Il se trouve que je connais un écrivain dans ce cas. Beaucoup des messieurs et des dames âgés dont nous nous occupons ont leur fierté, et ne nous révèlent pas tout. Il se trouve que l'employeur de l'auteur en question est mort il y a plusieurs années, et que par la suite, celui-ci n'a jamais retrouvé de travail. Il a subi plusieurs attaques cardiaques, se trouve aujourd'hui dans une position de grand dénuement et n'a pas d'amis qui puissent l'aider dans son grand âge. Son épouse connaît une situation précaire, elle aussi, et vit chez des parents, dans son pays d'origine. Si vous écrivez à la Royale Society of Literature, je pense que vous pourrez obtenir d'autres informations. Votre serviteur en toute confiance, Un ami, *via* la librairie Foyle.

4 h 43

Ses yeux la repèrent aussitôt. Seule, dans le coin le plus reculé du restaurant. Sirotant son thé, lisant un fin volume, de la poésie sans doute.

Son premier mouvement est de repartir. Sa solitude et son calme sont trop beaux pour qu'on veuille les briser. Mais Edy pose la main sur son épaule et pousse le fauteuil de l'avant. Entre les rangées de tables magnifiques, les bouquets somptueux, les seaux à champagne.

« Maman, dit-elle.

– Edy.

– Regarde ce que j'ai déniché à la vente aux enchères. »

Pas un mot n'est prononcé pendant mille ans.

« Oh mon cher ami, dit-elle en se levant lentement de table. Oh mon cœur chéri. Quelle joie ! »

Il essaie de ne pas pleurer, ne veut pas se départir de sa virilité, tandis qu'il couvre ses mains tendues de baisers.

« Assieds-toi près de moi un moment, Bram, s'il te plaît. Garçon, un autre menu.

– Je ne veux pas manger, merci Ellen.

– Tu prendras bien un petit quelque chose ?

– Non, merci.

– Chéri, tu as déjà fichu en l'air mon maquillage. Attends, je vais me calmer. »

Après le départ d'Edy, ils se regardent sans rien dire, leurs mains serrées l'une dans l'autre sur la nappe de lin raidie. Lorsqu'ils engagent la conversation, ils parlent de leurs vieux amis : Harks a émigré en Afrique du Sud, lui apprend-elle, elles se donnent des nouvelles de temps en temps, elle vit à Durban. Gordy fabrique des décors de scène, il fait un malheur, il possède une automobile.

Le serveur lui apporte son plat, une assiette de grillades, qu'il dépose en silence devant elle, puis il lui remplit son verre d'eau.

« Laisse-moi t'inviter, Bram, s'il te plaît. Ça me fait plaisir.

– Je n'ai pas faim.

– Alors tu vas m'aider à venir à bout de cette assiette, il y en a beaucoup trop.

– Je n'ai vraiment…

– Allons, tu sais à quel point je suis vaniteuse, tu ne peux pas me laisser ingurgiter cette montagne de cochonneries toute seule, mon ventre va exploser. » Elle se retourne, souriante, et fait signe au serveur de revenir, puis elle insiste pour qu'on apporte une seconde assiette et une bouteille de mouton-rothschild. Les vieux becs de gaz accrochés aux murs commencent à pâlir.

« Ta fille est très belle, dit-il.

– Oui, c'est vrai.

– Elle ferait une belle fiancée pour mon Noel.

– C'est fort peu probable, mon pauvre chéri, même si cela semble idéal.

– Pourquoi ?

– Elle préfère le jeu renouvelé des Grecs.

– Ah.

– Eh oui. Drôle de destin quand ta fille unique s'avère furieusement lesbienne. Souvent je regrette de ne pas avoir essayé pour de bon moi aussi. Ça aurait épargné des ennuis à beaucoup de monde.

– Il n'est jamais trop tard, non ?

– Quelle idée !

– En tout cas, ton Edy sait comment dépenser ton argent. Elle a acheté la moitié de ce qui était présenté aux enchères. Que je sois pendu si elle n'a pas poussé les prix exprès à la hausse.

– Oui, je l'ai envoyée en mission, je ne voulais pas que les affaires de ce vieux bâtard tombent entre de mauvaises mains. Tu sais quel affreux snob c'était, le bandit. Je ne pouvais pas y aller moi-même, même si je me fichais qu'on me reconnaisse. Et puis je voulais trouver le moyen de donner un peu d'argent honnête à son épouse. J'ai toujours éprouvé de la pitié pour elle, tu sais. C'était une femme difficile, dit-on. Elle aime parader à travers la ville dans le rôle de lady Irving, la veuve, mais Dieu du ciel, imagine être mariée à cette racaille d'Harry, même une sainte deviendrait folle. Et puis sans doute que j'éprouve un peu de culpabilité. Mais ne parlons plus de ces choses.

– C'est merveilleux de te voir. Est-ce que tu travailles encore beaucoup, ma chérie ?

– J'ai deux engagements prévus en province, où ça ne les dérange pas de voir une vieille jument sur le retour clopiner sur scène. Je joue Ophélie à Penge, ou Dieu sait quel trou du même acabit, ce sera l'incarnation la plus toile-d'araignesque qu'on ait jamais vue. Oh, et je vais commencer à me montrer dans ces films insensés du cinématographe, quelle affreuse vulgarité, mais ils me font des ponts d'or. Je ne leur donne pas un an, les pauvres fous.

– Je dois avouer que j'aime bien le cinématographe. Dans la série des plaisirs coupables.

– Oh, mais mon chéri, tout le monde aime ça ! C'est pour ça que c'est si mauvais. Soyons honnêtes, ne rêves-tu jamais qu'un des personnages que tu as inventés se retrouve lui-même dans l'un de ces films un jour ?

– Je serais fou d'entretenir de telles pensées.

– Assez parlé de moi, mon très cher Bram. Comment va la santé ?

– Je suis frétillant comme une nasse. » Il rit doucement. « De quoi ai-je l'air ?

– Tu dois me laisser t'aider. Financièrement, et d'autres manières. Au moins jusqu'à ce que tu retombes sur tes pieds. J'insiste absolument.

– Il n'en est pas question, ma chérie. Le sujet est clos.

– Tu vas venir séjourner un moment chez moi à Smallhythe. J'ai des tas de chambres. Dis que tu viendras, on va s'en payer une bonne tranche. Une nourriture goûteuse et simple, l'air frais du Ciel, on pourrait flirter et dire du mal de nos vieux amis le soir.

– C'est très tentant, mais je n'aime guère la campagne, hélas.

– Ah, tu es têtu comme une mule. Tu me rends folle.

– J'avais oublié combien il était amusant de te rendre folle. Tu es encore plus belle lorsque tu es en colère.

– Alors, tu viendras ?

– Non, ma chérie, je ne viendrais pas. J'ai mes petites habitudes. Si je m'éloigne de plus d'un kilomètre et demi de la Tamise, ça me donne des boutons. Oh, qu'il est bon, cet agneau.

– Dis-moi, pourquoi es-tu allé à cette affreuse vente aux enchères, mon chéri ? En souvenir du bon vieux temps ?

– Non, je voulais acheter un cadeau pour ma Florrie, un portrait de Noel au crayon, enfant. C'est bientôt son anniversaire. Seulement je ne l'ai pas trouvé.

– Quel dommage.

– C'est étrange, car c'était dans la liste du catalogue. "Portrait d'un garçon". J'imagine qu'il a été perdu. Peu importe.

– C'est vraiment bête. Les choses ne sont jamais ce qu'elles paraissent être, n'est-ce pas, *mon ange** ?

– Et c'est d'ailleurs ce qu'elles font le mieux, tu ne trouves pas ? Ça me rappelle ce jour-là, avec les torpilles.

– Quand donc était-ce ?

– Tu sais. À Norfolk. Le jour où tu m'as pris la main.

– Je ne m'en souviens pas.

– Bien sûr que si.

– Je crois que je ne suis jamais allée à Norfolk. Je me trompe, Bram ?

– Nous y sommes allés tous les trois avec les enfants, pour être loin de Londres pendant un moment. Edy était présente, ainsi que Gordy et Noel. Il y avait un os, des problèmes à la banque, enfin je crois. Les journalistes reniflaient tout autour de nous, ils fouillaient les poubelles de Harry et tout ça. Alors nous nous sommes échappés pour aller à Burnham un week-end d'août.

– C'est vrai ? Que c'est charmant. Peux-tu me raconter la suite ?

– Les enfants visitaient une ferme, ce jour-là. Nous avons loué une barque, Henry, toi et moi. À Holkham Beach. Près de Wells-next-the-Sea. Un de ces après-midi d'automne doré en Angleterre, quand l'air a cette odeur de lin et de vin blanc. Nous chantions, ou plutôt essayions, tandis que tu nous enseignais un canon. *Believe Me if All Those Endearing Young Charms.* Nous essayions aussi de pêcher, sans rien attraper.

– Oh là là. Quel dommage.

– Henry a commencé à raconter des bêtises, il disait qu'il allait procéder à un rite satanique pour attirer les poissons des profondeurs. Il était très joyeux après ce bon déjeuner. Il nous faisait rire. Il a passé les rames dans les dames de nage. A arraché sa casquette. Fait des yeux de sorcières dignes d'un conte de Grimm. Et après a jailli ce flot de latin de cuisine, d'un seul coup, avec beaucoup de "orum", et il a formé un crucifix avec ses doigts.

– Un crucifix.

– Oui, avec ses doigts. Et il s'est mis à grogner.

– Il n'y avait pas... de chevaux, par hasard ?

– Eh bien si, ma chérie, il y en avait.

– Il me semble me souvenir de chevaux dans la mer. Est-ce possible, Bram ?

– Ma chérie, c'est à Burnham qu'on envoie les chevaux de cavalerie de Buckingham l'été, en guise de vacances. Ils font de l'exercice sur Holkham Beach, les soldats les emmènent jusque dans la baie. Tu te rappelles ?

– Juste ciel. De grands étalons noirs ? Je veux dire, des animaux majestueux ? Des pur-sang traits irlandais, ou autres beautés du même genre ? Hauts d'un mètre soixante ?

– Noirs comme la nuit. Qui fendaient les flots, avec de l'eau jusqu'au cou. Une des visions les plus nobles que j'aie jamais vues.

– Que s'est-il passé ensuite ?

– Nous riions si fort d'Henry que j'ai failli passer par-dessus bord, tu m'as rattrapé par le col. Et que je sois pendu si une minute plus tard, les poissons ne se sont pas mis à galoper à la surface. Ils étaient des centaines, les bougres. Des milliers. Par brassées entières. Nous les recueillions à pleins seaux. Tu te souviens de ça ?

– Que le diable m'emporte. Non, hélas.

– Ce qui s'était passé – nous l'avons seulement découvert plus tard, de retour sur les quais – c'est que nous avions dérivé vers une zone de la baie où la marine se livrait à des exercices de tir de torpilles. Ils en avaient lâché une peu avant qu'Henry ne se lance dans ses fichues incantations, voilà ce qui avait fait bondir nos amis aquatiques en troupeau.

– Pour rendre hommage au seigneur des profondeurs.

– Précisément. Il s'est amusé follement, ce fichu charlatan.

– Je dirais même plus, ce diable vaniteux. Quel abruti.

– De retour sur le rivage, nous l'avons fait monter dans sa chambre et nous l'avons mis au lit – il était encore un peu dans les vignes du Seigneur –, ensuite, toi et moi nous sommes allés marcher sur la promenade pendant une heure. Bras dessus, bras dessous. Chose étrange, nous n'avons pas parlé. Pas une syllabe. Il y avait un carrousel et nous l'avons observé un moment. Les chevaux peints tournaient. Sur une valse au piano mécanique. J'avais attrapé un petit coup de soleil. Nous devions retourner chercher les enfants à la ferme. Et là, pendant une ou deux secondes, tu m'as pris la main. Puis tu l'as embrassée. À mon tour, j'ai embrassé les tiennes. Et nous sommes rentrés à l'hôtel.

– Comme c'est étrange, mon chéri, de ne pas se rappeler un épisode aussi plaisant. Je le regrette.

– Maintenant, oui.

– Ces chevaux n'étaient-ils pas magnifiques ?

– Des créatures mythiques, disais-tu. Et tu avais raison.

– Je n'aurais jamais dû lâcher ta main, mon chéri. J'aurais dû la garder pour toujours entre les miennes.

– Oui, bien sûr.

– Tu sais, je crois que j'étais très amoureuse de toi.

– Oui, tu l'as été. Pendant une semaine et demie. »

Elle éclate de rire.

« Je me rends compte, à présent, que nous étions tous un peu amoureux les uns des autres. Ce n'est pas ce qu'il y a de pire au monde quand on est jeune.

– Ou vieux !

– Ou vieux. Tu as raison. À la folie ! »

DEVANT UN HOSPICE
À BRICKFIELDS TERRACE

L'église sonne onze heures du soir. Elle ne sonnera plus avant le matin.

Il demande au taxi de le laisser à l'angle de Bishop's Bridge Road et de l'aider, avec le fauteuil roulant. La nuit est claire et froide, le ciel animé d'étoiles turquoise. Le long des bains turcs fermés, de la bibliothèque aux volets clos. Une dernière cigarette avant d'aller au lit, que c'est bon.

Il avait l'intention d'en fumer seulement quatre aujourd'hui, et déjà il prélève sur la ration de demain. Ah, tant pis. C'est une occasion spéciale. Qui l'eût cru ? Il avance dans la rue, regarde la maison en déréliction. Le clair de lune sur les fenêtres. Les fleurs sauvages sur les murs.

Le week-end s'annonce agréable. C'est gentil à elle de l'avoir invité. Peut-être un jour ou deux à la campagne, elle dit que c'est bien pour la pêche et le tir. Tant d'années qu'il n'a pas tiré. N'a jamais vraiment aimé ça. Mais passer un peu de temps ensemble, parler, rire. Une image lui vient de lui-même dans son fauteuil, sous ses poiriers, des confettis de pétales, un vieil homme enveloppé dans une couverture. Quelqu'un joue Chopin.

Un frisson d'électricité semble parcourir ses pommettes et les os de son crâne. À présent, une douleur derrière les yeux, le choc, telle une morsure de serpent furieux, des mains de granit lui étreignent la gorge, il est incapable de crier, puis la douleur s'évanouit, pareille à la chaleur d'une épée rougie dans la forge qu'on plonge dans un baquet d'eau glacée.

En levant les yeux, il aperçoit la professeure de piano qui s'approche à travers les particules de cendres froides, elle lui tend les bras avec la gentillesse d'une sœur. On dirait que l'enveloppe qui jusque-là l'entourait a été consumée par sa douleur à lui ; il la distingue nettement, pareil à un homme qui sort d'une grotte et voit la lumière pour la première fois. Son sourire est semblable à de la musique. Il voit qu'elle est pieds nus.

« *Bhfuil tú réidh ?* » demande-t-elle. Tu es prêt ?

Étrangement, il parvient à répondre, sans savoir comment. Il ne connaît guère le gaélique. Mais son anglais le quitte. C'est comme si la lumière des étoiles leur suffisait pour converser. Il lui dit qu'il a besoin de quelques affaires pour le voyage. Pouvons-nous monter dans ma chambre que je remplisse un sac ? Elle répond qu'il n'en a pas besoin, là où ils vont, tout est déjà prêt. Il lui prend la main et essaie de se lever. C'est plus facile qu'il ne l'aurait cru.

La porte de la maison abandonnée est ouverte par un vieux marin barbu qui pourrait être gardien de nuit chez Rembrandt. De même que la jeune femme, il est pieds nus. Ses yeux scintillent telles des pièces de monnaie fourbies.

« Stoker, s'exclame-t-il. Mon excellent ami.

– Whitman, mon cher. Comment s'est déroulée votre traversée ?

– Entrez, ne restez pas dans le froid, montez donc, cher vieux bandit. Tout le monde vous attend. Nous avons préparé une petite pièce. Je dois me présenter sous les traits d'Homère. »

Du givre se forme sur les marches. La professeure de piano l'aide. L'entrée est chaude et sombre ; la porte illuminée. Dans le miroir, il découvre le visage d'un garçon au doux regard.

Ses sœurs. Ses parents. Un frère qu'il n'a jamais connu. Ophélie est là, avec Desdémone et Juliette, qui discutent de Paris en compagnie de Wilde. Prospéro, Heathcliff et Catherine Earnshaw trinquent avec de fins verres de champagne. Macbeth montre à Jane Eyre un portrait de Mary Shelley. Dans la lumière du feu, la petite fille aux allumettes joue aux billes avec Puck. Chaque pièce est remplie d'amis à lui qui se pressent pour lui serrer la main, le prendre dans leurs bras. Des techniciens de scène et de la chaufferie décédés, des amours à demi oubliées, des pécheurs croisés dans l'obscurité, à présent sous les feux de la rampe, un homme qu'il a un jour sauvé de la noyade, mais tous sont neufs, comme s'il les voyait pour la première fois, de même que les noms qui leur appartiennent, débarrassés des pseudonymes d'autrefois.

Une musique résonne à une échelle qu'il n'aurait jamais imaginée, forte et pourtant fragile, d'une beauté impossible. Les fenêtres sont ouvertes sur la nuit, les oiseaux parlent grec.

« Si vous voulez monter avec moi ? Quelqu'un vous attend.

– Qu'il attende », répond Stoker. Il se tourne vers les autres pièces. Ivre de la beauté du clair de lune.

26 St George's Square,
Pimlico,
Londres.
20 avril 1912

Chère Miss Terry, chère Ellen, si je puis me permettre,

Vous et moi ne nous connaissons pas bien, car nous nous sommes rencontrées trop peu souvent au fil des années, et chaque fois en hâte, lors de galas ou de premières, ce qui est pour moi une source d'immense regret. Toutefois, j'ai songé que vous voudriez connaître la triste nouvelle : après avoir subi une attaque cardiaque vendredi soir, dont il ne s'est jamais réveillé, tôt ce matin, mon époux, Bram, est décédé.

Noel et moi avons le cœur brisé. Notre seul soulagement, et je remercie Dieu pour cela, c'est qu'il n'a pas souffert, et que nous étions à son chevet dans ses derniers moments, à lui tenir la main et le veiller.

B et moi n'avons pas toujours été heureux ensemble, ainsi que vous l'aurez compris ; mais nous avons connu ce qui de nos jours paraît être les dispositions non conventionnelles d'un mariage conventionnel. De même que la femme qu'il a épousée, B n'était pas un saint. Il pouvait se montrer renfrogné, par exemple, ou extrêmement peu disert sur ses affaires personnelles. Quant à moi, j'étais impatiente, parfois en colère. Mais c'est la seule personne que je connaissais qui ressentait dans chaque particule de son être que l'amour n'est pas l'amour s'il s'altère au moindre changement. Il était d'une incroyable patience, d'une loyauté infinie, incapable de laisser tomber volontairement une personne aimée, ou quiconque à qui il aurait donné sa parole. Il était drôle, fiable, intelligent, c'était un homme gracieux, au cœur rempli de miséricorde comme celui d'une femme. Nos moments de bonheur furent réellement heureux.

C'était quelqu'un d'une gentillesse féroce, un père aimant, fort, et en admiration devant son fils. J'ai tant de chance d'avoir mon fils. Grâce à lui, B ne sera jamais complètement parti.

B parlait souvent de vous, avec beaucoup de tendresse et d'amour. Ces dernières années, alors que vous ne vous voyiez plus aussi souvent, ainsi que cela arrive entre gens que la vie et leurs professions séparent, vous lui manquiez. Il était fier de tous vos succès artistiques et professionnels, et de l'amitié particulière que vous aviez autrefois. Il l'était également de celle qu'il avait naguère entretenue avec H.I., longue, proche, aimante – mais qui ne le serait ? J'ai souvent pensé que chacun d'eux pansait les blessures de l'autre. Ou peut-être avaient-ils découvert, en combinant leurs solitudes particulières, que toutes les plaies ne peuvent être guéries.

B a toujours été courageux. Ses douleurs lui ont forgé le caractère. Mais nous, les femmes, avons tant de manières d'être courageuses, alors que les hommes, ces pauvres créatures, n'en connaissent que deux. Il aurait pu si facilement, sans qu'on lui reproche rien, devenir un de ces rabat-joie au cuir épais qui critiquent les jeunes, usent et abusent du cataplasme de l'Expérience, et cassent la glace au matin de Noël pour pouvoir nager dans la Tamise afin que tous ceux qui les entourent se sentent inférieurs. Mon B n'était pas ainsi. Je suis heureuse qu'il se soit affranchi de lui-même. À mes yeux, il sera toujours le beau garçon intrépide qui courait vers les vagues, la première fois que je l'ai vu, alors que nous avions dix-sept ans.

Dans son *Dracula*, il a écrit : « Il existe une raison pour que les choses soient telles qu'elles sont. » Je ne le crois pas. Et à présent, il le sait également. Tout ce que je peux dire c'est que la vie au théâtre lui a donné un grand réconfort et un objectif, ce que vous comprenez, j'espère. Il avait connu une enfance douloureuse et solitaire, et n'a pas vécu le mariage heureux pour lequel il n'était peut-être pas fait, pourtant il n'était pas du genre à s'apitoyer sur son sort, et ne tenait guère compte de lui-même. C'est la vie au théâtre qui lui a donné la force d'affronter ses nombreuses déceptions, qu'il a supportées, comme la maladie, avec tant de dignité et de stoïcisme. Je vous sais gré pour toute la gentillesse et l'amour que vous avez témoignés à mon B.

Il existe de nombreuses formes d'amour. Je le sais. Il le savait lui aussi.

Sincèrement vôtre,
Mrs Bram Stoker
Florence

Explications, bibliographie et remerciements

Le Bal des ombres est une œuvre de fiction basée sur des événements réels. Bien des libertés y ont été prises avec les faits, les personnages et la chronologie, voire même avec la date de publication des œuvres de Stoker les moins connues. Tous les documents présentés comme authentiques sont en réalité des fictions. Les lecteurs qui cherchent des informations fiables doivent se reporter aux ouvrages suivants, et aux bibliographies qu'ils contiennent :

Edward Gordon Craig, *Ellen Terry and Her Secret Self* ; Michael Holroyd, *A Strange Eventful History: The Dramatic Lives of Ellen Terry, Henry Irving and their Remarkable Families* ; Jay Melville, *Ellen Terry* ; David J. Skal, *Something in the Blood: the Untold Story of Bram Stoker*, ainsi que le livre de Stoker : *Personal Reminiscences of Henry Irving.*

Le texte du *Bal des ombres* contient de nombreuses références au chef-d'œuvre de Stoker, *Dracula*, ainsi que des allusions à d'autres livres qu'il a écrits. La référence, dans les dernières pages, aux oiseaux qui parlent grec, est un emprunt à une lettre de Virginia Woolf.

En 1922, dix ans après la mort de Stoker, une compagnie allemande, Prana Film, produisit *Nosferatu*, une version piratée de *Dracula*, qui comme les autres livres de Stoker avait été pratiquement oublié. Mais pas par tout le monde, hélas pour Prana Film. La redoutable Florence Stoker leur intenta un procès, qu'elle gagna, établissant ainsi ses droits et d'importants principes concernant les droits d'auteur en général. Tous les auteurs doivent lui en être reconnaissants.

Depuis, *Dracula* s'est vendu à des dizaines de millions d'exemplaires, il a été traduit dans plus d'une centaine de langues, et adapté au cinéma deux cents fois. Bram Stoker serait abasourdi devant l'immortalité de son personnage. La vie posthume du comte s'avère longue, et unique en son genre.

Les cendres de sir Henry Irving ont été enterrées dans le Coin des Poètes à l'abbaye de Westminster, près du mémorial de Shakespeare. Quarante mille personnes ont assisté à ses funérailles à Londres. En 1963, un admirateur qui pendant soixante ans avait déposé des roses sur sa tombe le jour de l'anniversaire de sa mort, a fait don à l'abbaye du crucifix d'Irving.

La carrière d'Ellen Terry, jamais égalée, s'est étalée sur soixante-dix ans. En 1911, elle a enregistré cinq scènes tirées de Shakespeare pour la Victor Recording Company. Par la suite, elle est apparue dans des films. En 1922, elle a reçu un doctorat honorifique de l'université St Andrews, et en 1925, elle a été faite Dame Grand Croix de l'ordre de l'Empire britannique. Son petit-neveu, John Gielgud, a joué *Hamlet* au Lyceum en 1939. Les noms de Terry, Stoker et Irving sont gravés sur le mur extérieur du Lyceum donnant dans Burleigh Street, afin de commémorer le souvenir de ces trois remarquables artistes.

Je remercie mon éditeur Geoff Mulligan, tous les membres de Secker et de Vintage, Isobel Dixon, Conrad Williams et l'équipe de Blake Friedmann Literary, TV and Film Agency, Paul McGuigan de BBC Northern Ireland pour m'avoir suggéré l'idée d'écrire un scénario sur les relations entre Henry Irving et Bram Stoker, et Stephen Wright d'avoir dirigé l'adaptation de ce scénario sur BBC Radio 3. Je remercie mes amis et mes collègues de l'université de Limerick, les éminents écrivains Donal Ryan et Sarah Moore Fitzgerald, de m'avoir permis d'écrire ce livre, mais aussi l'université pour m'avoir octroyé un congé.

Une des raisons pour lesquelles j'aimerais que la vie après la mort soit davantage qu'une histoire tient au fait que j'aimerais revoir la dédicataire de ce livre. Carole Blake fut mon amie et mon agente littéraire pendant vingt-cinq ans. Si l'autre monde existe, je sais qu'elle y aura trouvé un très bon restaurant, avec une excellente carte des vins, et sur le nuage voisin, une boutique de chaussures de designers. On y jouera le chant choral médiéval qu'elle aimait. Et elle sera en train de batailler avec un éditeur afin de défendre les droits d'auteur de son dernier client en date, Dieu, qui n'a pas touché suffisamment de royalties sur les ventes de la Bible.

Comme toujours, c'est à Anne-Marie Casey et à mes fils James et Marcus que je dois le plus, pour leur amour, leur soutien et leur gentillesse.

JO'C, 2018

Mise en pages
PCA - 44400 Rezé

Achevé d'imprimer en novembre 2019
sur les presses de Normandie Roto Impression s.a.s.
61250 Lonrai (Orne)
pour le compte des Éditions Payot & Rivages
18, rue Séguier - 75006 Paris
N° d'imprimeur : 1905459
Dépôt légal : novembre 2019

Imprimé en France